Dubois
Kalte Blüten

Weiterer Titel der Autorin

Trüffelgold

Julie Dubois

KALTE BLÜTEN

EIN PÉRIGORD-KRIMI

Lübbe

Dies ist ein Roman. Die Handlung und alle handelnden Personen sind frei erfunden. Jegliche Ähnlichkeit mit lebenden oder realen Personen wäre rein zufällig und unbeabsichtigt.

Dieser Titel ist auch als Hörbuch und E-Book erschienen

NACHHALTIG PRODUZIERT

Die Bastei Lübbe AG verfolgt eine nachhaltige Buchproduktion. Wir verwenden Papiere aus nachhaltiger Forstwirtschaft und verzichten darauf, Bücher einzeln in Folie zu verpacken. Wir stellen unsere Bücher in Deutschland und Europa (EU) her und arbeiten mit den Druckereien kontinuierlich an einer positiven Ökobilanz.

FSC www.fsc.org MIX Papier | Fördert gute Waldnutzung FSC® C014496

Originalausgabe

Umschlaggestaltung: www.buerosued.de
Einband-/Umschlagmotiv: © www.buerosued.de
Satz: Dörlemann Satz, Lemförde
Gesetzt aus der Minion Pro
Druck und Einband: GGP Media GmbH, Pößneck

Printed in Germany
ISBN 978-3-7857-2785-0

4 5

Sie finden uns im Internet unter luebbe.de
Bitte beachten Sie auch: lesejury.de

Für Georges R., der sich sehnlich gewünscht hatte, dass wir sein geliebtes Périgord nie vergessen.

»*Il n'est pas si facile de se taire,*
quand le silence est mensonge.«

»Es ist nicht so leicht zu schweigen,
wenn das Schweigen eine Lüge ist.«

Victor Hugo, »*Les Misérables*«

»*Chaque pétale est comme une*
paupière mauve
Que la clarté pénètre et réchauffe
en tremblant.«

»Jedes Blütenblatt ist wie ein
malvenfarbenes Augenlid,
durch das das Licht dringt und
es bebend wieder erwärmt.«

Émile Verhaeren, »*Autour de ma maison*«

Prolog

Voller Wehmut dachte Pedro Martinez an die ausgedehnten Wälder seiner Heimat im Norden Portugals, als er die drei riesigen Walnussbäume betrachtete, die nun zersägt am Rande des Grundstücks lagen. Er schüttelte kurz den Kopf. Was soll's? Menschen waren nun mal wichtiger als Bäume, und die hochmoderne Ölmühle, die an dieser Stelle errichtet werden sollte, würde vielen ein gutes Auskommen sichern.

Er steuerte seinen Bagger auf die letzte Baumwurzel zu, die er gleich mit der großen Schaufel aus dem Erdreich hieven würde. Alle anderen lagen bereits auf dem gigantischen Haufen aus Walnussholz. Früher hatte man die Stämme zu hohen Preisen als Material für Möbel verkauft, aber heute würden sie nur noch als Brennholz dienen.

Diese letzte Wurzel war die kleinste von allen. Das fiel ihm gleich auf, als die Schaufel seines Baggers sich langsam wieder hob. Auf einmal stutzte er. Da war etwas Helles im Erdreich, das die Baggerschaufel mit erfasst hatte. Sofort hielt er sie an und sprang von seinem Sitz.

Er trat vor den Bagger und betrachtete das blasse Objekt. Auf den ersten Blick sah es wie eine kleine, runde Schale aus. Aber dann entdeckte er etwas daran: zwei Reihen von Zähnen und einen blanken Unterkieferknochen.

»*Meu Deus!* Mein Gott, das ist ein Schädel, ein menschlicher Schädel!« Er riss sich seine Baseballkappe vom Kopf und taumelte entsetzt mehrere Schritte rückwärts.

Kapitel 1

Saint-André-du-Périgord, Montag, 22. März

Die Glocken von Saint-André-du-Périgord läuteten, aber noch lag das Dreihundertseelendorf im Tal der Vézère vollkommen still da. Kommissarin Marie Mercier schaute auf die Küchenuhr. Sieben in der Früh. Michel war schon vor einer Stunde losgefahren, denn er musste pünktlich im Polizeipräsidium von Bordeaux eintreffen, wo er das Rauschgiftdezernat leitete.

Michel Leblanc war der Mann, mit dem sie inzwischen eine Wochenendbeziehung führte. Marie hatte ihn im Lauf der Ermittlungen zu einem doppelten Kriminalfall kennengelernt. Er war der zuständige Kommissar, und sie hatte aus persönlichem Interesse Nachforschungen angestellt, obwohl sie das eigentlich gar nicht gedurft hätte.

Unwillkürlich legte sie eine Hand an ihren Hals. Narben hatte sie keine zurückbehalten, obwohl sie ihren Alleingang beinahe mit dem Leben bezahlt hätte. Während dieser Ermittlungen hatte sie sich in Michel verliebt. Und er sich in sie. Das war vor einem halben Jahr gewesen, sie befanden sich also noch am Anfang ihrer Beziehung und entdeckten einander jedes Wochenende ein Stückchen mehr.

So hatten sie auch die letzten zwei Tage genossen, lange Spaziergänge unternommen, in einem idyllisch gelegenen Landgasthof köstliches Wildschwein am Spieß gegessen und viel Zeit im Bett verbracht – wunderbare Momente der Zärtlichkeit …

Aber jetzt war nicht die Zeit, in wohligen Erinnerungen zu schwelgen. Schließlich stand eine neue Arbeitswoche an, und in zwanzig Minuten würde sie zum Präsidium aufbrechen müssen. Doch vorher wollte sie draußen in der Frühlingssonne noch einen Kaffee genießen. Sie goss den letzten Rest aus der Kanne in ihre Bol und schaute sich zufrieden in ihrer Küche um. Die Umbauarbeiten hatten sich gelohnt, auch wenn alles länger gedauert hatte als vorgesehen und zudem teurer geworden war. Sie hatte die Wand zwischen der ehemaligen Küche und dem Esszimmer einreißen lassen und stand jetzt in der geräumigen, hellen Wohnküche, von der sie immer geträumt hatte. Ein großer Holztisch mit bequemen Korbsesseln beherrschte die Mitte des Raumes, und eine mit grünem Samt bezogene Récamiere, neben der eine Designerstehlampe stand, bot einen gemütlichen Leseplatz. Das Licht, das durch die beiden Fenster fiel, spiegelte sich in einem großen, barock anmutenden Spiegel wider. Die helle Küchenzeile war schlicht und funktional, so wie Marie es mochte, aber ergänzt durch einen gusseisernen Herd mit Kupfergriffen, den sie im Internet gefunden hatte. Er sah uralt aus und vermittelte den Eindruck, als hätte er von Anfang an in diesem Haus gestanden. »Was für eine Schnapsidee, so ein altes Ding zu kaufen!«, hatte ihre Großtante Léonie angemerkt, die ebenfalls in einem Haus auf diesem Anwesen wohnte. Und Marie hatte entgegnet: »Von so einem Ofen habe ich schon immer geträumt. Außerdem finde ich diesen Mix aus Alt und Neu irgendwie belebend. Ein bisschen wie bei uns, oder?« Die Antwort hatte Léonie gefallen.

Insgesamt wirkt die Wohnküche nicht überdekoriert – und genau so muss es sein, dachte sie nun, nahm ihre Bol und ging zur Küchentür, die auf den Hof hinausführte. Ihr Blick fiel auf das gerahmte Foto neben dem Türrahmen. Darauf waren Maries Vater, Thomas Keller, und ihre beiden Cousins Viktor und Moritz in Karnevalskostümen zu sehen, wie sie lachend vor dem Kölner Dom posierten. Sie lebten alle drei in unterschiedlichen Vierteln der Domstadt und trafen sich gern und regelmäßig. Die Söhne seiner Schwester waren für ihren Vater eine Art Kindersatz, da seine einzige Tochter so weit entfernt lebte. Als Marie das letzte Mal Karneval mit ihnen gefeiert hatte, war sie als Fliegenpilz mit einem riesigen roten Hut mit weißen Punkten durch die quirlige Kölner Altstadt gelaufen, was ihre Cousins dazu veranlasst hatte, sie als »Imi« zu bezeichnen, also als Zugereiste. »Echte« Kölsche Jecke gingen als Clowns, insbesondere wie sie als Lappenclowns oder in rot-weiß geringelten Hemden und Strümpfen mit einem schwarzen Sakko. Karneval sei nun mal eine ernste Angelegenheit. Maries Mutter, die ihrem Vater ins Rheinland gefolgt war, hatte sich nicht damit anfreunden können. Sie war lange nach der Trennung von Maries Vater vor ein paar Jahren von Paris nach Nizza gezogen. Auch in Nizza wurde Karneval gefeiert, doch dem bunten Treiben dort stand sie deutlich offener gegenüber – weil es an der Côte d'Azur, wie sie gern betonte, »viel stilvoller« zuginge. Allein aus diesem Grund würden ihre Eltern sich wohl niemals richtig versöhnen können …

Ihre Cousins hatten Marie die Karnevalsaufnahme kurz vor Weihnachten geschickt, nachdem sie erfahren hatten, dass Marie ihre Familie im Rheinland wegen der Probezeit in ihrem neuen Job für längere Zeit nicht würde besuchen können. Jetzt blieb sie vor dem Bild stehen und hob ihre Bol. »Tach, Jungs!« Dabei fiel ihr ein, dass ihr Vater heute Geburtstag hatte – sie durfte nicht vergessen, ihm später zu gratulieren.

Draußen hatte Gaston, der rot getigerte Kater, den besten Platz auf der Bank bereits in Beschlag genommen und ignorierte den Mischlingshund César, der an ihm herumschnupperte. Marie setzte sich zu den beiden Tieren, blinzelte in die frühe Morgensonne und dachte wieder an Michel, der inzwischen wohl den größten Teil der Strecke nach Bordeaux geschafft haben dürfte – es waren knapp zwei Stunden Autofahrt. Die Vögel, für die gerade die Paarungszeit begonnen hatte, zwitscherten wild durcheinander. Marie machte sich abermals bewusst, was für ein Glück sie hatte, in einer solch idyllischen Umgebung leben zu dürfen. Von der schweren Eichenbank, die seit vielen Jahrzehnten an genau dieser Stelle stand, blickte sie auf das Anwesen der Merciers, ihrer Familie mütterlicherseits. Ihr Zuhause! Die Pflastersteine des Hofes waren vermutlich so alt wie die Gebäude, die 1870 errichtet worden waren, wie das über die Eingangstür gemeißelte Datum bezeugte. Die ockerfarbenen Sandsteinmauern leuchteten im Licht der Sonne. Und gestern hatten die Rosenstöcke der Pergola, die ihre Eingangstür umrahmten, erste grüne Spitzen gezeigt.

Vor einem Dreivierteljahr war Marie aus Paris, wo sie bei der Brigade Criminelle gearbeitet hatte, ins südwestliche Périgord gezogen, nachdem sie das Haus von Mamie, ihrer geliebten Großmutter, geerbt hatte. Inzwischen fühlte es sich so an, als wäre seither eine halbe Ewigkeit vergangen. So viel war passiert, sie hätte sich nicht träumen lassen, dass das Leben auf dem Land so aufregend sein würde. Dabei hatte sie gedacht, von Paris einiges gewohnt zu sein. Ursprünglich hatte sie nur ein Sabbatical in Saint-André verbringen wollen. Aber nach reiflicher Überlegung hatte sie sich letzten Herbst auf die Stelle von Michel in Périgueux beworben, nachdem dieser nach Bordeaux befördert worden war. Sein frei gewordener Posten hatte sie vor eine Frage gestellt, die sie irgendwann nicht mehr ignorieren konnte: Wollte sie sich wirklich von ihrem Pariser Leben, von ihren Kollegen dort ganz verabschieden und ihre Wohnung auflösen, nach der sie einst so lange gesucht hatte? Wenn sie sich tatsächlich um die Stelle in Périgueux bewarb und sie auch erhielt, konnte sie keine halben Sachen machen. Aber das war ohnehin nicht ihre Art.

Eines Morgens beim Aufwachen war ihr ganz plötzlich bewusst geworden, dass sie das Leben in Saint-André und vor allem die Menschen hier, die ihr so sehr am Herzen lagen, nicht mehr missen wollte. Hier inmitten dieser malerischen Landschaft war ihre Heimat. Noch vor dem ersten Schluck Kaffee hatte sie den Computer eingeschaltet und ihre Bewerbung losgeschickt. Michel und ihre quirlige Großtante Léonie, die Schwester ihrer verstorbenen Großmutter, hatten sicherlich gehofft, dass sie die Stelle bekäme und sich im Périgord niederlassen würde. Ihre Pariser Kollegin und beste Freundin Pauline wünschte sich hingegen, dass ein anderer Kandidat bevorzugt und Marie endlich in die Hauptstadt zurückkehren würde. Wie auch immer, Marie wurde zur Kommissarin in Périgueux ernannt.

Die Nachricht hatte sie mit einem lachenden und einem weinenden Auge aufgenommen. Sie liebte Paris, und diese Metropole würde für sie immer die schönste Stadt der Welt bleiben. Und Pauline, die ihr mit reichlich viel Dramatik »Verrat« vorgeworfen hatte, war auch nur schwer zu besänftigen gewesen. Aber mittlerweile hatte sie sich damit abgefunden, und sie beide hielten nach wie vor intensiven Kontakt. Marie hatte ihre Wohnung in Paris aufgelöst, ihr Sabbatical abgekürzt und vor ein paar Wochen den Dienst aufgenommen. Jetzt war sie wieder offiziell »Madame la Commissaire«. Und das gefiel ihr, wie sie sich eingestehen musste.

Eine vertraute Stimme schreckte sie aus ihren Gedanken auf.

»Schau mal, was ich gerade unter den Apfelbäumen gefunden habe«, rief ihre Großtante, die mit ihren dünnen Beinchen aufgeregt den gemeinsamen Hof durchquerte. So wie sie strahlte, musste es etwas Essbares sein. Léonie war eine leidenschaftliche und begnadete Köchin.

»Was findet man Ende März unter Obstbäumen?«, entgegnete Marie verwundert.

»Ja, was denn wohl? Morcheln! Fünf schöne, feste Morcheln!« Stolz streckte die zierliche alte Dame Marie ihre geblümte Schürze wie ein improvisiertes Körbchen entgegen, um ihr die hellen Schlauchpilze mit den wabenartigen Köpfen darin zu zeigen.

»Die sind ja prächtig. Hmmm! Am liebsten esse ich sie mit Nudeln und einer Sahnesauce«, meinte Marie, die sich immer für gutes Essen begeistern konnte.

»Ein klassisches Gericht des Périgord wäre, sie mit Kalbsbries in Blätterteig zuzubereiten«, gab Léonie zu bedenken. »Aber ganz einfach mit Nudeln ist auch keine schlechte Idee.«

»Wie wäre es, wenn wir sie heute Abend gemeinsam in meiner Küche zubereiten?«, schlug Marie vor. Sie wusste, dass sie sich damit auf heikles Terrain begab. Für Léonie war es nicht einfach, sich darauf einzulassen, dass auf dem Hof der Merciers anderswo als in ihrer Küche gekocht werden sollte. Das hatte es früher nie gegeben. Aber wie so oft hatte sie genügend Herz und Verstand, um sich spontan auf Maries Bitte einzulassen.

»Natürlich. Dann können wir gleich ausprobieren, ob dein alter Herd auch was taugt!«

»Super, aber jetzt muss ich mich sputen. Ich will um halb neun im Büro sein. In der Mittagspause versuche ich, in Périgueux frische Nudeln zu finden.« Marie eilte ins Haus und winkte Léonie zum Abschied. »Bis heute Abend.«

»Ja, dir einen schönen Tag, *ma chérie.*«

Marie nahm ihre Tasche, die Autoschlüssel und verließ rasch das Haus. Draußen stolperte sie fast über die Schubkarre, die Georges vor sich herschob. Der eigenbrötlerische ehemalige Hofknecht lebte seit seiner Jugend in einem Nebengebäude des Anwesens und gehörte längst zur Familie. Er und Léonie waren ein besonderes und rührendes Gespann: Immer spielten sie ein bisschen Katz und Maus miteinander, waren dabei aber stets um das Wohlergehen des anderen bemüht.

»Upps!«

»Ach, *Madame la Parisienne* hat es wieder mal eilig«, stellte er lakonisch fest.

Der hagere Georges trug seine obligatorische Cordhose, in die er dreimal hineingepasst hätte, und einen Pullover mit kariertem Muster. Ein Zigarettenstummel hing in seinem linken Mundwinkel. Marie war sich nicht sicher, ob er ihn heute schon angezündet hatte. Hauptsache, die Zigarette steckte im Mund.

»Und wo spazierst du mit deiner Schubkarre hin?«, fragte sie und musste schmunzeln.

Er zeigte auf den Schuppen mit den Holzvorräten.

»Von irgendwas muss Léonies Ofen ja brennen.« Er glättete mit einer Hand eine widerspenstige weiße Haarsträhne und ging dann auf den Schuppen zu. Marie hörte ihn irgendetwas vor sich hin brummeln – Georges pflegte seine kauzige Art.

Marie eilte weiter. Doch gerade als sie den Hof durch das schwere Holztor verlassen wollte, sah sie die Nachbarin Rose schon erwartungsvoll an der gemeinsamen Mauer der beiden Grundstücke stehen. Rose war zwei Jahre jünger als Léonie, womit sie gern kokettierte, und die beiden Frauen hatten ihr Leben Tür an Tür verbracht. Die rüstige Rentnerin war in eine rosafarbene Strickjacke gehüllt. So weit war also alles normal. Rose trug stets rosafarbene Kleidung – um ihrem Namen Ehre zu machen. Nun, um einen kurzen Plausch würde Marie nicht herumkommen, wenn sie nicht unfreundlich erscheinen wollte.

»*Bonjour*, Rose.«

»*Bonjour*, Marie. Schau mal!« Die Begeisterung stand Rose ins Gesicht geschrieben, als sie auf einige eher unauffällige Pflänzchen in einem ihrer kunstvoll arrangierten Blumenbeete deutete. »Das sind meine Pfingstrosen! Mit Pferdemist gedüngt, die werden dieses Jahr besonders prächtig. Du wirst schon sehen!«

»Es werden mit Sicherheit die großartigsten Pfingstrosen im ganzen Périgord, ach, was sage ich, im gesamten Département Dordogne.« Das meinte Marie ehrlich. Ihre Nachbarin war eine ebenso begnadete wie ehrgeizige Gärtnerin und nahm mit Recht für sich in Anspruch, zumindest den schönsten Garten von Saint-André zu haben. Nun ja, Léonie, die ihren Garten ebenfalls liebte und pflegte, sah das ein bisschen anders. Die beiden alten Damen standen da, wenn auch unausgesprochen, etwas in Konkurrenz.

Rose nickte eifrig voller Vorfreude. Ihr Bilderbuchgarten war eine ihrer großen Leidenschaften. Die anderen waren Tratschen und TV-Serien.

»Sag mal, gestern hab ich im Fernsehen einen Krimi gesehen. Da hat einer gleich drei Männer auf einmal ermordet, und frag nicht, wie … Und da wollte ich wissen, wie ihr das so macht. Also da war …«

Marie wusste, wie gern Rose, die seit dem Tod ihrer Eltern vor vielen Jahren allein lebte, sich unterhielt, aber sie hatte jetzt wirklich keine Zeit.

»Tut mir leid, Rose, aber ich muss dringend ins Büro. Wir reden ein anderes Mal drüber.«

Sie übersah geflissentlich, wie sich der Mund ihrer Nachbarin zu einem Schmollen verzog, und rief noch »Versprochen!«, während sie in ihren zerbeulten orangefarbenen R5 stieg.

Sie startete den Motor und fuhr von ihrer kleinen, gepflasterten Gasse auf die Hauptstraße von Saint-André zu. An der Kreuzung hielt sie kurz an und schaute zunächst nach links: In dieser Richtung befanden sich das Café de la Place mit seiner einladenden Terrasse und die romanische Dorfkirche mit dem imposanten Steindach, und etwas weiter, am Ortseingang, standen die beiden jahrhundertealten, majestätischen Zedern. Dann blickte sie geradeaus, wo sich direkt vor ihr kleine verwinkelte Gassen auftaten, die viel zum pittoresken Charme des Dorfes beitrugen und durch die man schließlich zur alten Schlossruine gelangte. Jetzt aber bog Marie nach rechts ab, vorbei am Bürgermeisteramt mit der über dem Eingangsportal eingravierten Devise *Liberté, Egalité, Fraternité* – Freiheit, Gleichheit, Brüderlichkeit –, die aus der Zeit der Französischen Revolution stammte, und der flatternden Nationalflagge. Gleich danach tauchte die Grundschule auf, deren um diese frühe Uhrzeit noch unbelebter Hof von einer großen, schattenspendenden Linde beherrscht wurde.

Auf der gegenüberliegenden Straßenseite befand sich der Tante-Emma-Laden, neben dem Marie anhielt, weil sie sich noch eine Kleinigkeit zum Essen kaufen wollte. Das Geschäft wurde mit viel Liebe von Odile geführt, die bereits um sieben in der Früh öffnete. Ihr üppig mit kulinarischen Köstlichkeiten gefüllter Laden trug erheblich zur Dynamik und Lebensqualität des Dorfes bei, und dessen war Odile sich durchaus bewusst. Wie immer tummelten sich jetzt vor dem Schaufenster, auf dem mit geschwungener weißer Schrift groß *Épicerie* zu lesen war, schon ein paar Dorfbewohner, die einen Einkaufskorb oder bereits ein frisches Baguette mit sich führten. Unter ihnen waren einige Senioren, die sich wie Léonie an den alten Volksspruch hielten: *La journée appartient à ceux qui se lèvent tôt* – das französische Pendant zu »Morgenstund hat Gold im Mund«.

Marie grüßte die Runde durch das geöffnete Fahrerfenster.

»Bonjour, tout le monde!«

Sie erntete ein gemeinsames »*Salut,* Marie«. Im nächsten Augenblick sah sie ihren Jugendfreund Philippe, der mit einem Croissant in der Hand gerade den Laden verließ.

»Zweites Frühstück?«, fragte sie ihn.

»Ja, ich muss heute die langen Hecken hinter dem Friedhof schneiden, das geht ganz schön auf die Kondition.« Philippe war bei der Gemeinde angestellt und hatte immer alle Hände voll zu tun. Er hatte eine wichtige Rolle bei den Ermittlungen im letzten Jahr gespielt, aber daran wollte Marie jetzt nicht denken.

In Anbetracht der vielen Leute vor dem Laden entschied sie, dass sie hier zu lange würde warten müssen, und fuhr weiter. Nach kurzer Zeit erreichte sie das Dorfausgangsschild, auf dem der Name Saint-André-du-Périgord rot durchgestrichen war und eine kleine *À-bientôt*-Tafel darunter zum baldigen Wiedersehen einlud. Danach kam sie an großen Feldern und Weiden mit gemächlich grasenden Kühen vorbei. Alles wirkte so friedlich. Die Welt hier ist in Ordnung, dachte Marie mit einem zufriedenen Lächeln und schaltete den lokalen Radiosender *France Bleu Périgord* ein. Gerade lief ein alter, melodischer Gute-Laune-Ohrwurm: *Le Sud* von Nino Ferrer. Sie sang laut mit – ziemlich schief zwar, aber das bekam ja niemand mit:

On dirait le Sud
Le temps dure longtemps
Et la vie sûrement
Plus d'un million d'années
Et toujours en été

Es ist, als wäre man im Süden
Die Zeit dauert lange
und das Leben bestimmt
länger als eine Million Jahre
Und immer ist es Sommer

Kapitel 2

Saint-André, Montag, 22. März

Nachdem Léonie sich von Marie verabschiedet hatte, ging sie langsam über den Hof zu ihrem Haus zurück. Im Hintergrund startete ihre Großnichte gerade ihr Auto – die alte Knatterkiste war wirklich nicht zu überhören. Ihre Schwester Madeleine war eine Ewigkeit damit gefahren, bevor Marie den Wagen geerbt hatte. Er war bestimmt fast dreißig Jahre alt.

Marie sollte sich endlich mal ein vernünftiges Auto anschaffen, dachte Léonie. Aber sie war noch nicht so weit, um sich davon zu trennen – da war zu viel Trauer im Spiel. Es war das Auto ihrer über alles geliebten Großmutter, und das machte es zu etwas ganz Besonderem. Doch das würde sich mit der Zeit sicherlich ändern – das Leben ging ja schließlich weiter. Léonie hatte festgestellt, dass zumindest sie selbst den Tod ihrer älteren Schwester allmählich besser annehmen konnte. Madeleine hatte ein langes und erfülltes Leben gehabt. Was wollte man mehr?!

Léonie konnte immer noch nicht richtig glauben, dass Marie wirklich hier eingezogen war. Sie musste sich an diesen neuen Rhythmus gewöhnen, denn das hatte es hier auf dem Hof noch nie gegeben, dass jemand am Morgen zu festen Zeiten das Haus verließ und abends einigermaßen pünktlich Feierabend hatte. Madeleine und sie hatten – wie ihre Eltern zuvor – jahrein, jahraus, tagein, tagaus auf dem Hof gearbeitet und waren dem

Rhythmus der Natur und der Jahreszeiten gefolgt. Sie hielt es allerdings für eine Fügung des Schicksals, dass für ihre Nichte eine Stelle in Périgueux frei geworden war. Nur schade, dass es die von dem so sympathischen Michel Leblanc gewesen war und er jetzt nur noch am Wochenende ins Périgord kam. Marie war sehr diskret, was ihre Beziehung zu dem Kommissar anbelangte, den sie letzten Sommer unter dramatischen Umständen kennengelernt hatte. Aber da ist eindeutig etwas zwischen ihnen, dachte Léonie – es sei denn, er schläft im Gästezimmer, wenn er über Nacht bleibt.

Auch an diesem Morgen hatte sie gehört, wie er um sechs Uhr losfuhr. Aufgrund ihrer Lebensumstände hatte Léonie nicht heiraten können, aber das bedeutete ja nicht, dass sie keine Ahnung von der Liebe hatte. Zum Glück! Wie auch immer, ihren Segen hatten die beiden jedenfalls. Allerdings hätte es sie beruhigt, wenn Michel, den sie als besonnen einschätzte, in Maries Nähe geblieben wäre. Ihre Großnichte hatte sich in ihrer Berufslaufbahn schon mehrmals in Gefahr gebracht, und beim letzten Mal war sie dem Tod erst in letzter Sekunde von der Schippe gesprungen. Léonie erschauerte bei dem Gedanken. Doch eines hatte sie inzwischen begriffen: Marie ertrug es nicht, wenn man nachfragte – da machte sie gleich die Schotten dicht. Léonie erkannte darin einen »Wehret den Anfängen«-Reflex, und das konnte sie im Grunde gut verstehen. Mit ihren fünfunddreißig Jahren wollte Marie ihre Privatsphäre wahren, auch wenn sie beide Tür an Tür wohnten – oder gerade deshalb. Die jungen Menschen von heute waren da viel klüger, als sie selbst es einst gewesen war. Léonie hatte sich als junge Frau dem Willen und den strengen Vorstellungen ihrer Mutter gebeugt, die letztendlich über den Verlauf ihres Lebens entschieden hatte. Wären Georges und sie in der heutigen Zeit jung, hätten sie beide ein anderes Leben miteinander führen können.

Léonie kehrte ins Hier und Jetzt zurück und dachte kurz darüber nach, was sie als Nächstes tun würde. Genau – sie wollte in der Kühltruhe nach einer selbst gemachten Hühnerbrühe suchen. Ein Fond konnte für die Sahnesauce heute Abend nicht schaden, und Geflügel passte zu Morcheln fast so gut wie Kalb.

Als sie an Augustines Stall vorbeilief, kam das Hängebauchschwein sofort zum Gatter und quiekte. Georges hatte es vollkommen verzogen, und das Schwein ertrug es immer weniger, allein zu sein. Marie hatte schon vorgeschlagen, einen Artgenossen für Augustine herbeizuschaffen. Georges hatte heftig dagegen protestiert und erklärt, dass er ein weiteres Schwein »nicht so wie Augustine lieben könne«. Das musste man sich mal vorstellen: Georges, der in Sachen Gefühle sein bisheriges Leben lang ein Stockfisch gewesen war, sprach jetzt davon, ein Hängebauchschwein zu lieben! Zum Glück war Léonie nicht allzu empfindlich und hatte im Laufe der Jahrzehnte gelernt, mit seinen Eigenheiten umzugehen. Sie wusste, was sie ihm bedeutete, obgleich er selbst es ihr niemals gesagt hatte.

Als Marie ihren Vorschlag geäußert hatte, war Léonie in Georges' Augen allerdings ein gewisses Leuchten aufgefallen, das ihr gar nicht gefiel. Ihr konnte er nichts vormachen. Auch wenn er vehement das Gegenteil behauptete, reizte ihn die Idee, ein weiteres Schwein anzuschaffen. Aber er war doch schon völlig gaga mit Augustine! Wie sollte das erst werden, wenn er zwei Hängebauchschweine in seiner Obhut hätte? Oder sogar … Nein, daran wollte sie gar nicht erst denken! Dann würde sich für Georges die ganze Welt nur noch um diese Viecher drehen, da war sie sicher.

»Ist ja gut! Dein Herrchen kommt gleich«, sagte sie dennoch beinahe mütterlich zu Augustine und bog dann zu ihrem Haus ab. Das Schwein gab ein leises Grunzen von sich, als hätte es sie verstanden. Léonie konnte sich ein Lächeln nicht verkneifen – die zentnerschwere Sau war auch ihr ans Herz gewachsen. Hinter ihrem Rücken hörte Léonie das Geräusch einer schwer beladenen Schubkarre, die über die Pflastersteine rollte, und gleich danach auch Georges, der mit sanfter Stimme auf Augustine einredete.

»Bin wieder da, mein schönes Mädchen. Gleich gehen wir zwei fein spazieren und erzählen uns etwas. Außerdem muss ich dir eine Stelle mit wilden Narzissen zeigen – du wirst begeistert sein.«

Jetzt entwickelt er sich auch noch zum Romantiker, dachte Léonie und seufzte leise.

*

Nach fünfundvierzig Minuten war Marie in der Stadtmitte von Périgueux angekommen und parkte am Präsidium, einem ehemals weiß gestrichenen Gebäude aus den Siebzigerjahren, das inzwischen grau und schmutzig aussah. In Paris hatte sie für die Fahrt von ihrer Wohnung zum Büro in etwa die gleiche Zeit benötigt, nur dass sie dort entweder in der überfüllten Métro oder im Stau gestanden hatte. Dennoch musste sie zugeben, dass ihr die Stadt manchmal schon ein bisschen fehlte: das besondere Flair, die vertraute Hektik, die Cafés, der Blick über die Dächer von ihrer Wohnung aus … einfach das Lebensgefühl dort. Ihren Umzug hatte sie bislang jedoch keine Sekunde lang bereut. Leben hieß ja, Entscheidungen zu treffen. Außerdem war allein schon die Fahrt zu ihrem Arbeitsplatz hier um ein Vielfaches angenehmer als in Paris. Unterwegs hatte sie mehrere gut erhaltene Dörfer durchquert – jedes hatte für sich seine besonderen Architekturmerkmale vorzuweisen: einen alten Brunnen, eine kleine Kapelle, eine Markthalle mit eindrucksvollem Gewölbe, ein herrschaftliches Haus oder ein liebevoll restauriertes

Gehöft … Und in den sanften Tälern hatte sie üppig blühende Fliederbüsche gesehen. Da ging ihr immer das Herz auf. Auf der Heimfahrt würde sie einen großen Strauß weißen Flieder für ihren Küchentisch abschneiden.

Auf dem Weg zu ihrem Büro, das sie sich mit dem freundlichen Inspektor Richard Martin teilte, traf sie auf einem der langen, neonbeleuchteten Flure ein paar Kollegen, die sie fröhlich begrüßten. Sie war hier von allen herzlich aufgenommen worden, abgesehen von Maurice Champion, einem weiteren Kommissar. Der hatte darauf spekuliert, dass Michels Posten gestrichen würde – Périgueux war ein überschaubares Städtchen – und er die Leitung des Dezernats übernehmen würde. Nun war Champion Marie unterstellt. Martin hatte ihr anvertraut, dass die anderen hier zunächst etwas besorgt gewesen waren, eine Vorgesetzte aus der Hauptstadt zu bekommen, denn in der Provinz hatten die Pariser den Ruf, überheblich zu sein. Aber Marie war es gelungen, in kürzester Zeit ein kollegiales Verhältnis aufzubauen. Die Menschen im Périgord waren tatsächlich auffallend umgänglich, und das galt, besagten Stinkstiefel von Champion außer Acht gelassen, auch für die hiesigen Polizisten. Außerdem mochte Marie den Akzent, der hier im Südwesten Frankreichs verbreitet war. Bis vor gar nicht so langer Zeit stand er für Urlaub bei Mamie in Saint-André, und als Kind hatte sie immer versucht, ihn sich anzueignen. Wenn sie aber nach den Sommerferien wieder in Paris bei ihrer Mutter Loren war, trieb diese ihr die begeistert nachgeahmte Sprachmelodie regelmäßig schnell aus. »Ich bin doch nicht vom Land weggezogen, damit meine Tochter wie ein Landei spricht«, meinte sie dann. Na ja, nun würde dieser Akzent Maries Alltag begleiten. Bei Michel, der ein echter Périgourdiner war, hatte sie ihn gleich registriert – und auch das hatte ihr an ihm gefallen.

Als sie fast ihr Büro erreicht hatte, wurde die Tür des Nachbarzimmers aufgerissen. Champion tauchte im Türrahmen auf und blieb mit versteinerter Miene stehen, als er sie sah.

»*Bonjour*«, grüßte Marie betont höflich. »Ich wünsche Ihnen eine angenehme Arbeitswoche.«

Keine Antwort. Er grummelte nur etwas, das Marie nicht verstand, abgesehen von dem Satzfetzen »Blumen! ... lächerlicher Lakai«.

Eine gequälte Seele, dachte sie und erinnerte sich an das, was Martin ihr erzählt hatte, der vor acht Jahren seine Stelle in Périgueux zeitgleich mit Michel angetreten hatte. Schon damals hatte Maurice Champion, der seit dem Beginn seines Berufslebens in Périgueux arbeitete und etwas älter war als Michel, auf dessen Stelle spekuliert, und jetzt war sie ihm ein weiteres Mal vor der Nase weggeschnappt worden. Marie beschloss, ihn fürs Erste seinem Schicksal zu überlassen, und schritt zu ihrem Büro.

Als sie die Tür öffnete, schlug ihr ein ungewohnter Geruch entgegen. Eine Mischung aus frisch geröstetem Kaffee, Desinfektionsmittel und ... Flieder. Der rundliche Inspektor Martin strahlte sie an und zeigte auf einen prächtigen, riesigen Strauß, der den Großteil ihres Schreibtischs einnahm und ihren Computerbildschirm verdeckte.

»*Bonjour,* Madame la Commissaire, den habe ich vor einer halben Stunde mit meiner Mutter in unserem Garten geschnitten – und da wir nicht wussten, ob Sie lieber weißen oder lila Flieder mögen, haben wir beide Farben gemischt«, sagte er stolz und hielt dabei die Arme über seinem Bäuchlein gekreuzt. Marie war gerührt von Martins aufmerksamer Geste. Irgendwie passte sie zu seinen Gesichtszügen, die immer noch kindlich anmuteten, obwohl ihr Kollege die Vierzig schon hinter sich hatte.

»*Merci,* Inspecteur. Das ist ... wirklich sehr nett!«, antwortete Marie verlegen. Jetzt verstand sie, worauf dieser Champion angespielt hatte.

Aber sie fand Martins Aufmerksamkeit auch ein wenig irritierend, denn der Raum hier war ein Büro im Polizeipräsidium und kein Wohnzimmer – und auch kein Blumenladen. Dann fiel ihr auf, dass die Vase – ja, es war tatsächlich eine richtige Vase! – auf einem Platzdeckchen stand. Von Michel, der sich die letzten Jahre das Büro mit Martin geteilt hatte, wusste sie, dass der Inspektor noch bei seiner Mutter lebte. Daher wohl der gemeinsam gepflückte Strauß am frühen Morgen. Michel hatte ihr auch erzählt, dass der Inspektor ein Nerd mit einem ausgeprägten Putzfimmel und erstaunlich häuslich war. Marie selbst hatte in den wenigen Wochen der Zusammenarbeit mit ihm festgestellt, dass er ein sehr angenehmer Kollege war. Und ihr war aufgefallen, dass er anders dachte als sie – er hatte seine eigene Logik und liebte Zahlen. Außerdem arbeitete er präzise und hatte Witz: zwei Eigenschaften, die Marie besonders schätzte. Sie ahnte, dass sie sich gut ergänzen würden. Aber seine Häuslichkeit im Büro machte sie ratlos, vielleicht sogar etwas nervös. Dafür hatte man doch ein Zuhause. Irgendwann würde er noch mit einem Plätscherbrunnen ankommen! Marie holte sich einen Kaffee und überlegte, wie sie das Thema ansprechen könnte, ohne ihren Kollegen zu kränken.

Inspektor Martin nestelte an seinem nicht wirklich vorteilhaften, handgestrickten ockerfarbenen Pullover und lächelte sie erwartungsvoll an.

»Das ist wirklich ein prächtiger Strauß, Martin, aber er nimmt schon viel Platz weg auf meinem Schreibtisch«, wagte sie einzuwenden.

»Ach so, ja!« Er eilte zu ihrem Schreibtisch und stellte den Strauß auf eine Ablage.

»*Merci!*« Sie erwiderte sein Lächeln, mit dem er seine Enttäuschung tapfer zu verbergen versuchte – und da hatte ihr Telefon Erbarmen. Es klingelte. Sie schaute auf das Display. Michel. Marie gab dem Inspektor ein kurzes Zeichen.

»Geht früh los heute Morgen«, meinte er nun aufgeräumt.

Marie verließ das Büro in Richtung einer abgeschiedenen Ecke im Flur, um dort ungestört telefonieren zu können.

»Und, gut durch die Staus gekommen?«

»Ja, aber ich vermisse dich jetzt schon«, antwortete Michel. »Ich bin jetzt auf dem Weg zu einem Großeinsatz in den Docks. Der Tag wird bestimmt heftig.«

»Gefährlich?«

»Ich hoffe nicht. Und wie ist es bei dir?«

»Abwechslungsreich. Eine pampige Begrüßung von Champion und ein überdimensionierter Strauß Flieder auf meinem Schreibtisch«, erzählte sie.

»Von einem Verehrer?«, fragte Michel.

War er etwa eifersüchtig?

»Nein«, antwortete Marie etwas gequält.

»Ah, ich weiß. Von Martin!« Michel klang amüsiert.

»Wie? Hat er dir auch Blumen mitgebracht?« Marie war entgeistert. Sie malte sich aus, wie Martin seinem früheren Chef einen Strauß überreichte, und musste schmunzeln.

»Er war immer sehr fürsorglich. Kirschen aus seinem Garten, von seiner Mutter selbst gekochte Marmelade – köstlich, übrigens, besonders ihr Johannisbeergelee! –, aber Blumen, nein. Dass er dir Blumen schenkt, spricht allerdings für ihn.«

»Ich konnte aber vor lauter Blumen meinen Bildschirm nicht mehr sehen.«

Er lachte. »Hoffen wir, dass es das Schlimmste ist, was dir heute widerfährt.« Marie hörte jetzt Außengeräusche. »Mist, ich muss los. *Je t'embrasse*«, rief er eilig.

»Ich küsse dich auch.« Sie wollte noch »Pass auf dich auf!« rufen, aber er hatte schon aufgelegt.

Marie ging mit einem Lächeln auf den Lippen zum Büro zurück. So viel Aufmerksamkeit war sie nicht gewohnt. Als sie mit ihrem damaligen Freund in Paris gelebt hatte, war tagsüber jeder seiner Wege gegangen, und irgendwann am Abend traf man sich in der gemeinsamen Wohnung. Oder auch nicht. Aber gerade deshalb war ihre Beziehung wohl eingeschlafen. Auf jeden Fall hatte Michel recht: Wieso regte sie sich über einen schönen Blumenstrauß auf, zumal ihr Assistent alles andere als ein Chauvi war? Hier herrschen nun mal andere Sitten als in Paris, dachte sie, und auch deswegen hatte sie beschlossen, dauerhaft im Périgord zu leben.

Als sie das Büro wieder betrat, saß der Inspektor an seinem perfekt aufgeräumten und makellos glänzenden Schreibtisch. Er hatte sich den Telefonhörer zwischen Ohr und Schulter geklemmt und machte sich konzentriert Notizen. Seine sehr regelmäßige Schrift war ihr schon aufgefallen, denn für so etwas hatte Marie ein Faible. Doch erst jetzt bemerkte sie, dass er Linkshänder war. Während sie seine für sie verdreht anmutende Handhaltung beim Schreiben beobachtete, erinnerte sie sich an einen Beitrag, den sie kürzlich gelesen hatte. Rechtshänder beurteilten mit der rechten und Linkshänder mit der linken Gehirnhälfte. Prima, das Zusammenkommen von zwei Gehirnhälften konnte in ihrem Beruf, je nach Situation, nicht schaden.

»In Auberoches also? Beim Bauernhof der Barthes? Gut, Madame Barthes, in einer Stunde sind wir bei Ihnen.« Er legte auf und schaute Marie an.

»Auberoches bei Saint-André-du-Périgord?«, fragte sie überrascht. »Dann ist das gleich bei mir um die Ecke. Die Familie Barthes kenne ich sogar. Was ist da los?«

»Dort wurde ein menschlicher Schädel gefunden. Bei Ausgrabungen an einer Baustelle.«

»Und welche Madame Barthes hat angerufen?«

Martin schaute auf seinen Zettel. »Eine Agnès. Wie viele Madames Barthes gibt es denn?«

Marie überlegte kurz. »Fünf. Aber warum rufen die hier an? Im Périgord wimmelt es nur so von prähistorischen Funden. Vielleicht sollten sie erst das archäologische Museum in Les Eyzies anrufen.«

Michel, der sich für prähistorische Kunst begeisterte, hatte ihr erzählt, dass es immer wieder neue Fundstellen gab. Er glaubte zum Beispiel fest daran, dass man eines Tages eine zweite Lascaux-Höhle finden würde. Und damit war er wohl nicht allein.

»So alt wird der Schädel nicht sein. Da sind anscheinend noch Haarreste dran«, sagte Martin mit angewidert verzogenem Mund.

Kapitel 3

Polizeipräsidium Périgueux, Montag, 22. März

Inspektor Martin hatte sich mit Marie Mercier vor ihrem ersten gemeinsamen Einsatz kurz besprochen, und sie war sehr klar in ihren Ansagen und der Aufgabenverteilung gewesen. Das mochte er. Überhaupt war ihm seine neue Chefin sympathisch, was für ein Glück! Das Einzige, was ihm ein bisschen Sorge machte, war ihr Tempo. Er hatte bei ihr oft das Gefühl, dass sie an drei Sachen gleichzeitig dachte. Hoffentlich konnte er da mithalten. Immerhin hatte er entsprechend ihren Anweisungen Punkt für Punkt alles Nötige für die Sicherung des Fundorts organisiert und den Gerichtsmediziner angerufen, bevor er mit der Kommissarin in Richtung Vézère-Tal aufgebrochen war, in dem das Dorf Auberoches lag.

Sie hatten soeben Périgueux hinter sich gelassen, und Marie Mercier saß am Steuer. Der Inspektor schaute sich verwundert in dem R5 um, der aus einer längst vergangenen Zeit stammte und alles andere als gepflegt wirkte. Im Fußbereich entdeckte er Hundehaare, und das Auto roch wie ein Viehtransporter. Das war gar nicht seins. Er legte seine Hände fest auf die Knie, um nur ja nichts zufällig zu berühren. Zum Glück hatte er sein Desinfektionsgel dabei. Wie konnte es sein, dass eine so attraktive, gepflegte Frau ein derart heruntergekommenes Auto fuhr? Schade, dass ihre deutschen Wurzeln nicht mehr durchschlugen, was den Zustand ihres Gefährts anbelangte – eine deutsche

Kommissarin würde sicherlich nicht in einem so vorsintflutlichen Fahrzeug zu einem Tatort fahren.

»Was ist eigentlich mit Ihrem Dienstwagen? Der steht doch längst für Sie bereit, oder nicht?«, fragte er möglichst beiläufig.

»Ja, ich weiß. Ich muss mich irgendwann darum kümmern, aber das eilt ja nicht.«

»Na ja ... Ich glaube, bei Dienstfahrten würde es den Vorschriften entsprechen. Soll ich den Wagen für Sie abholen?« Das hätte er liebend gern getan, um nicht noch einmal in dieser Bakterienschleuder sitzen zu müssen.

»Nein, nein, danke. Das mach ich schon.« Wirklich überzeugend klang das leider nicht, und die Kommissarin wechselte auch schnell das Thema. »Wie heißt noch mal der Gerichtsmediziner, der gleich kommt?«

»Fred Blanquer. Er kann manchmal etwas sehr direkt oder sogar grob sein, aber er ist eine Koryphäe.«

»Das trifft sich gut – und mit Grobianen kann ich umgehen.« Sie schwieg eine Weile und murmelte dann eher an sich selbst gewandt: »Ein Schädel mit Haarresten ... Wieso liegt denn ein Schädel auf dem Grundstück der Barthes?«

»Kennen Sie diese Leute gut?«, wollte Martin wissen.

»Der Hof der Barthes ist nur sechs Kilometer von Saint-André entfernt, und unsere Familien kennen sich seit einer Ewigkeit. Die Barthes haben vier Töchter, die so in unserem Alter sind, und es gibt noch einen jüngeren Sohn, der ausgewandert ist.«

»Wohin denn?«

»Keine Ahnung. Das ist eine ganze Weile her, und ich hab die Familie schon länger nicht mehr gesehen. Nur eine der Schwestern treffe ich ab und zu auf dem Markt.«

Die Kommissarin verstummte und schien während der weiteren Fahrt ihren Gedanken nachzuhängen.

Martin ließ seinen Blick über die Landschaft schweifen. Überall zeigte sich jetzt der Frühling. Die Bäume hatten zarte Blätter in unterschiedlichen Grüntönen, und auf den Wiesen sprossen die ersten Blumen. Man sah schon den ersten Klatschmohn und leuchtend gelbe Rapsfelder – und immer wieder Flieder. Er war sich nicht sicher, ob die Kommissarin sich über seinen Fliederstrauß gefreut hatte. So richtig gezeigt hatte sie es jedenfalls nicht. Dabei war sie sonst doch sehr herzlich. Vielleicht mochte sie keinen Flieder. Aber wie konnte man keinen Flieder mögen? Nun ja, Menschen sind eben verschieden, dachte Martin.

»Wir sind gleich da«, kündigte Marie Mercier unvermittelt an, als sie einen Walnusshain erreichten.

Gleich daneben lag ein großes, altes Gehöft aus Sandstein mit mehreren Nebengebäuden. Ein paar Hundert Meter weiter im angrenzenden Feld entdeckte Martin einen gelben Raupenbagger. Einige Polizisten riegelten gerade die Stelle großräumig mit Absperrband ab. Kurz vor dem Anwesen standen zwei Polizeiwagen am rechten Straßenrand. Prima, die Kollegen sind da, die Organisation funktioniert, freute sich Martin im Stillen. Er hatte wie immer gleich in Excel eine To-do-Liste für den Einsatz angelegt, um sicherzugehen, dass er nichts vergaß. Der Kommissarin hatte er die Tabelle allerdings nicht gezeigt, sie sollte ihn ja nicht für einen Pedanten halten. Martin war sehr daran gelegen, dass der erste Einsatz mit seiner neuen Chefin absolut planmäßig ablief.

Seine Vorgesetzte fuhr zügig an den Einsatzwagen vorbei und bog in eine imposante Hofeinfahrt. Sie parkte mitten im Innenhof unter einer alten Linde, deren Äste noch kahl waren. Ein paar Hühner liefen frei herum und gackerten empört ob der Eindringlinge. Irgendwo muhte eine Kuh. Martin fand, dass es auf dem Hof sehr streng nach Kuhmist roch, und versuchte, flach zu atmen. Hier war ihm entschieden zu viel Natur. Er tastete automatisch in seiner Jackentasche nach dem Desinfektionsgel.

Die Eingangstür des Wohnhauses wurde geöffnet, und eine alterslos aussehende Frau mit olivgrünem Arbeiteroverall und Gummistiefeln schaute mit verschlossener Miene auf die Neuankömmlinge. Sie schien den Wagen zu erkennen und kam mit energischem Schritt auf sie zu. Mit der ist bestimmt nicht gut Kirschen essen, dachte Martin.

»So, los geht's«, sagte die Kommissarin. »Agnès Barthes ist meistens nur bedingt freundlich. Nicht persönlich nehmen.« Als sie ausstiegen, zwinkerte sie ihm zu. Charme hatte die Kommissarin ja!

*

»*Bonjour,* Agnès«, rief Marie.

Agnès, die älteste der vier Barthes-Schwestern, kniff die Augen zusammen, um ihr Gegenüber besser zu identifizieren. Marie hatte sie seit vielen Jahren nicht mehr gesehen. Inzwischen musste Agnès Anfang vierzig sein, aber sie sah älter aus. Sie war etwas stämmig geworden, und man sah ihr die schwere körperliche Arbeit an. Ihre gleichförmigen Gesichtszüge hatten sich verhärtet, was durch das streng zusammengebundene Haar betont wurde.

»Marie! Was machst du denn hier?«, fragte sie barsch.

Marie nahm es, so wie sie es ihrem Kollegen geraten hatte, nicht persönlich. Agnès war eher kernig in ihrer Art.

»Ich bin im Dienst.« Sie zeigte ihre Marke. »Commissaire Mercier.«

»Wie? Bist du nicht mehr in Paris?«

»Nein, seit Kurzem arbeite ich in Périgueux.« Sie wies auf ihren Kollegen, der neben ihr stand: »Inspecteur Martin hat euren Anruf entgegengenommen. Warst du es, die wegen dem Schädel angerufen hat?« Als sie es sagte, fiel ihr auf, wie sonderbar diese Formulierung klang.

Agnès nickte. Sie wirkte angespannt, und Marie entschied spontan, erst einmal allein mit ihr zu sprechen. So würde sie auch gleich erfahren, was aus den anderen Barthes-Schwestern geworden war.

»Inspecteur, könnten Sie schon mal zum Fundort gehen?«, bat sie Martin. »Vielleicht ist der Gerichtsmediziner schon da. Ich unterhalte mich kurz mit Madame Barthes und komme gleich nach.«

»*Bien sûr*, Madame la Commissaire.« Er verabschiedete sich mit einem freundlichen Lächeln und schlenderte auf die anderen Polizisten zu.

Ein Mann mit einem ausgeprägten Hang zur Gemütlichkeit in seinen Bewegungen, befand Marie. Daran würde sie sich noch gewöhnen müssen.

»Können wir reingehen? Dann sind wir ungestört«, schlug sie Agnès vor.

»Von mir aus.«

Die beiden Frauen gingen zum Wohnhaus, und Agnès öffnete die Tür mit einem festen Schulterstoß. Sie ist wirklich robust, stellte Marie amüsiert fest.

Sie betraten die geräumige Wohnküche, in der sich über die Jahrzehnte hinweg kaum etwas verändert hatte. Es war ein funktionaler, schmuckloser und eher dunkler Raum mit kleinen Fenstern. Immerhin strahlte der Bollerofen in dem überdimensionierten Kamin eine angenehme Wärme aus. Auf dem langen Küchentisch stand ein veralteter Laptop, umringt von jeder Menge Rechnungen.

»Ich mache gerade Buchhaltung«, sagte Agnès, »meine Lieblingsbeschäftigung.« Sie bedeutete Marie, sich ans Kopfende des Tisches zu setzen. »Kaffee?«

»Gern.«

Agnès ging zum Ofen, auf dem eine alte Kaffeekanne stand. »Ohne Zucker, nehme ich an. Städterinnen achten ja auf ihre Linie.«

»Genau.« War da ein bissiger Unterton?, überlegte Marie kurz. Egal. »Jetzt erzähl mal, was heute Morgen passiert ist.«

»Ach, hier läuft seit Wochen alles schief. Als hätte sich die ganze Welt darauf geeinigt, mir auf die Nerven zu gehen. Und dann auch noch dieser Schädel im Feld. Ich hab auch so schon genug am Hals.«

»Hast du ihn gefunden?«

»Nee, das war der Baggerfahrer. Der hat ihn mir gezeigt. Dass da noch Haarreste dran sind, kam mir verdächtig vor, deshalb hab ich es gleich in Périgueux gemeldet.«

»Das hast du genau richtig gemacht.«

»Die Haarreste bedeuten doch, dass der Kopf noch nicht allzu lange da liegt, oder?«

»Abwarten. Der Gerichtsmediziner wird sich schnell dazu äußern. Aber sag mal, was läuft denn schief?«

»Ach, es ist wie immer. Miese auf der Bank, ein kaputter Traktor, der Nachtfrost, der der Aprikosen- und Kirschernte den Garaus gemacht hat, ein undichtes Dach … Also eigentlich nichts weiter Ungewöhnliches.«

Marie beobachtete Agnès und hatte das Gefühl, dass da noch etwas war, das sie belastete. Also bohrte sie nach.

»Und deiner Familie geht's gut?«

»Na ja, ›gut‹ ist ein dehnbarer Begriff. Aber immerhin ist niemand krank.«

»Deine Eltern habe ich seit einer Ewigkeit nicht mehr gesehen.«

»Seitdem Antoine abgehauen ist, verlassen sie kaum noch das Grundstück. Sie sind in ein Nebengebäude hinter dem Hof gezogen. Mein Vater kümmert sich nur noch um seinen Blumengarten, und meine Mutter hockt den Großteil der Zeit in der Bude.«

Ja genau – Antoine, so hieß der Bruder. Marie hatte während der Fahrt versucht, sich an seinen Vornamen zu erinnern.

»Und hört ihr ab und zu was von Antoine?«

»Nee, der ist irgendwo in Australien und hat uns aus seinem Gedächtnis gestrichen. Anfangs hat er noch Postkarten aus Sydney geschickt, aber seit langer Zeit ist Sendepause. Weiß der Henker, warum.«

»Wieso Australien?«

»Da wollte er schon als Kind hin. Soll mir recht sein, wenn es ihm da besser gefällt. Aber die Eltern haben sich nie davon erholt, dass er nicht mehr hier ist.«

Marie erinnerte sich, dass Lucienne und Marcel Barthes nicht zu Mamies Beerdigung gekommen waren, obwohl sie sich so gut kannten. Léonie hatte ihr erzählt, dass sie sich seit Jahren komplett abgekapselt hatten.

»Nathalie sehe ich manchmal auf dem Markt«, sagte Marie, um das Gespräch in Gang zu halten. Nathalie war die zweitälteste der Barthes-Schwestern und bei Weitem die Sympathischste von den vieren. Sie stand schon immer auf der sonnigen Seite des Lebens – war hübsch, fröhlich und voller Energie. Sie hatte einen netten Mann aus dem Nachbardorf geheiratet: Olivier Gaillard, der sie und ihren gemeinsamen Sohn Léon auf Händen trug. Auch das wusste Marie von Léonie.

»Ja, ja«, erwiderte Agnès abweisend.

Das war seltsam. Soweit Marie wusste, verstanden sich die beiden Schwestern gut und arbeiteten eng zusammen. Früher waren sie gemeinsam auf die Wochenmärkte in der Gegend gefahren, um die Produkte des Hofes zu verkaufen. An ihrem Stand hatte immer gute Stimmung geherrscht.

»Was meinst du mit ›ja, ja‹?«

»Nichts«, antwortete Agnès knapp und entfernte imaginäre Krümel vom Tisch.

Marie schaute sie fragend an. Da war was im Busch.

Agnès bemerkte ihren Blick und fügte hinzu: »Ach, keine Ahnung, irgendwie zickt sie im Moment rum.«

»Das ist doch gar nicht ihre Art. Was hat sie denn?«

Agnès reichte ihr eine Tasse und setzte sich Marie gegenüber.

»Keine Ahnung. Olivier wollte ihr eine Überraschung bereiten, und das ist irgendwie danebengegangen.«

»Was für eine Überraschung?« Marie trank einen Schluck Kaffee und hätte fast eine Grimasse gezogen. Er schmeckte furchtbar bitter. Wahrscheinlich stand er schon den ganzen Morgen auf dem Ofen und war zu heiß geworden. Wie auf den meisten Bauernhöfen wurde sicherlich auch hier akribisch darauf geachtet, nichts zu verschwenden.

»Olivier hat mir zusammen mit einem Geschäftspartner heimlich ein Grundstück abgekauft, um darauf eine Walnussöl-Mühle zu bauen. Das könnte ein richtig gutes Geschäft werden.« Zum ersten Mal huschte ein Lächeln über Agnès' müdes Gesicht. »Die zwei haben alles super geplant. Als wir vom Notar zurückkamen, hat Olivier eine Flasche Schampus aufgemacht und Nathalie stolz von dem Projekt erzählt. Madame ist aber ausgerastet und seitdem stinksauer – auch auf mich. Keine Ahnung, warum.«

Agnès war offenbar gekränkt. Marie wollte mehr darüber wissen.

»Was gefiel ihr denn nicht an dem Projekt?«

»Hab ich doch gerade gesagt: keine Ahnung!«, entgegnete Agnès gereizt.

»Hat sie was gegen Oliviers Partner?«

»Nee. Außerdem finanziert der alles.«

»Um welches Grundstück geht es?«, hakte Marie nach.

»Das, auf dem gerade der Schädel gefunden wurde. Da haben etliche Nussbäume gestanden, aber vor allem fließt dort ein Bach. Das Gelände ist ideal für eine Walnussöl-Mühle.«

»Wieso gehörte dir das Grundstück? Sind die Ländereien um den Hof nicht alle in Familienbesitz?«

»Eigentlich ja, aber dieses Stück Land habe ich den Eltern vor Jahren abgekauft.«

Seltsam, dachte Marie. Was kann Nathalie dann an dem Projekt stören? Am besten, sie fragte sie selbst.

»Und wo ist Nathalie jetzt?«

»Auf dem Markt. Seit dieser Woche gibt es wieder den Montagsmarkt in Les Eyzies.«

»Stimmt, Ostern steht vor der Tür. Die Touristensaison fängt bald an.«

»Zum Glück! Das wird das Geschäft ankurbeln. Können wir gut gebrauchen«, sagte Agnès, während sie missmutig auf die Stapel Quittungen blickte, die vor ihr lagen.

Marie trank tapfer ihren Kaffee aus und stand auf. »Danke für den Kaffee. Ich gehe jetzt mal schauen, wie der Stand der Dinge ist. Bis gleich, Agnès.«

»Ich komme mit.«

»Lass mal. Das könnte die Arbeit der Kollegen von der Spurensicherung stören. Ich bin gleich wieder zurück.«

»Wie du willst. Bring mir aber bloß keine Hiobsbotschaft!«, erwiderte Agnès.

»Ich bemühe mich. Auch, dass wir so schnell wie möglich hier fertig werden.« Aber Marie ahnte schon, dass sie länger am Fundort beschäftigt sein würden. Wo ein Schädel gefunden wurde, musste nach dem übrigen Skelett gesucht werden. Was bedeuten konnte, dass man das ganze Gelände von einem Bagger umpflügen lassen musste.

*

Richard Martin rang möglichst diskret nach Luft. Das war kein schöner Anblick. An dem Schädel, der wie auf einem Präsentierteller in der Riesenschaufel des Baggers lag, waren noch vereinzelte Hautfetzen und dunkle Haarbüschel erkennbar.

Inzwischen hatte er die Aussage des Baggerfahrers aufgenommen. Pedro Martinez, der freundliche Mann mit dem starken portugiesischen Akzent, hatte allerdings nur wenig zum Fall beizutragen. Er sollte, bevor mit dem eigentlichen Bau der Ölmühle begonnen werden konnte, das Grundstück glätten und die Wurzeln der bereits abgesägten Nussbäume entfernen. Dabei hatte er den Schädel freigelegt. Rasch hatte er Madame Barthes auf dem Hof informiert, die sofort mit ihrem Schwager, Monsieur Olivier Gaillard, zur Fundstelle geeilt war.

»Und wann kann ich weiterarbeiten?«, hatte Martinez nach dem Ende seiner Aussage wissen wollen.

»Das kann ich Ihnen zum jetzigen Zeitpunkt leider nicht sagen«, hatte Martin geantwortet.

Daraufhin war der Baggerfahrer betrübt Richtung Dorf weggegangen.

Martin, der ihm gedankenverloren hinterhergeschaut hatte, wandte sich Gaillard zu. Der Mann mit der Holzfällerstatur war die ganze Zeit über an der Fundstelle stehen geblieben und vermochte offensichtlich nicht den Blick von dem Schädel zu lösen. Er stöhnte immer wieder laut vor sich hin: »Ich glaub's nicht!«

»Was glauben Sie nicht, Monsieur Gaillard?«, fragte der Inspektor behutsam.

Offenbar war der Mann immer noch so entsetzt über den Fund, dass er nicht sofort etwas erwidern konnte.

Während Martin geduldig auf eine Antwort wartete, sah er Fred Blanquer auf sich zukommen. Groß, hager und blass wie immer. Wenn er den Gerichtsmediziner sah, musste Martin immer an den Leichenbestatter aus der Comic-Serie *Lucky Luke* denken, für die er sich auch als Erwachsener noch begeistern konnte. Selbst das lange Kinn und die große Nase hatten die beiden gemeinsam.

»*Salut*, Richard, alles fit im Schritt? Ich meine, du hättest etwas zugelegt, oder?«

Martin zog reflexartig den Bauch ein. Ja, er hatte ein bisschen zugenommen, aber eigentlich sah man sein Bäuchlein unter dem weiten Pullover doch gar nicht. Blanquer hatte einfach kein Benehmen. Deshalb war er auch von Bordeaux in die Provinz strafversetzt worden – was ihm allerdings völlig egal zu sein schien. Leichen sind überall schön, hatte er gesagt, als Martin ihn einmal fragte, ob er die Stadt nicht vermissen würde. Familie hatte er wohl keine – er war mit seinem Job verheiratet. Martin überlegte kurz, ob er in der Pathologie mit den Leichen sprach, verbannte diese makabere Vorstellung jedoch sofort wieder aus seinem Bewusstsein.

»*Salut*«, rang er sich stattdessen ab. Mehr fiel ihm nicht ein.

Der Mediziner hatte sich allerdings schon von ihm abgewandt, um seiner Arbeit nachzugehen. Der Inspektor beobachtete, wie er seine Latexhandschuhe überstreifte, sich dem Schädel näherte und ihn mit großer Konzentration betrachtete.

Martin entschuldigte sich bei Olivier Gaillard und bat ihn, etwas zurückzutreten, damit der Pathologe ungestört arbeiten konnte. Er würde gleich wieder auf ihn zukommen, um seine Aussage aufzunehmen. Gaillard schaute ihn mit leerem Blick an, tat aber wie geheißen. Der Inspektor wandte sich wieder Blanquer zu.

»Sehr hübsch«, stellte der Mediziner fest.

Was war denn daran bitte schön hübsch?

»Kannst du jetzt schon etwas sagen?«, fragte Martin.

»Auf jeden Fall ist es kein prähistorischer Fund.« Blanquer nahm etwas Erde aus der Baggerschaufel, zerrieb sie zwischen seinen langen, schmalen Fingern und roch daran. »Die Erde ist feucht und schwer, alles Organische zersetzt sich hier schnell. Der Schädel dürfte, grob gerechnet, seit zehn, fünfzehn Jahren begraben sein – vorausgesetzt, dass er immer an dieser Stelle gelegen hat.« Mit einem Finger drehte der Pathologe den Kopf, um ihm sozusagen ins Gesicht zu sehen, und näherte sich ihm bis auf zehn Zentimeter.

Ob der Schädel roch? Martin musste schlucken, blieb aber nach außen hin cool und meinte: »Also kein Cro-Magnon! Schade, das Vézère-Tal hätte um einen prähistorischen Schatz reicher werden können.«

Blanquer ignorierte seinen Kommentar – wahrscheinlich hörte er ihm in seiner morbiden Verzückung gar nicht zu. Seine ganze Aufmerksamkeit galt dem Schädel.

»Den Zähnen nach zu urteilen … eher ein junger Mensch. Auffallend gute Zähne. Siehst du? So gerade, wie die sind, hat er bestimmt mal eine Klammer getragen.«

Automatisch fuhr sich Martin mit der Zunge über die eigenen Zähne, denn auch er hatte lange eine tragen müssen. Keine gute Erinnerung. Pummelig plus Zahnspange – da war man ein gefundenes Opfer auf dem Schulhof. Zum Glück hatte er keine Brille tragen müssen. Aber zurück in die Gegenwart, dachte er und fragte: »Mann oder Frau?«

Blanquer schien einen Moment nachzudenken und legte dabei den Kopf schräg.

»Hm, aufgrund der Größe des Schädels, speziell der Glabella«, er deutete auf den Bereich zwischen Nasenwurzel und Augenbrauen, »und aufgrund des breiten Kinns würde ich auf einen Mann tippen. Aber da kann man sich auch täuschen. Nicht alle Frauen sind zierliche Wesen …« Seiner Mimik nach zu urteilen schien er sich über seinen letzten Satz zu amüsieren.

Nicht mein Humor, dachte Martin.

»Ja, und wo ist der Rest?«, fragte der Mediziner plötzlich.

»Was meinst du damit?«

»In der Regel gehört zu einem Schädel auch ein Körper.«

»Den haben wir noch nicht gefunden«, erwiderte Martin etwas verlegen.

Vorsichtig nahm Blanquer den Schädel in die Hand und betrachtete ihn von allen Seiten.

»Aha! Sehr schöne Schramme. Schau mal.«

Der Inspektor näherte sich ihm widerwillig. Tatorte und Leichen waren einfach nichts für ihn. Seine Stärke lag mehr im Bereich des Organisatorischen, und er sehnte sich nach seinem gemütlichen Büro.

»Siehst du die Schramme da?«, fragte Fred und fuhr mit seinem blau behandschuhten Zeigefinger entlang des Schädels bis zum Nackenansatz. »Das muss ziemlich wehgetan haben – war vielleicht sogar tödlich«, mutmaßte er grinsend. Dann wurde er plötzlich ungeduldig. »Wo bleibt eigentlich die neue Kommissarin? Wir müssen hier weiterbuddeln, um die restlichen Knochen zu finden.«

Martin schaute in Richtung Bauernhof und sah am Ende des Feldes Marie Mercier auf sie zukommen. Sie blieb kurz stehen, steckte die Hände in die Taschen ihrer Windjacke und drehte den Kopf, als wolle sie das bestimmt zwei Hektar große Grundstück in seiner Gänze betrachten. Sie wirkte entspannt … Wie angenehm!

»Da kommt sie«, antwortete Martin erleichtert. Er war froh, nicht länger allein zu sein mit dem exzentrischen Pathologen und dem apathischen Gaillard.

»Ach, die hatte ich mir ganz anders vorgestellt«, meinte der Gerichtsmediziner, der seinem Blick gefolgt war. »Ich dachte, sie ist groß und blond – wie man sich halt eine Deutsche vorstellt.«

»Falsch gedacht … Außerdem ist sie Deutsch-Französin.«

»Früher hätte man vom ›alpiniden‹ Typ gesprochen. Macht man heutzutage aber nicht mehr, zu diskriminierend.«

»Wie bitte?« Martin fand ihn zunehmend sonderbar.

»Na, sieh doch hin: um die ein Meter sechzig, eher zierlich, aber rundes Gesicht, dunkles Haar, kleine Nase. Eigentlich ganz hübsch! Ich hab übrigens gehört, dass Leblanc große Stücke auf sie hält.«

Auf dieses Terrain wollte Martin sich nicht begeben. Er ahnte, dass zwischen den beiden etwas war. Manchmal fragte er sich auch, ob nicht Michel Leblanc anrief, wann immer die Kommissarin ihr gemeinsames Büro verließ, um ungestört zu telefonieren. Was Martin allerdings genau wusste, war, dass ihm Blanquers Art, seine Chefin auf ihr Äußeres zu reduzieren, ganz und gar missfiel.

»Du solltest sie auf jeden Fall nicht unterschätzen.«

Der Pathologe zuckte mit den Schultern.

»Die Einzigen, die ich nicht unterschätze, sind die Toten.«

Kapitel 4

Auberoches, Montag, 22. März

»*Bonjour, Messieurs.*« Marie grüßte schon von Weitem die kleine Herrenrunde und ging zunächst auf Agnès' Schwager zu, der etwas abseits auf einem Stein saß. Er sah mitgenommen aus, als wäre er dem Teufel in Person begegnet. Nur mühsam stand er auf, und sie reichten sich die Hand.

»*Salut*, Olivier. Ich bin hier neuerdings die zuständige Kommissarin. Tut mir leid, dass wir uns unter diesen Umständen wiedersehen.«

»Marie?« Es fiel ihm sichtlich schwer, sie so spontan in diesem Umfeld einzuordnen. »Entschuldige, ich bin noch etwas wackelig auf den Beinen. Ehrlich gesagt wird mir sonst schon flau, wenn ich nur einen Blutfleck sehe. Und jetzt dieser Totenschädel – das haut mich einfach um!« Der Blick, mit dem der kräftige Kerl sie aus seinen blauen Augen ansah, wirkte verloren.

»Bleib einfach sitzen, bis es dir besser geht. Ich muss sowieso noch mit den Kollegen sprechen.«

Als Olivier sich wieder niederließ, trat Martin zu ihnen.

»Ich werde dann mal Ihre Aussage aufnehmen, Monsieur Gaillard.«

Marie ging hinüber zu dem großen hageren Mann, der den Totenschädel betrachtete. Das musste der Gerichtsmediziner sein. Der talgige Teint und die blasse Augenfarbe passen wirklich gut zu seinem Beruf, dachte sie.

»Commissaire Mercier«, stellte sie sich ihm vor.

Blanquer beugte sich leicht zu ihr herunter, sodass Marie den Ansatz einer Glatze erkennen konnte.

Wie alt mag er wohl sein?, fragte sie sich. Fünfzig? Und ist er wirklich so grob, wie Martin gesagt hatte? Sie war gespannt.

»*Enchanté,* Madame la Commissaire. Fred Blanquer. Ich habe schon viel von Ihnen gehört.« Sein Blick war fest, und er hatte einen kräftigen Händedruck. So weit war doch alles korrekt.

»Das ist also der Fund.« Mit einem freundlichen Lächeln deutete Marie auf den Schädel in Blanquers Hand.

»Ich hab's Martin schon gesagt: jung, vermutlich männlich, mit Schädelverletzung hier.« Er deutete auf eine große Schramme. »Ansonsten gut in Schuss. Bis auf die Frisur. Die hat gelitten in den Jahren.«

Aha, das also meinte Martin mit »sehr direkt oder sogar grob«.

»Was wir jetzt herausfinden müssen, ist, ob der Bagger mit seiner Schaufel den Kopf vom übrigen Skelett abgetrennt hat oder ob nur der Schädel hier vergraben worden ist.«

»Und worauf tippen Sie?«, wollte Marie wissen.

»Der liegt da ganz.«

Blanquer legte den Schädel behutsam in die Baggerschaufel zurück und stieg vorsichtig in die Grube, die der Bagger hinterlassen hatte. Mit dem Finger deutete er auf eine helle Spur.

»Wenn Sie mich fragen – da versteckt sich der Kerl.«

Sonderbare Formulierung, dachte Marie, bevor sie antwortete: »Okay, ich telefoniere gleich mit dem Staatsanwalt.«

Als Marie von der Fundstelle in Richtung Hof zurückging, holte sie ihr Handy hervor und rief den Staatsanwalt an, damit er den Tatort zur weiteren Untersuchung freigab. Schließlich sprach einiges für die Annahme, dass man noch weitere Skelettreste finden würde. Bei dem Gespräch hob sie hervor, dass die Spuren auf dem Schädel laut Blanquer möglicherweise auf einen gewaltsamen Tod hindeuteten. Sie waren also auf einen mutmaßlichen Tatort gestoßen, der genauestens untersucht werden musste.

Nach dem Ende des Telefonats dachte sie über den Gerichtsmediziner nach, während sie zügig weiterging. Er war ein komischer Kauz, so ganz ohne Filter, dafür aber sehr klar und geradeheraus – damit konnte sie gut umgehen. So jemand war ihr tausend Mal lieber als der umständliche Pathologe, mit dem sie es in Paris zu tun gehabt hatte. Ihn und die Flut von Formularen, die er immer angefordert hatte, würde sie bestimmt nicht vermissen. Blanquers Kollegen aus Périgeux waren vermutlich schon unterwegs, um ihn bei der Arbeit vor Ort zu unterstützen. Der Gerichtsmediziner hatte gesagt, dass die DNA-Untersuchungen nicht vor Ende der Woche vorliegen würden. Es war ein Kreuz, dass die Resultate solcher Analysen im einundzwanzigsten Jahrhundert immer noch so lange auf sich warten ließen. Erst wenn sie diese hätten, würden sie die Vermisstenmeldungen durchforsten können.

Marie blieb einen Moment stehen, um das große Grundstück von dieser Seite in Augenschein zu nehmen. Es war auf jeden Fall ein schönes Stück Land in Südlage. Sie zog erneut ihr Handy aus der Jeanstasche und machte ein Panoramafoto in der Hoffnung, später auf der Aufnahme irgendwelche Indizien finden zu können. Manchmal kam es tatsächlich vor, dass man auf einem vergrößerten Foto etwas entdeckte, das mit dem bloßen Auge nicht zu erkennen gewesen war. So hatte sie in Paris einmal einen Fall lösen können, nachdem sie bei der Betrachtung eines Bildes auf einen entscheidenden Hinweis gestoßen war, der ihr am Tatort selbst entgangen war.

Plötzlich hörte sie eilige Schritte. Sie drehte sich um und sah, dass Olivier ihr gefolgt war. Allem Anschein nach hatte er sich wieder gefangen, auch wenn sein Gesicht immer noch blass war.

»Besser?«

»Ja, danke. Ich frage mich nur, wer das ist.«

»Das finden wir hoffentlich bald heraus.« Um ihn abzulenken, deutete Marie auf das Grundstück. »Schönes Stück Land!«

»Das kannst du laut sagen!« Sein Gesicht erhellte sich ein wenig, und er wies mit seiner kräftigen Pranke auf die Stelle, wo der Baggerfahrer den Schädel gefunden hatte. »Wir haben vor, genau da eine Mühle nach dem neuesten Stand der Technik zu bauen, um mit der Produktion von Walnussöl groß ins Geschäft zu kommen.«

»Klingt nach einem aufwendigen Projekt. Spannend, aber auch kostspielig, oder?«

»Ja, bei den Zahlen wird einem schwindelig. Aber zum Glück habe ich einen finanzstarken Partner.«

»Jemand aus der Gegend?«

»Nein, jemand wie du. Ein Pariser, der die Großstadt leid ist.«

Als Pariserin abgestempelt zu werden versetzte Marie einen kleinen Stich, auch wenn sie wusste, dass Olivier es nicht böse meinte – im Gegensatz zu vielen anderen Menschen hier in der Gegend. Es würde wohl noch viel Zeit vergehen, bis die Leute eine Einheimische in ihr sähen. Wenn überhaupt.

Sie nickte Olivier aufmunternd zu, damit er ein wenig mehr erzählte.

»Er ist ein erfahrener Geschäftsmann und hat einen genauen Fahrplan ausgearbeitet. Da ist jeder Schritt haarklein festgelegt – wie lange er maximal dauern darf, wie viel Geld er kosten soll und so weiter und so fort«, sagte er voller Bewunderung.

»Ein Schädelfund ist da wohl nicht vorgesehen.«

»Hör bloß auf! Ich muss ihn jetzt schnell anrufen und ihm

sagen, dass die Arbeiten mit dem Bagger vorerst auf Eis gelegt sind.«

»Ist dein Geschäftspartner nicht vor Ort?«

»Nein, der muss noch Sachen in Paris regeln und wollte erst Ende der Woche wieder herkommen ... Also, ich hab noch einiges zu erledigen. Wenn du mich hier nicht mehr brauchst, mache ich mich jetzt wieder auf den Weg.«

»Klar. Und ich schau noch mal bei Agnès vorbei.«

Nach einem kurzen Abschiedsgruß schritt Olivier in Richtung seines ramponierten Geländewagens, der ein Stück weit entfernt stand. Als sie Olivier nachschaute, musste Marie an einen großen Teddybären denken. Im Gehen hielt er die kräftigen Arme vom Körper abgespreizt, was ihn noch voluminöser erscheinen ließ. Dabei machte er erstaunlich kleine Schritte, die irgendwie plump wirkten. Nein, wie ein vor Dynamik sprühender Unternehmer sah er nicht aus.

Marie setzte ihren Weg zum Hof fort und hielt nach einer Weile an einem majestätischen Nussbaum inne. Sie legte eine flache Hand auf die raue Rinde, schaute hinauf, und für einen Moment schien die Zeit stillzustehen. Man erahnte schon die Knospen der länglichen Blütenstände, die sich noch vor den Blättern zeigen würden. Die Nusshaine schimmerten dann über ein paar Tage gelb-grün – ein weiterer Grund, weshalb Marie diese Landschaft so sehr liebte. Vielleicht könnte sie nächstes Wochenende mit Michel hier in der Gegend entlang der Walnusshaine spazieren gehen. Aber jetzt war es genug der Botanik, sie musste sich nun um diese »Schädelgeschichte« kümmern – einen möglichen Mordfall.

Am Hof angekommen, erwartete Agnès sie vor ihrer Haustür.

»Dein Gesichtsausdruck gefällt mir nicht«, blaffte sie Marie an, ließ sie aber rein.

Marie betrat erneut das Haus und antwortete mit einem müden Lächeln.

»Tut mir leid, wir werden euch noch etwas belästigen müssen. Meine Kollegen sind unterwegs, um weitere Ausgrabungen vorzunehmen.«

»Und was sucht ihr genau?«, fragte Agnès.

»Wissen wir noch nicht. Weitere Skelettreste. Persönliche Gegenstände des Verstorbenen, die uns bei den Ermittlungen weiterhelfen. Irgendwie müssen wir herausfinden, warum bei dir auf dem Grundstück ein Schädel begraben wurde und wer der Tote war.«

»Das möchte ich bitte auch gern wissen! Willst du noch einen Kaffee?«

»Nein danke. Aber ein Glas Wasser wäre gut.« Marie hatte immer noch den bitteren Geschmack von dem grässlichen Kaffee im Mund.

»Ich habe nur Leitungswasser.«

»Prima. Trinke ich auch zu Hause.«

Während Agnès ein Glas aus dem Küchenschrank holte, schaute sich Marie in der Küche um, und ihr Blick fiel auf ein gerahmtes Foto, das einsam an einer der kahlen, schmuddeligen Wände hing. Sie näherte sich dem Bild.

»Darf ich es abnehmen?«

»Klar. Das hat Seltenheitswert. Da war die Familie noch komplett.«

Auf dem Foto war die siebenköpfige, sommerlich gekleidete Familie Barthes vor dem Bauernhof zu sehen. Vater und Mutter saßen stolz auf Korbstühlen unter der Linde, umrahmt von ihren fünf Kindern – eine glückliche Familie. Die Aufnahme war offensichtlich im späten Frühling gemacht worden, zwischen den Blättern waren die Lindenblüten zu sehen. Antoine in der Mitte hatte eine Hand auf die Schulter seiner Mutter gelegt und die andere auf die seines Vaters, dessen Hand wiederum auf der seines Sohnes ruhte. Antoine hat wohl einen zentralen Platz in der Familie innegehabt, dachte Marie. Links und rechts von ihm standen je zwei Schwestern. Drei von ihnen – Agnès, Nathalie und Cécile – strahlten in die Kamera, nur nicht Sophie, die Zweitjüngste. Sie wirkte abwesend.

Agnès stellte das Glas für Marie auf den Tisch und trat dann neben sie, um ebenfalls auf das Foto zu schauen.

»Kommt mir vor, als würde ich es gerade zum ersten Mal anschauen. Dabei hängt es seit zehn Jahren da. Es war Antoines achtzehnter Geburtstag. Ein paar Wochen später ist der Idiot abgehauen.«

»Was stand eigentlich in seinem Abschiedsbrief?«

»Brief wäre zu viel gesagt. War eher ein Zettel. Da hatte er so was wie ›Verzeiht mir, Australien wartet auf mich‹ draufgekritzelt. Ich weiß noch, dass der Satz voller Fehler war; Antoine ist eine absolute Niete in Rechtschreibung. Was immer er treibt, ein großer Schriftsteller ist er bestimmt nicht geworden.«

»Und ihr seid sicher, dass er den Zettel geschrieben hat?«

»Ja, klar! Du stellst Fragen!«

»Das bringt mein Beruf so mit sich.«

»Es ist eindeutig seine krakelige Handschrift. Und wie gesagt, die Fehler.«

Marie betrachtete erneut das Bild, um es zeitlich einzuordnen. »Sieht so aus, als wäre das Foto vor etwa zehn Jahren aufgenommen worden. Kommt das hin?«

»Ja. Wie die Zeit vergeht.«

Marie trank ihr Wasserglas in einem Zug aus und stellte es in der Spüle ab. »Sag mal, Agnès, der Schädel war unter einem Nussbaum begraben. Der Wurzelgröße nach zu urteilen war er kleiner und somit auch jünger als die anderen Bäume auf dem Grundstück. Wann wurden sie eigentlich gepflanzt?«

»Keine Ahnung. Ich habe den Eltern das Grundstück gleich nach meinem Agrarwissenschaftsstudium abgekauft. Günstig, da war es ja noch kein Bauland. Damals wollte ich mich auf Heilkräuter spezialisieren und damit ein Geschäft aufbauen – damals, als ich noch eigene Lebenspläne hatte. Aber die haben sich mit Antoine in Luft aufgelöst. Und ich habe mich nie wieder mit diesem blöden Grundstück befasst – bis ich es vor einiger Zeit an Olivier und seinen Partner verkauft habe. Vorher hat es nur als Weide für die Schafe gedient, sodass wir dort nicht mähen mussten.«

»Warum hat Antoines Weggang eigentlich deine Lebenspläne verhindert?«, hakte Marie nach.

Agnès schaute noch mal auf das Foto und kniff dabei die Augen zusammen. Ihre Stimme klang bitter, als sie weitersprach.

»Meinen Eltern hat es das Herz gebrochen, dass Antoine abgehauen ist. Einfach so. Die Trauer hat sie zerfressen, und sie haben sich nicht mehr um den Hof gekümmert. Hätte ich hier nicht das Ruder übernommen, wären wir im Nu bankrott gewesen. Es sind Siebentagewochen, und selbst die reichen nicht aus. Wenn du als Bauer überleben willst, darfst du nicht zimperlich sein. Aber das kennst du ja von deiner Großmutter und von Léonie.«

Marie nickte. Die beiden waren in der Tat unermüdlich auf Trab gewesen.

»Ich habe Léonie übrigens neulich in Montignac auf dem Markt gesehen. Wie alt ist sie jetzt eigentlich?«

Agnès wollte offensichtlich das Thema wechseln. Wahrscheinlich waren die Erinnerungen zu schmerzhaft, und Marie schätzte sie nicht so ein, als würde sie sich ihren Gefühlen stellen.

»Sie wird demnächst einundachtzig«, antwortete Marie.

»Dafür wirkt sie ganz schön rüstig«, meinte Agnès.

Marie stimmte ihr mit einem Kopfnicken zu und musste zugleich innerlich grinsen. Léonie lief tatsächlich immer noch herum wie ein Duracell-Hase auf Hochtouren. Sie schaute aus dem Fenster und entdeckte Martin, der sich mit ein paar Kollegen im Hof unterhielt. Sie stand auf. »Ich muss los, aber ich melde mich wieder, sobald die Kollegen von der Spurensuche fündig geworden sind.«

»Vor mir aus brauchen sie nichts mehr zu finden. Mir reicht es. Wie auch immer, du weißt ja, wo du mich findest.« Agnès deutete auf die Rechnungen, die jetzt in kleinen Stapeln zusammengelegt waren. »Was für ein beschissener Tag.«

Marie verabschiedete sich mit einem Winken.

Als sie in den Hof hinaustrat, wurde sie von der hellen Frühlingssonne geblendet. Zumindest nicht ganz beschissen, dachte sie optimistisch.

Martin kam lächelnd auf sie zu. »Die Kollegen sind schon da und legen gleich los«, verkündete er und zeigte in Richtung Fundstelle, der ein Team von in weiße Schutzanzüge gekleidete Gestalten etwas Irreales verliehen.

»Prima. Sagen Sie, Martin, würden Sie die Kollegen im Büro anrufen und fragen, ob sie etwas über Antoine Barthes herausfinden können?«

»Schon erledigt. Die melden sich.«

»Super. *Merci,* Inspecteur.« Gemütlich, aber auf Zack, dachte Marie.

»*Bonjour*«, sagte eine leise Stimme hinter ihrem Rücken.

Marie drehte sich um. Vor ihr stand eine sehr schlanke, junge Frau – Marie schätzte sie auf Anfang dreißig – in knallig pink-oranger Sportkleidung mit einer Yogamatte unter dem Arm.

»Was machen denn die ganzen Polizisten hier? Was ist los?«, wollte die Frau wissen. Sie wirkte irritiert.

Es dauerte ein paar Sekunden, bis Marie Sophie wiedererkannte, die zweitjüngste der Barthes-Schwestern. Sie trug inzwischen kurzes Haar, was ihre sportliche Erscheinung unterstrich und ihr etwas Androgynes verlieh. Ihr Äußeres hatte sich im Vergleich zu damals deutlich verändert, und ihr Blick wirkte viel wacher als früher. Marie war angenehm überrascht. Allerdings passte Sophie in ihrem Outfit so gar nicht auf den Hof. Wohnte sie vielleicht nicht mehr hier?

»Sophie! Lange nicht gesehen«, sagte Marie.

Doch die junge Frau erkannte sie anscheinend noch immer nicht. Das letzte Mal hatten sie sich vor ein paar Jahren im Café de la Place getroffen und kurz unterhalten. In Auberoches gab es keine Kneipe, also fuhren die Bewohner ins Nachbardorf nach Saint-André. Auf Marie hatte Sophie immer etwas verträumt gewirkt. So ganz anders als ihre energischen und eher bodenständigen Schwestern.

»Es tut mir leid, ich … Ach, bist du es, Marie?«

Als Marie gerade antworten und ihr auch den Inspektor vorstellen wollte, meldeten sich ihr Handy und das von Martin gleichzeitig. Sie schauten beide auf ihr jeweiliges Display: Die Kollegen aus Périgueux hatten Informationen zu Antoine Barthes gemailt.

Kapitel 5

Auberoches, Montag, 22. März

Ratlos betrachtete Sophie die Visitenkarte, die Marie ihr beim Abschied überreicht hatte. »Falls dir nachträglich noch etwas einfällt, was hilfreich für uns sein könnte«, hatte sie gesagt. Sophie las laut: »Marie Mercier, Commissaire.« Was für eine seltsame Berufswahl! Als Kriminalkommissarin war man doch den ganzen Tag mit Gewalt konfrontiert. Wie konnte man sich dem freiwillig aussetzen? Und wo wohnte Marie jetzt überhaupt? In Périgueux oder in Saint-André? Sie hatte sie nicht danach gefragt.

Diese Sache mit dem Schädel machte Sophie Angst. Sie verabscheute Gewalt, und ein abgetrennter Kopf stand wohl eindeutig dafür. Zunächst hatte sie gar nicht verstanden, was Marie, die sie so lange nicht gesehen hatte, hier auf dem Anwesen machte. Sie hatte sie im ersten Moment auch gar nicht erkannt. Dabei sah sie ihrer Großmutter sehr ähnlich. Auch hatten beide die gleiche Art, einen mit ihren haselnussbraunen Augen unverwandt anzuschauen und dabei leicht den Kopf auf die Seite zu legen.

»Ah, Madame Fitness ist auch schon hier«, hörte sie plötzlich Agnès sagen.

Sophie drehte sich um und sah sie im Türrahmen des Hauses stehen. Wie immer konnte ihre älteste Schwester es sich nicht verkneifen, eine spitze Bemerkung zu machen. Sophie hatte das Gefühl, dass Agnès' Gesichtszüge sich von Tag zu Tag mehr verhärteten. Das kommt davon, wenn man ständig alles beherrschen will, nie tief durchatmet und Meditation für Hokuspokus hält, dachte sie. Heute sah Agnès besonders mitgenommen aus, und ihre Augenlider flatterten. Das verriet immer, dass sie äußerst angespannt war.

»*Bonjour*, Agnès«, antwortete Sophie mit ruhiger Stimme. Ihre älteste Schwester konnte sie inzwischen nicht mehr verunsichern. Daran hatte sie die letzten Jahre hart gearbeitet, und das trug endlich Früchte.

»Wolltest du dich heute nicht um die Salatsetzlinge kümmern?« Agnès schaute verächtlich auf Sophies neues Yoga-Outfit. »Und wie siehst du überhaupt aus? Karneval ist doch längst vorbei.«

Warum ist sie nur immer so biestig?, dachte Sophie. »Das ist meine Yogakleidung. Du weißt ja, dass ich eine Ausbildung zur Yogalehrerin mache. Ich komme gerade vom Unterricht.«

»Dein Yoga wird uns nicht aus den Miesen rausholen. Zieh dich lieber um, und mach dich endlich an die Arbeit!«, befahl Agnès, drehte sich um und knallte die Haustür hinter sich zu.

Hauptsache laut. Aber über die Polizisten und den Schädelfund hatte sie kein Wort verloren – als wäre das ganz normal. In Sachen »Alles unter den Teppich kehren« war Agnès schon immer begabt gewesen. Eigentlich die ganze Familie. Doch auch wenn alle mehr als genug Probleme hatten – gesprochen wurde nicht darüber.

Während sie zur Scheune lief, um sich umzuziehen, überlegte Sophie, ob es normal war, sich mit vierunddreißig Jahren noch derart von seiner Schwester herumkommandieren zu lassen. Nichts gegen Salat – zumal sie längst auf ökologischen Anbau gewechselt hatten –, aber der gehörte nicht in ihren Lebensplan. Sie half hier aus, solange Not am Mann war. Nur war leider keine Besserung der finanziellen Lage in Sicht. Es sei denn, das Mühlenprojekt würde sich als Erfolg erweisen. Zum Glück war sie hier wenigstens ausgezogen und hatte inzwischen ihre eigenen vier Wände. Eigentlich war Sophie heute mit der festen Absicht hergekommen, endlich mit Agnès über ihren Plan zu reden, in der Scheune eine Yogaschule einzurichten, denn schließlich stand nirgendwo geschrieben, dass Agnès Barthes über alles zu entscheiden hatte, was den Hof betraf. Aber jetzt war wohl wieder mal nicht der richtige Moment, um dieses Vorhaben anzusprechen.

In der Scheune angekommen, steckte Sophie Maries Visitenkarte in ihre Brieftasche, griff nach ihrer Arbeitskluft, die an einem Nagel an der Wand hing, und zog sie an. Ihre kostbaren Yogasachen faltete sie ordentlich zusammen und legte sie auf eine Holzbank. Anschließend ging sie hinüber zum Gemüsegarten. Die Sonne schien, die Luft war frisch, aber dennoch mild – das ideale Wetter für Feldarbeit. Immerhin.

*

Für Marie gab es momentan auf dem Anwesen nichts mehr zu tun, also setzte sie sich ins Auto und verließ den Hof. Sie fuhr langsam, die Gespräche mit den beiden Schwestern hingen ihr immer noch nach. Die kratzbürstige, manchmal fast aggressive Agnès und die zartbesaitete Sophie, die so leise sprach, dass man genau hinhören musste, um sie zu verstehen. Welten schienen die beiden zu trennen, und dass sie zusammenarbeiteten, mochte daran liegen, dass sie keine andere Wahl hatten.

Und dann war da noch Nathalie Barthes, die dritte Schwester, die derzeit Waren auf dem Markt von Les Eyzies verkaufte. Marie hatte vor, ihr dort einen Überraschungsbesuch abzustatten. Vielleicht würde ein Gespräch mit ihr helfen, sich ein Bild zu machen, wie diese Familie funktionierte – und möglicherweise erhielt Marie dabei Informationen, die für die weiteren Ermittlungen hilfreich waren. Zudem fragte sie sich, warum Nathalie so erbost war, dass Agnès Olivier ihr Grundstück verkauft hatte. Das Mühlenprojekt klang doch nach einer guten Idee. Wo war das Problem? Oder hatte Agnès da etwas überinterpretiert? Möglich. Martin würde derweil bei den Kollegen in Auberoches bleiben und sie anrufen, falls man am Fundort auf etwas Wichtiges stieß.

Die Straße nach Les Eyzies, auf der sich Marie wenig später befand, war kurvenreich und führte durch Wälder. Sie hatte ihr Seitenfenster halb geöffnet, und ein feucht-moderiger Geruch drang in den Wagen. Ab und an kam sie an einer Lichtung vorbei, die einen weiten Ausblick bot. Einmal sah sie in der Ferne ein prächtiges Schloss mit einer gepflegten Parkanlage. Viele Anwesen in dieser Region waren noch in Privatbesitz. Marie hätte jedoch um keinen Preis in so einem Riesenkasten leben wollen, da war man pausenlos mit Instandhaltung beschäftigt, musste sich zudem mit den strengen Auflagen des Denkmalschutzes herumschlagen, und im Winter holte man sich Frostbeulen, weil die Heizungen meistens unzureichend waren.

Als sie in Les Eyzies ankam, war es nach elf Uhr. Der bescheidene Frühlingsmarkt lag am Ufer der Vézère. Wenn man dem Fluss den Rücken kehrte, sah man auf das Musée de la Préhistoire, das Museum für Vorgeschichte, das sich trotz seiner modernen Architektur erstaunlich gut in die gewaltigen Felsformationen einfügte. Daneben stand die imposante Statue eines Cro-Magnon-Menschen, die das Tal zu überwachen schien. Wie groß war sie wohl? Zehn Meter hoch? Es war das Wahrzeichen von Les Eyzies, das man auf zahlreichen Postkarten wiederfand, die hier in der Gemeinde und in den Souvenirläden der umliegenden Ortschaften angeboten wurden.

Um diese Jahreszeit fand Marie problemlos einen Parkplatz

direkt neben dem Markt, stieg aus und schlenderte an den Warenangeboten vorbei. Vielleicht würde sie hier frische Nudeln für Léonies Morcheln finden. Es gab einen Metzger- und einen Bäckerwagen, und die wenigen Gemüsestände boten noch Wintergemüse an. Allein der frische Spinat, Radieschen und der *Aillet* – kleine Bündel frischen Knoblauchs, die wie rötliche Frühlingszwiebeln aussahen – kündigten den Frühling an. Wenn das Wetter mitspielte, würde man in zwei Wochen schon die ersten Erdbeeren und vielleicht auch Spargel bekommen.

Was man hier allerdings nicht fand, war Bärlauch, sehr zum Bedauern von Marie, die das Wildgemüse in Deutschland immer geliebt hatte. Gern hätte sie Léonie einmal mit Bärlauchknödeln überrascht, eine Spezialität ihres Vaters. Ihr fiel das letzte Telefonat mit ihm ein, in dem er ihr gesagt hatte, dass er sie bald einmal wieder besuchen wollte. Vielleicht könnte er Bärlauch mitbringen, dann würden sie zusammen auf ihrem Herd für Léonie kochen. Léonie und ihr Vater waren sich ja herzlich zugetan.

Der Gemüsestand der Barthes war mit seinem kunstvoll naiv selbst bemalten Verkaufswagen gut zu erkennen, und Marie sah gleich die attraktive Nathalie, die eine englische Kundin bediente. Sie trug eine dunkelgrüne Schürze, die ihre schmale Taille betonte und deren Ausschnitt gerade so viel Einblick in ihr Dekolleté gewährte, wie es der Anstand zuließ. Die dunkelblonden Locken hatte sie mit einem breiten Haarreifen gebändigt. Sie sprach übertrieben deutlich und laut, als ob sie für jemanden, der des Französischen nicht mächtig war, so besser zu verstehen wäre, und erklärte der Kundin, wie man mit Gänsefett, Knoblauch, Zwiebel und Sauerampfer ein großartiges Omelett mit wenig Aufwand und für wenig Geld zauberte. Wie recht sie hatte! Marie liebte es, wenn Léonie Omelette à l'oseille zubereitete. Die Kundin gab hier und da ein »Sounds delicious!«

von sich, und Nathalie machte es eindeutig Freude, ihre Rezepte weiterzugeben. Eine wahre Perigourdinerin! Genau wie Léonie, die es auch liebte, traditionelle Rezepte, die sie von ihrer Mutter gelernt hatte, mit anderen zu teilen. Es ist eine Form von Gastfreundschaft, erklärte sie immer wieder – und Gastfreundschaft wurde im Périgord großgeschrieben. Marie hatte ein Heft mit Léonies Rezepten angelegt, und sobald ihre Tante ihr ein neues Gericht zeigte, notierte sie sich jedes Detail. Nathalie begleitete ihre Erklärungen mit anmutigen Gesten und mimte mit einem charmanten Lächeln das Kleinschneiden des Gemüses, das Aufschlagen der Eier und so weiter. Schließlich verließ die Kundin den Stand mit einem gut gefüllten Korb – Nathalie war eben auch eine hervorragende Verkäuferin.

Jetzt erst nahm sie Marie wahr, und der Ausdruck ihrer blauen Augen wurde ernst.

»*Bonjour*, Marie. Dich sieht man doch sonst nur auf dem Markt von Montignac.«

»Ich war in der Nähe. Und gerade wie gebannt von deinem Rezept – da läuft einem ja das Wasser im Mund zusammen«, sagte Marie mit aufrichtiger Begeisterung.

Nathalie lachte kurz, wurde aber gleich wieder ernst.

»Agnès hat mich vorhin angerufen. Sie hat gesagt, dass die Polizei bei uns ist und du irgendwie ermittelst. Was ist denn da los?«

Schade, dachte Marie. Das war es dann wohl mit dem Überraschungseffekt. Sie drehte sich kurz um, um sicherzugehen, dass niemand nahe bei ihr stand. Aber die übrigen Kunden auf dem Markt hatten sich an anderen Ständen angestellt.

»Ein Bauarbeiter hat einen Schädel auf Agnès' beziehungsweise Oliviers Grundstück gefunden.«

»Hatte Agnès also doch recht. Und wo kommt der her?«, wollte Nathalie wissen.

»Keine Ahnung, die Ermittlungen haben gerade erst begonnen.«

»Und dauert so was lange?«

»Schwer zu sagen, je nachdem. Aber apropos Agnès ... Mir ist aufgefallen, dass sie ziemlich angestrengt wirkt.«

»Puh, die versinkt in Arbeit. Sie müsste sich dringend eine Auszeit nehmen oder mal unter Leute gehen, um sich abzulenken. Aber daran ist leider nicht zu denken. Ich fahre immerhin zu den Wochenmärkten und sehe da mal andere Gesichter, aber sie verlässt kaum noch den Hof.«

»Verstehe. Sie hat aber auch erwähnt, dass bei euch der Haussegen schief hängt.«

»Na ja. Die ist im Moment ziemlich dünnhäutig.«

»Sie meinte, du wärst verärgert darüber, dass sie Olivier ihr Grundstück verkauft hat.«

Nathalie stutzte und schwieg kurz.

»Das hat nichts damit zu tun«, antwortete sie schließlich. »Mich ärgert nur, dass Agnès und Olivier mit einem Wildfremden etwas hinter meinem Rücken ausgeheckt haben.«

»Wie meinst du das?«

»Olivier ist mein Ehemann! Also hätte er es vorher mit mir besprechen müssen. Das wäre doch das Mindeste, oder?!«

Marie verzog keine Miene, und Nathalie sprach weiter.

»Agnès kennt mich gut genug, um zu wissen, dass ich da keinen Spaß verstehe. Olivier ist ein Schatz, aber leider auch ein miserabler Geschäftsmann. Ich finde, die beiden haben sich verantwortungslos verhalten. Aber Agnès hat manchmal die Tendenz, über andere hinweg zu entscheiden, wenn es ihr in den Kram passt. Und mit den Jahren wird es immer schlimmer. Sie meint es nicht böse, im Gegenteil – das weiß ich ja. Aber es nervt!«

Marie konnte sich mühelos vorstellen, dass Agnès übergriffig sein konnte. Sie selbst würde so etwas nicht ertragen. Allein die Idee, dass jemand anderes als sie über ihr Leben entscheiden wollte, fand sie unerträglich. Sie wechselte das Thema.

»Sophie bin ich auch begegnet. Hat sich ja ganz schön verändert!«

»Ja, die würde gern was mit Yoga machen, aber uns fehlt das Geld, um Hilfskräfte einzustellen und Sophie zu ersetzen. Also hält die Familie zusammen. Wie wir es von unseren Eltern gelernt haben.«

»Das ist bewundernswert.«

»Das Landleben hat eben auch Vorteile«, fuhr Nathalie fort, während sie das Gemüse auf dem Stand neu sortierte. »Hier leben die Familienmitglieder nah beieinander und halten zusammen.«

So ganz überzeugte Marie das nicht. Nathalies offenes Gesicht strahlte eine seltsame Unruhe aus. War bei dieser Familie in puncto Harmonie und Zusammenhalt womöglich mehr Schein als Sein?

»Da fällt mir ein, dass ich eure Eltern heute Morgen nicht gesehen habe. Seltsam, dass sie sich gar nicht gezeigt haben bei dem ganzen Polizeiaufgebot auf dem Hof.«

»Die sind heute Vormittag mit meinem Sohn Léon nach Périgueux gefahren.«

Inzwischen standen zwei Kunden hinter Marie und zeigten erste Anzeichen von Ungeduld. Dafür hatte Marie größtes Verständnis. Sie lächelte die ältere Dame an, die sie »versehentlich« mit ihrem Weidenkorb angerempelt hatte, und verabschiedete sich rasch, damit Nathalie sich wieder dem Verkauf widmen konnte. Viel weiter war sie in den Ermittlungen leider nicht gekommen – und frische Nudeln würde sie hier auch nicht finden, wie sie vorhin bei dem raschen Gang über den Markt schon festgestellt hatte.

Als sie ihr Auto erreichte, dachte Marie wieder an den Geburtstag ihres Vaters. Ihn jetzt anzurufen hatte aber keinen Sinn. Er arbeitete in einer Kölner Grafikagentur, und wenn er dort war, ließ er sich nur ungern von seinen Projekten ablenken. Thomas Keller war ein Workaholic und noch dazu ein Perfektionist. Sie würde sich nach Feierabend bei ihm melden.

Kapitel 6

Auberoches, Montag, 22. März

Martin stand etwas verloren im Innenhof des Barthes-Anwesens und zählte die Ziegelreihen auf dem Dach der großen Scheune, die sich auf der linken Seite des Bauernhauses befand. Er wartete auf die Kommissarin, die aus welchem Grund auch immer nach Les Eyzies gefahren war. Sie hatte gemeint, sie würde es ihm später erzählen.

Augenblicklich kehrten seine Gedanken zu den Informationen zurück, die ihm die Kollegen über Antoine Barthes geschickt hatten. Es war eine Geschichte, wie man sie bei der Polizei in verschiedenen Versionen leider immer wieder zu hören bekam: Ein Achtzehnjähriger, der kurze Abschiedszeilen schrieb, seinen Pass, sein Erspartes und ein paar Kleidungsstücke in eine Tasche packte und sich in Luft auflöste. In Frankreich gab es jährlich um die tausend Menschen, die spurlos verschwanden und ihre Familien in quälender Ungewissheit zurückließen. Antoines Eltern, Lucienne und Marcel Barthes, hatten einen Tag nach dem Verschwinden ihres Sohnes die Polizei alarmiert. Wie es bei den Angehörigen meistens der Fall war, wollten sie nicht glauben, dass ihr Sohn einfach so gegangen war, auch wenn sie seine Handschrift auf dem Abschiedszettel eindeutig identifiziert hatten. Die damaligen Kollegen hatten nichts unternehmen können. Der junge Mann war volljährig, und auch wenn die Eltern es nicht wahrhaben wollten, war er offensichtlich aus freien Stücken gegangen. Später hatte er dann noch drei Postkarten aus Australien geschickt. Der Vater hatte dennoch immer wieder nachgefragt, aber es hatte keine weiteren Lebenszeichen von Antoine Barthes gegeben, noch hatte irgendeine Spur zu ihm geführt. Das konnte alles Mögliche bedeuten. Vielleicht hatte er sich eine neue Identität zugelegt, befand sich in den Fängen einer Sekte oder war wie auch immer unter die Räder gekommen. Oder er war am anderen Ende der Welt im australischen Busch verschwunden … Wahrscheinlich würde man hier in Frankreich nie erfahren, was mit ihm passiert war.

Während Richard Martin über das Schicksal von Antoine nachdachte, schlenderte er ziellos über das weitläufige Anwesen der Barthes und spürte, wie sich in seinem Magen ein unangenehmes Hungergefühl ausbreitete. Es war kurz nach zwölf, da aß er normalerweise zu Mittag. Feste Essenszeiten waren ihm wichtig, und er dachte sehnsüchtig an das köstliche Mahl, das er heute früh vorbereitet hatte und das jetzt im Kühlschrank des Präsidiums auf ihn wartete: hart gekochte Eier mit selbst gemachter Mayonnaise und Kartoffelsalat mit Kräutern aus dem Garten. Als Dessert gab es ein Stück Nusskuchen, das seine Mutter ihm heute Morgen noch schnell mitgegeben hatte, als er das Haus verließ. Mit dem Abnehmen wollte er ohnehin erst nächste Woche anfangen. Seine Mutter hatte ihm am Wochenende angeboten, die Diät zu zweit in Angriff zu nehmen, um sich gegenseitig zu motivieren. Das würde bestimmt helfen.

Plötzlich sah er in einiger Entfernung eine Gestalt, die in gleichmäßigen Abständen etwas einpflanzte. Neugierig machte er ein paar Schritte in ihre Richtung. Noch konnte er die Person nicht genau erkennen, aber ihm fielen ihre geschmeidigen, ruhigen Bewegungen besonders auf. Außerdem sang sie vor sich hin. Es hörte sich wie ein Mantra an. Er konzentrierte sich so sehr auf den seltsamen Gesang, dass er einen Stein übersah, ins Stolpern geriet und mit einem dumpfen Geräusch in eines der Beete fiel. Die Person erschrak und drehte sich zu ihm um. Jetzt erkannte Martin sie wieder – es war die bunt gekleidete junge Frau, die vorhin im Hof aufgetaucht war. Die jüngere Schwester des Drachen in Gummistiefeln hatte sich inzwischen umgezogen und trug jetzt einen Overall in Tarnfarbe. Mit ihrer schmuddeligen Baseballkappe wollte sie sich vermutlich vor der Sonne schützen. Trotz ihres momentanen Outfits fand er sie attraktiv.

»Haben Sie sich wehgetan?«, fragte sie fürsorglich und trat zu ihm, um ihm beim Aufstehen zu helfen.

»Nein, nein.« Martin richtete sich hastig auf und klopfte die Erde von seinem neuen Pulli und der Hose ab. Er kam sich dabei reichlich lächerlich vor.

»Und was machen Sie in unseren Salatbeeten?«

Wie peinlich!

»Purer Zufall. Ich wollte mir nur ein bisschen die Beine vertreten, während ich auf meine Chefin warte, und bin ins Stolpern geraten.«

»Und dabei sind Sie mir quasi vor die Füße gefallen. Ich habe schon immer von einem Mann geträumt, der mir zu Füßen liegt«, sagte sie amüsiert. Doch als sie Martins leicht verunsicherten Blick bemerkte, beeilte sie sich, in ernstem Ton hinzuzufügen: »Mit Ihrer Chefin meinen Sie Marie, ja?«

»Genau. Sie kennen sich?«

»Schon lange. Getroffen haben wir uns allerdings nur selten. Auch wenn die Umstände merkwürdig sind, habe ich mich vorhin gefreut, sie wiederzusehen. Sie hat so eine energetische Ausstrahlung. So was fällt mir sofort auf.«

Was meinte sie damit? Martin wusste nicht so recht, wie er darauf reagieren sollte, und schwieg. Die Frau kramte in ihrer

Jackentasche, nahm ein Tütchen heraus und bot ihm etwas an, das er zunächst nicht identifizieren konnte.

»Das sind Kürbiskerne. Nach dem Yoga habe ich immer Heißhunger.«

Körner waren zwar nicht sein Ding, aber in der Not … Martin nahm ein paar.

»*Merci.*«

»Und, sind Sie gerne Polizist?«, fragte sie und nahm sich ebenfalls ein paar Kerne aus der Tüte.

Martin nickte. »Ich bin übrigens Inspektor«, stellte er klar.

»Oh, Verzeihung! Also, ich könnte das gar nicht – ständig mit Verbrechen zu tun zu haben. Ich finde das Leben so schon kompliziert genug.«

Beim Sprechen kräuselte sie leicht die Nase, und Martin fand, dass ihr Gesicht dabei auffallend hübsch aussah.

»Man muss in unserem Beruf nur sehr strukturiert und gut organisiert sein«, versuchte er zu erklären.

Ihrer Mimik nach schien sie das zu überraschen, doch Martin verstand nicht, was daran verwunderlich sein sollte. Die junge Frau war wirklich sehr nett, aber er ahnte schon, dass sie eine andere Sicht auf die Welt hatte als er. Und Yoga war für ihn ein Buch mit sieben Siegeln, wenn er ehrlich war.

Martin merkte, dass sie ihn etwas fragen wollte, und ließ ihr die Zeit, die sie offenbar benötigte, um das Thema anzusprechen.

»Was ist das eigentlich mit diesem Schädel? Das macht einem regelrecht Angst.«

»Das verstehe ich. Deshalb ermitteln wir ja.«

»Könnte es auch … Mord gewesen sein?«

Martin dachte an die Schramme, die Blanquer ihm vorhin an dem Schädel gezeigt hatte.

»Das werden die Ermittlungen zeigen.« Eigentlich sollte

auch er hier die Fragen stellen. Er beschloss, den Spieß umzudrehen. »Aber vielleicht haben Sie einen Hinweis, der uns weiterbringen könnte?«

Sie schaute auf das Salatbeet, als könnte sie darin eine Antwort finden, und schüttelte dann den Kopf.

»Meine Eltern und meine Geschwister mögen nicht besonders aufmerksam und nicht immer herzlich sein, aber gewalttätig ist keiner von ihnen. Der Einzige, der wirklich hitzig werden kann, ist unser Bruder, aber der ist längst über alle Berge.«

Martin wurde hellhörig und kombinierte. Hing Antoines Verschwinden vielleicht mit dem Schädel zusammen? Hatte er sich mit jemandem heftig gestritten, ihn gar umgebracht – und war deshalb Hals über Kopf verschwunden? Das musste er gleich der Kommissarin erzählen.

*

Léonie war gerade im Begriff gewesen, das Mittagessen für Georges und sich selbst zuzubereiten, als Rose erneut nach ihr gerufen hatte. Was war nur passiert, dass »Radio Rose«, wie sie ihre klatschsüchtige Nachbarin gern nannte, sie so dringend sehen wollte? Sie würden doch später wie jeden Nachmittag ohnehin zusammen Kaffee trinken.

Dennoch war sie der Aufforderung nachgekommen, sich sofort an der Grundstücksgrenze zu treffen. Rose hatte brandheiße Informationen, die sie, wie es ihre Art war, sofort ausposaunen musste. Aufgeregt erzählte sie, dass es in Auberoches bei den Barthes ein großes Polizeiaufgebot gab, und anscheinend hatte ihr »Informant« dort auch Maries Auto erkannt. Sicherlich wünschte sich Rose, dass Léonie ihre Großnichte gleich anrief, um weitere Details zu erfahren, aber sie sprach es zum Glück nicht aus. Das fehlte noch! Nun, Rose würde bestimmt den Rest des Tages ihren Beobachtungsposten an ihrer gemeinsamen Grundstücksmauer nicht verlassen, um Marie abzufangen, sobald sie heimkam. Na ja, Léonie musste sich eingestehen, dass auch sie gern gewusst hätte, was bei den Barthes los war. Aber sie würde Marie nicht bedrängen. Sie wusste ja, dass ihre Großnichte bei polizeilichen Ermittlungen diskret bleiben musste. Oder? Nun gut, vielleicht würde sie doch versuchen, ihr etwas zu entlocken. Aber natürlich nur ganz vorsichtig.

Léonie war dann in ihre Küche zurückgekehrt und hatte Lentilles à la saucisse de Toulouse gekocht. Sie liebte diesen Linseneintopf, der mit viel Kräutern und den selbst gemachten Toulouser Bratwürstchen des besten Metzgers von Montignac zubereitet wurde. Es war ein typisches Wintergericht, und bald würde es nicht mehr der Witterung entsprechen. Georges, der, wie man im Französischen sagte, »eine Uhr im Magen hatte«, war pünktlich von seinem Spaziergang mit Augustine zurückgekehrt, hatte wortlos einen Strauß wilder gelber Narzissen auf die Anrichte gelegt und dann seinen Stammplatz am Tisch eingenommen.

Ein »Habe ich für dich gepflückt« würde ihm niemals über die Lippen kommen. Aber für wen sollten die auch sein, wenn nicht für sie? Dennoch konnte Léonie der Versuchung nicht widerstehen, ihn nun ein bisschen zu triezen.

»Sind die etwa für mich?«

»Äh, ja. Die hat Augustine gefunden«, antwortete er verlegen.

Beim Auftischen erzählte sie Georges von dem Gespräch mit der Nachbarin. Erwartungsgemäß hörte er nur mit halbem Ohr zu – sobald Rose die Informationsquelle war, schaltete er automatisch ab. Dabei war Georges in Auberoches aufgewachsen, unweit von dem Hof der Barthes. Soweit Léonie wusste, verstand er sich gut mit Marcel, dem Vater der fünf Kinder, der ein paar Jahre jünger war als Georges. Er könnte also schon ein bisschen Interesse zeigen.

»Wann hast du denn Lucienne und Marcel das letzte Mal gesehen?«, fragte Léonie, während Georges ebenso genüsslich wie akribisch mit einem Brocken Pain de Campagne den letzten Tropfen Sauce auftupfte.

»Marcel habe ich im Herbst beim Pilzesammeln im Wald getroffen. Da war er mit seinem Enkel unterwegs. Das war der Tag, an dem ich körbeweise Trompette de la mort gefunden habe.«

»Du meinst die, die ich getrocknet habe?« Léonie war kurz abgelenkt – getrocknete Totentrompeten machten sich einfach wunderbar in winterlichen Saucengerichten! Eine Handvoll von diesen kleinen, dunklen und so aromatischen Pilzen verwandelte eine einfache Fleisch- oder Gemüsemahlzeit in eine wahre Delikatesse.

Georges, der jetzt sein Augenmerk auf den Käse richtete, den sie aufgetischt hatte, nickte nur.

Beim Essen waren die Gespräche mit ihm noch mühsamer als sonst. Man musste ihm die Würmer schon aus der Nase ziehen. Dennoch mochte Léonie ihre gemeinsamen Mittagessen. Nach dem Tod ihrer Schwester waren diese Mahlzeiten nach und nach zu einem Ritual geworden, das sie beide liebten. Sie wusste, dass Georges diese Momente der Zweisamkeit ebenso schätzte wie sie. Längst hatte Léonie ihren Frieden damit geschlossen, dass ihre Liebesgeschichte offiziell nicht hatte sein sollen, und nun genoss sie die Zeit mit Georges, die ihr das Heute schenkte – als wäre sie noch ein junges Ding. Ihr Körper war zwar gealtert, aber das bedeutete ja nicht, dass dies auch für ihr Herz galt. Das hatte auch der Hausarzt ihr neulich bestätigt. »Léonie, Sie haben das Herz einer jungen Frau«, hatte er ihr gesagt.

»Hat der Junge immer noch diese hübschen Locken?«, wollte sie nun von Georges wissen.

»Locken? Woher soll ich das wissen? Der sieht wie ein Junge aus. Mehr kann ich dir nicht sagen.«

»Und Marcel?«

»Wie ... Marcel?« Georges war im Moment anderweitig beschäftigt, er schnitt sich gerade mit seinem Taschenmesser ein großes Stück Comté und eine gute Portion Roquefort ab. Schon erstaunlich, wie viel dieser hagere Kerl essen kann, ohne zuzunehmen. Keine Ahnung, wo er das hinsteckt, dachte Léonie. Allerdings war er den ganzen Tag auf den Beinen: Entweder arbeitete er hier im Hof oder im Trüffelhain am anderen Ende des Dorfes.

»Ja, wie geht es Marcel?«, hakte sie nach. Ungeduldig trocknete sie ihre Hände an der Schürze ab, obwohl sie gar nicht nass waren. Eine Manie, die ihre Schwester Madeleine früher verrückt gemacht hatte.

Georges zuckte mit den Schultern. »Ich glaube, er hat's am Knie.«

Na, das waren ja tolle Informationen.

*

Marie hatte Martin vom Hof der Barthes abgeholt und war kurz entschlossen mit ihm nach Saint-André zum Café de la Place gefahren, dem gesellschaftlichen und kulinarischen Mittelpunkt des Dorfes. Sie hatten auf dem Hauptplatz des Dorfes geparkt und waren gleich die paar Stufen zum Café hochgegangen. Beim Anblick der Speisekarte – mit schöner Handschrift auf eine Schiefertafel geschrieben, die am Eingang stand – ging Marie wie immer, wenn sie hierherkam, das Herz auf. Der Besitzer Jacques war ein begnadeter Koch und im Gegensatz zu seiner Gattin Danielle höchst sanftmütig. Er war der Kreative und sie die Geschäftsfrau, die je nach Lust und Laune Haare auf den Zähnen haben konnte.

Bestimmt ist Martin hungrig, dachte Marie. Er hatte zwar nichts gesagt, aber im Büro war ihr aufgefallen, dass er immer um Punkt zwölf in Sachen Mittagessen aktiv wurde. Außerdem hatte sie selbst Appetit. Mit einem leeren Bauch ließ sich nicht gut nachdenken, und die Spurensicherung würde sich ohnehin melden, sobald sie irgendetwas Wichtiges entdeckt hatte.

Das schöne Wetter hatte die Wirtin endlich dazu bewogen, Tische und Stühle auf die Terrasse stellen zu lassen, und zahlreiche Gäste nahmen bereits die Chance wahr, ihr Mittagessen in der Sonne zu genießen. Es hatte im März schon relativ warme Tage gegeben, aber vor dem 21. war nur drinnen im Speisesaal bedient worden. So war es hier immer gewesen, und so würde es auch bleiben, wie die Wirtin schon mehrfach erklärt hatte.

Marie nahm mit Martin an einem der noch freien Tische Platz, atmete tief ein und schaute sich um. Sie genoss diesen Moment – die Sonnenstrahlen, den blauen Himmel mit den weißen Schäfchenwolken, das Zwitschern der Vögel, die in den noch kahlen Linden der Pergola emsig nach geeigneten Niststellen suchten. Was für ein Luxus, dachte sie. In dieser Jahreszeit konnten die Temperaturen tagsüber mal bis auf fünfundzwanzig Grad steigen, nachts jedoch gab es oft noch Frost, und die Bauern bangten um die blühenden Obstbäume. Es gab nur wenige Touristen im Ort, denn die Osterferien würden erst am Wochenende anfangen, und so waren es vor allem Einheimische, die an den Tischen auf der Terrasse einen sogenannten *Repas Ouvrier* einnahmen. Das »Arbeiter-Menü« bot ein großzügig portioniertes, gehaltvolles Essen aus der Region – und das für kleines Geld.

Auf den Tischen lagen ausgedruckte Speisekarten, und als

Martin entdeckte, dass es heute Hachis-Parmentier de Canard gab, bekam er glänzende Augen.

»Das ist mein Leibgericht.« Er zeigte auf die entsprechende Zeile und fragte dann todernst: »Wissen Sie zufällig, ob sie es hier mit oder ohne gratinierten Käse zubereiten?«

Marie unterdrückte ein Schmunzeln. Bei dem mehrschichtigen Kartoffelpüree-und-Entenfleisch-Auflauf gab es zwei »Schulen«: Für die Puristen war es ein Frevel, ihn mit Käse zu gratinieren, während andere, zu denen auch Marie gehörte, die herzhafte, überbackene Version vorzogen.

»Wichtige Frage!«, antwortete sie. »Das werden wir gleich in Erfahrung bringen.«

Der neue Kellner kam auf sie zu, ein blasser, junger Mann mit wenig Ausstrahlung. Sein Anblick versetzte Marie einen Stich. An diesem Ort musste sie unweigerlich an ihre Jugendfreundin Hélène denken, die viele Jahre lang hier gekellnert hatte und die für sie, wie die Besitzer Danielle und Jacques, zum festen Inventar des Café de la Place gehörte. Aber Hélène würde so schnell nicht zurückkehren, nachdem ihr Partner im letzten Sommer ums Leben gekommen war. Marie hatte in dem aufsehenerregenden Fall ermittelt, und seither hatte Danielle kein Wort mehr mit ihr gewechselt – aber das Gesetz machte nun mal auch in Saint-André-du-Périgord keine Ausnahme.

»Guten Tag, Sie kenne ich noch gar nicht. Sind Sie jetzt fest hier?« Marie lächelte den Kellner an, der im Gegensatz zu Hélène, die immer herzlich zu den Gästen gewesen war, reserviert blieb.

»Ja, ich habe am Samstag angefangen.«

»Dann sehen wir uns jetzt öfter. Ich wohne um die Ecke. Ich heiße Marie. Und Sie?«

»*Bonjour*, Marie. Ich bin Pierre«, antwortete er mit einem schüchternen Lächeln.

»*Enchantée*, Pierre. Und das ist mein Kollege Richard Martin, der eine wichtige Frage hat.«

»Ich hoffe, ich kann sie beantworten.«

Der junge Mann würde bald an Selbstsicherheit gewinnen müssen. Marie konnte sich kaum vorstellen, dass Danielle allzu lang Geduld für diese Art von Befangenheit aufbringen würde.

»Bereitet der Küchenchef Hachis-Parmentier mit oder ohne Käse zu?«, erkundigte sich Martin mit einer Sorgenfalte auf der Stirn.

»Natürlich mit!«, antwortete Pierre unerwartet energisch.

Mit Hachis-Parmentier war heute wohl nicht zu scherzen …

Martin strahlte.

»Perfekt, dann zweimal, bitte, Pierre«, bestellte Marie.

Kaum war der Kellner gegangen, wandte sie sich an Martin.

»Das ist interessant, was Sie vorhin im Auto erwähnten. Antoine ist also ein Hitzkopf. Sie meinen, er könnte im Streit jemanden umgebracht haben und deshalb verschwunden sein? Eine gewagte Theorie!«

»Denkbar wäre es doch.«

»Schwer zu sagen. Gibt es eine weitere Vermisstenmeldung, die mit dem Zeitpunkt von Antoines Verschwinden übereinstimmen könnte?«

»Ich habe die Kollegen das überprüfen lassen. Hier in der Gegend nicht. Die suchen jetzt noch landesweit. Aber Antoine ist Ende Juli verschwunden, kurz nach dem Dorffest in Auberoches. Das war mitten in den Sommerferien. Es könnte auch ein Urlauber gewesen sein.«

»Der, wenn wir Pech haben, nicht in Frankreich als vermisst gemeldet wurde. Hoffentlich beeilt sich Blanquer.«

»In der Regel ist er schnell. Er gibt nur gerne längere Zeitspannen für die Untersuchungen an, um seine Ruhe zu haben.«

Gut zu wissen, dachte Marie.

Danach verstummten sie für eine ganze Weile. Marie nahm amüsiert wahr, wie Martin alle paar Minuten zur Küchentür schielte. Offensichtlich plagte ihn tatsächlich der Hunger, denn er griff immer wieder in den bereitgestellten Brotkorb. Als der Kellner schließlich mit zwei üppig beladenen Tellern auf ihren Tisch zukam, schnaufte Martin leise vor Erleichterung.

Es war das erste Mal, dass Marie zusammen mit dem Inspektor in einer Gaststätte aß. Er war komplett auf sein Gericht konzentriert und verzehrte es schweigend und mit System, indem er mit immer gleich großen Häppchen seinen Teller von links nach rechts leerte. Marie mochte Menschen mit Schrullen, und Martin gehörte eindeutig dazu. Zuvor hatte er das Besteck mit seiner Serviette abgewischt. Zum Glück hatte Danielle das nicht gesehen – es hätte ihr bestimmt nicht gefallen, dass man ihr mangelnde Hygiene unterstellte. Ein weiterer Minuspunkt, den sie sicherlich Marie angekreidet hätte.

Auch Marie genoss das Essen. Hachis-Parmentier konnte eine pappige Angelegenheit, ein billig hergestellter Sattmacher sein, aber dieses Gericht hier schmeckte vorzüglich. Das Verhältnis zwischen selbst gemachtem, luftigem Kartoffelpüree und saftiger, würziger Fleischfüllung war perfekt, die Käsekruste kross.

Sie ließ den Blick über die Terrasse schweifen und entdeckte unter den Gästen jetzt auch Bürgermeister Dubosc, der allein an einem Tisch saß. Heute trug er ein lilafarbenes Polohemd und hatte sich einen kanariengelben Pullover über die Schultern gelegt, dessen Ärmel vor der Brust verknotet waren. Erstaunlich, dass sie ihn mit seinem Papageienlook nicht früher gesehen hatte. Während er hastig aß, hantierte er mit seinem Handy. Auf einmal schaute er hoch. Er drehte den Kopf nach links und nach rechts, erkannte sie und nickte ihr kurz zu. Dubosc schien wie üblich mit sehr wichtigen Angelegenheiten beschäftigt zu sein.

Seine Lebensaufgabe bestand darin, Saint-André-du-Périgord quasi in den Mittelpunkt der Welt zu stellen, und er kämpfte unermüdlich – man konnte fast sagen: verbissen – dafür, dass seine Gemeinde die Auszeichnung *Un des plus beaux villages de France* erhielt und somit hochoffiziell »Eines der schönsten Dörfer Frankreichs« wurde.

Martins Handy klingelte. Er nahm es aus seiner Jackentasche und schaute auf das Display. Dann aß er noch genüsslich den letzten Bissen, bevor er ranging – in weiser Voraussicht, dass dieser Anruf das Ende ihrer Mittagspause einläuten würde, wie Marie vermutete.

»*Oui*, Fred?«

Der Angesprochene begann zu erzählen, und Marie erkannte zwar die etwas heisere Stimme des Gerichtsmediziners wieder, konnte aber nicht verstehen, was er sagte. Leider hatte sie es vorhin versäumt, ihm ihre Handynummer zu geben. Martin hörte schweigend zu, während er mit der freien Hand sein Besteck ordentlich auf den Teller legte und seine Serviette auf Kante faltete, als würde er oder ein anderer Gast sie später wieder benutzen. Marie wurde immer neugieriger und ärgerte sich über sich selbst – wofür hatte sie frisch gedruckte Visitenkarten mit ihrer Telefonnummer, wenn sie sie wichtigen Leuten nicht gab? Sie spürte, wie sie sich auf das Innere der Wange biss. Es war eine schlechte Angewohnheit, der sie verfiel, sobald sie verärgert oder angespannt war. Im Moment kam sie sich ziemlich unselbstständig vor, und das passte ihr gar nicht.

Martin schien das zu spüren und beendete schnell das Gespräch. »Okay, wir machen uns auf den Weg und sind in gut zehn Minuten da.«

Kaum hatte er sein Handy weggesteckt, fragte sie ihn: »Und, haben die was gefunden?«

»Ja, die Schaufel des Baggers hatte in der Tat den Kopf vom

übrigen Skelett abgetrennt. Das Skelett ist jetzt freigelegt worden. Dabei haben sie ein schweres Gliederarmband aus Silber gefunden. Es ist wohl ein Herrenarmband.«

»*Merde*! Das Foto mit Antoine … Das kann kein Zufall sein.« Marie warf ihre Serviette auf den Tisch und rief den Kellner, um zu bezahlen.

Sie sah Martins ratlosen Blick. Sie würde es ihm gleich erklären. Erst musste sie sich kurz sammeln. Das Armband veränderte alles. Sie hatte das Foto aus der Küche von Agnès noch deutlich vor Augen. Auf dem Bild trug Antoine ein schweres Gliederarmband. Es war ihr aufgefallen, da solcher Herrenschmuck schon seit Jahrzehnten nicht mehr in Mode war. Aber sie erinnerte sich noch gut an Armbänder dieser Art: Der Schauspieler Jean-Paul Belmondo hatte so eines in den alten Schwarz-Weiß-Filmen von Jean-Luc Godard getragen.

Kapitel 7

Polizeipräsidium Périgueux, Montag, 22. März

Die letzten Stunden auf dem Hof der Barthes waren voller Dramatik gewesen, fast unwirklich. Martin war froh, dass er jetzt wieder an seinem Schreibtisch saß, um einen Bericht über die Ereignisse in Auberoches zu schreiben. Zumal das eine Aufgabe war, die er gern erledigte.

Zuvor jedoch ließ er die wichtigsten Geschehnisse, die dem köstlichen Mittagessen gefolgt waren, vor seinem inneren Auge Revue passieren.

Agnès Barthes hatte das gefundene Armband eindeutig als das ihres Bruders identifiziert, aber nicht begreifen können oder wollen, was das möglicherweise bedeutete. Sie hatte verständnislos auf den kleinen durchsichtigen Beutel mit dem Schmuckstück gestarrt und wiederholt gefragt, wie Antoines Armband dorthin gekommen sei.

Dann waren ihre Eltern mit dem Enkel, dem Sohn ihrer Schwester Nathalie, auf dem Hof eingetroffen und hatten nur mit Mühe einen Parkplatz zwischen den vielen Einsatzwagen finden können. Marcel Barthes stieg als Erster aus dem Auto. Ein kompakter Mann mit einem verschlossenen Gesicht, das wenige weiße Haar kurz geschoren, ganz in Grau gekleidet. Obwohl man ihm ansah, wie kräftig er war, lief er gebeugt. Die Mutter, Lucienne, stieg als Letzte aus. Sie hatte ebenfalls kurzes, nahezu weißes Haar und verlor sich in einem unförmigen braunen Rock und einer viel zu großen beigen Jacke. Sie wirkte fahrig und ängstlich, wie ein aus dem Nest gefallenes Vögelchen. Beim Anblick des Polizeiaufgebots verhärtete sich sogleich die ohnehin schon strenge Miene des Vaters, und seine Frau hielt sich an ihrem Enkel fest, als könnte dieser sie beschützen. Der schmächtige Junge mit den dunklen Locken schien ebenso verängstigt wie fasziniert von dem ungewöhnlichen Treiben auf dem Hof zu sein.

Martin fing Maries besorgten Blick auf und begriff sofort, was ihr auf dem Herzen lag. Der Junge – wie alt mochte er sein? zehn vielleicht? – sollte die anstehenden Gespräche nicht mitbekommen. Er wandte sich dem Kleinen zu.

»*Salut!*«, sagte er ein wenig unbeholfen, denn er hatte selten mit Kindern zu tun. »Ich heiße Richard Martin. Und du?«

»Léon … Léon Gaillard«, antwortete der Junge zögerlich. Er hatte dunkle Ränder unter seinen großen braunen, von auffallend langen Wimpern umkränzten Augen. Ganz gesund sah er nicht aus, aber seine Stimme war lebhaft und klar: »Sind Sie auch Polizist?«

»Ja. Möchtest du mal einen Polizeiwagen von innen sehen?«, bot Martin ihm an. Hoffentlich funktionierte das Ablenkungsmanöver. Er zeigte auf das Superman-T-Shirt, das der Junge trug. »Du magst doch Action, oder?«

Léon schaute fragend seinen Großvater an, der die Situation offensichtlich schnell durchschaut hatte. Etwas war passiert, das der Junge nicht mitbekommen sollte. Marcel Barthes lächelte seinem Enkel zu und zog seine Frau an sich, damit sie den Jungen losließ.

»Die Gelegenheit würde ich mir auf gar keinen Fall entgehen lassen«, ermutigte er ihn. »Erzählst du mir danach alles?«

»Okay, mach ich.«

Es hatte funktioniert. Der Junge würde gleich abgelenkt sein.

Martin sah zu Marie hinüber und las an ihrer Miene ab, dass die Sache mit Léon genau so lief, wie sie es sich wünschte.

Viel gab es in so einem Polizeiauto auf dem Land nicht zu sehen, aber Martin hoffte, einen kooperativen Kollegen zu finden. Er steuerte das Auto an, das an der entlegensten Ecke des Hofes stand, damit Léon möglichst weit von seinen Großeltern entfernt war. Vor dem Wagen wartete ein junger, sympathisch wirkender Polizist, den Martin sogleich wiedererkannte. Sie hatten sich letzten Spätsommer in Saint-André kennengelernt.

»*Salut*, Sie sind doch aus Montignac, oder?«, fragte Martin, nachdem er sich vorgestellt hatte.

»Ja, Agent Gabriel Visla – schön, Sie wiederzusehen, Inspecteur.« Er zeigte auf Marie, die mit den Barthes vor dem Wohnhaus stand. »Wie geht es Madame la Commissaire?«

»Eine Kommissarin, wie im Fernsehen?«, fragte der Junge neugierig.

Martin nickte dem Jungen zu, wollte aber auf keinen Fall in dessen Beisein auf den alten Fall zu sprechen kommen, bei dem Marie Mercier in Lebensgefahr geraten war. Er kam also gleich auf sein Anliegen zu sprechen.

»Dieser junge Mann würde gern mal einen Polizeiwagen von innen sehen. Wäre das möglich?«

»*Bien sûr!*«, antwortete Visla, der ebenfalls sofort begriff, weshalb der Junge zu ihm geführt worden war. »Steig ein!«, forderte er Léon auf, während er selbst auf dem Fahrersitz Platz nahm.

Der Junge war begeistert, und Martin schloss schnell die Beifahrertür hinter Léon, damit er auch akustisch abgeschottet war. Stolz und strahlend saß er nun neben dem Polizisten und schien gleich in der Wunderwelt eines Polizeiautos versunken zu sein.

*

Das mit dem Jungen hatte prima geklappt. Es beruhigte Marie, zu wissen, dass sie mit Martin auch ohne Worte kommunizieren konnte und er so sensibel und geistesgegenwärtig reagierte. Als die beiden das Polizeiauto erreicht hatten, meinte sie aus der Ferne den Agenten Visla aus Montignac erkannt zu haben. Sie hatte ihn seit letztem Spätsommer nicht mehr gesehen, ihn aber in guter Erinnerung behalten. Nun stand sie allein vor den Eltern der Barthes-Schwestern. Sie war ihnen seit einer halben Ewigkeit nicht mehr begegnet und musste nun feststellen, dass die beiden merklich gealtert waren. Marie hätte Lucienne auf der Straße nicht wiedererkannt. Die Frau war nur noch ein Schatten ihrer selbst, dabei war sie früher immer so fröhlich gewesen. Marcel war nie der lockere oder gar herzliche Typ gewesen, aber in seiner zurückhaltenden Art doch einigermaßen zugänglich. Doch nun wirkte er hart wie ein Betonblock und verbissen. Marie musste an Léonie denken, die bestimmt fünfzehn Jahre älter war als Marcel. Und die ihr mit ihrer Lebensenergie und ruppigen Fürsorge immer wieder aufs Neue das Herz wärmte.

Auch das Barthes-Ehepaar hatte einen Moment gebraucht, um Marie mitten in diesem Polizeiaufgebot zu erkennen und einzuordnen. Nachdem sie sich begrüßt hatten, brachte Marie sie in aller Kürze auf den aktuellen Stand der Ereignisse.

Seltsamerweise schien Marcel über den Schädelfund, den sie möglichst vorsichtig erwähnt hatte, nicht weiter verwundert zu sein. Ganz im Gegenteil.

»Habt ihr ihn endlich gefunden«, sagte er knapp, während Lucienne Marie mit weit aufgerissenen Augen fixierte.

»Was meinst du damit?«, wollte Marie sogleich von Marcel wissen.

Anstatt zu antworten, starrte er auf die kleine Plastiktüte, die sie noch in der Hand hielt.

»Zeig!«, forderte er Marie auf.

»Wollen wir uns vielleicht hinsetzen?«, schlug Marie vor, als sie sah, dass Lucienne zunehmend wackelig auf den Beinen wurde.

»Nein, ich will es jetzt sofort sehen«, insistierte Marcel.

Marie warf einen weiteren Blick auf Lucienne, die sich nun an ihrem Mann festhielt und ebenfalls den kleinen Beutel anstarrte. Marie zog das Armband heraus und präsentierte es ihnen auf der flachen Handfläche.

»Das ist doch …«, setzte Lucienne an. Dann verlor sie das Bewusstsein.

Nachdem Marcel und Agnès Lucienne in die Stube gebracht und in einen alten Sessel gehievt hatten, schlug Marie vor, einen Notarzt anzurufen.

Agnès jedoch schüttelte den Kopf. »Nee, lass mal, ihr geht's ja schon besser, nicht wahr, *Maman*?«

Marie hatte eine andere Vorstellung von Fürsorge. Aber Lucienne nickte zustimmend, die Augen immer noch vor Erschöpfung geschlossen.

Dann erschien Sophie in der Küche und wollte wissen, was los sei. Marie ging auf sie zu und wiederholte ihre Ausführungen zum gefundenen Schmuckstück.

»Ist das wirklich Antoines Armband?« Sophie schaute zu ihrer Mutter hinüber, die nun die Augen wieder geöffnet hatte und sich in dem Sessel aufzurichten versuchte. »Vielleicht hatte er es verloren … So ein Verschluss geht schließlich schnell kaputt«, sagte sie in dem verzweifelten Versuch, die anderen davon zu überzeugen, dass es auch eine weniger dramatische Erklärung für den Fund geben könnte.

Agnès zeigte auf das Armband.

»Siehst du nicht, dass der Verschluss noch ganz ist? Halt doch einfach den Mund!«, fuhr sie ihre Schwester an. Aber der

Anpfiff schien an Sophie abzuperlen, die unbeirrt zu ihrer Mutter ging und behutsam deren Hand nahm.

»Beruhige dich bitte, *Maman*«, flüsterte sie, »ich habe zu Hause ein ätherisches Öl aus Melisse. Das hole ich schnell, das wird dir guttun. Oder ich mache dir einen Tee aus Zimtstangen. Das fördert den Blutdruck.«

Dass dieses Mittel helfen sollte, hörte Marie zum ersten Mal, weshalb sie skeptisch zu Sophie blickte.

Agnès schien die Heilkraft von ätherischem Öl und Zimttee definitiv zu bezweifeln. »Bla, bla, bla.« Sie reichte Sophie eine Medikamentenpackung. »Gib ihr lieber eine Tablette.«

»Davon wird es doch nicht besser«, erwiderte die jüngere Schwester.

»Hör bloß auf mit deinem Hokuspokus!«, befahl Agnès drohend. Sie war offensichtlich nicht in Debattierlaune.

Das ist ja nicht mit anzusehen, dachte Marie. Sie drehte sich zu Marcel um, der neben ihr stand und immer noch das Armband in ihrer Hand anstarrte.

»Gib mir dieses Armband!«, forderte er plötzlich.

Der herrische Ton gefiel ihr nicht, aber aufgrund der besonderen Stresssituation, in der sich die Barthes befanden, ging Marie nicht darauf ein.

»Das kann ich dir jetzt nicht geben, Marcel. Es ist Beweismaterial. Ihr bekommt es später.«

Er schaute sie feindselig an. »Es gehört meinem Sohn.«

»Hat er es getragen, als er verschwunden ist?«

»Er hat es nie abgelegt. Es gehörte seinem Großvater, und Antoine trug es seit dessen Tod.«

Marie schaute auf den eingravierten Namen.

»Hieß sein Großvater auch Antoine?« Die Frage erübrigte sich eigentlich, denn früher war es gängige Tradition, dass der älteste Sohn den Vornamen eines seiner Großväter erhielt.

Marcel nickte, während er auf seine kräftigen und rissigen Hände schaute, denen man die jahrzehntelange harte Arbeit ansah.

»Ich will wissen, welches Schwein das getan hat. Den bringe ich eigenhändig um!«

»Du bringst niemanden um. Und wir werden herausfinden, was damals geschehen ist«, entgegnete Marie resolut. »Die Tatsache, dass wir das Armband gefunden haben, beweist noch nicht, dass es sich bei den sterblichen Überresten um Antoine handelt. Es kann auch jemand sein, der wie auch immer in dessen Besitz gelangt ist. Deshalb brauchen wir jetzt erst einmal eine DNA-Untersuchung. Erst dann haben wir Sicherheit.«

Marcel hielt den Blick fest auf Marie gerichtet, als er schließlich zu reden begann, ohne auf das einzugehen, was sie ihm gerade erklärt hatte.

»Dass Madeleines Enkelin im Mordfall meines Sohnes ermittelt, ist ja eine sonderbare Fügung des Schicksals. Deine Großmutter war eine starke Frau, vor der hatte ich großen Respekt. Hoffentlich hast du ihren Charakter geerbt und arbeitest besser als deine Kollegen – diese Versager!«

Der verächtliche Tonfall unterstrich, was Marcel mit seinen Worten ausdrücken wollte. Für ihn stand Marie in der Bringschuld.

Sie verabschiedete sich von der Familie, die infolge des Schocks genug mit sich selbst zu tun hatte. Sophie saß jetzt bei ihrer Mutter, die inzwischen eine Tablette genommen hatte und nun wieder mit geschlossenen Augen in ihrem Sessel saß. Agnès kramte hektisch in einem Küchenschrank, vermutlich eine Übersprungshandlung.

Marcel folgte Marie wortlos hinaus, um dann seinen Enkel vom Polizeiwagen abzuholen.

Da hat dieser furchtbare Arbeitstag doch noch ein Ende gefunden, dachte Marie etliche Stunden später und seufzte tief vor Erschöpfung. Nachdem sie und Martin wieder nach Périgueux zum Polizeipräsidium gefahren waren, hatte sie noch all das erledigt, was sie im Laufe des Tages nicht geschafft hatte. Sie saß auch noch hochkonzentriert am Schreibtisch, als der Inspektor längst das Kommissariat verlassen hatte. Irgendwann hatte sie spontan an Champions Bürotür geklopft, um ihm einen guten Feierabend zu wünschen. Letzten Endes würden sie wohl oder übel miteinander auskommen müssen, und Marie glaubte an Diplomatie. Aber auch er hatte das Büro anscheinend schon seit geraumer Zeit verlassen.

Nun saß sie an dem schweren Eichentisch in der gemütlichen Wohnküche im Haus ihrer Großtante in Saint-André. Das gemeinsame Kochen von Morcheln mit frischen Nudeln hatte sich nach all der ganzen Hektik erübrigt. Still aß sie ein Stück Käse und ein paar Walnüsse. Dazu hatte sie sich ein Gläschen roten Bergerac eingegossen. Léonie hatte eine Kerze angezündet und einen Strauß Narzissen daneben gestellt.

»Für Antoine – oder wer auch immer da gelegen hat.«

»Schöne Blumen«, sagte Marie.

»Hab ich von Augustine bekommen.«

»Das ist ja sehr aufmerksam von Augustine.« In dem Moment wusste Marie nicht, ob ihre Großtante inzwischen auch Georges' Affenliebe für das Schwein verfallen war oder ob sie das ironisch meinte. Aber sie war zu müde, um nachzufragen.

Sie saßen einen Moment schweigend da und schauten in das Kerzenlicht.

»Soll ich dir wirklich nicht noch schnell was kochen?«, unterbrach Léonie die Stille. »Du musst doch nach dem langen Tag Hunger haben. Ich hab übrigens eine wunderbare Hühnerbrühe aufgetaut.«

»Das ist sehr lieb. Aber nein, bitte nicht, Léonie. Es ist kurz vor zehn, und ich möchte nur noch in aller Ruhe den Tag ausklingen lassen.«

Marie sah, wie Léonie sich die Hände an der Schürze rieb, was bei ihr oftmals bedeutete, dass ihr noch was auf dem Herzen lag.

Dann verkündete ihre Großtante: »Ach, ich glaube, auf den Schrecken werde ich mir jetzt noch eine Vieille Prune genehmigen; einen Kamillentee kann ich später immer noch trinken.«

Maries Erzählungen vom Tag hatten die alte Dame offenkundig mitgenommen, und ein Pflaumenschnäpschen half ihr immer, wenn sie aufgewühlt war. Sie stand auf, kehrte kurz darauf mit einem gefüllten Schnapsglas zurück und trank einen kleinen Schluck.

»Glaubst du wirklich, dass es Antoine sein könnte?«, wagte sie zu fragen, obwohl sie sich bestimmt vorgenommen hatte, es nicht zu tun.

»Das werden wir erst in drei Tagen wissen – wenn das Ergebnis der DNA-Untersuchung vorliegt.«

Es sprach leider einiges dafür, dass es so lange dauern würde. Viel Zeit, um sich eine Menge Gedanken zu machen. Nicht zuletzt über eine Tatsache, die Blanquer vorhin am Telefon erwähnt hatte: Dem Toten waren die Hände auf der Brust übereinandergelegt worden, was bedeutete, dass die Leiche nicht einfach nur verscharrt worden war. Wer immer sie begraben hatte, war der Auffassung gewesen, dass dabei in gewisser Weise die Form gewahrt bleiben sollte. Warum? Aufgefallen war dem Mediziner auch, dass sich in der Erde, die den Leichnam bedeckte, eine Vielzahl Blumensamen befand. Blanquer hatte sie zur Untersuchung ins Labor gegeben und angewiesen, auf dem Grundstück weitere Erdproben zu entnehmen.

Ihre Großtante riss Marie aus ihren Überlegungen.

»Wer könnte ihn da begraben haben?«, bohrte sie nach. »Und warum?«

»Ich habe nicht die geringste Ahnung!« Marie betrachtete Léonie, die wiederum sie erwartungsvoll anschaute. Aber wie sollte sie Antworten herbeizaubern? Ihr erster offizieller Mordfall im Périgord war ein Cold Case, der zehn Jahre zurücklag. Na großartig.

»Sag mal, Léonie, wusstest du, dass Antoine ziemlich aufbrausend gewesen sein soll?« Marie überlegte seit Stunden, mit wem er sich so heftig gestritten haben könnte, dass die Auseinandersetzung für einen der Kontrahenten am Ende tödlich ausgegangen war.

»Wenn man mit achtzehn nicht aufbrausend ist, wann dann? Wie dem auch sei, alles in allem waren die Barthes eigentlich immer friedlich. Wenn du mich fragst – die mussten immer so viel arbeiten, dass sie gar keine Zeit zum Streiten hatten.«

In dieser Aussage zeigt sich Léonies ganze Bodenständigkeit und ihr großer Respekt für Tüchtigkeit, dachte Marie.

»Marcel ist fest davon überzeugt, dass es sich um Antoine handelt. Er hat wohl nie daran geglaubt, dass sein Sohn von jetzt auf gleich nach Australien ausgewandert ist«, sagte Marie nachdenklich.

»Der arme Mann. Ich kann ihn verstehen. Würdest du von heute auf morgen verschwinden, könnte ich es auch nicht glauben – selbst wenn die ganze Welt mir schwören würde, dass du abgehauen bist.« Léonie hielt kurz inne. »Bei deiner Mutter allerdings hätte ich das schon geglaubt. In den letzten Jahren, die Loren noch hier lebte, sprach sie ständig davon, ›endlich in die Zivilisation fliehen‹ zu wollen.«

Marie lächelte bei dem Gedanken an ihre Mutter, die so ganz anders war als sie. Gleich nach ihrer Trennung von Maries Vater – ihre Beziehung hatte keine zwei Jahre gehalten – war sie nach Paris gezogen und hatte diesen Tapetenwechsel immer als eine Art Befreiung dargestellt. Dass ihre Tochter nun in Saint-André in dem Haus lebte, in dem sie aufgewachsen war, konnte sie nicht begreifen. »Welcher Teufel hat dich da wohl geritten?«, hatte sie am Anfang gefragt, aber inzwischen gab sie zu dem Thema keine Kommentare mehr ab. Das Verhältnis zwischen ihnen beiden war mit den Jahren entspannter geworden, vielleicht auch, weil sie nur noch per Skype Kontakt miteinander hatten. Inzwischen lebte Maries Mutter an der Côte d'Azur – gute acht Stunden Autofahrt boten eine sichere Distanz.

»Da hast du recht. Sag mal, haben die Barthes Feinde?«

Die alte Dame überlegte.

»Ich wüsste nicht, wen und warum. Das sind anständige, tüchtige Leute, die ihre Kinder gut erzogen haben.«

Das mag ja sein, dachte Marie. Aber besonders herzlich waren sie ihr nicht vorgekommen, eine intakte Familie hätte sie sich anders vorgestellt.

»Wir werden uns morgen Antoines damaligen Freundeskreis genauer ansehen müssen. Aber für heute ist Schluss.«

Marie stand auf, setzte den Korken auf die Weinflasche und räumte den Käse weg. Dann gab sie Léonie, die noch an ihrem Pflaumenschnaps nippte, einen Gutenachtkuss.

»Danke für die kleine Abendmahlzeit.«

»Schlaf gut, *ma chérie.*«

Als sie Léonies Haus verließ, sah Marie, dass es Vollmond war. Der Hof war hell erleuchtet. Und kalt war es mittlerweile, nicht weit vom Gefrierpunkt. Sie rieb sich die Arme, um sich zu wärmen. Eine Eule rief, und auf Maries Gesicht machte sich ein Grinsen breit. Sie musste an die vergangene Nacht mit Michel denken, als sie plötzlich eine Eule durch das geöffnete Fenster gehört hatten. Zu Maries großer Verwunderung hatte Michel dem Vogel in dessen »Sprache« geantwortet. Anschließend hatte er für Marie den Ruf eines Kauzes und den einer Nachtigall nachgemacht. »Für deine Allgemeinbildung, Madame la Parisienne.« Sie hatte daraufhin versucht, den Gesang der Nachtigall ebenfalls nachzuahmen, und dadurch eines ihrer Geheimnisse preisgegeben: Ihre Gesangsstimme war unterirdisch. Anscheinend waren ihre Töne so falsch und laut gewesen, dass Augustine in ihrem Stall vor Schreck ein lautes Grunzen von sich gegeben hatte. Unwillkürlich waren Michel und sie in ein noch lauteres, albernes Gelächter ausgebrochen, das Augustine mit erneutem Grunzen kommentiert hatte.

Während Marie über den Hof zu ihrem Haus ging, beschloss sie, der Kälte zu trotzen und noch ein bisschen auf ihrer Holzbank neben dem Eingang zu verweilen. Die Erinnerungen an letzte Nacht taten ihr gut. Kurz nach dem Intermezzo mit Augustine waren Michel und sie in enger Umarmung eingeschlafen. Gern hätte sie ihn jetzt angerufen, aber sie wusste, dass er an diesem Abend bei einem Kollegen zum Essen eingeladen war. Sie hatten vereinbart, morgen früh zu telefonieren. Außerdem war es angesichts der dramatischen Ereignisse des heutigen Tages wahrscheinlich nicht falsch, erst einmal eine Nacht darüber zu schlafen und ihre Eindrücke zu sortieren, bevor sie Michel davon erzählte. Er war ihr Liebespartner, und das war wunderbar, aber er war ja immer auch noch ein Kollege – und dem wollte sie keinen Blödsinn erzählen.

Trotzdem kramte sie ihr Handy hervor, denn sie wollte ihrer Pariser Freundin Pauline noch einen Gruß senden. Neben den Telefonaten, mit denen sie sich gegenseitig auf dem Laufenden hielten, war auch der Austausch von kleinen WhatsApp-Nachrichten zu einer lieb gewonnenen Gewohnheit geworden.

Marie schaltete das Telefon ein. Sie hatte zwei Nachrichten.

Michel, der sich jetzt wahrscheinlich auf dem Heimweg befand, hatte ihr einen kleinen Film von Bordeaux' prächtiger Place de la Bourse bei Nacht geschickt. Die symmetrische Reihe eindrucksvoller Bauten aus dem achtzehnten Jahrhundert spiegelte sich in einem gigantischen, speziell dafür angelegten Becken und leuchtete in goldenen Farben. Es sah märchenhaft und ausgesprochen romantisch aus. Dazu schrieb er: *Live ist das noch viel schöner. Warum kommst DU nicht mal nach Bordeaux – vielleicht schon nächstes Wochenende?*

Sie musste lächeln. Am Montag plante er schon das gemeinsame Wochenende. Dabei war sie doch eigentlich die Schnellere von ihnen beiden. Sie hatte ihn noch nie in Bordeaux besucht. Meistens kam er am Wochenende nach Périgueux, wo er sein Haus behalten hatte, und sie trafen sich dort. Anfangs war es ihr schwergefallen, ihn in dem Haus zu besuchen, in dem er mit seiner verstorbenen Frau gelebt hatte, aber dieses Unbehagen war dank Michels besonderem Einfühlungsvermögen schnell verflogen. Er sprach liebevoll von Valérie, die ja ein wesentlicher Teil seines Lebens gewesen war und es auch immer bleiben würde, vermittelte Marie dabei jedoch niemals das Gefühl, in seinem Herzen an nachrangiger Stelle zu stehen.

Sie klickte die zweite Message an. Es war eine Sprachnachricht von ihrem Vater aus Köln: »Danke, mein Schatz, für deine lieben Geburtstagswünsche, über die ich mich sehr gefreut habe«, hörte sie ihn mit einem Lachen sagen. Oh nein! Sie hatte glattweg vergessen, ihm zu gratulieren! Dann fuhr er mit ernster, besorgter Stimme fort: »Ich hoffe, bei dir ist alles gut. Melde dich doch mal, damit ich weiß, dass du nicht wieder mitten in irgendwelchen halsbrecherischen Angelegenheiten steckst.«

Ihr Vater kannte sie gut – sie hatte noch nie einen seiner Geburtstage vergessen. Sie schickte ihm eine Nachricht mit liebevollen Grüßen und eine beruhigende Erklärung, von wegen hektischer Tag und so, und ging dann ins Haus. Jetzt wollte sie nur noch schlafen.

*

Sophie genoss die Ruhe ihrer kleinen Wohnung, die sie kürzlich im Dorfkern von Auberoches gemietet hatte. Sie hatte tatsächlich vierunddreißig Jahre alt werden müssen, um aus ihrem Elternhaus auszuziehen – aber ein Spätzünder war sie ja schon immer gewesen. Die zwei spärlich eingerichteten Zimmer wirkten mit ihren kahlen Wänden noch sehr spartanisch, aber das machte ihr nichts aus. Sie würde sich hier nach und nach einrichten, denn momentan gab sie das bisschen Geld, das sie übrig hatte, für ihre Yoga-Ausbildung aus. Ein Schritt nach dem anderen.

Ein richtiges Bett hatte sie nicht, nur eine Matratze auf dem Boden. Auf der lag sie jetzt im Dunkeln und hatte die Beine senkrecht gegen die Wand gelehnt. Sie atmete tief ein und aus. Das war für sie die beste Position, um die ersehnte Ruhe zu finden. Aber sie ahnte schon, dass ihr dennoch eine schlaflose Nacht bevorstand – wie allen anderen Mitgliedern ihrer Familie. Soweit sie wusste, hatte Nathalie Cécile angerufen und ihr von den heutigen Ereignissen berichtet, woraufhin ihre jüngste Schwester von Toulouse aufgebrochen war, um nach Auberoches zu kommen. Da Agnès und sie sich nicht ertrugen, würde Cécile bei Nathalie und Olivier übernachten, die sich auf der anderen Seite des Dorfes ein komfortables Einfamilienhaus gebaut hatten. Ganz anders als Sophies Traum vom Eigenheim: Wenn sie einmal bauen sollte, würde es ein Holzhaus sein.

Sophies Gedanken kehrten immer wieder zu Antoine zurück. War er damals wirklich gestorben und über all die Jahre vor ihrer Nase – wie ihre verstorbenen Haustiere – auf dem

Grundstück begraben gewesen? Sie rief sich ihre letzte Begegnung mit ihrem Bruder ins Gedächtnis. Das war auf dem Dorffest gewesen. Antoines einziger Freund, Arthur, der auf dem Nachbarhof wohnte, hatte bei ihm gestanden. Arthur war ein paar Jahre älter als Antoine, aber sie trafen sich immer wieder, um ein paar Bierchen zu trinken. Viel Freizeit hatten sie beide nicht.

Sophie hatte sich nie gefragt, was ihr Bruder für sie bedeutete. Er war einfach da gewesen, der über alles geliebte Sohn, der ganze Stolz des Familienpatriarchen. Aber sein plötzliches Verschwinden hatte etwas in ihr ausgelöst. Dadurch hatte sie allmählich begriffen, dass sie selbst für ihr Leben verantwortlich war. Oder zumindest für das, was sie aus ihrem Leben machen wollte. Die Tatsache, dass ihr kleiner Bruder alles stehen und liegen gelassen hatte, um seinen Traum von einem Leben in Australien zu verwirklichen, hatte ihr imponiert. Auch wenn sie ihm in Gedanken oftmals den Vorwurf gemacht hatte, ihre Eltern damit ins Unglück gestürzt zu haben. Und jetzt sah es so aus, als hätte Antoine den Familienhof niemals verlassen. Oder war alles doch ganz anders?

Mondlicht floss in ihr Zimmer und tauchte es in einen hellen Schimmer. Sophie ließ schließlich die Beine sinken, stand auf und schaute aus dem Fenster. Vollmond. An Schlafen war also definitiv nicht zu denken. Sie streifte sich eine gefütterte Jacke über ihren Flanellschlafanzug, zog dicke Strümpfe und warme Schuhe an und verließ ihre Wohnung. Sie hatte das Bedürfnis, zu der Stelle zu gehen, an der man das Skelett gefunden hatte. Als könnte sie dort etwas empfinden, was sie die letzten zehn Jahre nicht gespürt hatte.

Das Gelände war mit gelbem Band abgesperrt, das im Vollmondlicht fast leuchtete. Darauf stand: *Police – Défense d'entrer.*

Sophie traute sich zunächst nicht, das Verbot einfach zu ignorieren. Sie war noch nie eine Rebellin gewesen, und ihr erster Reflex war nun, brav in ihre Wohnung zurückzukehren.

Dann aber entdeckte sie einen Schatten. Nach dem ersten Schreck erkannte sie die kräftige Gestalt, die dort mit gebeugtem Oberkörper auf einem großen Stein hockte. Ohne weiter zu überlegen, schlüpfte sie unter dem Band hindurch und ging auf ihren Vater zu. Als sie ihn erreichte, grüßte er sie mit einem kurzen Nicken, und sie folgte umgehend seiner Aufforderung mit der Hand, sich neben ihn auf den Stein zu setzen.

Sie schwiegen in der nächtlichen Stille, die sie von allen Seiten einhüllte. Sophie konnte sich nicht erinnern, jemals zuvor einen Moment allein mit ihrem Vater verbracht zu haben. Doch es wollte sich kein Gefühl von Geborgenheit einstellen – dafür waren sie wohl beide zu aufgewühlt und traurig.

Kapitel 8

Saint-André, Dienstag, 23. März

Gleich nach dem Frühstück machte sich Marie mit César auf zu einem Spaziergang in den Feldern hinter dem Dorf. Sie folgte mit dem Blick den Nebelschwaden entlang der Vézère, die nach und nach einem strahlend blauen Himmel wichen. Wildenten flogen laut schnatternd vorbei, und man konnte den Frühling förmlich riechen. Als César einen Fasan im Feld entdeckte, rannte er voller Jagdleidenschaft auf ihn zu. Dabei schlackerten seine Schlappohren im Wind – ein Anblick, der Marie ein Schmunzeln entlockte.

Dann sah sie auf ihr Handy: acht Uhr. Und damit Zeit zurückzukehren, obwohl sie in dieser wunderbaren Luft am liebsten noch stundenlang weitergelaufen wäre. Sie wählte Inspektor Martins Nummer, entschuldigte sich für den frühen Anruf und teilte ihm mit, dass sie am Vormittag nicht ins Büro kommen würde.

»Machen Sie sich keine Sorgen wegen der Uhrzeit. Ich bin schon lange wach und habe schon staubgesaugt.« Seine Stimme klang zufrieden.

Morgens vor der Arbeit putzen: Diese Vorstellung fand Marie, die ausgiebigen Hausarbeiten grundsätzlich wenig abgewinnen konnte, ziemlich schräg, sie war aber wohl typisch für den sauberkeitsliebenden Martin.

»So viel Energie am frühen Morgen! Alle Achtung! Ich mache mich jetzt auf den Weg zum Hof der Barthes. Ich will wissen, mit wem Antoine engeren Kontakt hatte und mit welchen Leuten er kurz vor seinem Verschwinden gesehen wurde«, informierte sie den Inspektor.

»Sie gehen also davon aus, dass er der Tote ist?«, fragte er und klang dabei ein wenig verwundert.

Marie musste sich eingestehen, dass er mit seinen Bedenken durchaus recht hatte. Solange diese Hypothese nicht durch die gerichtsmedizinischen Untersuchungsergebnisse bestätigt war, durften sie sich nicht einfach darauf festlegen. Jemand konnte der Leiche das Armband angelegt haben, um vorzutäuschen, dass es Antoine war. Womöglich Antoine selbst … Beim jetzigen Stand der Ermittlungen war fast alles denkbar.

»Nein, davon können wir natürlich nicht mit hundertprozentiger Sicherheit ausgehen. Aber wir haben es mit einer Leiche zu tun, die in unmittelbarer Nähe von seinem Zuhause gefunden wurde, und daher müssen wir auch sein gesellschaftliches Umfeld genauer durchleuchten. Übrigens, ich habe in der Antoine-Barthes-Akte keinen Hinweis darauf gefunden, dass er Freunde hatte oder eine Freundin. Außer seiner Familie ist niemand befragt worden, der ihm möglicherweise nahestand.«

»Das stimmt. Vielleicht war er ein Einzelgänger«, mutmaßte Martin.

Oder vielleicht haben die Kollegen von damals – der Fall lag noch vor Martins und Michels Zeit – nachlässig gearbeitet, was der schlampig verfasste Bericht nahelegt, dachte Marie. Doch sie sprach den Gedanken nicht aus, weil sie nicht über Kollegen lästern wollte. Sie selbst allerdings hätte einen Bericht in dieser Form nicht durchgehen lassen.

Sie hatte mittlerweile mit dem Telefon am Ohr ihr Haus wieder erreicht. César wanderte zielstrebig auf Léonies Küche zu, um endlich sein Futter zu bekommen. Da signalisierte ein Klopfen einen weiteren Anruf. Es war Michel, wie ein kurzer

Blick aufs Display zeigte. Sie hatte gleich nach dem Aufwachen lange mit ihm gesprochen und dabei natürlich von dem Fall in Auberoches erzählt. Michel hatte ihr wie immer aufmerksam zugehört.

Sie verabschiedete sich schnell von Martin und nahm Michels Anruf an.

»Na, was vergessen?«, fragte sie scherzhaft. Sie glaubte zu wissen, weshalb er anrief. Sie hatten bei ihrem Gespräch das kommende Wochenende nicht angesprochen, und wahrscheinlich wollte er es nun mit ihr zusammen planen. Ja, sie hatte große Lust, nach Bordeaux zu fahren und mit Michel die Stadtluft zu genießen. Einfach Hand in Hand durch die Straßen schlendern, auf der Terrasse eines Cafés sitzen und sich das Leben der vorbeilaufenden Menschen vorstellen, dann ein, zwei Geschäfte anschauen und – warum nicht? – mal wieder ein neues Kleid kaufen.

»Ich dachte gerade an den Kollegen Champion, diesen alten Neidhammel, der dich auf dem Kieker hat«, riss Michel sie unsanft aus ihren Träumen. »Wenn er mitbekommt, dass du die Familie Barthes gut kennst, wird er unverzüglich dafür sorgen, dass dir der Fall wegen Befangenheit entzogen wird. Er wartet bestimmt nur auf eine Gelegenheit, dir deinen Platz streitig zu machen. Unterschätz den nicht! Er hat anfangs auch versucht, mir zu schaden, wann immer er konnte.«

»Das soll er mal probieren! Der Fall geht ihn nichts an.«

»Ach ja, ich vergaß. Marie Mercier hat vor nichts Angst … Wie auch immer, ich bin mir sicher, dass er alles gegen dich verwenden wird, was er nur finden kann. Also Vorsicht! Auch generell natürlich.«

»Ja, ja, ist ja gut«, wehrte sie seine gut gemeinten Ratschläge ab. Sie hatte keine Lust, bemuttert zu werden – und schon gar nicht von Michel.

»Ich meine das ernst, Marie«, sagte er mit gepresster Stimme. »Ja, ich weiß, letztlich bestimmst du allein darüber, ob du fahrlässig mit deiner Sicherheit umgehst oder nicht. Aber ich werde dieses Spiel nicht noch einmal mitmachen. Ich möchte, dass dir das absolut klar ist.«

Der entschiedene Ton, den er gerade angeschlagen hatte, überraschte sie, allerdings verstand sie sehr wohl, was Michel meinte. Kurz nachdem sie sich kennenlernten, hatte er um ihr Leben bangen müssen, weil sie, zugegeben, höchst unprofessionell versucht hatte, einen Mordfall im Alleingang aufzuklären. Verständlich, dass er das nicht noch einmal erleben wollte.

Ihre Stimme war ganz sanft, als sie erwiderte: »Ich passe auf. Ich verspreche es dir.«

Ein weiteres Klopfen unterbrach auch dieses Telefonat. Allerdings war es diesmal ein heftiges Pochen an der Hoftür. Heute Morgen konnte man anscheinend kein Gespräch ungestört zu Ende führen, selbst César bellte wütend. Marie versprach Michel, später zurückzurufen, und steckte das Handy in die Hosentasche.

Als sie das Hoftor öffnete, stand Bürgermeister Dubosc vor ihr – in einem Polohemd mit dem obligatorischen Krokodilemblem und mit akkurater Meckifrisur. Ein angenehmer Herrenduft ging von ihm aus, wie sie sofort bemerkte. Marie mochte falsch singen, aber sie hatte eine feine Nase.

»*Salut*, Bruno. Was führt dich denn so früh hierher?« Nicht nur die frühe Uhrzeit seines Besuchs verwunderte Marie. Sie hatte Dubosc hier überhaupt noch nie gesehen.

»*Salut*, Marie. Sag mal, was ist denn bei den Barthes los?«, fragte er gebieterisch.

Marie antwortete nicht. Es gab keinen Grund, Dubosc über laufende Ermittlungen im Nachbardorf zu informieren.

Da sie stumm blieb, fuhr er fort: »Ja, was ist das überhaupt für eine Schädelgeschichte? Das würde ich mal gerne wissen.«

Sie überhörte seinen vorwurfsvollen Ton.

»Wieso interessierst du dich so brennend dafür?«, entgegnete sie. Mitgefühl war es bestimmt nicht. Das war nicht seine Art.

»Mein Neffe Romain hat mich aus Paris angerufen. Ihr habt die Arbeiten für den Bau seiner Mühle unterbrochen. Wann kann es denn da weitergehen?«

Aha, daher wehte also der Wind.

»Ist dein Neffe der Geschäftspartner von Olivier Gaillard?«

»Genau. Und die haben einen präzise ausgearbeiteten Zeitplan für den Mühlenbau.«

»Davon habe ich gehört. Aber bevor die weitermachen können, müssen wir wissen, was es mit dem Fund auf sich hat.« Von dem restlichen Skelett wusste der Bürgermeister offenbar noch nichts. Und Marie würde ihn ganz bestimmt nicht darauf hinweisen.

»Und wann wird das sein?«

»Ich bin keine Wahrsagerin, ich bin Polizistin.«

Er schaute sie erwartungsvoll an. »Ja, und jetzt?«

»Jetzt muss ich weiter ermitteln.«

Immerhin verstand Dubosc, dass es sinnlos war zu insistieren, und verabschiedete sich leicht gekränkt. Marie wusste aber schon jetzt, dass er die Sache nicht auf sich beruhen lassen würde.

Als Marie den Hof der Barthes erreichte, kam ihr das Anwesen wie verlassen vor, nachdem die Kollegen von der Spurensicherung ihre Arbeit abgeschlossen hatten und nun verschwunden waren. Das Skelett war inzwischen nach Périgueux überführt worden und stand dort ab jetzt unter Blanquers besonderer Obhut.

Sie parkte ihren Wagen und ging zum Wohnhaus. Noch bevor sie an die Tür klopfen konnte, öffnete Agnès ohne ein Wort der Begrüßung. Man sah ihr die schlaflose Nacht an. Gemeinsam betraten sie die Küche, wo Agnès Marie im Kommandoton anwies, sich zu setzen, und ihr eine Tasse dampfenden Kaffee hinstellte.

Für Marie gab es kein Entkommen. »*Merci*«, sagte sie und nahm einen vorsichtigen Schluck. Der Kaffee war noch frisch, kein Vergleich zu gestern.

Agnès blieb mit verschränkten Armen vor ihr stehen, als sei Marie ihr eine Erklärung schuldig. Sie würde sich noch ein wenig gedulden müssen, denn Marie war hier, um weitere Fragen zu stellen.

»Ich muss mir ein Bild von Antoines Leben machen. Was hat er gemacht, bevor er verschwunden ist? Ging er arbeiten?«, wollte sie wissen, denn auch darüber gab der Bericht von damals keine Auskunft.

»Er hat mit sechzehn die Schule geschmissen und dann mit auf dem Hof gearbeitet. Da gab es auch damals mehr als genug zu tun. Außerdem sollte er den ja später übernehmen.«

»Hat er das gern gemacht?«

»Wer schuftet schon gerne von frühmorgens bis spätabends? Aber er hat sich immer sehr um die Tiere gekümmert, kann gut mit ihnen umgehen.« Sie sprach also weiterhin in der Gegenwart von ihm. »Wir haben noch eine Kuh, unsere Marguerite, die hat Antoine mit zur Welt gebracht. War eine schwierige Geburt. Der Tierarzt konnte in der Nacht nicht kommen, weil er auf einem anderen Hof beim Kalben helfen musste. Da hat Antoine den Job übernommen – als hätte er nie was anderes gemacht.« In ihrer Stimme lag Bewunderung.

»Und seine Australien-Begeisterung – woher kam die?«

»Er hat mal im Fernsehen eine Sendung über eine australische Farm mit so riesengroßen Rindern gesehen, und da war es um ihn geschehen.«

Bei der Wortwahl wurde Marie stutzig. Die Wendung benutzte man doch eigentlich, wenn sich jemand verliebte. Aber wie hatte es denn in der Hinsicht ausgesehen? Mit achtzehn war man ja schnell mal verliebt.

»Hatte er eine Freundin?«

»Nicht, dass ich wüsste.«

»Habt ihr über so was nicht gesprochen?«

Die Frage schien Agnès zu verwundern. »Nein, warum auch?«, erwiderte sie spitz. »Wir sind da anders als ihr Städter.«

Marie ignorierte die Bemerkung. »Und Freunde? Hatte er Kumpels, mit denen er loszog? Das macht man doch in dem Alter.«

»Ja, wenn man Zeit hat. Aber Antoine hat von klein auf viel gearbeitet. Allerdings hing er manchmal mit Arthur rum, dem Sohn der Nachbarn.«

»Wohnt der noch hier?«

»Nee, der hat vor ein paar Jahren geheiratet und ist mit seiner Frau nach Périgueux gezogen. Da gab es zu viel Zunder zwischen Schwiegermutter und Schwiegertochter.«

»Wie heißt Arthur mit Nachnamen?«

»Dalbavie.«

Marie machte sich eine Notiz. Das war ein gängiger Name hier in der Gegend. Sie hatte allerdings keine Vorstellung, wer das sein könnte. Sie würde später Martin bitten, herauszufinden, was aus diesem Jugendfreund geworden war. Wenn er noch in Périgueux wohnte, konnte Martin versuchen, über ihn mehr zu Antoine herauszubekommen. Vielleicht war der Barthes-Sohn gegenüber seinem Freund offener gewesen.

Von Agnès würde Marie im Moment nicht mehr erfahren, also verabschiedete sie sich von ihr. Im Anschluss wollte sie die Eltern besuchen. Mal sehen, wie sie den gestrigen Tag verkraftet hatten.

Die knapp hundert Meter vom Hof zum Haus der beiden alten Barthes legte Marie zu Fuß zurück. Es war ein schlichtes einstöckiges Haus, dem Anschein nach ein Fertigbau. Das Land rund um das Gebäude war eingezäunt, obwohl es auch zu dem weitläufigen Grund und Boden der Familie Barthes gehörte. Warum grenzten sich die beiden von dem restlichen Anwesen ab?

Als Marie das Tor im Zaun öffnete, fiel ihr Blick auf ein imposantes Pflanzenparadies, das es mit dem Garten ihrer Nachbarin Rose allemal aufnehmen konnte. Marie musste schmunzeln, denn vermutlich wäre Rose über den Vergleich pikiert gewesen – für sie war ihr eigener Garten selbstverständlich unüberbietbar.

Im nächsten Moment sah Marie den Hausherrn mit einer Heckenschere in der Hand auf sie zukommen.

»Ah, *l'armée des bras cassés*«, begrüßte er sie mit versteinerter Miene.

Die Armee der gebrochenen Arme: nicht gerade ein Kompliment. Anstatt mit dieser bildhaften französischen Redewendung hätte er sie genauso gut mit den Worten »Da ist ja unsere Madame Versagerin« begrüßen können. Marie ärgerte sich darüber und beschloss, seinen aggressiven, verächtlichen Ton nicht weiter zu dulden.

Sie schaute ihn eindringlich an und erklärte: »Deinen Schmerz verstehe ich, Marcel. Das gibt dir allerdings nicht das Recht, beleidigend zu werden. Wir kennen uns schon lange, ja, aber ich ermittle hier in einem Kriminalfall. Vergiss das bitte nicht, oder du wirst mich von einer ziemlich ungemütlichen Seite erleben!«

Anscheinend war er es nicht gewohnt, dass man ihm Paroli bot, denn er schaute sie perplex an.

Sie fuhr in einem versöhnlicheren Ton fort: »Ich muss mit dir über Antoine sprechen. Ist das okay?«

»Nur zu.«

Er bot ihr allerdings nicht an, sich auf einen der Stühle zu setzen, die etwas weiter weg standen, sondern blieb mit ihr an Ort und Stelle.

»Warum bist du so überzeugt davon, dass er es ist, der hier begraben wurde?«

»Dein Kollege hätte sich das mit der Speichelprobe und der DNA-Untersuchung sparen können. Ich habe nicht eine Sekunde lang geglaubt, dass Antoine damals abgehauen ist. Das hätte er nie getan. Du wirst schon sehen. Er wusste, dass er eines Tages den Hof erben würde, und das wollte er auch.«

Und warum sollten seine Schwestern nichts erben?, fragte Marie sich im Stillen. Marcels Idee von seinem Sohn als Alleinerben war nicht ohne Weiteres mit dem französischen Erbrecht zu vereinbaren, das eine prozentual gerechte Aufteilung vorschrieb. Bei fünf Erbberechtigten hätte der Wert des Hofes durch fünf geteilt werden müssen. Oder ging Marcel davon aus, dass seine Töchter freiwillig auf ihr Erbe verzichten würden? Aber Marie wollte ihn nicht unterbrechen und verkniff sich daher ihre Fragen zu diesem Thema. Stattdessen ermunterte sie ihn mit einem Nicken fortzufahren.

»Antoine war ein Familienmensch.« Marcels Gesichtszüge entspannten sich für einen Moment. »Deshalb trug er auch das Armband seines Großvaters.«

»Und was ist mit Australien?«

»Das war doch bloß eine Spinnerei!« Seine Stimme wurde

lauter. »Man verlässt nicht von heute auf morgen seine Familie und eine sichere Zukunft wegen irgendwelchen Rindern am anderen Ende der Welt.«

»Aber seine Schwestern haben das geglaubt.«

»Erstaunlicherweise. Das kann ich mir bis heute nicht erklären. Nur wegen diesem blöden Zettel und ein paar Postkarten. Die kannten ihn eben nicht so gut wie ich.«

»Irgendjemand muss die Karten geschrieben haben. Hast du sie noch?«

»Ja, natürlich. Hol ich dir.«

Er bot ihr endlich an, sich auf einen der unbequemen, altmodischen Gartenstühle zu setzen, und ging ins Haus. Bald kam er mit einem braunen Umschlag wieder, den er ihr kommentarlos überreichte. Dann setzte er sich zu ihr und schwieg. Er schien vollkommen in die Betrachtung seines Gartens versunken zu sein. Warum er plötzlich so sehr in Gedanken war, wusste Marie nicht, aber sie respektierte es.

Die Sitzecke befand sich unter einer Holzpergola, auf der eine gigantische weiße Glyzinie in der Frühlingswärme prächtig blühte. Ihre Ranken wiegten sich im zarten Wind, und ihr himmlischer Duft zog zahlreiche Bienen, Hummeln und Wespen an, die laut brummend Nektar einsammelten. Zwischen den großen Blumenbeeten mit Schwertlilien in unterschiedlichen Farben gedieh lilafarbener Flieder, der sich mit üppigen Schneeballsträuchern abwechselte. Maries Blick glitt zu einem etwa drei Meter hohen Pfeifenstrauch, der bereits zahlreiche Knospen trug. Wie großzügig die Natur hier ist, dachte sie und widmete sich dann dem Inhalt des Umschlags. Es waren drei Postkarten und ein Zettel, der aussah, als wäre er aus einem Schulheft herausgerissen worden.

»Ich entschuldige mich für meinen Ton«, sagte Marcel nach einer Weile. »Ich bin seit zehn Jahren wütend.«

»Das verstehe ich«, antwortete Marie mitfühlend. Vorsichtig steckte sie Antoines Botschaften zurück in den Umschlag, um sich wieder auf das Gespräch zu konzentrieren. Später würde sie sich alles noch einmal gründlich anschauen.

»Ich habe gleich gewusst, dass Antoine tot ist. Es war die einzige Erklärung, aber niemand wollte mir zuhören. Deine Kollegen haben mich damals wie einen dummen Bauern behandelt, der den Schuss nicht gehört hat.«

Ja, das ist leider durchaus möglich, stimmte Marie ihm in Gedanken zu.

»Da war einer, der war besonders überheblich. Der Kerl hieß Champion … Den Namen habe ich mir gemerkt. Kennst du den?«

»Dem Namen nach.« Mist, warum ausgerechnet der! Was hatte er damit zu tun gehabt? Marie fluchte innerlich. Offenbar hat Champion seinem Namen alle Ehre gemacht, dachte sie. Er hielt sich für einen Siegertyp und behandelte andere dementsprechend herablassend.

»Der hat mir gesagt, dass wir die Polizei nicht belästigen sollten. Dass sie wichtigere Angelegenheiten zu klären hätten.« Dann wurde er wieder laut. »Kannst du mir bitte sagen, was wichtiger sein soll als das Leben meines Sohnes?«

»Nein, natürlich nicht.«

Dieser Champion war noch unsensibler, als sie gedacht hätte.

»Als ich in meiner Verzweiflung noch mal zum Kommissariat bin und darauf bestanden habe, dass sie gründlicher ermitteln, da hat er mich fast rausgeschmissen. Er hat mich angeschrien, mein Sohn würde sich bloß die Hörner abstoßen, und ich sollte mich gefälligst um meine Kühe kümmern. Außerdem würde er keine Ratschläge brauchen, wie er seinen Beruf auszuüben hätte. Schließlich hätte er studiert.«

Was Marcel erzählte, erfüllte Marie mit Scham, und sie merkte, wie die Wut in ihr aufstieg.

»Es tut mir sehr leid, Marcel. Die Reaktion meines Kollegen war wirklich vollkommen unangemessen.«

Vermutlich konnte Marcel diesen dämlichen Champion im Nachhinein verklagen. Aber das sprach sie nicht aus.

»Ich war immer bärenstark, aber Antoines Verschwinden hat mich fertiggemacht. Er war mein Junge. Der einzige, den ich hatte. Lucienne ist vor Trauer fast umgekommen. Du hast sie ja gesehen.«

»Wo ist sie eigentlich? Mit ihr wollte ich auch noch reden.«

»Sie ist nicht ansprechbar.«

Er zeigte auf das kleine Haus am Ende des Gartens.

»Sie schläft – wie so oft. Scheißtabletten! Sie ist völlig abhängig von den Dingern.«

Marie dachte an Sophie, die ihrer Mutter mit alternativer Medizin helfen wollte, was von den anderen Familienmitgliedern aber wohl nicht unterstützt wurde.

Marcel schaute Marie an. Diesmal schien er sie zum ersten Mal richtig anzusehen.

»Kannst du dich an Antoine erinnern?«

»Wenn ich ehrlich bin – kaum. Ich war ja immer nur zu Besuch hier.«

»Lucienne und ich sind noch nicht so alt. Ich bin jetzt knapp siebzig. Mein Vater hat damals noch mit achtzig auf dem Hof gearbeitet, aber mich interessiert nur noch dieser Garten. Um den Hof sollen sich die Mädchen kümmern, das kriegen die schon hin. Antoine hat Blumen geliebt, er kannte sie alle.« Marcel machte eine ausladende Geste mit dem Arm. »Das hier habe ich für ihn gemacht – ihm zu Ehren. Verstehst du? Es ist das einzig Sinnvolle, was ich für ihn tun kann. Hätte doch ich an seiner Stelle sterben können.«

»Und deine Töchter?« Marie konnte die Frage nun nicht länger zurückhalten.

»Die kommen ohne mich zurecht. Die brauchen mich nicht, um sich zu streiten.«

Was für ein Frauenbild …

»Gestern hatte ich das Gefühl, dass du deinem Enkel nahestehst.«

Marcels Gesichtsausdruck bekam wieder etwas Weiches.

»Ich mache mir ein bisschen Sorgen um ihn, weil er nicht altersgemäß wächst, aber er ist ein guter Junge. Und auch er mag Blumen! Keine Ahnung, wie ich das alles ohne ihn ertragen würde!«

»Er scheint sehr an dir zu hängen – und ich finde, er ist ein unglaublich nettes Kind.«

Marcel warf ihr einen freundlichen Blick zu. Offenbar gefiel ihm, was sie sagte.

»Léon hätte sich mit seinem Onkel bestens verstanden.« Er überlegte kurz, dann sprach er weiter. »Das mag sich seltsam anhören. Aber weißt du, dass es für mich ein großer Trost ist zu wissen, dass Antoine all die Jahre in unserer Nähe war? Seit seinem Verschwinden grüble ich Nacht für Nacht darüber nach, was mit ihm geschehen sein könnte – und er war die ganze Zeit hier. Bei uns, in dieser wunderbaren Erde, die er geliebt hat, im Schatten der Nussbäume, die sein Großvater Antoine gepflanzt hat.«

Marcel schien sehr an der Männerlinie der Barthes zu hängen. Dabei hat er auf eine Art auch etwas Feminines an sich, dachte Marie. Der Garten, die Blumen, eine gewisse Romantik … Nun ja, waren es nicht oftmals gerade die Widersprüche, die einen Menschen ausmachten? Zudem fragte Marie sich erneut, wie die vier Schwestern es empfanden, sich als Frauen hinten anstellen zu müssen. Anlass für Unmut war es allemal. Die Zeit war doch auch in Auberoches nicht stehen geblieben. Es gab Fernsehen, Internet, Social Media … Wie war das nur möglich? Marie hatte aus den Kommentaren von Agnès schon herausgehört, dass sie Antoine die Schuld am Scheitern ihres Lebenstraums gab. Wie groß mochte die Frustration der anderen Schwestern sein? Doch dieses Thema wollte sie Marcel gegenüber jetzt nicht ansprechen. Es würde nichts bringen. Sie verabschiedete sich von ihm und machte sich auf den Weg ins Büro.

*

Martin war fassungslos angesichts dessen, was die Kommissarin ihm gerade über Champion erzählt hatte. Sie war ziemlich aufgebracht ins Büro zurückgekehrt und hatte sogleich von ihren Gesprächen bei den Barthes berichtet.

»Wie ist eigentlich Ihr Verhältnis zu diesem werten Kollegen?«, wollte sie dann von ihm wissen.

»Der hat mich nie als ernst zu nehmenden Konkurrenten gesehen. Also hat er sich mir gegenüber immer korrekt verhalten.«

»Würden Sie ihn zu dem Fall befragen? Ich fürchte, ich könnte mich im Ton vergreifen, wenn ich mit ihm darüber reden würde. Versuchen wir es also erst mal auf die kollegiale Art. Vielleicht fällt ihm ja noch ein Detail ein, das uns weiterhilft. Und wer weiß, möglicherweise lässt er sich nebenbei auch noch entlocken, warum er Marcel damals so eiskalt abserviert hat.«

Martin schaute auf das Protokoll, das er ausgedruckt hatte. »Wenn er damals die Aussage von Monsieur Barthes aufgenommen hat, müsste Champions Name eigentlich hier erwähnt sein. Da steht aber überhaupt kein Name. Komisch!«

»Eben!«

*

Der Tisch war fürs Abendessen gedeckt, und Léonie schaute auf die Küchenuhr. Schon sieben. Marie müsste gleich da sein; sie hatte sie angerufen, als sie aus dem Büro gegangen war.

Die Morcheln, die sie am frühen Montagmorgen geerntet hatte, sollten heute noch gegessen werden. Deshalb hatte Léonie darauf bestanden, dass Marie, die eigentlich einen ruhigen Abend bei sich zu Hause hatte verbringen wollen, zu ihr kam. Sie hatte auch Maries Leibgericht gekocht: Blanquette de veau. Das traditionelle Kalbsragout in heller Sauce wurde eigentlich mit Champignons zubereitet, aber heute hatte sie einfach die wunderbaren Morcheln genommen. Es war sozusagen eine Blanquette mit einem dicken Plus, und der Geruch der Morcheln parfümierte die ganze Küche – und wohl auch den Hof, denn plötzlich stand Georges mit Augustine in der Tür und schaute äußerst interessiert in den Raum. Léonie winkte ihn herein. Georges ließ sich nicht zweimal bitten und war mit zwei Schritten in der Küche, und zwar mit Augustine an der Leine.

»Augustine bleibt draußen!«, befahl Léonie.

Georges schaute etwas verdutzt, band die Sau dann aber an einem Haken an der Außenmauer fest.

»'tschuldigung. Wir kommen gerade vom Trüffelhain.«

Georges kümmerte sich schon seit über zwanzig Jahren um den Trüffelhain von Madame Durand am Rande des Dorfes.

»Wieso? Die Trüffelsaison ist doch vorbei.«

»Aber Augustine geht da so gern hin.«

Ja, wenn die über alles geliebte Augustine da so gern hingeht …, dachte Léonie.

»Wie sieht das Anwesen von Madame Durand eigentlich inzwischen aus?«

Georges zuckte mit den Schultern.

»Wie soll es schon aussehen? Verlassen und trostlos. Soweit ich weiß, schaut Philippe einmal die Woche nach dem Rechten.

Aber das reicht nicht. Der Park ist längst nicht mehr so gepflegt wie früher. Die Sträucher, die Rosen sind seit einer ganzen Weile nicht gestutzt worden, und die Fensterläden sind immer geschlossen. Traurig, traurig – es ist ja nicht damit getan, dass sich jemand um den Trüffelhain kümmert.«

Léonie wusste, wie gern Georges das tat, aber er hatte recht. Das schönste Anwesen von Saint-André lag seit vielen Monaten verwaist da. Seit Hélène weg war, lebte Madame Durand in einem Pflegeheim, denn die betagte Besitzerin litt an fortgeschrittenem Alzheimer. Wirklich eine traurige Geschichte …

»Philippe steht immer noch in Kontakt mit Hélène, hat Rose mir erzählt.«

Der Angestellte der Gemeinde war im gleichen Alter wie Marie und Hélène. Als Kinder waren sie unzertrennlich gewesen, wenn Marie in den Ferien in Saint-André war. Und Philippe war von jeher in Hélène verliebt – der er allerdings nie gut genug gewesen war. Aber das hielt ihn nicht davon ab, sie weiter zu verehren.

Als Léonie mit ihren Gedanken wieder in die Gegenwart zurückkehrte, bemerkte sie, dass Georges inzwischen stumm und erwartungsvoll vor dem gusseisernen Kochtopf stand. Monsieur hatte sich anscheinend genug unterhalten. Sie hob den Topfdeckel.

»Hmmm!«

Sie hörte förmlich seinen Magen knurren und stellte sogleich einen weiteren Teller mit Besteck auf den Tisch. Mit dem Reis würde sie warten, bis Marie da war. Aber da kam sie schon über den Hof, wie ein Blick durchs Fenster ihr verriet.

Rasch setzte Léonie den Reis auf. Als sie wieder aus dem Fenster schaute, sah sie Marie mit César im Hof herumtollen. Der Hund hatte sichtlich Spaß und rannte unter dem interessierten Blick von Augustine hin und her, die an ihrer Leine zog und grunzte. Es sah so aus, als hätte sie gern mitgespielt. Was für ein drolliges Tier!, dachte Léonie. Auch Marie schien die Ausgelassenheit zu genießen – wahrscheinlich baute sie so den Stress des Tages ab. Was machte das wohl mit einem, wenn man regelmäßig mit Mord und Tod konfrontiert war? Léonie verstand bis heute nicht, warum Marie sich für diesen Beruf entschieden hatte. Sie selbst wäre gern Lehrerin geworden, am liebsten die Grundschullehrerin von Saint-André – oder vielleicht Krankenschwester wie Maries Mutter Loren. Na ja, es hatte eben nicht sein sollen – und am Ende des Tages war sie doch ganz zufrieden mit ihrem Leben.

Schließlich kam Marie herein, grüßte alle und ging sofort zum Herd. »Oh, wie gut das riecht! Was für ein Duft! Ich sterbe vor Hunger.«

Eine knappe Stunde später saßen die drei vor ihren leer gegessenen Tellern.

»Das war einfach genial! Léonie, du bist die Größte!«, sagte Marie und lehnte sich mit einem rundum zufriedenen Gesichtsausdruck zurück. »Oder findest du nicht, Georges?«

»Doch, doch …«

Alles andere hätte Léonie auch verwundert. Komplimente hatte er ihr zwar keine gemacht, sich aber immerhin zweimal Nachschlag geben lassen.

Blanquette de Veau schmeckte wie alle Ragouts am besten, wenn es am nächsten Tag aufgewärmt serviert wurde. Aber daraus würde nichts werden, denn der Topf war leer, wie Léonie mit Genugtuung festgestellt hatte.

»Marcel Barthes hat mir seinen Garten gezeigt. Er ist wirklich ein begnadeter Gärtner«, erzählte dann Marie.

Sie ist in Gedanken also wieder bei der Arbeit, dachte Léonie mit einem Anflug von Bedauern.

»Seine Töchter verkaufen seine Blumensträuße auf dem Markt und an große Restaurants aus der Umgebung«, wusste sie zu berichten.

»Wer hätte das gedacht?«, brummelte Georges. »Früher hat der sich nur für seinen Hof und Rugby interessiert.«

»Kanntest du Marcels Vater?«, fragte ihn Marie. »Antoine hat sein Armband getragen.«

Georges nickte. »Dem ging man besser aus dem Weg. Der war knallhart, und ordentlich wütend konnte der auch werden. Wenn ich als Kind traurig war, weil ich ohne Vater aufwachsen musste, habe ich an ihn gedacht, und dann ging es mir gleich besser. Lieber keinen Vater als so einen.«

Léonie wunderte sich. Über seine Kindheit sprach Georges eigentlich nie. »Marcels Schwestern haben jeweils den Erstbesten geheiratet, um vom Hof wegzukommen. Die hat man nie wieder gesehen«, fuhr Georges fort.

»Ja, Frauen hatten wohl keine besonders hohe Stellung in der Barthes-Hierarchie, aber das hat sich ja dann in den letzten Jahren zwangsläufig geändert«, meinte Marie. »Jetzt führen Antoines Schwestern das Regiment. Agnès ist ein ziemlicher Feldwebel.«

Léonie musste an ihren eigenen Vater denken, der mit einer resoluten Frau und zwei dickköpfigen Töchtern zusammengelebt hatte. Sie hatten immer alle an einem Strang gezogen, und Léonie konnte sich nicht daran erinnern, dass ihr Vater jemals die Kontrolle verloren hätte und explodiert wäre. Er war ein ruhiger Mann gewesen, vielleicht hatte er sich deshalb so gut mit Georges verstanden, der schon mit fünfzehn Jahren als Knecht zu ihnen auf den Hof gekommen war. Ihr Vater hatte ihn wie einen eigenen Sohn behandelt. Doch nach dem frühen Tod von Papa waren auch die Merciers ein Frauenhaushalt geworden. Ihre Mutter war eine strenge Frau gewesen. Nein hieß Nein –

und so hatten Léonie und Georges ihre Liebe verheimlichen müssen. Und als ihre Mutter viele Jahre später krank geworden war, hatte ihre ältere Schwester Madeleine auf ganz natürliche Weise die Rolle des Familienoberhaupts übernommen. So war das nun mal in Familien: Da musste es immer einen Leithammel geben.

Kapitel 9

Polizeipräsidium Périgueux, Donnerstag, 25. März

Richard Martin war gerade im Büro eingetroffen, als Fred Blanquer, ohne anzuklopfen, reingeplatzt kam. Der Inspektor verstand nicht, wie man sich so benehmen konnte. Seine Mutter hatte bei der Erziehung immer Wert auf gute Manieren und Höflichkeit gelegt, und dafür war er ihr dankbar. Berufliche Kompetenz war doch nicht alles im Leben! Wie auch immer. Die DNA-Ergebnisse lagen schneller als erwartet vor und ließen keinen Zweifel zu: Es waren die menschlichen Überreste von Antoine Barthes. Nun hatten sie die Gewissheit – er und kein anderer war unter dem Nussbaum begraben gewesen. Der Inspektor hatte gleich Madame la Commissaire angerufen und das Telefon auf Lautsprecher gestellt.

»Monsieur Blanquer, Sie bleiben bei der Vermutung, dass die Schramme am Schädel die Todesursache sein könnte?«, fragte seine Chefin sofort.

»Ja. Entweder ist er mit einem spitzen Gegenstand von hinten angegriffen worden, oder er ist auf eine scharfe Kante gefallen. Wie auch immer, das muss ihm die Lichter ausgepustet haben.«

Martin fragte sich, ob der Mediziner wirklich so gefühllos war oder ob seine Ausdrucksweise eine Form von Provokation darstellen sollte. Geschmacklos fand er es allemal.

»Ansonsten sind mir an dem Skelett keine weiteren Verletzungen aufgefallen – und ich habe es mir sehr genau angeschaut.«

Daran zweifelte Martin nicht.

»Der junge Mann hatte eine kräftige Konstitution. Das ist alles, was ich Ihnen dazu noch sagen kann. So, jetzt sind Sie dran!«

»Glauben Sie, dass er die ganzen Jahre dort gelegen hat?«, fragte die Kommissarin.

»So schön ordentlich, wie wir das Skelett vorgefunden haben – ja, davon würde ich ausgehen.«

»Und wissen Sie inzwischen, was das für Blumensamen sind, die Sie in der Erde gefunden haben?«

»Noch nicht. Botanik ist nicht meine Baustelle. Ich warte auf die Rückmeldung einer Kollegin. Sie werden aber die Erste sein, die erfährt, was es ist.«

Die beiden verabschiedeten sich voneinander, und Blanquer eilte wieder in seine geliebte Pathologie zurück. Marie Mercier, die eigentlich auf dem Weg nach Périgueux war, teilte dem Inspektor mit, dass sie auf der Stelle kehrtmachen würde, um nach Auberoches zu fahren und die Barthes persönlich über Blanquers Befund zu informieren. Martin seinerseits wollte sich mit Arthur Dalbavie treffen, den er am Vorabend telefonisch erreicht hatte. Antoines Jugendfreund war gestern von einer mehrtägigen Reise zurückgekehrt. Sie waren um neun Uhr, kurz vor Öffnung des Geschäfts, in dessen Weinladen in der Nähe der Kathedrale Saint-Front verabredet. Er würde gleich gemütlich dort hinspazieren. Was er der Kommissarin so nicht erzählt hatte. Mit »gemütlich« hatte die es nicht so …

Périgueux war mit dreißigtausend Einwohnern eine Provinzstadt von mittlerer Größe, die insbesondere vom Tourismus profitierte und in der es sich gut leben ließ. In der Innenstadt fand man charmant eingerichtete Geschäfte mit hochwertiger

Ware, gute Restaurants und hübsche Cafés. Zweimal in der Woche gab es einen großen, bunten Markt in der Stadt. Martin ging jeden Samstag mit seiner Mutter dorthin, und beide liebten diese Tradition. Die Stadt war lebendig und gleichzeitig angenehm beschaulich.

Martin war hier geboren und hatte nie woanders hin gewollt. Am Anfang seiner Karriere hatte er fünf Jahre in Lyon arbeiten müssen und unter furchtbarem Heimweh gelitten. Zum Glück sind diese Zeiten lange vorbei, dachte er, während er durch die kleinen Gassen der Altstadt schlenderte. Er konnte der Versuchung nicht widerstehen, in seiner Lieblingsbäckerei ein Mandelcroissant zu kaufen, ließ sich auf einer Bank nieder und genoss das köstliche Gebäckstück in aller Ruhe. Dann wischte er sich die verräterischen Puderzuckerreste vom Gesicht und setzte seinen Weg fort.

Als Martin sein Ziel erreichte, blieb er zunächst vor dem dreistöckigen Haus stehen, um sich den Weinladen, der erst vor ein paar Wochen eröffnet worden war, von außen anzusehen. Das Schaufenster war von einer bordeauxroten, vornehm wirkenden Täfelung eingerahmt, auf der in großen Lettern der Schriftzug *Bacchus & Co* prangte. Martin betrachtete die Auslage und stellte fest, dass sich der Ladenbesitzer offensichtlich auf Bergerac- und Pécharmant-Weine spezialisiert hatte, was hier in der Region eine vernünftige Entscheidung war. Manche Flaschen wurden mittels kleiner Kärtchen mit handgeschriebenen Kommentaren besonders empfohlen. Alles war liebevoll präsentiert.

Schließlich klingelte Martin. Der sportlich wirkende Mann, der kurz danach die Tür öffnete, musste Ende zwanzig sein. Er reichte ihm freundlich die Hand.

»*Bonjour,* Monsieur l'Inspecteur. Ich bin Arthur Dalbavie. Folgen Sie mir bitte ins Büro.«

Sie durchquerten einen winzigen Verkaufsraum. Das sogenannte Büro war lediglich eine kleine abgetrennte Ecke zwischen Stapeln von Weinkisten, in der einzig ein wacklig wirkender Schreibtisch mit einem Stuhl davor stand. Martin fing an zu zählen, wie viele Flaschen hier lagerten, gebot sich aber sogleich wie ertappt Einhalt. Allzu oft drohte seine Leidenschaft für Zahlen mit ihm durchzugehen.

»Sie wollten mich wegen Antoine sprechen. Haben Sie etwas von ihm gehört?«, fragte der sympathische Mann mit einem hoffnungsfrohen Lächeln.

»Sagen wir es mal so: Es gibt neue Erkenntnisse.«

»Großartig!«, freute sich Arthur Dalbavie und spielte dabei mit seinem Ehering am Finger.

»Wann haben Sie Antoine das letzte Mal gesehen?«, wollte Martin wissen.

»Das ist doch über zehn Jahre her. Warum fragen Sie mich das erst heute? Damals wollte das niemand wissen.«

»Da hat wohl keiner dran gedacht«, erwiderte Martin entschuldigend. Und fragte sich erneut, wie das möglich sein konnte. Was hatte Champion sich bloß gedacht? Gestern hatte Martin ihm noch eine Nachricht hinterlassen, aber sein Kollege hatte sich nicht gemeldet. Vielleicht hatte er frei. Oder er hatte keine Lust gehabt, zurückzurufen.

»Es war auf dem Dorffest – am Abend, bevor er sich verdrückt hat.« Arthur Dalbavie schien nicht lange in seinem Gedächtnis kramen zu müssen.

»Hat er Ihnen erzählt, dass er weggehen wollte?«

Dieses Mal überlegte Dalbavie länger.

»So direkt nicht. Wir hatten schon einige Bierchen intus.« Er ließ den Blick über die Weinregale schweifen. »Damals habe ich noch keinen Wein getrunken. Das habe ich erst durch meine Frau schätzen gelernt. Ihre Eltern haben ein Weingut im Bergerac. Mein Leben hat sich grundlegend verändert, seitdem ich sie kennengelernt habe ... Verzeihen Sie, ich sollte nicht abschweifen. Also, zurück zu Antoine. Ich weiß, dass es ihn damals ziemlich belastet hat, dass sein Vater so auf ihn fixiert war, und ich erinnere mich noch, dass er an dem Abend gesagt hatte, dass er sich so bald wie möglich nach Australien absetzen wollte. Dort, in dem weiten Land, würde er endlich frei atmen und sich ein eigenes Leben aufbauen können. Für diese Reise hatte er seit Jahren jeden Euro zusammengekratzt. Ich hätte aber nie gedacht, dass er dann gleich am nächsten Tag abhauen würde.«

»Wissen Sie, ob Antoine damals Feinde hatte?«

»Antoine? Feinde? Nein. Der ist zwar impulsiv und kann auch mal laut werden, aber eigentlich ist er lammfromm. Und er hat einen ausgeprägten Sinn für Gerechtigkeit.«

»Ich fürchte, er hatte ...«, sagte Martin leise.

»Wie ... er hatte?«

»Es tut mir leid, Ihnen das sagen zu müssen, Monsieur Dalbavie. Antoine ist tot. Wir haben seine sterblichen Überreste auf dem Grundstück der Barthes gefunden.«

»Das ist ein Scherz, oder?« Der junge Mann war blass geworden und suchte für einen Moment Halt an dem wackligen Tisch.

»Das wäre kein guter Scherz«, entgegnete Martin.

»Wie ... wie ist er gestorben?« Dalbavie drehte jetzt beinahe hektisch an seinem Ehering.

Martin fragte sich unwillkürlich, ob das ein Zeichen seiner Trauer oder seiner Nervosität war. Aber was mochte ihn so beunruhigen?

»Wir wissen es nicht. Aber vielleicht können Sie mir helfen, indem Sie mir von Ihrer letzten Begegnung erzählen. Wie haben Sie sich an dem Abend des Dorffestes voneinander getrennt?«

»Wir hatten, wie gesagt, einen im Kahn und wollten zwei

Touristinnen anbaggern, aber das war ein Reinfall. Die haben uns für Dorfdeppen gehalten. Antoine hat mich dann noch zu unserem Hof begleitet, und danach ist er nach Hause gegangen.« Er machte eine Pause, schien zu überlegen. »Ich habe ihn nie wieder gesehen. Ehrlich gesagt, war ich sauer, dass er kein Lebenszeichen von sich gegeben hat. Ich bin Einzelkind, und er war für mich wie ein jüngerer Bruder.«

»Wer war denn sonst auf dem Dorffest?«

»Alle Dorfbewohner. Sie wissen doch, wie das ist: Die Omas tanzen miteinander, und die Kiddies springen um die Band herum, die immer nur die gleichen Oldies mehr oder weniger schief abspult. Dazu gibt es einige Touristen, die übermütig das Tanzbein schwingen, und am Ende ein paar kotzende Alkoholleichen, die dann in einer versteckten Ecke ihren Rausch ausschlafen.«

Martin nickte. Die Beschreibung entsprach genau den Dorffesten, die er miterlebt hatte. Das musste er nicht haben.

»Waren die Barthes-Schwestern auch da?«

»Ich weiß es nicht mehr genau, das ist so lange her. Ich erinnere mich nur an Nathalie. Die trug ein kurzes gelbes Kleid, das ihr super stand. Und Gelb steht wirklich nicht jedem!« Arthur Dalbavie hatte aufgehört, mit dem Ehering zu spielen. Er schien von der Vergangenheit eingeholt und vor allem traurig zu sein.

Nachdem Martin sich verabschiedet hatte, hatte er nicht das Gefühl, dass Dalbavies Trauer vorgespielt war. Aber es kam ihm so vor, als hätte er ihm nicht alles erzählt, was sich an jenem Abend zugetragen hatte.

*

Zur gleichen Zeit saß Marie mit der verbliebenen Familie Barthes an Agnès' Küchentisch. Man hörte das laute Ticken der verstaubten Küchenuhr, die hier schon seit Jahrzehnten an der Wand hing. Marie nahm Cécile in Augenschein, die aus Toulouse angereist war. Die jüngste der vier Schwestern war Anfang dreißig, casual-modisch gekleidet und wirkte sehr gepflegt. Ihr mittellanger Haarschnitt saß tadellos, und der diskrete Nagellack war perfekt aufgetragen. Sie war die einzige der vier Schwestern, die den Absprung aus Auberoches geschafft hatte. Auffallend war, dass sie die gleiche Unnahbarkeit wie Agnès ausstrahlte. Beide Schwestern hatten die gleiche defensive Körperhaltung und einen ähnlich verschlossenen Blick. Marie dachte an Georges' Erzählung vom unnahbaren Großvater Barthes – wer weiß, vielleicht hatte sich da im Laufe der Generationen charakterlich etwas weitervererbt.

Antoines Abschiedszettel und die Postkarten lagen in einer Schutzfolie vor ihr. Die Notiz bestand aus zwei knappen Sätzen: *Australjen watet auf mich. Verzeid mir.* Die drei Postkarten, die alle aus Sydney verschickt worden waren, zeigten die dortige Oper, ein Känguru und einen Koalabären – alle Klischees wurden bedient. Und Rechtschreibung war wirklich nicht Antoines Stärke gewesen, auch die Texte auf den Karten wimmelten von Fehlern. Er musste in der Schule oft gefehlt haben. Oder er war Legastheniker. Zudem wirkte die Schrift ziemlich unbeholfen, und die Buchstaben waren winzig, auch mit guten Augen nur schwer zu entziffern. Dafür gab es im Französischen ein, wie Marie fand, treffendes Bild: Pattes de mouche, wörtlich übersetzt »Fliegenpfoten«, während die korrekte deutsche Entsprechung »Krähenfüße« lautete.

Alle Familienangehörigen starrten mit versteinerten Mienen auf Antoines vergilbte Botschaft. Mutter Lucienne weinte leise vor sich hin und schien sich an ihrem Taschentuch festzuhalten.

Marie wusste, dass sie vor allem ihr großen Schmerz zufügte, als sie mit der Bekanntgabe der DNA-Ergebnisse den letzten

Hoffnungsschimmer darauf vernichtet hatte, dass ihr Sohn noch am Leben war. Und was sie der Familie jetzt vorschlagen musste, fühlte sich nicht minder grausam an. Ganz unvermittelt kam ihr der Spruch »Das Leben ist kein Ponyhof« in den Sinn, den ihr Vater gerne verwendete – einer jener deutschen Ausdrücke, die sich nicht ins Französische übertragen ließen.

»Ich will herausfinden, ob Antoine diesen Zettel selbst geschrieben hat und tatsächlich gehen wollte, bevor er starb – oder ob jemand anderes das glauben machen wollte und zu diesem Zweck seine Handschrift samt Rechtschreibfehlern nachgemacht hatte. In dem Fall muss es entweder eine Person sein, die ihn sehr gut kannte, oder jemand, der von irgendwoher Antoines Handschrift als Vorlage hatte.«

Die sechs Familienmitglieder starrten sie erneut an.

»Um dieser Spur nachzugehen, werden wir forensische Handschriftenuntersuchungen von Personen aus seinem Umfeld vornehmen – und auch von euch«, fuhr Marie mit behutsamer Stimme fort. »Außerdem brauche ich eine authentische Schriftprobe von Antoine.«

Sie wandte sich an Lucienne. »Hast du vielleicht noch alte Schulhefte von ihm?«

Die Mutter blickte sie irritiert an. Offensichtlich bereitete es ihr Mühe zu verarbeiten, was Marie zu ihr gesagt hatte. Dann erhob sie sich schwerfällig und ging auf das alte Küchenbüfett zu. Sie öffnete eine der unteren Türen, kniete sich vor den Schrank und kramte mit langsamen Bewegungen in einem Fach.

Alle schauten ihr schweigend zu.

Schließlich erhob sie sich wieder und schlurfte mit einem zusammengebundenen Päckchen zu Marie.

»Das ist alles, was ich habe.«

»*Merci*, Lucienne. Du bekommst es sehr bald wieder.«

Lucienne nickte und setzte sich wieder an ihren Platz.

Währenddessen nahm Marie mehrere Kugelschreiber und weiße Blätter aus ihrer Aktentasche und legte sie auf den Tisch.

Marcel bekam vor Wut einen feuerroten Kopf und schlug so fest mit der Faust auf den Tisch, dass nicht nur seine Frau aufschreckte.

»Willst du jetzt etwa jemanden aus unserer Familie bezichtigen?«, fauchte er Marie an.

Sie verstand seinen Zorn und blieb ruhig. »Ich bezichtige niemanden, Marcel, sondern gehe nach dem Ausschlussprinzip vor. Deshalb bitte ich jeden von euch, den Text des Abschiedszettels abzuschreiben und auf dem Blatt jeweils euren Namen zu vermerken.«

Marcel entriss ihr zwei Blätter und einen Stift. Er kritzelte wütend den Text auf das eine Blatt und reichte das andere seiner Frau, die kopfschüttelnd die Zeilen abschrieb. Dann stand er abrupt auf und hielt Marie die beiden Blätter demonstrativ vor die Nase. *»Voilà!«*

Er zerrte Lucienne vom Stuhl hoch und verließ mit ihr die Küche – nicht ohne die Tür laut hinter ihnen zuknallen zu lassen.

»Wie kannst du ihnen das antun?«, zischte Agnès wütend.

Marie hielt ihrem Blick stand und entgegnete mit fester Stimme: »Es tut mir leid, aber es führt kein Weg daran vorbei. Versteht es bitte nicht als Affront. Uns allen sollte es um dasselbe gehen: herauszufinden, wer euren Bruder auf dem Grundstück begraben hat – und warum.« Sie schaute die vier Schwestern nacheinander an und ergänzte: »Wir müssen davon ausgehen, dass es sich hier um einen Mord handelt, und ich werde nicht lockerlassen, bis ich herausgefunden habe, was damals passiert ist. Das müsste eigentlich auch in eurem Sinne sein, oder?«

Schweigen breitete sich aus. Die vier nahmen je ein Blatt und schrieben die Abschiedsworte ab. Marie beobachtete sie währenddessen. Agnès bebte noch immer vor Zorn und kritzelte den Text hastig aufs Papier. Nathalie schaute eine Weile auf die Vorlage, schloss kurz die Augen, dann schrieb auch sie. Cécile erledigte die Aufgabe im Nu, ohne eine Gefühlsregung zu zeigen. Marie versuchte, aus ihr schlau zu werden, aber es gelang ihr nicht, und das irritierte sie. Die Frau wirkte sonderbar kalt und unbeteiligt. Marie fragte sich, was sie im Leben wohl machte – das musste sie noch in Erfahrung bringen. Sophie brauchte am längsten und starrte dann das Papier an, das sie beschrieben hatte. Sie wirkte wie weggetreten.

Agnès entriss ihr das Blatt. »Wartest du auf ein Wunder, oder was?«, schnauzte sie ihre Schwester an, schob Marie den Zettel zu und blaffte: »So, ich hoffe, das war's jetzt, Madame la Commissaire. Wir haben schließlich noch was zu tun heute.« Nach diesen Worten stand sie abrupt auf, während die drei anderen Schwestern betreten am Tisch sitzen blieben.

Marie nahm ihr ihre Garstigkeit nicht weiter übel. Es war einfach eine schlimme Situation.

»Eine Frage habe ich noch.« Und auch das war ein trauriges Thema, das Marie den Schwestern jedoch nicht ersparen konnte. »Die Pathologie hat Antoines menschliche Überreste freigegeben. Wie sollen wir verfahren? Wo möchtet ihr ihn beisetzen lassen?«

Agnès wirkte kurz irritiert. Mit einer solchen Mitteilung hatte sie offensichtlich nicht gerechnet. Es sah so aus, als hätte sie sich über dieses Thema noch gar keine Gedanken gemacht.

»Ich werde mich darum kümmern«, sagte sie schließlich.

»Nein«, erwiderte Cécile trocken. »Du kümmerst dich zur Abwechslung mal um nichts. Das wird uns allen guttun. Das machen die Eltern. Du erinnerst dich? Es ist ihr Sohn …«

»Was erlaubst du …«

»Schluss jetzt!«, fiel Nathalie ihr ins Wort.

Marie nahm die Gelegenheit wahr, um sich zu verabschieden. Das sollten die Schwestern unter sich klären.

*

Sophie versuchte sich mithilfe von Atemübungen wieder zu beruhigen. Nachdem Marie den Hof verlassen hatte, war ein furchtbarer Streit zwischen Agnès und Cécile entbrannt. Wieder einmal! Sie konnten einfach keine zehn Minuten zusammen verbringen, ohne aneinanderzugeraten. Dabei waren sie sich charakterlich so ähnlich. Aber wenn man ihnen das sagte, explodierten sie gleich. Beide. Cécile hatte ihre älteste Schwester als Despotin beschimpft und ihr vorgeworfen, das alles sei ihre Schuld. Was sollte ihre Schuld sein? Dass Antoine tot war? Agnès war dominant und übergriffig, ja, aber sie hätte ihrem Bruder kein Haar krümmen können. Niemals. Wenn Nathalie sich nicht eingemischt und zwischen die beiden gestellt hätte, wären sie wahrscheinlich wie zwei Hyänen aufeinander losgegangen. Sie trugen beide so viele Aggressionen in sich, da konnte einem wirklich angst und bange werden. Ja, manchmal waren ihr die beiden Schwestern geradezu unheimlich.

Von Marie hingegen war Sophie sehr beeindruckt. Diese Frau war erstaunlich ruhig und souverän geblieben, obwohl der Vater und Agnès sich ihr gegenüber unmöglich benommen hatten. Ihre Empathie war Sophie aufrichtig vorgekommen. Warum hatte sie nicht jemanden wie Marie als Schwester? Sie war wirklich in die falsche Familie hineingeboren worden.

Atmen! Sie musste ruhig und tief atmen.

Kapitel 10

Polizeipräsidium Périgueux, Donnerstag, 25. März

Jungfer im Grünen. Marie, die am späten Vormittag wieder im Büro angekommen war, schaute ratlos auf die SMS, die sie gerade vom Rechtsmediziner Blanquer erhalten hatte. Sollte das eine verschlüsselte Botschaft sein? Sie zeigte Martin, der an seinem Schreibtisch saß, die mysteriöse Nachricht und fragte nach deren Bedeutung.

»Das sind Blumen. Sehr schöne, zierliche blaue Blumen mit schwarzen Samen. Die haben so fiederteilige Blätter, die an Haare erinnern«, antwortete der Inspektor.

Darunter konnte Marie sich gar nichts vorstellen. Sie googelte auf ihrem Handy, das sie noch in der Hand hielt. Ja, sehr hübsch, dachte sie beim Anblick der Bilder, und ihr wurde sogleich klar, dass sie Blumen dieser Art wie auch ihre blasenartigen Samenkapseln schon oft gesehen hatte. Sie kannte diese Pflanze unter dem Namen Nigelle de Damas (Damaskus-Blume), aber es gab noch andere fantasievolle Bezeichnungen für sie: Cheveux de Vénus (Venus-Haare), Barbe de Capucin (Kapuziner-Bart), Diable dans le buisson (Teufel im Gebüsch) – oder ganz romantisch Belle aux cheveux dénués (Schönheit mit losem Haar). Aus reiner Neugier schaute Marie nach, ob diese Blume im Deutschen auch so viele Namen hatte. Ja! »Gretl in der Stauden, Gretchen im Busch, Venushaarige, Braut in Haaren, Damaszener Schwarzkümmel, Damaszener Kümmel und

Garten-Schwarzkümmel« – aber mit dem Gewürzkümmel war die Blume nicht verwandt, wie auf der enzyklopädischen Webseite hervorgehoben wurde.

Marie beendete ihre Google-Suche. Samen dieser Blume waren es also, die Blanquer bei dem Leichnam von Antoine gefunden hatte. Und schon kam die nächste SMS von ihm. Marie las sie laut vor: *»Kann gerade nicht telefonieren, aber hier schnell der Name der besagten Samen. FB.«* Dazu schickte er einen Link zu einem wissenschaftlichen Aufsatz über diese Blume.

»Okay …« Marie kaute an dem Inneren ihrer Wange. »Antoines Vater hat mir erzählt, dass sein Sohn Blumen liebte.«

»Auch das spricht dafür, dass die Person, die Antoine begraben hat, ihn näher gekannt haben muss«, schlussfolgerte Martin.

»Und irgendwie etwas wiedergutmachen wollte, indem er oder sie seine Hände pietätvoll gefaltet und Blumen in sein Grab gelegt hat«, ergänzte sie.

»Und wahrscheinlich waren es viele, wenn man nach zehn Jahren noch Samen gefunden hat.«

»Die Person musste ihn mehr als gut gekannt haben. Jemandem Blumen in sein Grab zu legen ist eine liebevolle, fürsorgliche Geste. Wie bei der Beerdigung eines geliebten Menschen.«

Martin tippte etwas in seinen Computer. »Hier: Laut Vermisstenakte war Antoine einen Meter neunundsiebzig groß und wog um die achtzig Kilo. Also war es keine leichte Sache, ihn zu begraben.«

»Aber auf Höfen gibt es immer genug Maschinen und Werkzeug, um so was zu bewerkstelligen«, meinte Marie.

»Stimmt«, räumte der Inspektor ein.

Marie blätterte in dem Bericht des Pathologen. »Blanquer schreibt, dass sie das Skelett aus etwa achtzig Zentimeter Tiefe geborgen haben.«

»Nicht sehr tief. Vielleicht war der Täter in Eile.«

»Oder die Täterin!«, setzte Marie den Gedanken fort.

»Möglicherweise waren auch mehrere Personen an der Tat beteiligt.«

Martin hatte recht, auch das konnten sie nicht ausschließen.

»Verwunderlich, dass ihn keine Tiere ausgebuddelt haben. Hunde, Füchse, Ratten …« Marie hielt inne, als sie Martins angeekelten Gesichtsausdruck bemerkte.

»Vielleicht hat die Person deshalb einen Nussbaum direkt bei der Leiche gepflanzt.«

»Aber auch das würde bedeuten, dass es jemand aus Antoines unmittelbarem Umfeld war. Man geht schließlich nicht zu wildfremden Leuten und pflanzt dort einen Nussbaum.«

»Arthur Dalbavie hat erzählt, dass Antoine darunter litt, von seinen Eltern so angehimmelt zu werden. Vor allem der Vater hat ihn anscheinend ständig auf ein Podest gehoben.«

»Vielleicht hat es deshalb irgendwann einen Streit zwischen Vater und Sohn gegeben, der dann eskaliert ist«, überlegte Marie laut. »Könnte Marcel seinen Sohn umgebracht haben, weil der den Hof nicht übernehmen wollte? Auch wenn er ihn abgöttisch geliebt hat – vielleicht ist er ja aus Enttäuschung ausgerastet. Eine unglückliche Kurzschlusshandlung?«

»Vielleicht wollte auch eine oder mehrere seiner Schwestern ihn loswerden. Den Hof für sich haben«, mutmaßte Martin.

»Könnte eine der Schwestern ihn umgebracht haben? Die kratzbürstige Agnès etwa oder die kalte Cécile? Vielleicht die perfektionistische Nathalie? Oder die verstrahlte Sophie?« Die Atmosphäre im Hause Barthes war wirklich nicht heimelig. Aber sollte man deswegen den Frauen einen Brudermord zutrauen?

»Sophie?«, rief Martin auffallend überrascht. »Das glaube ich nun wirklich nicht. Oder sie wäre eine großartige Schauspielerin.«

Ja, sich Sophie als Mörderin vorzustellen, das fiel auch Marie schwer. Aber auch schüchterne, verängstigt wirkende Menschen waren in extremen Stresssituationen zu Handlungen fähig, die man ihrem Charakter üblicherweise nicht zuschreiben würde.

»Und nicht zu vergessen – sein Kumpel Arthur. Die beiden könnten sich beim Dorffest heftig gestritten haben«, sagte Marie.

»Und was hätte er für ein Motiv?«

»Keine Ahnung. Zu viel Alkohol? Ein Mädchen auf dem Dorffest und dann ein Hahnenkampf mit tödlichem Ende? Alles schon passiert ... Von ihm brauchen wir jedenfalls auch eine Handschriftenprobe. Und natürlich auch von Nathalies Ehemann, Olivier Gaillard.«

Martin nickte. »Ihr Sohn, Léon, ist knapp zehn. Also waren die beiden damals schon zusammen. Aber Monsieur Gaillard wirkte zutiefst erschüttert, als der Schädel gefunden wurde. Er konnte sich ja kaum auf den Beinen halten. Wie sollte so jemand einen Mann umbringen und anschließend auch noch seine Leiche verscharren?« Offensichtlich war Martin überzeugt davon, dass Gaillard als Täter nicht infrage kam.

»Vielleicht war es ja auch das schlechte Gewissen oder die Angst, als Mörder entlarvt zu werden, die ihn außer Gefecht gesetzt hat.«

»Glauben Sie das wirklich?«

»Darum geht es nicht. Aber wir dürfen momentan keine Option ausschließen. Obwohl ich rein instinktiv Lucienne ausnehmen würde – womit ich mir im selben Atemzug widerspreche«, stellte sie irritiert fest.

Martin sagte nichts dazu. Marie deutete es als Zustimmung.

Sie hatte sich noch nicht hingesetzt, sondern ging hin und her; das half ihr, ihre Gedanken zu ordnen.

»Auf dem Heimweg wollte ich sowieso noch bei Olivier

beifahren«, fuhr sie fort. »Und dann sollten wir alle noch mal an einem Tisch versammeln: Antoines Eltern, die Schwestern, Olivier und diesen Arthur. Das Ganze sollte dann hier im Präsidium stattfinden, nicht bei denen zu Hause, wo man einfach weggehen und beleidigt Türen zuknallen kann. Die werden endlich begreifen müssen, dass wir einen Mord aufzuklären haben.«

»Wann möchten Sie das machen?« Martin hatte einen Notizblock zur Hand genommen.

»So schnell es geht. Gern morgen früh. Mir ist schon klar, dass es sehr kurzfristig ist, aber Mord ist Mord.«

Der Inspektor nickte. »Okay, ich organisiere das. Morgen, neun Uhr.«

»*Merci.*« Sie wusste, dass es kein einfaches Unterfangen sein würde, die ganze Familie gleichzeitig vom Hof loszueisen. Aber Martin würde das mit seiner unaufgeregten, aber bestimmten Art schaffen.

*

Am frühen Nachmittag war Sophie wieder im Gemüsegarten und pflanzte Zucchini-Reihen, die sie anschließend mit großen Folien gegen möglichen Nachtfrost schützen würde. Denn auch in den nächsten Wochen konnte es nach Anbruch der Dunkelheit noch bitterkalt werden.

Sophie seufzte. Jetzt half neben ihrem geliebten Yoga-Unterricht nur noch Landarbeit, um auf andere Gedanken zu kommen. Antoines Beerdigung würde am Montag im engsten Familienkreis stattfinden. Im Dorf wurde schon reichlich getuschelt, aber die Familie hielt zusammen und blockte alle neugierigen Fragen ab. Der Pfarrer hatte lange mit ihren Eltern gesprochen hinsichtlich der Predigt, die er am Montag halten würde. Was sollte man über einen Toten sagen, der zehn Jahre unter der Erde gelegen hatte und nun in einen Holzsarg gebettet wurde, um mit göttlichem Segen beerdigt zu werden? Sophie merkte, wie ihr die Tränen kamen. Was sie da dachte, war boshaft und zynisch. So wollte sie doch gar nicht sein.

Plötzlich hörte sie herannahende Schritte, sah aber niemanden. War es vielleicht der nette, ein wenig unbeholfen wirkende Inspektor? Sie wischte sich die Tränen weg und kniff die Augen zusammen. Wie Agnès war sie kurzsichtig; doch bei der Feldarbeit war eine Brille nur lästig, weshalb sie beide darauf verzichteten. Und so dauerte es ein wenig, bis Sophie die sich nähernde Person erkannte. Arthur Dalbavie – was für eine Überraschung! Sie war ihm seit Jahren nicht mehr begegnet. Inzwischen sah er ganz anders aus … wie ein richtiger Stadtmensch.

Damals, als Antoine noch gelebt hatte, war Arthur öfter bei ihnen auf dem Hof gewesen. Seine Eltern hatten ihn spät bekommen, und da er ohne Geschwister aufgewachsen war, hatte er sich zu Großfamilien hingezogen gefühlt. Da war er bei ihnen gut aufgehoben gewesen. Eine Zeit lang war er viel um Nathalie scharwenzelt, aber dann hatte er wohl eingesehen, dass er gegen Olivier chancenlos war. Irgendwann hatte er auch ihr, Sophie, den Hof gemacht. Doch ihre Affäre hatte ein jähes Ende gefunden, als Antoine eines Tages in die Scheune geplatzt kam und sie beim wilden Herumknutschten erwischt hatte. Danach hatte ihr Bruder eine ganze Zeit lang nicht mehr mit ihnen gesprochen. Warum, wusste sie nicht. Eifersucht? Arthur und sie hatten sich jedenfalls nicht mehr zu zweit getroffen. So groß war ihre Liebe wohl doch nicht.

Sophie richtete sich auf und ging auf Arthur zu, der sie interessiert musterte.

»Du siehst gut aus! Ja, sehr gut sogar, aber irgendwie auch anders«, meinte er.

»Selber!«

Er lächelte verlegen, und sie freute sich, dass er ihre Wandlung wahrnahm. Sonst sprach niemand sie auf ihr verändertes Aussehen an, oft hatte sie das seltsame Gefühl, unsichtbar zu sein.

»Ich habe das mit Antoine gehört und musste gleich herkommen. Ich verstehe das nicht. Wie ist das nur möglich?«

»Du fragst leider die, die in dieser Familie immer als Letzte über irgendetwas informiert wird«, entgegnete Sophie.

»Ich frage die Netteste.«

Auch diese Worte taten ihr gut. Es war doch nicht so kompliziert, mal ein Kompliment zu machen. Nur in ihrer Familie schien man damit überfordert zu sein.

»Ich hatte Besuch von einem Polizisten, der mich über meine letzte Begegnung mit Antoine am Abend auf dem Dorffest befragt hat.« Er machte eine kleine Pause und drehte an seinem Ehering. Wollte er ihr nach seinem Kompliment deutlich machen, dass er inzwischen verheiratet war?

Sie wartete, denn sie spürte, dass er noch etwas Wichtiges sagen wollte.

»Ich habe dem Inspecteur nicht erzählt, dass wir damals auf dem Heimweg Olivier getroffen haben, der auf der Suche nach Nathalie war. Der ist ja dann mit Antoine zum Hof gelaufen. Und ich bin nach Hause gegangen. Mir ist im Nachhinein eingefallen, dass Olivier vielleicht der Letzte war, der Antoine lebend gesehen hat.«

»Und warum hast du dem Polizisten das nicht erzählt?«

»Wir hatten damals so viel getrunken, dass ich mich nicht genau an alles erinnern konnte. Ich hatte da einen Filmriss. Außerdem wollte ich nicht, dass sie sofort Olivier verdächtigen. Der könnte niemandem auch nur ein Haar krümmen. Niemals.«

»Das sehe ich auch so, aber sagen sollte man es schon, oder? Vielleicht ist ihm ja noch irgendetwas aufgefallen.«

»Also, ich weiß nicht«, druckste er.

Sophie fragte sich, warum er so auswich.

*

Maries Handy klingelte, als sie auf dem Weg nach Auberoches war, um Olivier zu treffen. In ihrem alten R5 gab es natürlich keine Bluetooth-Anlage, daher hielt sie am Straßenrand an, als sie beim Blick aufs Display erkannte, wer der Anrufer war. Gleichzeitig begriff sie eines: Auf Bruno Dubosc war stets Verlass. Der Bürgermeister von Saint-André hatte offensichtlich den Präfekten gebeten, hinsichtlich der Wiedereröffnung der Baustelle seines Neffen zu intervenieren.

»Diese Ölmühle ist ein ambitioniertes, wertvolles Projekt für unsere Gegend. Da soll unter anderem ein Walnuss-Museum entstehen, das Touristen aus aller Welt anlocken wird«, dozierte der Politiker ohne langes Vorgeplänkel. Michel hatte sie vor dessen lästigen Anrufen gewarnt, die zu jeder Tag- und Nachtzeit erfolgen konnten. Er hatte ihr erzählt, dass er einmal dessen Anruf an einem Sonntagmorgen in der Badewanne entgegengenommen hatte und ihm dabei das Handy ins Wasser gefallen war. Bei nächtlichen Anrufen war er öfter eingeschlafen, was den Präfekten aber nie gestört zu haben schien.

»Daran zweifle ich nicht, *Monsieur le Préfet.* Wir arbeiten auf Hochtouren, um den Fall zu lösen. Gerade werden noch letzte Erdproben untersucht. Ab nächster Woche sollte es wieder weitergehen mit den Bauarbeiten.«

Das hatte sie schon in Paris begriffen: Die Anrufe ›von ganz oben‹ musste man freundlich und gelassen hinnehmen – und dann einfach seine Sache weitermachen.

Kurze Zeit später hielt Marie vor Oliviers großem Walnusshain an, der ungefähr drei Kilometer außerhalb von Auberoches lag. Als sie ausstieg, ließ sie den Blick über das riesige Grundstück schweifen und entdeckte im hinteren Bereich, der noch von den letzten Sonnenstrahlen des Tages beschienen wurde, das Haus der Gaillards.

Entschlossen marschierte sie auf das ein paar Hundert Meter entfernte Gebäude zu. Das frisch gemähte Gras unter ihren Füßen fühlte sich an wie ein weicher Teppich aus Samt, und sein angenehmer Duft kündigte an, was man im Französischen einfach »les beaux jours« nannte, »die schönen Tage«, die warmen Sonnenmonate. Dennoch knöpfte sie ihre Jacke zu, denn hier draußen war es kühl.

Als sie sich dem Haus näherte, sah sie, dass es sich um einen hell verputzten Neubau handelte. Auch gab es einen Garten, in dem sich ein großes Trampolin befand. Die beiden Gaillards waren sicherlich liebende Eltern, die alles für ihren einzigen Sohn taten.

Marie schaute sich suchend um und erblickte ein Stück entfernt Olivier. Er stand vor einem der Bäume und schien den Zustand der Blüten zu kontrollieren, die gerade dabei waren, sich zu öffnen.

»*Salut*, Marie«, begrüßte er sie, als er sie schließlich vor sich stehen sah. »Man hört ja ständig von dir in letzter Zeit.«

»Ja, tut mir leid. Lässt sich unter den gegebenen Umständen aber wohl nicht vermeiden.«

Sie zeigte auf die Blüten des imposanten Nussbaums neben ihnen. »Sind das weibliche oder männliche Blüten?«, fragte sie.

Georges hatte ihr einmal erklärt, dass die Blüte der Walnussbäume gestaffelt sei, was auch immer das bedeutete. Sie hatte sich noch nie wirklich mit dem Thema beschäftigt.

»Das sind männliche Kätzchen, die weiblichen Blüten sind

kleiner und kommen später«, antwortete Olivier. »Die entwickeln sich nicht wie diese hier in den Blattachseln, sondern endständig an den Trieben.« Mit dem Finger zeigte er auf die Stellen. »Das dauert aber noch ein paar Tage. Also … wenn kein böser Frost dazwischenkommt.«

»Wie viele Bäume hast du hier?«

»Etwa zweihundert. Die hat mein Großvater noch angelegt.«

Die bestimmt an die zwanzig Meter hohen Bäume waren ordentlich in Reih und Glied gepflanzt.

»Reicht das, um die zukünftige Mühle zu betreiben?«

»Natürlich nicht. Romain hat hier in der Region drei weitere Haine erworben, einer davon ist doppelt so groß wie dieser. Und wir müssen natürlich noch jede Menge weiterer Bäume pflanzen.«

Oliviers Partner war offenbar wirklich ambitioniert. Marie war außerdem aufgefallen, dass seit ein paar Jahren in vielen Nussbaumhainen im Périgord Bäume nachgepflanzt wurden. Anscheinend ein einträgliches Geschäft. Sie war allerdings nicht hierhergekommen, um mit Olivier über die Vorzüge von Walnussplantagen zu sprechen, und musste das Gespräch jetzt in eine andere Richtung lenken.

»Hätte Antoine Spaß an dem Projekt gehabt?«

Gequält sah Olivier sie mit seinen blauen Augen an.

»Du musst mir helfen«, bat sie ihn eindringlich. »Ich versuche herauszufinden, was für ein Mensch Antoine war – und warum er gestorben ist.«

»Das Projekt hätte ihm bestimmt gefallen. Obwohl er sich immer viel lieber um die Tiere gekümmert hat …«, antwortete Olivier mit belegter Stimme.

»Wie war euer Verhältnis zueinander?«

»Er war wie ein kleiner Bruder für mich, unsere Familien kennen sich ja seit jeher. Und für mich stand eigentlich auch schon immer fest, dass ich irgendwann einmal Nathalie heiraten würde.«

Marie nickte ihm wohlwollend zu. Sandkastenlieben hatten sie schon immer fasziniert. Aber das war jetzt nicht das Thema.

»Ich kann mich ehrlich gesagt kaum an Antoine erinnern. Wie war er denn so?«

»Er konnte im Nu hochgehen wie eine Rakete, aber er war grundanständig und hatte ein großes Herz.«

»Er war der Prinz im Hause Barthes, oder?«

»Ja, das war er. Mehr als ihm lieb war. Meine Mutter hat mir mal erzählt, wie enttäuscht Marcel schon bei der Geburt der zweiten Tochter war, so sehr hatte er sich einen Sohn gewünscht. Und nach der vierten Tochter konnte er kaum fassen, als Lucienne schließlich doch noch einen Jungen bekam. Dementsprechend fixiert war er auch auf ihn. Als würde man noch im neunzehnten Jahrhundert leben.«

»Waren seine Schwestern da nicht neidisch auf Antoine?«

»Erstaunlicherweise nicht. Zumindest haben sie sich nie etwas in der Art anmerken lassen. Die haben ihren Bruder geliebt. Es war halt so, und sie kannten es nicht anders.«

»Wann hast du ihn das letzte Mal gesehen?«

»Wie meinst du das?«

Was gibt es an dieser Frage nicht zu verstehen, wunderte sich Marie.

»Wann hast du ihn da letzte Mal lebend gesehen?«

Olivier rieb sich die Stirn, und zwar mit dem linken Handrücken, wie Marie auffiel. Auch eben beim Gespräch über die Nussbaumblüten hatte er den Zeigefinger der linken Hand benutzt, um auf etwas hinzuweisen. Unwillkürlich kam ihr die Frage in den Sinn, ob der mögliche Täter Rechts- oder Linkshänder war. Vielleicht würde Blanquer ihr etwas dazu sagen können?

»Am Abend, bevor er verschwunden ist. Da war das Dorffest. Erst dachte ich, ich könnte nicht kommen, weil bei meinen Eltern auf dem Hof mein Lieblingsschaf lammte. Aber dann ist im Laufe des Abends irgendwann mein Bruder in den Stall gekommen und hat mich abgelöst. Also konnte ich doch noch auf einen Sprung zum Fest gehen. Ich wollte unbedingt mit Nathalie tanzen – aber leider hab ich sie nicht gefunden. Dann sind mir Antoine und Arthur begegnet, die gerade nach Hause gehen wollten. Ich habe die beiden begleitet und bin sogar noch bis zu Antoine mitgekommen in der Hoffnung, dort Nathalie anzutreffen.«

»Und wie waren die beiden Jungens drauf?«

»Die waren mächtig betrunken, und Antoine hat sich über arrogante Touristinnen geärgert. Irgendwie klappte es nie so, wie er es wollte – das mit den Mädchen. Der konnte halt schnell ruppig wirken, was ja beim Flirten nicht gerade hilfreich ist.«

»Und dann?«

»Dann hat mein Bruder mich angerufen. Das Schaf hatte Probleme, eine Steißgeburt. Also bin ich schnell zu dem Hof meiner Eltern gelaufen; der liegt am anderen Ende des Dorfes.«

»Und wie ging es weiter?«

»Gar nicht. Den Rest der Nacht habe ich im Schafstall verbracht. Das sind die Freuden des Bauernlebens.«

War also dieser Arthur tatsächlich der Letzte, der Antoine lebend gesehen hatte? Martin hatte ihr von dem Gespräch mit ihm erzählt, allerdings ohne eine Begegnung mit Olivier zu erwähnen. Warum hatte Arthur ihm das verschwiegen?

Olivier schaute mit sehnsuchtsvollem Blick auf seine Bäume. »Mein größter Wunsch ist es, mit der Mühle Léon eine andere Zukunft zu bieten und ihm diese ewige Maloche zu ersparen. Allein von den Nussbäumen kann man nicht leben, also helfe ich ständig hier und da aus. Das hört nie auf.«

Mit dieser Mühle waren offenkundig viele Hoffnungen verbunden. Bevor sie sich verabschiedete, hatte Marie eine letzte Frage.

»Hast du damals geglaubt, dass Antoine nach Australien abgehauen ist?«

Olivier zögerte. Die Antwort schien ihm schwerzufallen.

»Sagen wir mal so: Als ich am Montag den Schädel gesehen habe, ist mir gleich Antoine in den Sinn gekommen. Ich hatte Angst, er könnte da liegen.«

»Warum?«

»Weil ich nie wirklich geglaubt habe, dass er aus freien Stücken weggegangen ist. Das hätte er nie getan.«

»Und hast du das damals gesagt?«

»Nein«, antwortete er etwas kleinlaut. »Nathalie schien so sehr davon überzeugt zu sein, dass ich ihr glauben wollte. Außerdem gab es da diese Postkarten aus Australien. Die können ja nicht einfach so vom Himmel gefallen sein.«

Wohl kaum, stimmte Marie ihm innerlich zu.

Kapitel 11

Polizeipräsidium Périgueux, Freitag, 26. März

Halb zehn. Endlich saßen alle Vorgeladenen an dem langen Tisch im Besprechungsraum des Präsidiums. Martin war froh, dass sie mit nur einer halben Stunde Verspätung anfangen konnten. Er hatte mit juristischen Folgen drohen müssen, damit alle Barthes schließlich verstanden, dass eine Vorladung bei der Polizei kein Freizeitangebot war, das man je nach Lust und Laune auch einfach ablehnen konnte. Arthur Dalbavie und Sophie Barthes waren als Erste überpünktlich erschienen, und Marie Mercier würde gleich als Letzte zu ihnen stoßen. Die Kommissarin war im Büro geblieben, um sich auf die Vernehmung vorzubereiten, und er hatte sie gerade angerufen, nachdem alle anderen Platz genommen hatten.

Und nun betrat sie den Raum mit ernster Miene. Martin beobachtete die anderen. Der Auftritt der Kommissarin machte Eindruck. Dabei war sie nicht einmal formell gekleidet. Wie so oft trug sie Jeans, die ihre schlanken Beine gut zur Geltung brachten, und einen grauen Pullover, der sehr weich aussah. Dazu hatte sie diskreten Schmuck angelegt, eine Goldkette und Ohrstecker. Auffällig waren einzig und allein die Stiefeletten. Für Martins Geschmack war der Absatz ein bisschen zu hoch. Doch er hatte Verständnis dafür, wenn sie vielleicht einfach ein wenig größer wirken wollte. Aber egal wie seine Chefin gekleidet war, sie besaß einfach eine natürliche Eleganz und strahlte zugleich die für diesen Job nötige Autorität aus.

Marie Mercier begrüßte die Runde mit einem freundlichen, aber distanzierten »*Bonjour!*« und nahm am Kopfende des großen Tisches Platz.

»Danke, dass ihr alle gekommen seid. Inspecteur Martin und ich haben euch hierhergebeten, weil es weitere Neuigkeiten gibt, die den Kreis der möglichen Täter oder Täterinnen noch stärker einschränken …«

Martin sah, dass der Vater des Toten im Begriff war, sie zu unterbrechen, aber seine Chefin kam ihm zuvor.

»Marcel, bitte lass mich ausreden! Wir müssen herausfinden, wer Antoine begraben hat – und warum«, sagte sie mit energischer Stimme. »Das kann doch nur in eurem Sinne sein.«

Der Barthes-Clan samt Schwiegersohn Olivier und Arthur Dalbavie schauten sie schweigend an. Letzteren hatte Martin gestern noch wegen einer Schriftprobe aufgesucht und ihn dabei mit Olivier Gaillards Aussage konfrontiert. Dalbavie war peinlich berührt gewesen und hatte seine lückenhafte Wiedergabe der Ereignisse an jenem Abend mit einem Filmriss erklärt. Martin nahm ihm das nicht so ganz ab; das hatte er auch der Kommissarin heute Morgen gesagt. Sie waren sich einig: Dalbavie musste als möglicher Täter in Betracht gezogen werden. Jetzt wirkte er unruhig, als wäre er sich dessen bewusst.

Als Marie Mercier nach einem Moment des allgemeinen Schweigens weitersprechen wollte, wurde sie ausgerechnet von der ansonsten eher zurückhaltend wirkenden Lucienne Barthes daran gehindert.

»Gibt es eine Spur?«, fragte sie mit schwacher Stimme.

Die Kommissarin schien wie auch die übrigen Anwesenden überrascht zu sein, dass die Barthes-Mutter das Wort ergriffen hatte, antwortete ihr aber sogleich.

»Sagen wir es mal so, Lucienne. Es gibt Hinweise, die aber noch Erklärungen verlangen. Antoine liebte Blumen, ist das richtig?«

»O ja! Erstaunlicherweise mehr als die Mädchen. Schon von klein auf.«

»Kannst du mir sagen, ob er eine Lieblingsblume hatte?«

»Jungfer im Grünen«, antwortete die Mutter prompt. »Er liebte dieses besondere, kräftige Blau.« Bei diesen Worten leuchteten ihre müden Augen geradezu auf.

Marcel Barthes nickte wie zur Bestätigung.

Jetzt wurde es interessant. Martin war gespannt, wie die Kommissarin das Gespräch fortsetzen würde. Sie entnahm einer Mappe einen transparenten Umschlag mit einem schwarzen Inhalt und legte ihn auf die Tischplatte, sodass alle Anwesenden ihn sehen konnten.

»In der Erde, die Antoines Leichnam bedeckte, haben unsere Kollegen auffallend viele Blumensamen entdeckt … Samen der Jungfer im Grünen!«

Alle erstarrten.

»Wir haben auf dem Grundstück weitere Proben aus dem Boden entnommen, aber nirgendwo sonst waren diese Samen in der Erde vorhanden«, fuhr sie fort und legte abermals eine kurze Pause ein – wohl um sicherzugehen, dass alle ihr aufmerksam zuhörten, wie Martin vermutete.

Und das taten sie auch.

»Deshalb gehen wir davon aus, dass die Person – oder die Personen –, die ihn begraben hat, Antoines Vorliebe für diese Blume kannte und ihr Wert beigemessen hat.« Sie schaute alle nacheinander an und fragte: »Könnt ihr mir bis jetzt folgen?«

»Jemand hat diese Blumen in das Grab meines Sohnes gelegt?« Wieder war es Lucienne, die etwas sagte. Die anderen hatten nur genickt oder gar nicht reagiert.

»Ja, deshalb besteht der dringende Verdacht, dass es einer von euch war«, schlussfolgerte die Kommissarin.

Der Vater sprang von seinem Stuhl auf.

»Das lasse ich mir nicht bieten!«

»Marcel, setz dich bitte wieder hin!« Wie eine Bitte klang es allerdings nicht, es war mehr ein Befehl.

Alle sahen Marie Mercier geschockt an. Sie ließ sich nicht beirren und setzte ihre Ausführungen ruhig und gelassen fort, während Martin sich eingestand, dass er eine Situation wie diese kaum so souverän gemeistert hätte.

»Ich denke sogar«, erklärte sie nun, »dass es mindestens zwei Personen gewesen sein müssen. Antoine war nicht gerade ein Leichtgewicht, und es muss viel Kraft erfordert haben, ihn zu beerdigen. Außerdem war es Sommer und sehr heiß. Wir haben nachgeschaut, in den Tagen, als das Dorffest stattfand, lagen die Tagestemperaturen bei über fünfunddreißig Grad. Er musste also schnell begraben werden.«

Martin betrachtete die Familie und sah aus dem Augenwinkel, dass Marie Mercier dasselbe tat. Lucienne fiel ihm besonders auf, sämtliche Apathie schien plötzlich von ihr gewichen zu sein. Im Gegensatz zu ihrem Mann, der zornig vor sich hinstarrte, war sie erstaunlich gefasst und schaute ihre Töchter nachdenklich an. Die Kommissarin hatte Martin erzählt, dass die Mutter mit Psychopharmaka vollgepumpt gewesen war, jetzt würde er seine Hand dafür ins Feuer legen, dass sie sie abgesetzt hatte. Ihre älteste Tochter Agnès hingegen funkelte derart wild mit den Augen, dass man kaum hinschauen konnte. Sophie wiederum machte den Eindruck, mit ihren Gedanken völlig woanders zu sein, als wäre sie nur körperlich anwesend. Neben ihr saß Nathalie, die wie ihr Vater vor sich hinstarrte. Schwer zu sagen, ob sie von den Enthüllungen schlichtweg überwältigt war oder ob sie ihre wahren Gefühle hinter einer unbewegten Miene verbergen wollte. Auf Cécile, die rechts von Nathalie Platz genommen hatte, konnte er sich ebenfalls keinen Reim machen. Sie zeigte keinerlei Gefühlsregung – als würde es sich hier um eine rein formale Angelegenheit und nicht um das Schicksal ihres Bruders handeln. Olivier Gaillard und Arthur Dalbavie, die am anderen Ende des Tisches saßen und fassungslos schienen, kamen dem Inspektor in diesem Kreis wie zwei Fremdkörper vor.

Erstaunlich war, dass jeder in dieser Gruppe mit dem, was er gerade erlebte, für sich zu bleiben schien. Es wurden keine Blicke ausgetauscht, keine Worte gewechselt, keine Gesten des Trostes gezeigt – gar nichts. Wie unterschiedlich Familien doch sind, dachte Martin. In einer solchen Situation würde er sicherlich die Hand seiner Mutter halten, um sie zu trösten.

Er sah nun, wie sich die Kommissarin leicht vorbeugte.

»Offenbar hat keiner von euch Fragen; also kann ich fortfahren«, sagte sie mit eindringlicher Stimme. »Wir sehen hier drei Möglichkeiten. Erstens: Antoine wollte tatsächlich weg. Er hat die Abschiedszeilen geschrieben, seine Papiere, sein Erspartes, seine Klamotten gepackt. Dann ist er vor seiner Abreise zu Tode gekommen, auf welche Weise auch immer, und von einer oder mehreren Personen begraben worden. Zweitens: Er ist tatsächlich nach Australien geflogen, wie die Postkarten bezeugen, und irgendwann heimlich zurückgekehrt – bevor er umkam und begraben wurde. Drittens: Die Geschichte von der Flucht war ein Fake, um seinen Tod zu verschleiern. Dies würde wiederum bedeuten, dass jemand seine Schrift nachgemacht, seine Sachen gepackt und später die Postkarten irgendwie von Australien aus verschickt hat – und das würde dafür sprechen, dass der oder die Täter dem engeren Familien- und Freundeskreis angehören.«

Niemand sprach oder zeigte auch nur irgendeine Regung,

alle saßen wie versteinert auf ihren Plätzen. Als hätten sie aufgehört zu atmen. Martin fand diese Stille gruselig.

Die Kommissarin schien das nicht zu irritieren. Sie war mit ihren Ausführungen fertig und lehnte sich auf dem Stuhl zurück. Offensichtlich ging sie davon aus, dass gleich die ersten Reaktionen folgen würden.

Tatsächlich, nach einer Weile wurde es unruhig. Füße scharrten über den Boden, die Stühle quietschten, man räusperte sich.

Schließlich erhob Marie Mercier sich. Sie lehnte sich an den Tisch und beugte sich in Richtung der jüngsten Schwester.

»Cécile, was hast du dazu zu sagen?«

»Nichts«, erwiderte diese fast gelangweilt und kam Martin zugleich seltsam abweisend vor, kalt wie eine Hundeschnauze, wie seine Mutter sagen würde.

»Ganz ehrlich, das finde ich erstaunlich. Immerhin geht es um deinen verstorbenen Bruder.«

Keine Reaktion.

Dann wandte sich die Kommissarin der nächsten Schwester zu. »Und du, Nathalie?«

Die Angesprochene schwieg, schaute aber mit ruhelosem Blick in alle Richtungen.

»Ich finde, du siehst angespannt aus. Das verstehe ich. Es ist auch eine furchtbare Geschichte, eine Prüfung für eure Familie. Aber hast du wirklich nichts zu sagen? Etwas, das uns hier weiterhelfen würde?«

»Lass sie in Ruhe!«, mischte sich Olivier nun ein. »Du weißt doch, dass sie nichts damit zu tun haben kann.«

»*Merci*, Olivier. Endlich eine menschliche Regung in diesem Raum. Es gibt jemanden, der sich um einen anderen sorgt.«

Martin nickte unwillkürlich. Anscheinend hatte die Kommissarin den gleichen Eindruck gewonnen wie er selbst: Bis auf die Mutter reagierte diese Familie sonderbar distanziert.

»Okay«, fuhr Marie Mercier fort. »Nathalie, dann sag du mir, warum du nichts damit zu tun haben kannst – und warum deine Augen eine solche Unruhe ausstrahlen.«

Die Angesprochene schwieg. Die Kommissarin sah sie beharrlich an, während die Sekunden quälend langsam verstrichen.

Plötzlich hob Nathalie den Kopf und verkündete: »Mir ist das zu blöd hier. Ich gehe jetzt.« Sie griff nach ihrer Tasche und machte Anstalten aufzustehen.

Dann passierte etwas, womit niemand gerechnet hatte: Ihre Mutter hielt sie am Arm fest.

»Nein, du bleibst!«

Alle Gesichter wandten sich Lucienne Barthes zu.

Sie atmete tief ein und aus, bevor sie abermals das Wort an Nathalie richtete, deren Arm sie immer noch festhielt. »Bitte, sprich! Ich sehe doch, dass dir etwas auf dem Herzen liegt. Sag, was du weißt. So können wir doch alle nicht weiterleben. Diese Geschichte muss ein Ende finden. Ich spüre, dass da etwas bei dir ist. Mir als deiner Mutter kannst du nichts vormachen. Ich bitte dich inständig, Nathalie, sprich mit uns!«

Nathalie schaute ihre Mutter fassungslos an, und ihre Augen füllten sich mit Tränen. Sie setzte zum Sprechen an, als Cécile sich laut räusperte. Daraufhin presste Nathalie die Lippen fest zusammen, so als wolle sie den Worten, die ihr auf der Zunge lagen, den Weg nach draußen versperren.

»Lucienne hat dich um eine Antwort gebeten, Nathalie – gerade du als Mutter müsstest das verstehen«, sagte die Kommissarin freundlich, aber mit Nachdruck.

Es dauerte noch eine Weile, bis Nathalie schließlich flüsterte: »Es war ein Unfall.«

»Hör auf!«, fuhr Cécile sie an. Aber es war zu spät.

»Es ging so schnell, und ich konnte nichts tun. Ich schwöre es dir, Maman.« Nathalie senkte den Kopf und sprach so leise, dass man sie kaum hören konnte. »Er war betrunken, als er vom Dorffest zurückkam, konnte nur noch torkeln. Ich saß auf dem Mäuerchen neben dem Kartoffelacker, und er wollte sich zu mir setzen. Er ist rückwärts auf die Mauer gesprungen, hat dann aber sofort das Gleichgewicht verloren. Er ist von der Mauer gestürzt und dabei mit voller Wucht mit dem Hinterkopf auf einen kantigen Stein aufgeschlagen. Das Geräusch war … furchtbar …« Sie rang nach Luft. »Ich bin direkt zu ihm hin. Aber er … er war … tot.« Sie blickte zu ihren Eltern. »Ich wollte nicht, dass ihr es erfahrt.«

Es wurde so still in dem Raum, dass die Geräusche aus den Nebenzimmern unnatürlich laut wirkten.

»*Wir* wollten nicht, dass ihr es erfahrt«, stellte Cécile klar, die nun aufstand und im Gegensatz zu ihrer Schwester mit deutlicher Stimme sprach. »Ich war dabei. Nathalie und ich waren uns einig, dass Papa und Maman Antoines Tod nicht verkraften würden. Wir beide haben ihn heimlich begraben.«

Allein bei der Vorstellung der gespenstigen Szene lief es Martin kalt den Rücken runter.

Nathalie ergriff nun wieder das Wort. »Ja, das haben wir getan, so gut wir es konnten. Und wir haben ihn mit seinen Lieblingsblumen bedeckt, die wir auf dem Grundstück nebenan gepflückt haben.« Sie schaute vorsichtig ihre Mutter und dann ihren Vater an, die sie wie vom Donner gerührt anstarrten. »Er lag in einem Meer aus blauen Blüten. Mit diesem Anblick habe ich mich die letzten zehn Jahre getröstet.« Sie brach in Tränen aus.

*

Nach dieser dramatischen Begegnung hatte Marie das Bedürfnis nach ein wenig räumlichem Abstand. Und sie wollte mit

Michel über den Fall sprechen – auch wenn ihr bewusst war, dass sie dadurch Berufliches und Privates vermengte. Deshalb hatte sie das Präsidium verlassen, um in der Stadt ungestört telefonieren zu können.

Sie entschied sich für die Place Saint-Louis, ihren Lieblingsplatz in Périgueux, wo sie jedoch zuerst einen Kaffee trank. Im Sommer war der Platz überlaufen, und man konnte vor lauter Sonnenschirmen die schönen Renaissancebauten kaum noch erkennen, die ihn umgaben. Aber um diese Jahreszeit hatte Marie freie Sicht auf die prächtigen Gebäude. Während sie das entspannte Treiben um sich herum auf sich wirken ließ, dachte sie an Nathalie und Cécile Barthes, die inzwischen ihre Aussage unterschrieben hatten. Bis zum Prozess würde es bestimmt noch eine ganze Weile dauern, und bis dahin würden die beiden gewisse Auflagen erfüllen müssen und auf keinen Fall das Land verlassen dürfen. Da nicht von Fluchtgefahr auszugehen war, würden ihnen elektronische Fußfesseln vermutlich erspart bleiben.

Nachdem Marie ihren Kaffee getrunken hatte, wählte sie Michels Nummer.

»Dann waren also beide Schwestern dabei, als es zu dem tödlichen Sturz kam?«, wollte Michel wissen.

»Ja, sie hatten das Dorffest früh verlassen, weil es ihnen dort zu langweilig war, und haben dann, als sie wieder zu Hause waren, noch ein Bier auf einem Mäuerchen neben dem Acker getrunken. Antoine muss sie gehört haben und ist zu ihnen getorkelt. Er hat versucht, auf die Mauer zu springen, ist abgestürzt und dabei dann heftig mit dem Kopf auf einen kantigen Stein aufgeschlagen.«

»Und – sagen sie die Wahrheit?«

Das hatte Marie sich natürlich auch schon gefragt. Aber wie sollte sie nach zehn Jahren Beweise finden, mit denen sich die

Geschichte der beiden widerlegen ließ? Dennoch würde sie der Sache weiter nachgehen.

»Ihre Darstellung der Todesursache passt zumindest zu der Verletzung am Schädel, die Blanquer in seinem Bericht beschrieben hat.«

»Okay, aber warum haben sie nicht schon damals gesagt, was passiert ist?«, gab Michel zu bedenken. »Warum dieses makabre Märchen von einer Auswanderung?«

»Angeblich haben sie das ›für ihre Eltern‹ gemacht, weil sie davon überzeugt waren, dass sie Antoines Tod niemals überwinden würden.«

»Das ist doch aberwitzig!«

»Ja. Man fragt sich, wie sie überhaupt auf den Gedanken kommen konnten, es wäre für ihre Eltern besser zu glauben, ihr Sohn hätte sich auf Nimmerwiedersehen davongemacht, als zu wissen, dass er tot ist.«

»Klingt ein bisschen so, als müsse man sich zwischen Pest und Cholera entscheiden«, erwiderte Michel lakonisch.

Marie war froh, dass wenigstens er die nötige Distanz hatte. »Lucienne und Marcel Barthes sollten glauben, dass ihr Prinz noch lebt, und deshalb haben sie vorgetäuscht, Antoine wäre ausgewandert. Sie haben sogar an Postkarten aus Australien gedacht.«

»Wie haben die das überhaupt bewerkstelligt?«

»Cécile hat Antoines Schrift nachgeahmt. Zu der Zeit hat sie ein Praktikum beim Flughafen von Toulouse gemacht, wo sie heute in der Verwaltung arbeitet. Sie hat eine befreundete Stewardess gebeten, ihr Karten aus Sydney mitzubringen und sie dann von dort aus wieder nach Frankreich zu verschicken. Sie hat ihr erzählt, es wäre so ein Scherz à la *Die fabelhafte Welt der Amélie.*«

»À la was?«

»Kennst du den Film nicht? Die Heldin lässt ihrem Vater immer Postkarten von einem verschwundenen Gartenzwerg schicken.«

»Du weißt ja, ich hab's nicht so mit Kino.«

»Was übrigens nicht wirklich für dich spricht.«

»›So gut auch ein Ehemann sei, bis zu Vollkommenheit bringt er es schwerlich‹«, erwiderte er.

»Ach, der gute alte Balzac?«, tippte Marie, die wusste, wie sehr Michel den Autor verehrte.

»*Bien sûr.* In seiner *Comédie Humaine* findet man Gedanken zu allen Lebenslagen.«

»Auf jeden Fall haben die beiden noch in derselben Nacht Antoine auf dem damals ungenutzten Grundstück ihrer ältesten Schwester beerdigt.«

»Aber hätte am nächsten Tag nicht jemandem auffallen müssen, dass auf einem Teil des Geländes gebuddelt wurde?«

»Nein, da hat sich wohl nie einer hin verirrt, da standen ja nur ein paar alte Nussbäume. Und die beiden Schwestern haben später einen Nussbaum auf das Grab gepflanzt. Wahrscheinlich um sicherzustellen, dass keiner auf die Idee kommt, die Stelle irgendwann umzupflügen.«

»Ganz schön schräg. Auf jeden Fall ist dein Fall fürs Erste gelöst, Madame la Commissaire – und das können wir zwei doch gebührend in Bordeaux feiern.«

»Das ist doch schon morgen«, fiel ihr ein.

»Das ist ja das Schöne!«

Kapitel 12

Saint-André, Freitag, 26. März

Den Braten hatte sie gleich von Anfang an gerochen! Léonie wusste nicht, ob sie lachen oder weinen sollte, als Georges das Haus verließ.

Er war vorhin vorbeigekommen – mit einem Gesichtsausdruck, als hätte er etwas ausgefressen. Ein entfernter Cousin hatte ihm »rein zufällig« ein junges Hängebauchschwein angeboten, hatte Georges berichtet. Es wäre sehr eilig, denn wenn er das Tier nicht nähme, würde es geschlachtet. Es war also eine Frage von Leben und Tod.

Ha! Als würde man auf dem Land einfach so ein Hängebauchschwein finden – und dann auch noch eins, das geschlachtet werden sollte. Was für ein Filou!

»Ja, und wie stellst du dir das vor?«, fragte sie ihn übertrieben streng.

»Ich könnte die Wand zu Augustines Nachbarstall einreißen, dann hätten die beiden ein größeres Zuhause.«

»Ein Zuhause. Für die Schweine … Und wie willst du es einrichten?«

Er nahm die Ironie nicht wahr und zeigte ihr einen Plan, den er gezeichnet hatte.

Léonie betrachtete sein faltiges, wettergegerbtes und vor allem so vertrautes Gesicht und war gegen ihren Willen gerührt. Sie fragte sich, warum dieser Mann nicht ein zweites Schwein haben sollte, wenn er sich das so sehr wünschte? Außerdem waren Schweine Herdentiere, und Augustine würde sich bestimmt über Gesellschaft freuen. Sie schaute auf das Blatt Papier, das Georges ihr vor die Nase hielt, und wunderte sich über ein Viereck im oberen Bereich.

»Ja, und was ist das?« Sie zeigte mit dem Finger auf den Plan.

»Ach, das?« Er druckste – das war kein gutes Zeichen. »Da … da könnten die beiden vielleicht neben dem Gemüsegarten ein Gehege haben … Dann könnten sie bei schönem Wetter draußen sein. Das wäre übrigens auch für uns praktisch«, fügte er rasch hinzu. »Da bräuchte man die Gemüseabfälle dann nur rüberwerfen.«

»Verstehe, die Schweine hätten nicht nur ein schönes Zuhause, sondern könnten an sonnigen Tagen auch in ihren eigenen Garten gehen und es sich dort gemütlich machen. Warum bin ich denn nicht selbst auf die Idee gekommen?«

Georges grinste sie selig an.

*

Den Abend wollte Marie in Ruhe bei sich zu Hause verbringen. In Saint-André angekommen, hielt sie noch vor dem Tante-Emma-Laden von Odile an, um »echte Eier« zu kaufen. So nannte die Geschäftsinhaberin ihre hinter der Theke liegenden Eier, die von freilaufenden Hühnern stammten und den Dorfbewohnern vorbehalten waren.

»Das sind die besten. Die kommen von den Hühnern meiner Eltern. Du wirst sehen, die Dotter sind dunkelgelb«, lobte sie ihre Ware und stellte die Eierschachtel auf die Theke.

»Seit ich Eier bei dir kaufe, kann ich keine anderen mehr essen«, sagte Marie aufrichtig.

»Das geht allen so. Diese Eier setzen Maßstäbe«, sagte Odile selbstbewusst. »Und irgendwie muss Saint-André mit Paris ja auch mithalten können!«, fügte sie mit einem Augenzwinkern hinzu. »Apropos, vermisst du eigentlich die Großstadt?«

»Manchmal – aber dann auch nur kurz. Und morgen fahre ich nach Bordeaux, darauf freue ich mich schon.« Später wollte Marie noch ihre Tasche für das Wochenende packen. Was sollte sie überhaupt mitnehmen? Hosen? Kleider? Sneakers? Schuhe mit Absätzen? Alles? Nicht, dass Michel einen Schrecken bekam, wenn sie völlig bepackt bei ihm ankam.

»Ah, das Paris des Südens …«, meinte Odile wissend.

Natürlich! Rose hatte bestimmt in Umlauf gebracht, dass bei Marie über Nacht öfter ein Auto mit dem Kennzeichen von Bordeaux parkte …

»Und was machst du da so?«, fragte die Ladenbesitzerin betont beiläufig.

»Alte Kollegen treffen.« So ganz gelogen war das ja nicht. Sie war gespannt, wie Michels Wohnung aussah. Nicht sehr groß, hatte er erzählt, aber mit Blick auf die Docks und die Garonne. Hörte sich gut an. Wie er wohl eingerichtet war? Sein Haus in Périgueux war sehr schön, aber dort hatte sich hauptsächlich seine verstorbene Frau um die Innenausstattung gekümmert.

»Ja, dann viel Spaß!«, sagte Odile mit einem Hauch von Zweideutigkeit.

Marie tat so, als wäre ihr Odiles Anspielung entgangen, und kaufte zu den Eiern noch ein frisches Baguette. Generationen von Kindern in Frankreich waren mit Œufs à la coque et mouillettes aufgewachsen: geköpfte weich gekochte Eier, in die man kleine, länglich geschnittene Baguettestücke tunkte, die wiederum mit salziger Butter bestrichen waren. Es war ein einfaches, wohlschmeckendes Essen, und genau darauf hatte sie jetzt Lust. Morgen würde sie mit Michel ins Restaurant gehen. Er hatte etwas von einer besonderen Tapasbar in der Altstadt gesagt. Und nicht zu vergessen der romantische Spaziergang bei Nacht. Marie spürte ein Kribbeln im Bauch. Sie freute sich unbändig auf das gemeinsame Wochenende und war gespannt darauf zu sehen, wie Michels Leben in Bordeaux aussah, und die Orte kennenzulernen, von denen aus er sie anrief, wenn sie am Abend oder in der Nacht stundenlang miteinander telefonierten.

»Was ist denn in Auberoches bei den Barthes los?«, hörte sie Odile plötzlich fragen.

Ja, so war das auf dem Land: Jede Neuigkeit breitete sich gleich aus wie ein Buschfeuer. Marie würde noch lernen müssen, sich damit anzufreunden.

»Das sind laufende Ermittlungen, zu denen ich nichts sagen darf«, erwiderte sie freundlich, aber bestimmt, und bezahlte.

»So gar nichts?«

»Nein, gar nichts. Tut mir leid.«

Odile wirkte enttäuscht, aber nicht gänzlich hoffnungslos. Sie würde es schnell anderweitig erfahren.

Beim Hinausgehen traf Marie auf Bruno Dubosc, der mit einem attraktiven Mann um die vierzig die Hauptstraße entlangspazierte. Wahrscheinlich wollten sie zum Café de la Place – es war schließlich Aperitif-Zeit.

»Ah, Marie! Ich möchte dir meinen Neffen vorstellen: Romain Dubosc, der Sohn meiner verstorbenen Schwester.« Dann wandte er sich an seinen Neffen. »Das ist die Pariser Kommissarin, von der ich dir erzählt habe.«

Oh, der Bürgermeister war ja zur Abwechslung mal freundlich.

»*Enchantée.* Sie sind also Oliviers Partner. Dann haben Sie ja bestimmt gehört, dass wir das Gelände in Auberoches ab Montag wieder freigeben. Es kann also weitergehen mit den Bauarbeiten.«

Bruno Dubosc grinste selbstzufrieden. Als wäre es sein Verdienst …

»*Oui, bonjour*. Toll, dass es so schnell ging. Auch wenn ich die Umstände mehr als bedauere. Das ist eine furchtbar traurige Geschichte.«

Der Neffe hatte eine sehr angenehme Stimme, tief und zugleich sanft. Und er sprach mit dem typischen Pariser Akzent, der Marie so vertraut war. Sie hatte sich einen arroganten Schnösel vorgestellt, aber so wirkte er nicht. Hatte sie wie so viele auf dem Land jetzt etwa auch Vorurteile gegen Pariser?

»Was passiert denn nun mit den beiden Schwestern?«, erkundigte sich Bruno Dubosc.

Natürlich, der weiß schon mehr als nötig, stellte Marie fest. Sein Neffe war wahrscheinlich ausgiebig von Olivier informiert worden. Dann würde es Odile vermutlich auch bald erfahren.

»Das wird sich zeigen.« Und um nicht mit dem Bürgermeister sprechen zu müssen, wandte sie sich wieder an seinen Neffen. »Wie kommt es, dass Sie im Périgord ins Walnussgeschäft einsteigen wollen?«

»Ich bin Paris leid und habe mein letztes Start-up gut verkauft. Mir gefällt es hier! Ich möchte endlich frische Luft atmen und etwas Sinnvolles machen. Die Walnuss ist ein edles Produkt – und ich bin sicher, dass sich damit gutes Geld verdienen lässt.«

Da haben wir es doch … Gute Landluft, aber die Kasse muss stimmen, dachte Marie.

»Wussten Sie, dass Frankreich weltweit auf Platz zehn der Walnussproduktion steht? Tendenz steigend«, fuhr er begeistert fort. »Wir produzieren achtunddreißigtausend Tonnen pro Jahr.«

Er strahlte sie mit seinen zugegeben sehr schönen braunen Augen an. Seine dunklen mittellangen Haare hatte er zu einem Pferdeschwanz zusammengebunden. Dieser Typ hatte bestimmt einen Schlag bei Frauen.

»Nein, das war mir nicht bewusst«, antwortete Marie höflich. »Und, kennen Sie Olivier schon lange? Um ein gemeinsames Projekt dieser Größenordnung anzugehen, muss man doch Vertrauen zu seinem Partner haben, oder?«

»Da haben Sie recht. Ich habe Olivier aber erst vor ein paar Monaten kennengelernt, als ich meinen Onkel besucht habe. Wir haben uns zufällig im Café de la Place getroffen. Er hat von seinen Nusshainen geschwärmt, und ich hatte sogleich eine Vorstellung davon, welche Möglichkeiten sich hier im Walnussbusiness eröffnen. Aber auch Olivier hat mich von Anfang an beeindruckt.« Er lächelte sie an. »Kennen Sie das? Sie lernen jemanden kennen und haben das Gefühl, ihn schon immer gekannt zu haben. So ging es mir mit Olivier. Wissen Sie, ich folge immer meinem Instinkt, und damit bin ich bis jetzt bestens gefahren.«

Marie musste an Nathalies Worte denken, ihr Mann sei ein herzensguter Mensch, aber geschäftlich eine Niete. Mal schauen, wie sich die Beziehung dieser beiden Männer und ihre beruflichen Pläne entwickeln würden.

»Klingt gut. Dann …«

»Wenn Sie Lust haben, zeige ich Ihnen gern mal unser Konzept«, unterbrach er sie voller Elan.

Es zog sie nach Hause, aber dieser Mann hatte offenbar das Bedürfnis, auch sie für seine geschäftlichen Pläne zu begeistern.

»Wir werden ein breites Sortiment an Produkten herstellen. In erster Linie Walnussöl, das ist ja klar. Aber eben nicht nur.

Wir planen Nussprodukte mit Senf, Bier, Likör, Gebäck, Kosmetik, Mehl – und ein Museum!« Seine Augen sprühten vor Begeisterung.

»Endlich einer, der etwas von Geschäften versteht und die plumpen Bauern hier mal ordentlich aufmischen wird«, ließ sich der Bürgermeister wichtigtuerisch vernehmen.

So viel zum Thema Kommunalpolitiker und Arroganz, dachte Marie.

»Na ja – so sehe ich das natürlich nicht.« Romain Dubosc war die Bemerkung seines Onkels sichtlich peinlich.

Marie musste schmunzeln.

»Auf jeden Fall wünsche ich Ihnen alles Gute für das Projekt, und bei Gelegenheit schau ich mir Ihre Pläne gern an. Das Vorhaben klingt wirklich spannend. Werden Sie denn ganz ins Périgord ziehen?«

»Ja, klar. Im Moment beherbergt mich mein Onkel, aber ich suche schon nach einem Haus in der Gegend. Am liebsten auch in Saint-André.«

»Gute Wahl! Jetzt muss ich aber. Bis demnächst.«

So, endlich bin ich die beiden los, dachte Marie, als sie wieder im Auto saß. Die Ereignisse des Vormittags steckten ihr noch in den Knochen. Sie brauchte jetzt unbedingt Abstand zu dem Fall. Menschliche Dramen gehörten zu ihrem Beruf, aber es war immer eine andere Sache, wenn man die Menschen, die es betraf, persönlich kannte. Das Bild von Lucienne, die ihre Tochter durchschaut hatte, ließ sie nicht los. Da war so viel Trauer in ihr, aber auch Tapferkeit und Würde. Und den entgeisterten Blick von Marcel, als er begriffen hatte, was Nathalie erzählte, würde sie ebenfalls so schnell nicht vergessen.

*

Martin räumte das Büro noch ein wenig auf und entsorgte den verblühten Fliederstrauß der Kommissarin. Leider waren die vergangenen Tage so ereignisreich und stressig gewesen, dass sie ihn kaum hatte genießen können. Dann wischte Martin ein bisschen Staub. Das durfte man keinem erzählen, aber es gehörte zu seinen Lieblingsbeschäftigungen. Wenn er das Büro für sich allein hatte, konnte er in Ruhe mit dem Tuch durchs Zimmer wirbeln und sich anschließend über die glänzenden Oberflächen freuen. Sauberkeit liebte er genauso wie Zahlen.

Er warf einen letzten, zufriedenen Blick auf das Arbeitszimmer, dann schloss er die Tür von außen. Seine Mutter erwartete ihn, sie wollten heute zusammen ins Kino gehen. Sie teilten die gleiche Begeisterung für romantische Komödien.

Da kam ihm Champion entgegen. Martin hatte ihm schon vor längerer Zeit eine Nachricht hinterlassen, bislang jedoch keine Rückmeldung erhalten. Vorhin noch hatte die Kommissarin ihn gefragt, ob er inzwischen mit dem Kollegen gesprochen hatte.

»Na, Martin, was gibt's denn?«, fragte Champion barsch.

»*Bonsoir, collègue*«, grüßte Martin ihn. »Ich habe Sie wegen einer Vermisstenmeldung kontaktiert. Sie liegt etwa zehn Jahre zurück, und es geht dabei um einen gewissen Antoine Barthes in Auberoches, einem Dorf im Vézère-Tal. Sagt Ihnen das etwas?«

»Vor zehn Jahren? Sie sind lustig. Nein, das sagt mir nichts«, erwiderte Champion sofort. »Was ist damit?« Er schaute Martin durch seine runden Brillengläser unfreundlich an. Außerdem hatte er furchtbaren Mundgeruch.

Martin trat diskret einen Schritt zurück, bevor er, möglichst flach atmend, antwortete: »Seine Leiche wurde gefunden.«

»Aha, und wo?«

»Sie hat zehn Jahre auf dem Grundstück der Eltern gelegen.«

»Und was geht mich das an?«

»Sie müssen seinerzeit bei den Ermittlungen dabei gewesen sein. Der Vater des Opfers hat ausgesagt, dass er damals zweimal mit Ihnen gesprochen hat. Aber im Bericht sind Sie nicht erwähnt.«

Champion zuckte mit den Schultern. »Da hat mal wieder einer schlampig gearbeitet. Wie immer. Und das wird in Zukunft nicht besser werden in diesem Präsidium. Auch wenn sich hier die Frauenquote und die Hauptstadt auf mysteriöse Weise durchgesetzt haben«, erklärte er bissig.

Als bekannt geworden war, dass Marie Mercier den Posten von Kommissar Leblanc übernehmen würde, hatte Champion mehrmals versucht, die Kollegen gegen die, wie er es nannte, »Pariser Hegemonie« aufzuhetzen. Marie allerdings war es schon in ihren ersten Arbeitstagen gelungen, mit ihrer spontanen, sympathischen Art alle übrigen Kollegen für sich einzunehmen.

»Sie können mit Sicherheit davon ausgehen, dass Commissaire Mercier – denn ich nehme an, sie meinten Sie – eine gewissenhafte und erfahrene Ermittlerin ist«, verteidigte Martin seine Vorgesetzte.

Champion grinste höhnisch. »Na, wenn Sie es sagen. Sie werden wissen, warum Sie sich mit Blumen bei ihr einschleimen.«

Das traf Martin mehr, als er sich im ersten Moment eingestehen wollte. Er atmete drei-, viermal tief durch.

»Ihre Sichtweise sagt einiges über Sie aus. Aber nun gut – belassen wir es einfach dabei«, sagte er so gleichmütig wie möglich.

Wieder zeigte Champion sein spöttisches Grinsen.

»Genau, kümmern Sie sich um sich selbst und Ihre Chefin. Damit haben Sie genug zu tun.«

Martin nahm sich vor, darauf zu achten, dass dieser Kollege seiner Vorgesetzten nicht schadete. Der wäre durchaus in der Lage, Lügengeschichten über sie in Umlauf zu bringen. Champion war ihm noch nie so unsympathisch vorgekommen wie heute.

»Dann danke ich Ihnen für das kollegiale Gespräch. Der Fall ist ja ohnehin gelöst.« Martin schaute auf seine Armbanduhr – ja, er war so altmodisch, dass er die Uhr seines verstorbenen Vaters trug. »Ich muss jetzt los. Ihnen einen schönen Feierabend.« Er wandte sich ab und ging Richtung Ausgang.

»Schleimer«, hörte er Champion hinter sich knurren.

Was für eine Stinkmorchel, dachte Martin.

*

Sophie saß mit Agnès in der Küche. Ihre älteste Schwester hatte sie gebeten – und das beinahe freundlich –, zu ihr zu kommen und mit ihr das Abendessen zu teilen. Das hatte es noch nie gegeben. Agnès wollte oder konnte nach diesem Horrortag offenbar nicht allein bleiben und hatte ein Brathuhn in den Ofen geschoben. Dazu würde es selbst gemachte Fritten mit Kartoffeln aus dem Garten geben – Sophies Leibgericht, das wusste Agnès. Obwohl sie sich so oft mehr Herzenswärme und Zuneigung von ihrer Schwester erhofft hatte, wäre es Sophie jetzt tausendmal lieber gewesen, Agnès wäre bei ihrer gewohnten Garstigkeit geblieben, als sie nun so hilflos zu erleben.

Ihre beiden anderen Schwestern waren wohl noch eine Weile im Präsidium geblieben. Aber vorhin hatte Olivier angerufen, um mitzuteilen, dass sie jetzt wieder bei Nathalie zu Hause waren. Wahrscheinlich würden die zwei sich demnächst vor Gericht verantworten müssen. Zum Glück hatte Oliviers Geschäftspartner ihnen einen guten Anwalt besorgt. Die Eltern hatten sich in ihrem Häuschen verschanzt, waren nicht ansprechbar. Dennoch hatte sich am Nachmittag das Rollengefüge der Eltern irgendwie verändert. Ihr Vater sah auf einmal nicht mehr verbittert und wütend aus, sondern schwach und hilfsbedürftig. Ihre Mutter hingegen wirkte erstaunlich stark und gefasst. Endlich zu wissen, was mit Antoine passiert war, schien ihr neue Kraft zu geben.

»Jetzt sag doch endlich mal was, wenn du schon nicht mittrinkst!«, forderte Agnès sie auf und schenkte sich selbst ein weiteres Glas Rotwein ein.

»Hättest du das für möglich gehalten?«, fragte Sophie leise. »Ich meine, … dass Nathalie und Cécile zu so etwas in der Lage sind?«

»Cécile ist zu allem fähig, das ist mir schon lange klar. Aber dass Nathalie mich über zehn Jahre angelogen hat, zieht mir die Schuhe aus.«

»Und dass sie ihn dann in der Nacht begraben und danach einfach so getan haben, als wäre nichts gewesen?« Sophie versuchte, sich die Szene auszumalen. Sie sah den blutüberströmten Antoine neben der Mauer liegen und stellte sich dann vor, wie er mit zusammengefalteten Händen in dem behelfsmäßigen Grab ruhte. Und diese Blüten, von denen Cécile erzählt hatte! Vor ihren Augen vermischte sich das kalte Blau der Blüten mit dem Rot seines Blutes. Ein Schauder durchlief sie. Wie sollte sie je wieder diese hübschen Blumen betrachten, ohne daran zu denken?

»Angelogen hat sie mich«, wiederholte Agnès.

»Uns alle«, setzte Sophie leise hinzu.

Ihre Schwester reagierte nicht auf die Worte und starrte in ihr halb leeres Glas. Ihr Blick verfinsterte sich mehr und mehr.

»Wer weiß, vielleicht war es auch gar kein Unfall. Denen traue ich jetzt alles zu«, knurrte sie.

Sophie blieb die Luft weg. Nein! Sie wollte sich nicht ausmalen, was Agnès' Vermutung bedeutete. Sie schüttelte den Kopf. Nein!

Aber ihre Schwester ließ ihren zerstörerischen Gedanken freien Lauf.

»Vielleicht wollten sie den Hof für sich haben. Cécile war doch schon immer berechnend, sie könnte Nathalie irgendwie auf ihre Seite gezogen haben. Wer weiß, womöglich wollten sie uns auch noch umbringen!«

Warum sollte Cécile, die damals schon Aussicht auf eine Stelle in Toulouse hatte, sie umbringen wollen?, fragte sich Sophie. Agnès unterstellte ihr immer nur üble Absichten. Ja, Cécile hatte so eine seltsame Arroganz an sich, und man wusste nie, wie man mit ihr umgehen sollte. Aber das war doch kein Grund, ihr Mordabsichten zu unterstellen. Sophie war überzeugt, dass Agnès in Wahrheit eifersüchtig war. Sie beanspruchte für sich, Nathalies Lieblingsschwester zu sein, und es passte ihr nicht, dass Nathalie und Cécile sich offenkundig so gut verstanden.

»Jetzt hör auf damit!«, befahl Sophie und wunderte sich selbst über ihren strengen Ton. »Hat Maman dir gesagt, dass sie die Antidepressiva absetzen will?«, wechselte sie das Thema.

Agnès schüttelte den Kopf und nahm einen kräftigen Schluck.

»Ich finde es gut, wenn sie von diesen furchtbaren Tabletten loskommt. Wir sollten ab jetzt mehr nach ihr schauen«, überlegte Sophie laut.

»Sie hat Papa!«

»Der kümmert sich nur um seinen Garten. Ich glaube, dass sie ziemlich einsam ist.«

Agnès blickte sie ratlos und nicht mehr ganz nüchtern an.

»Machst du jetzt einen auf Psychotante, oder was?«

Plötzlich schämte sich Sophie für ihre Familie, für die Gefühle ein Fremdwort waren. Antoines Tod durfte aber nicht umsonst gewesen sein. Sie mussten trotz oder gerade wegen dieser fürchterlichen Tragödie wieder eine Familie werden. Das versprach sie in diesem Moment Antoine – und sich selbst. Dann stand sie auf, um nach dem Huhn im Ofen zu schauen.

Kapitel 13

Saint-André, Sonntag, 11. April

Die Wochenenden waren immer besondere Zeiten für Marie und Michel. Vierzehn Tage zuvor hatten sie ein romantisch-fröhliches Wochenende in Bordeaux verbracht und es genossen, die Stadt gemeinsam zu erkunden. Michels Wohnung war klein, aber gemütlich und mit viel Liebe zum Detail eingerichtet. Er hatte sogar ein kleines Regal extra für Maries Sachen gekauft. Sie hatte sich gleich wohlgefühlt bei ihm. Einen ähnlichen Geschmack zu haben war schon eine wesentliche Ausgangsbasis für eine Beziehung. Die Wohnung verfügte zudem über einen kleinen Balkon mit Blick auf die Ufer der Garonne, auf dem sie morgens immer ihren zweiten Kaffee getrunken und dabei die pulsierende Stadt betrachtet hatten.

Das darauffolgende Wochenende hatten sie sich allerdings nicht sehen können, da Michel nach Florenz geflogen war, um dort an einer internationalen Tagung zum Thema Rauschgiftbekämpfung teilzunehmen.

An dem nun zu Ende gehenden Wochenende hatten sie sich von Freitagabend an treiben lassen und waren tagsüber durch die herrliche Frühlingslandschaft gefahren – von einem Dorf zum nächsten und von einem Flohmarkt zum anderen. In dem nördlich gelegenen, mittelalterlichen Brantôme, dem Venedig des Périgords, waren sie beide schließlich fündig geworden. Der

Trödelmarkt erstreckte sich fast über die gesamte Altstadt und die alte Steinbrücke. Auf dieser breiten Brücke hatte Marie eine Fünfzigerjahre-Lampe entdeckt und sie Michel geschenkt, und er hatte ein paar Stände weiter einen Ganzkörperspiegel für ihr Gästezimmer gekauft. Sie freute sich sehr darüber, denn schon lange war sie auf der Suche nach einem großen Vintage-Spiegel gewesen. Zumal ihre Freundin Pauline über die Ostertage, also am nächsten Wochenende, nach Saint-André kommen wollte und ohne einen solchen Spiegel keine zwei Tage überleben würde. Sie hatten den Spiegel in Michels Kombi gepackt und dann auf dem Rückweg nach Périgueux an einem lauschigen Plätzchen direkt neben einem Bach angehalten, um dort zu picknicken. Danach hatten sie eng umschlungen noch eine ausgedehnte Siesta gehalten.

Leider sollte ihr gemeinsames Wochenende nicht so zu Ende gehen, wie sie es erwartet hatten.

Da Michel am Montag besonders früh im Büro sein musste, hatten sie im Vorfeld vereinbart, dass sie beide schon am späten Sonntagnachmittag nach Hause fahren würden. Er gen Westen und sie nach Saint-André.

Auf dem letzten Stück, kurz vor ihrer Ankunft in Périgueux, wo ihr Auto vor Michels Haus parkte, erwähnte Marie beiläufig, dass sie sich später mit Romain Dubosc treffen würde, der ihr die Pläne für seine Mühle zeigen wollte. Zu ihrer Überraschung reagierte Michel ungewohnt empfindlich darauf.

»Und warum ausgerechnet am Wochenende?«, fragte er pikiert.

»Warum? Weil ich da gerade Zeit habe!« Marie gefiel sein Tonfall überhaupt nicht. Sie war alt genug, um zu entscheiden, mit wem und wann sie sich verabredete.

In Périgueux angekommen, verfrachteten sie den Spiegel mit Ach und Krach in ihren Wagen, und während Marie noch ihre

Reisetasche aus Michels Auto nahm und in ihr eigenes legte, lief Michel schnell ins Haus, um, wie er sagte, noch etwas aus seiner Wohnung zu holen. Es war ein roter Umschlag, den er ihr vor ihrem Auto überreichte.

»Ein kleiner Trostpreis für den verlorenen Sonntagabend. Du kannst es ja später öffnen.«

»Später finde ich doof.« Neugierig riss sie das Kuvert auf.

»Madame Ungeduld!«

»Du weißt ja, geteilte Freude ist doppelte Freude. Hat Balzac hierfür nicht einen entsprechenden Spruch?«

»Da muss ich passen.«

»Tsss, tsss!«

Sie zog zwei Flugtickets aus dem Umschlag.

»Eine Reise?«

»Eine Reise nach Florenz. Ich war so begeistert von meinem Aufenthalt letzte Woche dort, und ich habe mich erinnert, dass du noch nie da warst. Und du liebst doch Städte.«

»Oh, wie toll ist das denn!«, freute sich Marie und fiel ihm um den Hals.

Michel lächelte sie triumphierend an.

Dann schaute Marie auf das Datum der Flugtickets und stutzte. »Wie? Nächstes Wochenende schon?«, rief sie fassungslos.

»Ja. Das Osterwochenende. Perfekt sozusagen – wir haben am Montag frei!« Er strahlte sie an.

»Aber du weißt doch, dass Pauline aus Paris kommt.«

»Ach ja! Stimmt! Tut mir leid, in meiner Begeisterung habe ich das ganz vergessen, als ich die Tickets gebucht habe. War nicht einfach, über Ostern Flüge und ein Hotelzimmer zu bekommen.«

»Aber warum hast du nicht vorher mit mir darüber gesprochen?« Sie spürte, wie Unmut in ihr aufstieg.

»Weil es dann keine Überraschung gewesen wäre. Deine Freundin kann ihren Besuch doch einfach verschieben. Saint-André läuft ja nicht weg.«

Marie konnte sich lebhaft vorstellen, wie enttäuscht Pauline sein würde. Außerdem freute sie sich ja selbst wie ein Schneekönig auf deren Besuch. Dass Michel meinte, über sie beide hinweg wichtige Entscheidungen treffen zu können, ärgerte sie – und zwar mehr, als ihr lieb war. Dachte er etwa, in ihrem Leben würde sich jetzt alles um ihn drehen? Da irrte er sich gewaltig.

»Ich werde meine Einladung nicht rückgängig machen und ihr von heute auf morgen absagen. Tut mir leid, aber das Ganze ist mir wirklich zu übergriffig.«

»Wie meinst du das?«

»Genau so, wie ich es sage.« Sie steckte die Tickets wieder in den Umschlag. »Du entscheidest nicht, wen ich wann sehe oder nicht.«

»Das will ich doch gar nicht. Es war nur eine spontane Idee. Aber, okay, anscheinend keine gute.« Er nahm ihr den Umschlag mit den Tickets aus der Hand. »Du sagst mir, wann es dir passt, und ich buche um.«

Aber Maries Verärgerung blieb. Etwas lief gerade unrund. Vorhin hatte sie das Gefühl gehabt, dass Michel auf Romain Dubosc eifersüchtig war. Und jetzt das Gleiche mit Pauline. Das ging gar nicht. Zumal es ja nicht so war, dass sie ihm ständig zugunsten einer Schar von Freundinnen einen Korb gab.

»Okay, können wir demnächst mal drüber sprechen.« Sie machte eine Handbewegung zum Abschied und stieg eilig in ihr Auto, bevor er auf den Gedanken kam, sie zu umarmen. Danach war ihr jetzt wirklich nicht.

Sie sah Michel mit seinem roten Umschlag in der Hand auf dem Bürgersteig stehen und völlig entgeistert zu ihr rüberschauen. Sie drehte den Zündschlüssel, aber der Motor wollte nicht anspringen. Mist! Sie versuchte es noch einmal. Beim dritten Anlauf hatte Mamies Auto schließlich Erbarmen.

Sie warf Michel einen knappen Blick zu und fuhr los, ohne noch einmal in den Rückspiegel zu schauen. Aber nach ein paar Kilometern verwandelte sich ihr Ärger in Traurigkeit. Da war er also, der erste Streit. Wenn sie ehrlich war – ihr Verhalten war ja auch nicht so richtig toll gewesen. Sie hasste diese Momente, in denen es ihr nicht gelang, über ihren eigenen Schatten zu springen. Klar, es konnte nicht angehen, dass Michel einfach über ihren Kopf hinweg plante und der Meinung zu sein schien, ihre Termine seien nachrangig. Aber ihre Reaktion war alles andere als angemessen gewesen. Warum musste sie immer derart heftig kontern, wenn sie sich bevormundet fühlte? Dabei stand doch außer Frage, dass sie ein freier Mensch war, sie konnte tun und lassen, was sie wollte. Auf der ganzen Rückfahrt kaute sie auf dem Inneren ihrer Wange herum.

Noch vor dem Wochenende hatte Marie die Einladung von Romain Dubosc auf einen Aperitif im Café de la Place angenommen, wohl wissend, dass sie am Sonntagabend in Saint-André sein würde. Nachdem sie den Spiegel fluchend aus dem Auto gehievt hatte und er ihr dann im Haus beinahe die Treppe zum ersten Stock hinuntergesegelt wäre, hatte sie ihn im Gästezimmer abgestellt und war gleich wieder losgegangen.

Geschafft – wie verabredet, stand sie Punkt neunzehn Uhr vor dem Lokal. Nach dem Streit mit Michel war sie froh, nicht allein zu Hause zu sitzen oder Léonie irgendetwas vormachen zu müssen. Wobei ihre Großtante bestimmt gleich gemerkt hätte, dass mit ihr etwas nicht stimmte. Die letzten Stunden hatte sie immer wieder auf ihr Handy geschaut, aber Michel rief nicht an und schickte auch keine Nachricht. Sie allerdings auch nicht. Sie wusste, dass es eigentlich an ihr war zu schreiben, aber sie schaffte es noch nicht.

Als sie eintrat, sah sie Romain Dubosc an einem Tisch neben einem der Fenster sitzen; die Terrasse war am heutigen Abend geschlossen. Vor sich hatte er eine große Mappe liegen, auf deren Deckel ein riesiges Walnusslogo prangte. Das waren sicherlich die Pläne für die Mühle, die er ihr zeigen wollte.

Danielle stand hinter ihrem Tresen und trug ein tailliertes Wollkleid mit einem Muster aus großen roten und schwarzen Rauten. Eine Perlmuttbrosche schmückte ihr eindrucksvolles Dekolleté. Marie sah, wie die Wirtin die Lippen zusammenpresste, als sie sie erblickte. Danielle würde ihr den Weggang von Hélène wohl nie verzeihen. Sie tat aber so, als würde sie es nicht bemerken, und grüßte freundlich: »*Bonsoir*, Danielle.«

Diese reagierte nicht, dafür aber einer der Gäste des Cafés, ein Faktotum, das mit seinem räudigen Hund vor einem leeren Schnapsglas döste. Der alte Mann grunzte, schaute sich grimmig um und wandte sich dann an Danielle.

»Ist das laut hier! Bring mir noch einen Kurzen.«

Marie ging auf Romain zu, der wie die anderen Gäste die Szene amüsiert verfolgt hatte.

»Hier ist ja richtig was los! Schön, dass Sie die Zeit erübrigen konnten«, sagte er auffallend charmant.

Nachdem Danielle die bestellten Getränke gebracht hatte, ohne dabei auch nur ein einziges Wort gesprochen zu haben, wunderte sich Romain über die Unfreundlichkeit der Wirtin.

»Haben Sie ihr etwas getan? Die ist doch sonst eher nett und freundlich.«

»Lange Geschichte«, wiegelte Marie ab. Fast vermisste sie den schüchternen Kellner, auch wenn er Hélène nicht ersetzen konnte. Vielleicht hatte er am Sonntagabend frei. Da war es meistens ruhig, weil am nächsten Morgen die Arbeitswoche begann.

»Ich komme auf jeden Fall gern hierher. Endlich mal eine Kneipe, die nicht zu Tode renoviert ist.« Dubosc zeigte auf den alten Tresen aus den Dreißigerjahren. »Das ist ein antikes Prachtstück im Originalzustand. Wo sieht man so etwas sonst noch? Und die Wirtin ist immer top gestylt. Passt zu den Fotos an der Wand. Alles Fünfziger- und Sechzigerjahre. Stars und Sternchen. Das findet man selbst in Paris kaum.«

»Ja, Danielle achtet bei ihrem Outfit wirklich auf jedes Detail.«

Während Marie das sagte, betrachtete sie Romain Dubosc. In Paris wäre ihr das vielleicht nicht so aufgefallen, da die Menschen dort in der Regel sehr modebewusst waren, aber hier stach ihr vieles an ihm ins Auge: sein hochwertiges nachtblaues Leinenhemd, das wie maßgeschneidert aussah, die sorgfältig manikürten Hände und das gepflegte Haar, das er wieder zu einem kurzen Pferdeschwanz gebunden hatte. Der Mann achtete auf sein Äußeres, ließ es sich etwas kosten, und er hatte zugegebenermaßen Stil.

»Wie geht es mit den Bauarbeiten voran?«, fragte sie ihn.

»Wir haben schon die Fundamente und den Betonestrich gegossen. Es läuft den Umständen entsprechend gut. Die Stimmung in Auberoches ist halt sehr gedrückt.«

»Das kann ich mir vorstellen. Das Ganze muss Olivier sehr mitnehmen.«

»Bis der Prozess seiner Frau und seiner Schwägerin nicht stattgefunden hat, wird er wohl keine innere Ruhe finden.«

»Kennen Sie Nathalie, Oliviers Frau?«

»Kaum, wir sind uns zwei Mal kurz begegnet. Was meinen Sie – müssen die beiden ins Gefängnis? Furchtbare Vorstellung.«

Auf dieses Terrain wollte Marie sich auf keinen Fall begeben.

»Themenwechsel, okay? Ich dachte, Sie wollten mir die Pläne für Ihre Mühle zeigen.«

»Natürlich. Tut mir leid.« Zur Entschuldigung schenkte er ihr ein warmes Lächeln.

Sie fand, dass er ihr dabei fast ein bisschen tief in die Augen schaute. Oder bildete sie sich das bloß ein? Sie beugte sich demonstrativ über die Pläne, die er gerade entfaltete.

»Hier wird die Mühle stehen«, erklärte er und wies dann mit dem Zeigefinger auf die einzelnen Details. »Da sind die technischen Räume für die Abfüllung der Ölflaschen und für den Versand. Hier der Verkaufsraum, die Büros, die Sanitäranlagen. Und hier das Museum!«

Die Pläne machten einen hervorragenden Eindruck und zeugten von Romain Duboscs präziser Arbeit. Er hatte nichts dem Zufall überlassen und sicherlich eine renommierte Agentur mit der Gestaltung der Unterlagen beauftragt. Alles war auf Hochglanzpapier gedruckt, und das schicke Walnusslogo, das jede Seite zierte, war ein echter Hingucker.

»Das Logo«, sagte er, als könne er ihre Gedanken lesen, »hat ein Pariser Künstler entworfen. Ihm hatte die Idee gefallen, dass eine geschälte Walnusshälfte große Ähnlichkeit mit dem menschlichen Gehirn hat. Das hervorzuheben macht unsere Produkte vielleicht auch für die Städter attraktiver.«

»So von wegen Intellekt und Genuss?«, merkte Marie leicht ironisch an. Auf einen solchen Gedanken konnte auch nur ein Städter kommen, der das Landleben neu erfinden wollte. Oliviers Idee war es bestimmt nicht gewesen.

»Genau! Ich will unser Nussöl und all unsere anderen Produkte weltweit verkaufen. Wir arbeiten an einer sorgfältig durchdachten Marketingstrategie, damit wir dann in einem Jahr richtig loslegen können. Dann werden aller Voraussicht nach die

Bauarbeiten beendet sein, und die Mühle kann mit der Produktion beginnen.«

»Ist der Zeitplan nicht ambitioniert?«, fragte Marie ein wenig skeptisch.

»Sehr ambitioniert sogar! Aber schließlich verfügen wir über die nötigen Mittel und über die Unterstützung der lokalen Politiker.«

Ja, das stimmte offensichtlich. Marie erinnerte sich an den Anruf des Präfekten. Bruno Dubosc hatte bestimmt alle politischen Hebel in Gang gesetzt, um die Pläne seines Neffen zu fördern.

»Wir werden immerhin zehn feste Arbeitsplätze schaffen«, verkündete der neue Herr der Walnüsse.

Marie nickte anerkennend. Das war in so einem verschlafenen Dorf wie Auberoches gewiss ein schlagkräftiges Argument. Viele Arbeitsplätze, die im Vézère-Tal entstanden, waren mit dem Tourismus verbunden und daher saisonbedingt.

Jacques, der Wirt des Lokals, kam aus der Küche und warf ein »*Bonsoir*!« in den Saal hinein. Im nächsten Moment erkannte er Marie unter den Gästen und winkte ihr zu.

»Ah, Marie! Isst du gleich hier? Ich habe heute Rinderbäckchen in Rotweinsauce und junge Möhren gekocht. Hat alles drei Stunden bei niedriger Temperatur auf dem Herd gestanden. Dazu gibt es neue kleine Kartoffeln aus dem Ofen – mit reichlich Rosmarin aus meinem Kräuterbeet.«

Marie freute sich über Jacques' Aufmerksamkeit, auch wenn sie ihm eine Absage erteilen musste. »Tut mir leid«, antwortete sie mit lauter Stimme. »So verlockend sich das auch anhört, aber ich bin gleich verabredet.« Und das war sie wirklich – telefonisch mit Pauline. Sie wollten beratschlagen, was sie über die Ostertage unternehmen würden.

»Schade!«, sagten Jacques und Romain Dubosc unisono.

»Aber nächstes Wochenende komme ich mit einer Freundin aus Paris vorbei, und dann lassen wir es uns richtig gut gehen bei dir«, rief sie Jacques zu, der ihr daraufhin noch einmal herzlich zuwinkte, bevor er wieder in der Küche verschwand.

Marie bemerkte, dass Romain Dubosc sie aufmerksam betrachtete. Ihr war nicht ganz klar, was er von ihr wollte. Sie anbaggern oder ihr einfach nur zeigen, dass er sie sympathisch fand?

»Und, haben Sie mittlerweile das Haus Ihrer Träume gefunden?«, fragte sie ihn. Das war wenigstens ein unverfängliches Thema.

»Leider nicht. Alles, was mir gefällt, ist bewohnt und steht nicht zum Verkauf. Aber ich muss ja nicht auf der Straße leben. Mein Onkel ist ein wunderbarer Gastgeber.«

Das zu glauben fiel Marie schwer. Allein die Vorstellung, sich mit Bruno Dubosc eine Bleibe teilen zu müssen, fand sie schon anstrengend.

»Sind Sie oft zu Besuch hier?«, erkundigte sie sich höflich. »Wir sind uns bisher nie hier begegnet.«

»Leider!« Wieder schaute er ihr auffallend tief in die Augen.

Der Mann war ganz schön auf der Balz. Attraktiv war er zweifelsohne und auch sympathisch, aber er war ihr ein bisschen zu selbstzufrieden, zu selbstsicher, vielleicht auch zu glatt. Sie musste unweigerlich an Michel denken – an seine unaufgeregte, souveräne Art –, und augenblicklich wurde ihr warm ums Herz. Nach diesem Termin würde sie ihn gleich anrufen, Pauline würde sich noch einen Moment gedulden müssen. Sie hatte einfach zu heftig darauf reagiert, dass er bei der Wahl eines besonderen Geschenks für sie übers Ziel hinausgeschossen war. Das hätte sie auch netter regeln können … sollen.

Romain Dubosc schien ihre vorübergehende Abwesenheit nicht zu bemerken und erzählte weiter von sich.

»In meiner Kindheit bin ich oft mit meiner Mutter nach Saint-André gekommen, später allerdings seltener. Bevor ich Olivier kennengelernt habe, war ich viele Jahre nicht mehr hier. Mein Onkel hat uns aber oft besucht. Er liebt Paris und hat dort viele Bekannte.«

Auch das war Marie neu.

Als sie nach einer Weile auf die Uhr schaute, war es fast acht, und sie beschloss, sich zu verabschieden. In dem Moment legte, warum auch immer, Romain Dubosc seine Hand auf ihre, und gleichzeitig ging die Tür des Cafés auf. Unwillkürlich schaute Marie dorthin.

Michel stand im Türrahmen, und als er Marie entdeckte, warf er ihr ein entwaffnendes Lächeln zu – bis er Romain Dubosc gewissermaßen händchenhaltend ihr gegenübersitzen sah. Das Lächeln gefror. Marie entriss Romain ihre Hand, aber es war zu spät, Michel hatte bereits kehrtgemacht.

Jetzt hatte sie die Bestätigung: Michel war eifersüchtig. Allerdings konnte sie es ihm kaum verdenken. Das sah nun wirklich nicht nach einem unverfänglichen Treffen aus.

*

Léonie hatte mit Georges die Äpfel begutachtet, die seit dem vergangenen Herbst auf dem Speicher lagerten. Dann hatten sie die Früchte, die bereits schrumpelig geworden waren, aussortiert, um sie jetzt den Schweinen zu geben. Ja, den Schweinen, dachte sie und schüttelte erneut ungläubig den Kopf. Augustine hatte tatsächlich einen jungen Artgenossen als Gefährten bekommen. Joseph. Georges war kein Name für seinen neuen Schützling eingefallen, also hatte sie einen ausgesucht. Als junge Frau hatte sie sich immer vorgestellt, dass sie ihren Sohn – sollte sie jemals einen bekommen – Joseph nennen würde. Einen

Sohn hatte sie mit dem Namen nicht beglücken können, aber dafür jetzt ein Hängebauchferkel. Immerhin!

Nun standen Léonie und Georges vor dem ausgebauten Stall, den Georges in seinem Eifer auch noch strahlend weiß gekalkt hatte. Als Augustine die in einer Kiste mitgebrachten Äpfel roch, grunzte sie laut, und der kleine Joseph quiekte ebenfalls.

Léonie schaute sich die beiden amüsiert an und wandte sich dann mit strenger Stimme an Georges: »Du vergisst hoffentlich nicht, was du mir versprochen hast, oder? Du lässt ihn kastrieren. Ich will hier keine Schweinezucht.«

»Ja, ja«, antwortete Georges abwiegelnd. »Hast du gesehen, wie nett Augustine Joseph aufgenommen hat?«, schwärmte er. »Sie ist wirklich sehr besonders.«

»Und, gibt es keinen Futterneid?«

»Nein, Augustine ist wie eine Mutter zu ihm. Total fürsorglich, sie überlässt ihm sogar ihr Futter.« Er schaute selig auf die beiden Tiere hinunter.

»Es gefällt ihr bestimmt, Gesellschaft zu haben. Schweine sind Herdentiere.«

»Hoffentlich wendet sie sich nicht von mir ab«, sagte er plötzlich besorgt.

»Wie sollte sie? Du gibst ihr zu essen.«

»Du gibst mir auch zu essen, aber ich mag dich doch nicht deswegen.«

Nanu, was war denn mit Georges los? So sentimental kannte Léonie ihn gar nicht. Er wurde immer redseliger. Hatte das etwas mit dem Alter zu tun?

Léonie, die schlecht mit Gefühlsbekundungen umgehen konnte – obwohl sie sich schon auch irgendwie danach sehnte –, erwiderte schließlich: »Na ja, schaden tut es nicht. Wir haben übrigens noch Reste von heute Mittag. Wenn du magst, komm zum Abendessen.«

Georges ließ sich nicht zweimal bitten und nickte eifrig.

»Ich bringe den Kleinen jetzt die Äpfel und bin gleich wieder zurück.« Er packte sich die Apfelkiste und öffnete mit neuem Schwung die Stalltür.

Léonie musste lächeln – von wegen Liebe geht nicht durch den Magen.

*

Vor der Rückkehr zu ihrer Wohnung wollte Sophie ihren Eltern einen Kopfsalat und ein paar Kräuter aus dem Gemüsegarten vorbeibringen – Petersilie und Kerbel gediehen zurzeit besonders prächtig. Als sie sich dem Haus näherte, bemerkte sie, dass ihr Vater draußen wie immer mit seinen Blumen beschäftigt war und wohl erst bei Einbruch der Dunkelheit damit fertig wäre. Somit bestand die Möglichkeit, unbemerkt zu ihrer Mutter zu gelangen und sich im Haus allein mit ihr zu unterhalten.

Rasch huschte sie zur Eingangstür, klopfte an und öffnete sie sogleich, ohne eine Antwort abzuwarten. Es gab keine Diele, und so stand sie schon im nächsten Moment in dem Wohnraum, in dem es auch eine Kochecke gab. Ihre Mutter saß auf dem alten Sofa, das schon längst auf den Sperrmüll gehörte. So schön und gepflegt der Garten war, so vernachlässigt wirkte die Einrichtung im Haus. Alles sah wie zusammengewürfelt aus. Auf Dauer konnte hier selbst der fröhlichste Mensch depressiv werden.

»Schau mal, Maman. Ich hab Salat mitgebracht. Soll ich ihn dir für heute Abend putzen?«

Ihre Mutter war so von ihrem Besuch überrascht, dass sie erst einmal kein Wort herausbekam. Aber Sophie sah an ihrem klaren Blick, dass sie keine Tabletten genommen hatte. Sie lächelte ihre Mutter an.

»Ich putze ihn einfach mal. Und ich mache auch gleich die Salatsauce, was meinst du?«

»Das ist eine gute Idee, Sophie. *Merci.*«

Ein ausgiebiger Dialog war das nicht, aber Sophie wertete es als ersten Schritt in die richtige Richtung.

Kapitel 14

Polizeipräsidium Périgueux, Mittwoch, 14. April

Was Marie sich als Horrorszenario ausgemalt hatte, war Wirklichkeit geworden. Als sie am Mittwochmorgen das Büro betrat, hörte sie ein Wassergeräusch. Sie scannte das Büro mit einer schnellen Kopfbewegung und entdeckte sogleich auf einem niedrigen Aktenschrank den Übeltäter. Ein Zimmerbrunnen! Das konnte doch nicht wahr sein! Martin war gerade nicht im Büro, daher schritt sie entschlossen auf dieses Ding zu und zog den Stecker heraus. Ein Brunnen war leider ein No-Go! Bei so etwas hörte ihre Toleranz auf. Ein Albtraum! Dieses Plätschergeräusch würde ihr unweigerlich auf die Blase schlagen. Sie glaubte die Wirkung schon jetzt zu spüren. Was hätte Michel wohl gesagt, wenn Martin ihm so ein Teil ins Büro gestellt hätte? Wahrscheinlich wäre der Inspektor gar nicht erst auf den Gedanken gekommen. War das ihr Privileg als weiblicher Boss? Na toll! Im nächsten Moment hörte sie, wie Martin hinter ihr die Bürotür öffnete, und dachte an Paulines Spruch: »Und jetzt tief in die Füße atmen.« Sie drehte sich um.

»*Bonjour*, Madame la Commissaire. Schön, oder?« Der Inspektor strahlte über das ganze Gesicht. »Das ist eine ›Zen light Fontaine‹«, verkündete er stolz.

»So, so«, sagte Marie und ließ ein bedächtiges Nicken folgen. Mehr fiel ihr nicht ein. Zugleich hasste sie es, von solcher Art Hilflosigkeit überwältigt zu werden.

»Ich habe lange überlegt, welches Modell Ihnen am besten gefallen würde, denn Sie sollen ja auch Freude daran haben«, erklärte der gutmütige Martin eifrig. »Und da dachte ich, dass dieses schlichte und dennoch elegante Design zu Ihnen passen würde. Ich finde es auch super. Allein darauf zu gucken ist die reinste Entspannung!« Dann stutzte er. »Aber das ist ja aus!« Voller Sorge eilte er zu dem Brunnen. »Der Stecker ist ja raus!« Er schaute sie mit großen Augen an.

Marie brachte es nicht übers Herz, ihm sofort zu sagen, dass sie dieses Ding nicht ertragen würde.

»Ich war das. Ich wollte sehen, wie es sich ein- und ausschalten lässt.«

»Dafür gibt es einen Knopf«, erwiderte er sichtlich beruhigt. »Schauen Sie, hier an der Rückseite.«

Martins ungebremste Freude hatte etwas Entwaffnendes, und Marie musste sich eingestehen, dass ihre Toleranz doch nicht bei einem Plätscherbrunnen aufhörte. Sie würden sich in Zukunft eben irgendwie arrangieren müssen: Das Ding konnte ja laufen, wenn sie nicht im Büro war. Aber ihr war klar geworden, dass sie es nicht übers Herz brachte, Martin jetzt schon vor den Kopf zu stoßen.

»Wirklich nett, dass Sie an mich gedacht haben, Richard«, entfuhr es ihr spontan. Das war nicht geplant gewesen. Aber warum eigentlich nicht? Was sprach dagegen, sich gegenseitig mit dem Vornamen anzusprechen? »Ist es okay, wenn ich Sie Richard nenne und Sie mich Marie? Das ist einfacher im täglichen Umgang.«

In Deutschland wäre man wohl auch gleich zum Du übergegangen, aber in Frankreich war es im beruflichen Bereich gängig, sich mit dem Vornamen anzusprechen und sich dennoch zu siezen, und das gefiel Marie. So wahrte man im Fall von Unstimmigkeiten immer auch noch ein wenig Distanz.

Martin errötete und nickte sichtlich erfreut. Und Marie war glücklich, dass sie sich in letzter Sekunde beherrscht und ihren netten Kollegen nicht gekränkt hatte.

Das Klingeln ihres Handys unterbrach jäh die neue Büroidylle. Die Nummer kannte sie nicht. Nach kurzem Zögern nahm sie den Anruf entgegen.

»Hallo?«

»Marie, hier ist Bruno Dubosc.« Wieso rief der Bürgermeister sie an? Seine Stimme klang anders als sonst – gepresst, beinahe panisch.

»Bruno! Ist etwas passiert?« Maries Herz schnürte sich zusammen. Hoffentlich war nichts mit Léonie oder Georges geschehen.

»Romain! Ich wollte ihn wecken. Ich dachte, er hat verschlafen, aber … Er ist tot!«

*

Hier ist wieder was los!, dachte Léonie, als sie den Bürgermeister nun wie ein Häufchen Elend vor Maries Haus sitzen sah.

Vorhin hatte Dubosc wie ein Wahnsinniger gegen das Hoftor gehämmert, und Rose hatte ihren Hals wie eine Giraffe über die gemeinsame Gartenmauer gestreckt, um ja alles mitzubekommen, während César aufgeregt kläffte. Der Bürgermeister war kreidebleich gewesen, als Léonie ihm geöffnet hatte. Völlig aufgelöst hatte er vor ihr gestanden, er hatte ihr richtiggehend leidgetan.

»Mein Neffe, mein Neffe! Wo ist Marie? Ich muss sie sofort sprechen. Er ist ermordet worden.«

Léonie schauderte, verstand aber, dass sie sofort handeln musste.

»Sie ist schon ins Büro gefahren. Komm mit, ich schreib dir schnell ihre Handynummer auf.«

Früher kannte Léonie alle Telefonnummern auswendig, aber bei diesen neuen Geräten mit den gespeicherten Daten gelang ihr das nicht mehr. Sie lief, so schnell sie konnte, in die Küche und zog den Zettel mit Maries Handynummer aus einer Schublade. Bruno, der ihr gefolgt war, hatte ihr den Zettel förmlich aus der Hand gerissen und sofort gewählt.

Dann war er wieder hinausgegangen und hatte sich im Hof auf Maries Bank gesetzt, als wäre es ein öffentlicher Platz. So hatte Léonie das ganze Gespräch mitbekommen – und Rose wahrscheinlich auch. Im Nu würde das ganze Dorf wissen, dass Duboscs Neffe tot war. Offenbar ermordet. Léonie kannte diesen Romain nicht persönlich, oder vielleicht hatte sie ihn mal als Knirps gesehen. Er war der Sohn von Duboscs einziger Schwester. Die war in ganz jungen Jahren von Saint-André nach Paris gezogen. Wie Loren, Maries Mutter, wollte sie nur weg vom Land und in die Großstadt. Sie war aber früh gestorben – irgendeine Krankheit –, und Dubosc hatte sich für seinen Neffen, der ohne Vater aufgewachsen war, immer verantwortlich gefühlt. Ansonsten wusste man ja nur wenig über Duboscs Privatleben. Der war im Prinzip mit seinem Amt und Saint-André verheiratet.

»Er war kerngesund, sportlich und voller Pläne«, hatte er Marie durchs Telefon entgegengeschrien. »Der kann nicht einfach so im Schlaf gestorben sein. Ein junger Mann stirbt doch nicht einfach so! Das war Mord! Du musst kommen. Sofort!«

Léonie hatte nicht hören können, was Marie sagte, aber anscheinend wollte sie sich umgehend auf den Weg nach Saint-André machen, denn er hatte vor dem Ende des Gesprächs noch »Beeil dich!« gerufen. Im Befehle erteilen war er immer gut gewesen. Schon als kleiner Junge.

Nun saß er da im Hof, die Ellenbogen auf die Knie gestützt, und hielt sich mit beiden Händen den grau melierten Kopf.

Als Léonie ihm nach ein paar Minuten einen Kaffee brachte, kam Georges um die Ecke, mit der großen Augustine und dem kleinen Joseph an der Leine. Ein Bild für die Götter, aber gerade nicht wirklich passend. Mit einer Handbewegung bedeutete Léonie ihm, wieder zu gehen, woraufhin er mit seinen zwei Gefährten kehrtmachte.

»Jetzt trink erst mal einen Schluck Kaffee, Bruno.«

»Ich muss gleich wieder nach Hause, Marie ist auf dem Weg«, murmelte er.

Er hob den Kopf, und jetzt sah sie, dass er weinte. Darauf war sie nicht vorbereitet. Wenn sie mal einen Mann hatte weinen sehen, dann im Fernsehen. Was tat man im wahren Leben in einem solchen Fall? Wahrscheinlich gar nichts. Sie setzte sich neben ihn auf die Bank. Wenn er etwas sagen wollte, würde sie für ihn da sein und ihm zuhören. Sie würde auch seine Hand halten.

*

Richard Martin war mit Marie in ihrem neuen Dienstwagen unterwegs nach Saint-André. Es war ein neuer Citroën, und er gefiel ihm sehr. Die französische Polizei fuhr meistens französische Autos, auch wenn Martin gehört hatte, dass neuerdings zunehmend VW-Modelle eingesetzt wurden. Marie hatte ihm gesagt, es sei ihr egal, ob sie ein französisches oder ein deutsches Auto fuhr. Vor allem schien sie ihrer alten Klapperkiste nachzutrauern. Das verstehe, wer will. Letzte Woche war sie mit dem Renault liegen geblieben, und so hatte sie notgedrungen endlich den neuen Wagen abgeholt. Langsam nahm alles Form an. Eine tolle Vorgesetzte, ein gemütliches Büro, ein sauberer Dienstwagen. Das machte Martin glücklich. Nur mit diesem giftigen Champion würde man sich noch arrangieren müssen.

Er schaute auf die inzwischen vertraute Landschaft, die schnell an ihnen vorbeizog. Erst jetzt merkte er, dass seine Chefin auch für ihre Verhältnisse ganz schön zügig fuhr. Wollte sie etwa den Pathologen Blanquer einholen, der schon vor ihnen aufgebrochen war? Wie auch immer, damit konnte er leben. Mit Sicherheit deutlich besser als sie mit seinem gemächlichen Fahrstil.

»Schon ein sonderbarer Zufall, dass Olivier Gaillards Partner so plötzlich stirbt«, sagte Marie und trommelte nervös mit den Fingern auf dem Lenkrad herum. »Der sah ja wirklich fit und gesund aus.«

»Kannten Sie ihn?«, wunderte sich der Inspektor.

»Ja, ich bin ihm zweimal in Saint-André begegnet. Er war der Neffe unseres Bürgermeisters. Den Bürgermeister haben Sie doch letztes Jahr im Café de la Place kennengelernt, oder nicht?«

Das stimmte. Es war bei den Ermittlungen zu dem Mord an einem Biker gewesen. Ein Fall, der das ganze Dorf erschüttert hatte. »Ja, ein sehr selbstbewusster Mann. Ich glaube, der Kommissar fand ihn anstrengend«, erinnerte Martin sich.

Seine Chefin nickte.

»Der Neffe hat mir vor ein paar Tagen noch die Pläne für die Mühle gezeigt. Alles sorgfältig ausgetüftelt und mit viel Liebe zum Detail«, erzählte sie. »Wie traurig, dass er so jung sterben musste.«

»Und was wird jetzt aus der Mühle?«, fragte sich der Inspektor laut.

»Keine Ahnung. Ich weiß nicht, ob Olivier überhaupt in der Lage ist, das Projekt allein zu realisieren.«

»Damit könnten Sie wohl recht haben.« Auch auf Martin hatte der Ehemann von Nathalie Barthes nicht sehr tatkräftig gewirkt. Außerdem war er vorerst mit ganz anderen Problemen konfrontiert – jetzt, wo seine Frau auf ihren Prozess wartete.

»Und dann kommt es auch noch auf die Versicherungen an, die sie abgeschlossen haben«, fügte Marie hinzu. »Und was im Falle eines Todes vertraglich vorgesehen ist. Allein kann Olivier das Projekt finanziell sicherlich nicht stemmen.«

Martin beobachtete sie diskret von der Seite. Sie kaute an ihrer Wange, diese kleine Macke hatte sie manchmal. Ging ihr das, was in ihrem Dorf passierte, vielleicht ein bisschen zu nahe? Sie kannte diesen Dubosc sicherlich schon seit einer Ewigkeit. Aber womöglich nagte noch etwas anderes an ihr. Ihm war aufgefallen, dass sie seit Anfang der Woche etwas bedrückt wirkte. Sie schaute immer wieder auf ihr Handy: Es klingelte nicht mehr so oft wie früher.

*

Nachdem sie sich zwischen Kranken- und Einsatzwagen hindurchgeschlängelt hatte, parkte Marie vor dem Haus von Bruno Dubosc am Dorfrand. Sie hatte Martin gebeten, mit den Kollegen zu sprechen, die als Erste am mutmaßlichen Tatort gewesen waren, und ihre Eindrücke draußen aufzunehmen. Einer von ihnen war der nette Visla, dessen Vater vor langer Zeit mit Georges zusammengearbeitet hatte. Martin hatte ihr erzählt, wie behutsam Visla den kleinen Léon von den Geschehnissen auf dem Hof der Barthes abgelenkt hatte. Sie grüßte den jungen Polizisten freundlich und ging ins Haus.

Es war das erste Mal, dass Marie den Bürgermeister zu Hause aufsuchte. Von außen wirkte das im späten neunzehnten Jahrhundert erbaute Gebäude wenig einladend: da war nur die kahle Hausfront, nicht eine einzige Grünpflanze oder Blume schmückte den Eingang. Typisch Dubosc, dachte sie, kein Sinn für Deko. Aber als sie das Haus betrat, wurde sie angenehm überrascht. Sogar sehr angenehm. Originale Zementfliesen mit geometrischem Muster in grau-blauen Tönen zierten den Eingangsbereich, und sie waren noch perfekt erhalten. Von der hellen Diele sah man in einen weitläufigen Wohnraum mit großen Fenstertüren, die seitlich von weißen Leinenvorhängen gerahmt wurden. Auf dem Parkett lag ein großer Teppich in einem warmen Beige. Ein Blickfang war das bequem wirkende Sofa mit flauschigen Kissen, das mitten im Raum stand, vermutlich, um die Aussicht auf den gepflegten Garten genießen zu können. Das Zimmer war spärlich, aber geschmackvoll eingerichtet, und moderne Kunst hing an den Wänden. Zudem roch es angenehm nach einem edlen Raumduft. Marie war verblüfft. Sie hatte immer angenommen, der Bürgermeister würde in einer spießigen Junggesellenbude hausen. Ich muss wirklich dringend an diesem blöden Hang zu Vorurteilen arbeiten, ermahnte sie sich.

Dubosc saß auf der teilüberdachten Terrasse und streichelte gedankenverloren seinen Jagdhund. Es war ein besonders schönes Tier, ein silbergrauer Weimaraner mit hellgrünen Augen. Diese edle Hunderasse sah man hier selten.

Marie ging auf Dubosc zu.

Er schaute zu ihr hoch. Marie erschrak, denn der Bürgermeister wirkte um Jahre gealtert.

»Er liegt in seinem Zimmer, oben, erste Tür links. Ich kann nicht mit dir raufgehen. Das übersteigt meine Kräfte, tut mir leid«, sagte er leise und wischte sich mit dem Handrücken die Tränen aus den Augen.

»Ich finde es schon. Bin gleich wieder da.«

Marie stieg die weiß lackierte Treppe hoch, Blanquers Stimme war schon zu vernehmen. Auf dem Treppenabsatz thronte eine hohe, schmale Skulptur, die einen spärlich bekleideten Mann darstellte. Marie folgte weiter den Geräuschen und blieb im Türrahmen stehen. Auch Romains Zimmer war geschmackvoll eingerichtet. Ein türkisfarbener Vorhang wehte im Wind, und aus dem geöffneten Fenster hatte man einen wunderbaren Blick auf den alten Taubenschlag und die Dächer von Saint-André. Von hier sah die Welt friedlich aus.

»Ah, Madame la Commissaire«, begrüßte der Gerichtsmediziner sie wie einen willkommenen Gast. »Ich tippe auf Herzkasper«, stellte er nüchtern fest – oder sollten seine Worte wegen der unspektakulären Diagnose womöglich etwas gelangweilt klingen? »Können wir den jetzt einpacken?«

Marie war nicht zimperlich, aber das kam ihr doch pietätlos vor. Sie antwortete nicht und trat näher, um Romain zu betrachten. Er lag auf dem Rücken in einem großen Bett und schien friedlich zu schlafen. Der linke Arm ruhte neben dem Körper auf der Daunendecke, die rechte Hand auf seiner Brust. Er trug ein T-Shirt, und ein nacktes Bein ragte aus der Decke heraus. Hier deutete nichts auf einen Todeskampf hin. Auf dem Nachttisch und auf dem edlen Perserteppich, der als Bettvorleger diente, stapelten sich jede Menge Prospekte über Baumaterialien. Sein Handy war neben einer Designer-Nachttischlampe ans Ladekabel angeschlossen.

Marie drehte sich zu Blanquer um. »Laut seinem Onkel war er kerngesund.«

»Das hat nichts zu sagen. Das kann Ihnen heute Nacht auch passieren. Da ist keiner vor gefeit, wenn die Pumpe aussetzt.«

Dieser Mann sprühte geradezu vor Feingefühl.

»Wie lange liegt der Tod in etwa zurück?«

»Ich vermute, so um die neun Stunden.«

»Das heißt, er ist gegen Mitternacht gestorben. Nach Fremdeinwirkung sieht das hier wirklich nicht aus.« Sie dachte über mögliche Todesursachen nach. »Könnte das vielleicht eine Vergiftung sein?«

»Glaub ich nicht. Die Lippen sind nicht verfärbt, und er sieht völlig entspannt aus. Typisch für einen Herzstillstand im Schlaf. Aber je früher ich ihn mitnehmen kann, desto schneller kann ich Ihnen verbindliche Antworten geben.«

»Okay, rufen Sie Ihre Kollegen. Ich gehe wieder runter.«

Bevor sie hinausging, betrachtete sie noch einmal den Raum und machte ein paar Fotos mit ihrem Handy. Romains Kleidung vom Vortag lag hingeworfen auf einem Sessel. Daneben stand ein weiß lasierter alter Schrank. Marie öffnete ihn und fand T-Shirts, Pullover, Unterwäsche, alles ordentlich gestapelt. An der Kleiderstange hingen Hemden, Sakkos, Jacken, Hosen farblich geordnet auf Bügeln. Es roch nach frischer Wäsche, und Marie erkannte die diskrete und doch unverwechselbare Duftnote von *Eau Sauvage*. Auf dem Mahagonischreibtisch lag ein zugeklappter Laptop. Wenn Romain tatsächlich eines natürlichen Todes gestorben war, gab es keinen Grund, sich damit zu befassen und in dessen Leben herumzustöbern. Also beschloss sie, Computer und Telefon hier zu lassen. Ein Schlüsselbund mit einer goldenen Walnuss als Schlüsselanhänger lag auf dem Bürostuhl. Romain hatte wirklich einen besonderen Sinn für Corporate Identity besessen. Auf einem Regal daneben fielen ihr zahlreiche Bücher zum Thema Walnuss ins Auge.

In dem Zimmer sah tatsächlich nichts ungewöhnlich aus. Als Romain Dubosc am Vorabend schlafen gegangen war, schien die Welt für ihn noch in bester Ordnung gewesen zu sein.

Marie ging wieder nach unten und setzte sich neben Dubosc auf die Terrasse, die mit breiten, kostspielig wirkenden Sesseln ausgestattet war. Der Bürgermeister streichelte weiterhin seinen Hund. Dieser schien zu begreifen, dass sein Herrchen ihn brauchte, und rührte sich nicht von der Stelle.

»Weißt du, was Romain gestern Abend gemacht hat?«, fragte sie vorsichtig.

»Nein. Das letzte Mal habe ich ihn gestern Morgen beim Frühstück gesehen. Da war er ganz normal. Er ist nach Auberoches gefahren, und ich bin ins Bürgermeisteramt gegangen. Am Abend war ich beim alljährlichen Essen der Tourismuskommission in Sarlat und bin erst gegen halb zwölf nach Hause gekommen.«

»War Romain auch da?«

»Ja, sein Auto stand im Carport. Das Licht in seinem Zimmer war ausgeschaltet. Deshalb dachte ich, er schläft, und bin leise zu Bett gegangen.«

»Ging er generell früh schlafen?«, wollte Marie dann wissen, obwohl sie Romain so nicht eingeschätzt hätte.

»Eigentlich nicht, aber ich habe mir nichts dabei gedacht. Bei dem Stress, den er hatte, kann man ja mal abends müde sein.«

»Weißt du, ob Romain gestern verabredet war?«

»Ich glaube nicht. Zumindest hat er mir nichts erzählt. Er kennt hier nicht so viele Leute und hat am Abend oft noch in seinem Zimmer gearbeitet.«

»Hatte er eigentlich eine Frau? Kinder?«

»Nein.«

»Eine Freundin? Einen Freund?«

Dubosc schaute abrupt zu ihr hoch. Schockierte ihn die Vorstellung, dass sein Neffe einen Freund haben könnte?

»Sein Liebesleben war kompliziert. Er hatte über eine lange Zeit eine Freundin, Christine, aber die hatte ihm ein Ultimatum gesetzt. Zusammenziehen, eine Familie gründen – oder Schluss machen.«

»Und?«

»Er hat es schleifen lassen – bis sie Schluss gemacht hat.«

Ein klassisches Modell der Mann-Frau-Kommunikation, dachte Marie. Und sofort musste sie an Michel denken, mit dem sie seit letztem Sonntag nicht mehr gesprochen hatte.

»Und dann hatte er immer wieder kleine Affären«, fuhr Dubosc fort. »Attraktiv war er ja.« Als er das sagte, brach seine Stimme, und wieder schossen ihm die Tränen in die Augen. Marie erinnerte sich an Romains kleines Verführungsspiel vor ein paar Tagen im Café de la Place. Ja, er hatte wahrscheinlich viele Affären.

»Ihr standet euch sehr nahe, ja?« Marie musste das fragen.

Er schloss die Augen, als würde er in sein Inneres schauen.

»Er war der Sohn, den ich nicht gehabt habe. Den ich nie haben werde. Nach dem Tod meiner Schwester war er meine ganze Familie.«

Was meinte er mit ›der Sohn, den ich nie haben werde‹? Doch diese sehr persönliche Frage wollte Marie ihm jetzt nicht stellen. Vielleicht ein andermal … Dubosc so fragil zu erleben versetzte ihr einen Stich. Für sie war er immer ein wenig feinfühliger Schnösel gewesen, der sich mit seiner Wichtigtuerei fast lächerlich machte. Da hatte sie sich wohl geirrt.

»Woran ist er gestorben?«, frage er nun mit erstickter Stimme.

»Der Gerichtsmediziner geht davon aus, dass er im Schlaf einen Herzinfarkt erlitten hat.«

Dubosc schüttelte schwach den Kopf. »Das glaube ich nicht. Nie im Leben. Romain war topfit, sportlich, rauchte nicht, ernährte sich gesund.«

»Ich verstehe, dass es schwer zu glauben ist.«

»Marie, du musst herausfinden, was und wer ihn umgebracht hat.«

*

Nachdem er sich mit den Kollegen von der Streife, hauptsächlich mit Visla, unterhalten hatte, war Martin der Kommissarin ins Haus gefolgt. Er hörte, das sie sich mit dem Bürgermeister unterhielt, konnte aber nicht verstehen, was sie sagte. Da er sie nicht unterbrechen wollte, wartete er in der Diele auf sie.

Neben der Treppe stand ein Paar eleganter Sneaker aus Leder. Hier zog man wohl die Schuhe aus, bevor man in die obere Etage ging. Das gefiel Martin. Überhaupt sah es in dem Haus schön sauber und aufgeräumt aus. Er warf einen Blick in die Küche, die links neben dem Wohnzimmer lag. Eine edle Einbauküche in hellem Türkis. Auf dem Glastisch unter einem großen Fenster stand eine imposante Obstschale. Auch hier wirkte alles sehr ordentlich und ein bisschen wie in den Hochglanz-Einrichtungsmagazinen, die Martins Mutter so gern las. Neben der Küchentür hing ein großformatiges, abstraktes Strichbild in kräftigen Farben. Martin fing an, die scheinbar unzähligen Striche zu zählen. Das war das Einzige, was er damit anfangen konnte. Ein Gemälde, das in realistischem Stil eine schöne Landschaft oder eine Marina zeigte, hätte ihn mehr angesprochen.

Plötzlich tat sich etwas: Zwei Männer von der Pathologie betraten mit einem Aluminiumsarg die Diele. Sie grüßten Martin und eilten die Treppe hoch, wobei sie immer wieder mit dem Sarg gegen die Wand stießen. Martin hätte sie am liebsten gebeten, vorsichtiger zu sein, aber das traute er sich nicht. Die Männer verschwanden in einem der Zimmer, machten auch dort einen Höllenlärm, und kurz darauf kam Blanquer herunter.

»Und?«, fragte Martin ihn.

»Einfach so im Schlaf gestorben«, antwortete er mit fast empörter Stimme. »Bin dann mal weg.« Man hätte meinen können, dass er sich von einer seiner geliebten Leichen im Stich gelassen fühlte!

Der Inspektor sah, wie Marie sich von dem Bürgermeister verabschiedete und nachdenklich das noble Wohnzimmer durchquerte.

»Okay, Richard, lassen Sie uns nach Périgueux zurückfahren.«

Kapitel 15

Polizeipräsidium Périgueux, Donnerstag, 15. April

Am späten Vormittag saß Marie wieder an ihrem Schreibtisch und schrieb diverse Mails – die erste ging an Michel. Einmal mehr war ihr bewusst geworden, wie schnell das Leben vorbei sein konnte, als sie Romain Dubosc tot da liegen gesehen hatte. Und weitere Erinnerungsbilder waren ihr durch den Kopf gegangen – wie sie und Michel sich bei einem Mordfall kennengelernt und wenig später an Léonies Esstisch einen Konflikt überwunden hatten. In ihrer Mail lud sie ihn nun spontan zu einem Mittagessen am Ostersonntag ein. Das war zwar nicht abgesprochen mit ihrer Großtante, aber Léonie hätte bestimmt nichts dagegen einzuwenden – ganz im Gegenteil. Sie sprach immer von »dem netten Kommissar«.

Kaum hatte sie die Mail abgeschickt, rief Blanquer an.

»So, die Obduktion lässt keinen Zweifel zu. Es war, wie ich Ihnen sagte, ein Herzversagen. Die Pumpe hatte sich abgemeldet.«

»Keine Spur von Erstickung, von Gift im Blut?«

»Nein! Keine Verfärbung oder Verätzung der Schleimhäute. Nichts«, entgegnete er ein wenig gereizt. Er schien es nicht zu schätzen, dass Marie nachfragte, und sie konnte es verstehen.

Dennoch ließ sie nicht locker. »Sein Onkel wird sich damit nicht zufriedengeben und Himmel und Hölle in Bewegung setzen, damit der Tod seines Neffen weiter untersucht wird. Können Sie mir vielleicht noch irgendeine Erklärung an die Hand geben?«

»Nochmals: nein. Tot ist tot. Da gibt es nichts zu verhandeln.«

»Okay. Sorry fürs Insistieren. Ich möchte natürlich nicht Ihre Kompetenz infrage stellen. Es ist einfach nur, weil ich ahne, was mir jetzt blüht.«

»Schon in Ordnung. So habe ich Sie auch nicht eingeschätzt. Aber sagen Sie mal … Wir haben uns noch gar nicht richtig kennengelernt. Warum kommen Sie nicht einfach mal auf einen Kaffee in der Pathologie vorbei? Sie waren noch nie hier.«

Das war ja eine tolle Einladung! Gleichwohl ging Marie darauf ein. Sie verabredeten sich für den Mittwoch nach Ostern, und er beschrieb ihr, wo er zu finden war.

Nach dem Ende des Telefonats war nur noch das Plätschern des Brunnens zu hören. Martin war im Präsidium unterwegs, also zog sie einfach den Stecker. Das nächste Gespräch erforderte ihre ganze Aufmerksamkeit, und ihre Blase würde es ihr auch danken.

Marie holte tief Luft, bevor sie die Nummer von Bruno Dubosc wählte.

»Endlich, ich dachte, du meldest dich nie. Was habt ihr herausgefunden?«, herrschte er sie an. Offenbar hatte er sich wieder einigermaßen gefangen.

»Es war Herzversagen. Der Gerichtsmediziner ist da kategorisch. Keine Fremdeinwirkung.«

»Das glaube ich nicht, und du kannst das auch nicht glauben!«, dröhnte er.

»Ich verstehe, dass es schwierig für dich ist, Bruno, aber du musst es akzeptieren.«

»Ich muss gar nichts, und mit solch einer dümmlichen Erklärung lasse ich mich auch ganz bestimmt nicht abspeisen. Du wirst noch von mir hören.« Ohne einen weiteren Kommentar von ihr abzuwarten, legte er auf.

Chassez le naturel, il revient au galop, dachte Marie. Wörtlich übersetzt hieß der Spruch: »Verjagst du das wahre Wesen, kehrt es im Galopp zurück.« Im Deutschen gab es dafür ein anderes Sprachbild: »Die Katze lässt das Mausen nicht.«

Bruno Dubosc würde trotz tiefer Trauer bleiben, was er schon immer war: anstrengend.

Auf dem Heimweg hielt Marie oberhalb von Auberoches an. Sie wollte wissen, wie Olivier den Tod von Romain Dubosc verkraftete. Es war auch für ihn eine unglückselige Zeit – seine Frau, die auf ihren Prozess wartete, und sein Geschäftspartner, der plötzlich gestorben war. Natürlich irritierte auch Marie dieser merkwürdige zeitliche Zusammenhang von tragischen Ereignissen. Sie stieg aus ihrem Wagen, den sie an derselben Stelle wie bei ihrem letzten Besuch hier geparkt hatte, und fand Olivier erneut unter den Nussbäumen. Das Blattwerk der Bäume hatte sich nun schon weiterentwickelt.

Eigentlich ist jetzt die richtige Zeit, um den Vin de Noix, den Nusswein, anzusetzen, dachte Marie. Denn die Blätter, die mit Zucker und Muskatnuss in Schnaps und Weißwein eingelegt werden, müssen noch ganz zart sein, hatte ihr Léonie kürzlich noch erzählt. Doch im nächsten Moment konzentrierte sich Marie wieder auf den wahren Grund ihres Hierseins.

Sie trat auf Olivier zu, der sie mit leeren Augen ansah, und sie begrüßten sich.

»Ich wollte hören, wie es dir geht«, begann sie das Gespräch.

»Das ist nett, aber wie soll es mir schon gehen? Keine Ahnung, wie ich mich fühle. Traurig? Wütend? Verzweifelt? Romain war ein toller Typ, wir haben uns von der ersten Sekunde an verstanden und gemocht. Und er hat mir sofort vertraut.«

»Ich habe einmal ein längeres Gespräch mit ihm geführt, und dabei hat er mir erzählt, dass es bei euch beiden sozusagen Liebe auf den ersten Blick war.«

Das war wohl ein bisschen zu viel für Olivier. Marie sah, wie er mit den Tränen kämpfte.

Er räusperte sich, um sich zu fassen, und sprach leise weiter. »Vor zwei, drei Wochen dachte ich noch, die Welt liegt mir zu Füßen. Und heute stehe ich vor einem riesigen Scherbenhaufen – meine Frau traut sich kaum noch aus dem Haus, und wir stehen am Rand des Ruins. So schnell kann es im Leben gehen. Und als wäre das nicht genug, haben wir heute auch noch erfahren, dass Léon ein Nierenleiden hat.«

Marie erinnerte sich an seinen Sohn: ein schmaler, nicht sehr großer Junge mit wachen Augen und einer erstaunlich tiefen Stimme.

»Ich habe ihn vor zwei Wochen kurz gesehen, und da kam er mir ziemlich fit vor«, meinte sie.

»Ist er eigentlich auch. Aber unser Hausarzt wollte, dass er im Krankenhaus durchgecheckt wird, weil er so langsam wächst, und da haben die Ärzte das herausgefunden.«

»Und wie geht es weiter?«

»Die machen weitere Untersuchungen, um die passende Behandlung zu finden. Hoffen wir das Beste.«

»Ja, ich drücke fest die Daumen«, sagte Marie, die sich etwas hilflos fühlte. Wie fand man die richtigen Worte, um Eltern Mut zuzusprechen, die um ihr Kind bangen? Das waren für Marie immer die schlimmsten Situationen in ihrem Beruf: wenn sie mit Eltern sprechen musste, deren Kindern etwas zugestoßen war. Ihr fiel sofort wieder Luciennes Blick von neulich im Präsidium ein, nachdem sie erfahren hatte, was mit Antoine geschehen war.

Sie schwiegen einen Moment. Dann zeigte Marie auf die Nussbäume. »Wirst du das Mühlenprojekt weiterführen?«

»Du machst mir Spaß. Wie denn? Ich habe doch keine Ahnung von Geschäften.«

»Wie wart ihr eigentlich versichert? Bei so großen Projekten gibt es in den Verträgen schließlich Klauseln, die bei Todesfällen greifen.«

»Ich habe keine Ahnung. Romain hat sich um alles gekümmert. Ich hab's nicht so mit Papierkram.«

»Kümmere dich darum. Das ist wichtig. Nathalie wird dir da bestimmt helfen können.«

»Die hat andere Probleme. Außerdem will sie mit der Mühle nichts zu tun haben. Sie war von Beginn an total gegen das Projekt.«

Warum das so war, leuchtete Marie immer noch nicht ein.

*

Léonie traute ihren Ohren nicht. Um neun Uhr abends wurde wild an der Hoftür gehämmert. Sie öffnete das Küchenfenster und sah, wie Marie, die an ihrem Haus die Außenbeleuchtung eingeschaltet hatte, in Jogginghose durch den gemeinsamen Hof zum Tor eilte. Auf dem Weg dorthin musste sie noch kurz César beruhigen, der wie verrückt bellte.

»Hier ist der Beweis, dass er umgebracht wurde«, schrie Bruno Dubosc nahezu, als er in den Hof stürzte. Er hielt eine Papiermappe in der Hand und fuchtelte damit vor Maries Nase herum.

Léonie schwankte zwischen Empörung und Mitgefühl. Man platzte doch nicht so spät und laut bei friedlichen Menschen herein, auch nicht als Bürgermeister. Andererseits hatte sie persönlich mitbekommen, wie sehr der Tod seines Neffen ihn mitgenommen hatte. Sie entschied sich, Mitleid mit ihm zu haben, und Marie anscheinend auch. Denn statt ihn in die Schranken zu weisen, versuchte sie, ihn zu besänftigen.

»Komm, bitte beruhige dich. Oder willst du, dass Rose in der ersten Morgenstunde rausposaunt, was du mir zu sagen hast?«, sagte sie und zog ihn am Arm weiter in den Hof, damit Rose sie nicht sehen konnte.

Bruno war so laut gewesen, dass er es geschafft hatte, ihre Nachbarin vom geliebten Fernseher loszueisen. Léonie sah im Gegenlicht ihre kräftige Gestalt, die sich über die gemeinsame Gartenmauer beugte.

Das Argument leuchtete Dubosc anscheinend ein, denn er sprach von nun an viel leiser, sodass Léonie Mühe hatte, ihn zu verstehen. Und das, obwohl sie sich nun – kaum besser als ihre Nachbarin, wie sie zugeben musste – schon ein gehöriges Stück aus dem Fenster lehnte.

»Ich habe mir die Versicherungspolice für den Bau der Mühle angeschaut. Romain und Olivier Gaillard hatten eine spezielle Baufertigstellungsversicherung abgeschlossen, die im Todesfall eines der Geschäftspartner zahlt. Der Gaillard kann weiterbauen und ist bald ein schwerreicher Unternehmer.«

Léonie sah, wie Marie stutzte.

»Zeig mal!« Sie hielt die Unterlagen ins Licht der Außenleuchte und las.

Dubosc trat ungeduldig von einem Bein aufs andere.

»Siehst du? Da ist Gaillards Unterschrift. Da!«

»Ja, sehe ich. Ich bin ja nicht blind!« Marie klang jetzt gereizt. Léonie ahnte, dass irgendetwas sie irritierte, aber Dubosc schien es nicht zu bemerken.

»Der hat ihn aus reiner Profitgier umgebracht. Oder seine Frau, die schon ihren eigenen Bruder getötet hat! Du musst die verhaften. Jetzt. Sofort!«

»So, jetzt mach aber mal einen Punkt. Ich verhafte niemanden, und du hörst auf, alles zu vermischen und wilde Anschuldigungen zu verteilen. Es gibt keinen Mord. Romain hatte einen Herzinfarkt! Du gehst jetzt nach Hause und beruhigst dich.« Sie hielt die Akte hoch. »Ich behalte das und spreche morgen mit Gaillard.«

»Okay. Ich geh nach Hause. Aber du wirst nach den Beweisen dafür suchen, dass mein Neffe Opfer von diesen Unmenschen geworden ist! Oder ich mache das selbst!«

»Schluss jetzt!«, sagte Marie entschieden.

»Wie du willst – aber ich habe dich gewarnt.« Daraufhin marschierte Dubosc zum Tor und ließ es laut hinter sich ins Schloss fallen.

Léonie sah, wie Marie sich auf ihre Bank fallen ließ. Sie schaute noch einmal in die Unterlagen und rief: *»Merde! Merde! Merde!«*

Dann hob sie den Kopf in Léonies Richtung und sagte: »Gute Nacht, Léonie! Die Vorstellung ist vorbei. Schlaf gut.«

»Gute Nacht, *ma chérie.*«

Léonie schloss das Fenster und sah im Gegenlicht, wie Rose sich ebenfalls von ihrem Beobachtungsposten löste. Hatte sie etwas hören können? So leise, wie die beiden gesprochen hatten, vermutlich nicht, und das war besser so. Léonie ging mit einem unguten Gefühl zu Bett, denn sie wusste, dass Dubosc nicht locker lassen würde. Und dass er Marie gedroht hatte, gefiel ihr gar nicht. Aber Olivier Gaillard ein Mörder? Sie verstand die Welt nicht mehr.

*

Als ihr Telefon am Karfreitagmorgen klingelte, lag Marie noch im Bett. Erst dachte sie, es sei Michel, der ihren persönlichen

Wecker spielen wollte. Endlich! Gestern nach ihrer Mail hatte er sich nicht gemeldet. Marie hatte schlecht geschlafen, nicht nur wegen Dubosc, auch wegen Michel.

Sie schaute auf das Display. Acht vor sieben – und es war die Nummer des Präfekten. Das war jetzt wirklich übertrieben. Dubosc polterte abends nach neun Uhr bei ihr in den Hof, und der Präfekt rief sie im Morgengrauen an. Hier wurde ja noch mehr Hektik verbreitet als in Paris.

»*Bonjour,* Monsieur le Préfet. Sind Sie aus dem Bett gefallen?«

»*Bonjour*, Madame. Nein, wieso?«

»Na ja, es ist noch sehr früh.« Sie konnte es sich nicht verkneifen, ihn darauf hinzuweisen.

»Sie wissen doch: Der frühe Vogel fängt den Wurm.« Er war da wohl schmerzfrei. »Apropos, der Bürgermeister von Saint-André, Bruno Dubosc, hat mich gestern Abend angerufen und mir von dem furchtbaren Tod seines Neffen berichtet. Was für ein Verlust! Auch für unsere Region. Sehr bedauerlich! Das war ein wirklich beeindruckendes Projekt.«

So kann man es auch sehen, dachte Marie, die nun aufgestanden war und Richtung Küche zur Kaffeemaschine lief. Als sie unten angekommen war, miaute Kater Gaston, um sein Frühstück einzufordern, was wohl hieß, dass Léonie noch im Bett lag. Die Glückliche!

Der Präfekt schwadronierte unbeirrt weiter, während Marie Futter in den Napf schüttelte. Wenigstens Gaston würde jetzt Ruhe geben.

»Kurzum: Dubosc ist sehr aufgebracht, denn er glaubt nicht, dass sein Neffe eines natürlichen Todes gestorben ist.«

»Ich weiß, aber was sollen wir tun? Der Gerichtsmediziner sagt, dass Romain Dubosc eindeutig einen Herzinfarkt ohne Fremdeinwirkung erlitten hat. Ich habe weder einen Grund noch eine wirkliche Berechtigung, weitere Ermittlungen einzuleiten.«

»Also, ich finde, Sie könnten schon ein bisschen nachforschen.«

Das hatte sie auch vor, aber auf ihre Art.

»Und wie stellen Sie sich das vor?«, fragte sie mit einem Hauch von Schärfe in der Stimme.

»Ich habe einen alten Tennisfreund – Ihr Kollege Commissaire Champion. Er könnte Ihnen ein bisschen unter die Arme greifen.«

Vor lauter Empörung hätte sie beinahe die Dose mit dem Kaffeepulver fallen gelassen.

»Mir braucht niemand unter die Arme zu greifen, Monsieur le Préfet. Ich beherrsche meinen Beruf, und im Übrigen werde ich hervorragend von Inspecteur Martin unterstützt. Einen weiteren Assistenten brauche ich hier nicht.«

»Ihnen mangelt es nicht an Selbstbewusstsein, wie ich höre.«

»Da haben Sie ganz richtig gehört, und das ist in meinem Beruf sicher nicht von Nachteil.« So viel zur Beherzigung des Ratschlags, man solle einem Ranghöheren stets höflich erklären, dass man in seinem Sinne tätig sein werde. Aber der Typ ging ihr mächtig auf die Nerven, und außerdem hatte sie noch keinen einzigen Schluck Kaffee getrunken.

»Na ja, wie dem auch sei: Ich habe Champion bereits angerufen und ihn gebeten, sich mit Ihnen in Verbindung zu setzen.«

Marie wäre am liebsten durch die Leitung gesprungen, doch sie beherrschte sich. Fast bereute sie es, dem Präfekten nicht gesagt zu haben, wie schlampig Champion bei den Barthes ermittelt hatte. Aber unter Kollegen machte man das ja nicht. Die diplomatischen Beziehungen mit dem Präfekten waren ohnehin schon belastet, und jetzt würde sie sich auch noch mit Champion auseinandersetzen müssen. Sie verabschiedete sich, so freundlich es ihr möglich war. Dieser Tag fing richtig beschissen an. Und der frische Kaffee, den sie nun endlich vor sich stehen hatte, würde daran wohl auch nichts Wesentliches ändern.

Aber so schlecht begann der Tag dann doch nicht. Denn eine Stunde später, beim Verlassen des Hauses, gab es eine erfreuliche Überraschung: Als Marie in ihr Auto Richtung Périgueux einsteigen wollte, bog die Briefträgerin mit ihrem gelben Lieferwagen um die Ecke und hielt vor ihr an.

»*Bonjour*, Marie, Post für dich«, sagte die freundliche Beamtin mit dem grauen Kurzhaarschnitt. Fanny trug seit Jahrzehnten die Post in Saint-André aus. Sie kannte jeden Bewohner und nahm sich vor allem für alleinstehende Senioren viel Zeit. Im Dorf bedauerten alle, dass sie bald in Rente gehen würde.

»Ah super, eine Rechnung!«

»Sieht nicht danach aus.« Fanny überreichte ihr eine Postkarte und zwinkerte ihr zu, bevor sie weiterfuhr.

Die Postkarte zeigte die Place de la Bourse von Bordeaux. Maries Herz pochte, als sie die Karte umdrehte. Michel hatte also gleich auf ihre E-Mail geantwortet – mit einer handgeschriebenen Karte. Sehr viel stilvoller als per Mail. Und er nahm ihre Einladung für Ostersonntag an! Er hatte schöne Worte gefunden und mit seiner geschwungenen Handschrift ein emotionales Balzac-Zitat wiedergegeben: »Unser Herz ist eine Schatzkammer; entleeren wir sie auf einmal ganz, so sind wir zugrunde gerichtet.«

Marie las mehrmals Michels Botschaft und drückte die Karte dann erleichtert gegen ihre Brust. Sie stieg in ihr Auto und fuhr mit neuem Schwung los. Champion und der Anruf des Präfekten waren für ein Moment vergessen.

Marie hatte Olivier ins Präsidium kommen lassen, um ihn mit der Versicherungspolice zu konfrontieren. Er schaute sie unsicher an, als sie ihm nach einer knappen Begrüßung die von ihm selbst unterschriebene Police vor die Nase hielt.

»Warum hast du mir erzählt, dass du nicht weißt, welche Versicherungen ihr habt? Das hier ist doch deine Unterschrift, oder?«

»Ja.«

»Ja, was?! Warum hast du mich angelogen?«

»Ich habe dich nicht angelogen. Romain hat mir jede Menge Papiere zum Unterschreiben gegeben, und ich habe alles unterschrieben.«

»Ohne sie zu lesen? Das glaube ich dir nicht!«

»Ich habe ihm vertraut.«

»Das ist doch absolut fahrlässig.«

»Vertrauen ist fahrlässig?«

»Mensch, Olivier! Du kanntest ihn kaum, und du hast eine Familie, für die du Verantwortung trägst. Das wird dir keiner abnehmen.«

»Ich hasse Papierkram … so was macht mir Angst. Ich kann einen Wald fällen, aber bei Formularen bin ich hoffnungslos verloren. Frag Nathalie.«

Marie erinnerte sich an ihre Begegnung auf dem Markt von Les Eyzies. Was hatte Nathalie über Olivier gesagt? Dass er ein herzensguter Mensch sei, aber geschäftlich eine Niete. Wahrscheinlich stimmte das. Marie war geneigt, ihm zu glauben. Aber Bruno Dubosc würde sich mit dieser Erklärung niemals zufriedengeben. Und konnte sie es ihm verdenken? Wie sollte ein durch und durch organisierter Mann wie er glauben, dass jemand solch wichtige Papiere einfach blind unterschrieb?

Kapitel 16

Polizeipräsidium Périgueux, Karfreitag, 16. April

Karfreitag war kein Feiertag in Frankreich. Das vergaßen Maries deutsche Verwandte regelmäßig. Und so war es nicht überraschend, dass ihre Kölner Großmutter im Beisein von Maries Vater und ihren beiden Cousins Viktor und Moritz sie vorhin im Büro per Video angerufen hatten, weil sie glaubten, auch Marie hätte heute einen freien Tag und Zeit zum Telefonieren.

»Ach, da ist ja die ganze Bagage«, sagte Marie fröhlich. Sie freute sich, sie alle zu sehen, doch es machte sie gleichzeitig auch ein wenig traurig, so weit von ihrer deutschen Familie entfernt zu sein. Wie gern hätte sie sie jetzt umarmt. Auch wenn es eine Bereicherung war, in zwei Kulturen aufzuwachsen, war die Sehnsucht eine treue Gefährtin, wenn man nur in einer von beiden lebte.

Soweit sie es auf dem kleinen Telefonbildschirm erkennen konnte, machte ihr Vater einen fitten Eindruck.

»Und? Was ist mit deinem Besuch im Périgord?«, wollte sie von ihm wissen. »Léonie fragt mich jeden zweiten Tag, wann du endlich kommst.«

»Ich dachte an Pfingsten«, antwortete ihr Vater.

»*Wir* dachten an Pfingsten«, stellten ihre Cousins unisono richtig.

»Wie? Ihr alle? Auf einmal? Das ist ja großartig! Dann wird es zwar ein bisschen eng, aber das kriegen wir schon hin.«

»Marie, ich finde, dass du dich in letzter Zeit ein bisschen selten meldest«, merkte ihr Vater besorgt an. »Alles okay bei dir?«

»Ja. Ich bin nur gerade an einem komplizierten Fall, der mich ziemlich in Anspruch nimmt.«

»Keine Alleingänge, versprochen?«

Sie lachte, anstatt eine Antwort zu geben.

»Und was macht dein Kommissar?«, erkundigte sich ihr Vater mit einem Zwinkern.

»Dem geht's gut.«

»Welcher Kommissar?«, fragte ihre Großmutter.

»Ja, welcher Kommissar?«, wiederholten ihre Cousins im Chor.

»Ein Kollege. Ein netter …« Marie lächelte verschmitzt. »Aber jetzt muss ich weiterarbeiten.«

»Wieso bist du heute überhaupt im Büro?«, wunderte sich ihre Großmutter.

Marie erklärte es geduldig. »Andere Länder, andere Sitten, Oma«, fügte sie schließlich hinzu. »Und stell dir mal vor – selbst im erzkatholischen Portugal ist Ostermontag kein Feiertag.«

»Das ist doch unbegreiflich!« Katharina Keller schnaubte empört. Sie war eine warmherzige, tolerante Frau, hatte jedoch genaue Vorstellungen, was kirchliche Feiertage betraf.

Am Ende des Gesprächs ließ Marie sich von ihrer Großmutter das Versprechen abnehmen, bald zu Besuch nach Deutschland kommen. Sie hatte selbst große Lust darauf, aber zunächst musste sie noch ein paar Monate arbeiten, um Anspruch auf Urlaub zu haben.

Insgeheim hatte sie überlegt, gemeinsam mit Michel nach Köln zu reisen. Aber erst mal sollte sie wohl abwarten, wie ihr Wiedersehen verlaufen würde.

Als sie Léonie erzählt hatte, dass er am Ostersonntag zum Essen kommen würde, war sie erwartungsgemäß hocherfreut gewesen, ihn endlich wieder, wie sie sagte, »bekochen« zu können.

Marie, die den Tag mit Martin und dem Zimmerbrunnen im Kommissariat verbrachte, nahm eine Bewegung an der Bürotür wahr. Champion. Ohne anzuklopfen, war er in ihr Dienstzimmer getreten. Was für ein unangenehmer, dreister Typ! Als Erstes nahm er den Plätscherbrunnen ins Visier. Marie ärgerte sich abermals über dieses Dekostück: Für Champion war es eine Steilvorlage, die er freudig nutzen würde.

»Zuletzt Blumen, jetzt ein Brunnen … Nett machen Sie es sich hier. Und wo ist die Bar?«

Marie warf Martin einen kurzen Blick zu. Dessen sonst immer so gutmütig dreinblickende Augen hatten sich zu Schlitzen verengt, so hatte sie ihn noch nie gesehen. Sie wandte sich an Champion.

»Guten Tag, Herr Kollege, was können wir für Sie tun?«, fragte sie ungerührt.

»Mich über den Stand der Ermittlungen im Fall Dubosc informieren. Sie wissen doch: Der Präfekt höchstpersönlich wünscht, dass ich mich darum kümmere.«

»Da ist kein Fall. Bis jetzt gibt es nicht den geringsten Beweis, dass der Tod von Romain Dubosc durch Fremdeinwirkung verursacht wurde.«

»Dann müssen wir danach suchen, meine Gute.«

Wie bitte?! Marie bemerkte, wie Martin die Luft anhielt, dann sprang sie von ihrem Stuhl auf. Sie ging um den Schreibtisch herum und baute sich vor Champion auf. Sofort nahm sie seinen übel riechenden Atem wahr, wich jedoch nicht vor ihm zurück.

»Damit wir uns richtig verstehen. Ich bin nicht Ihre Gute, heute nicht und morgen nicht. Für Sie bin ich Madame la Commissaire. Und wenn Sie das nächste Mal beabsichtigen, unser Büro zu betreten, klopfen Sie an und warten, bis man Sie reinbittet.«

»Oh, Pariser Manieren«, erwiderte er affektiert.

»*Exactement*! Und sollten Sie mir jemals wieder so respektlos begegnen, werde ich das Nötige veranlassen.« In dieser Form hatte Marie noch nie mit einem ihr unterstellten Kommissar gesprochen.

Anscheinend atmete Martin inzwischen wieder, denn nun mischte er sich ein und bot an, Champion in dessen Büro zu folgen und mit ihm – so unter alten Kollegen – über das zu sprechen, was man über den verstorbenen Dubosc wusste.

Er hatte ihr erzählt, wie unglücklich seine letzte Begegnung mit dem Kollegen geendete hatte. Doch beim Hinausgehen machte Martin eine kleine, beschwichtigende Handbewegung in ihre Richtung, wie um ihr zu verstehen zu geben, dass er die Sache im Griff hatte.

Als die beiden Männer den Raum verlassen hatten, schaltete Marie als Erstes den Brunnen aus. Am liebsten hätte sie Michel angerufen. Aber sie tat es nicht – dafür war sie zu stolz. Sie würde erst nach ihrem Wiedersehen mit ihm über den Vorfall sprechen. Auf keinen Fall wollte sie den Anschein von Schutzbedürftigkeit erwecken. Außerdem war sie gerade vor allem eines: sauer – und das amtlich.

*

Martin folgte Champion in dessen schmuckloses Arbeitszimmer, einen stickigen, kleinen Raum, der offensichtlich selten gelüftet wurde. Der Kommissar, der anscheinend eine Chance witterte, einen Verbündeten zu gewinnen, fläzte sich in seinen Bürosessel, und Martin nahm ihm gegenüber Platz.

Champion wiederholte, dass er sich auf Anordnung von oben mit dem Fall Dubosc beschäftigen solle und man den Tatverdächtigen genauer unter die Lupe nehmen müsse. Den Ausdruck »mein Freund, der Präfekt« benutzte er dabei gleich zweimal. Dass ein Präfekt nicht befugt war, sich in polizeiinterne Angelegenheiten einzumischen, behielt Inspektor Martin für sich – er war schließlich in diplomatischer Mission unterwegs.

»Das ist ja alles schön und gut, Monsieur le Commissaire«, entgegnete er schließlich, »aber ich glaube, Sie irren sich, wenn Sie sich auf Olivier Gaillard versteifen.«

Martins Einwand schien Champion nicht die Bohne zu interessieren. Stattdessen schoss er sich wieder auf Marie ein.

»Sagen Sie mal, Martin, Ihre Chefin, die ist doch mit dieser Barthes-Sippschaft befreundet. Wenn Sie mich fragen, liegt hier eindeutig Befangenheit vor. Sie sollte überhaupt nicht an diesem Fall arbeiten. Höchst unprofessionell ist das. Übrigens, das habe ich auch schon weitergeleitet.«

Mist! Marie musste sich sofort beim Staatsanwalt melden – bevor der sich bei ihr meldete.

»Sie ist nicht mit denen befreundet, sie kennt sie lediglich, weil sie in einem Nachbardorf wohnen.«

»Aber sie duzen sich. Das geht eindeutig aus den Protokollen hervor.«

»Sind Sie mit allen Menschen befreundet, die Sie duzen?«

»Ich duze niemanden. Noch nicht mal meinen Freund, den Präfekten.«

Richard Martin, der eigentlich friedliebend war, spürte, wie erneut die Wut in ihm hochkochte. Das passierte ihm äußerst selten. Aber wenn, konnte auch er unangenehm werden.

»Apropos Barthes«, sagte Martin kühl, »ich kann mir immer noch nicht erklären, warum in der Akte über den verschwundenen Sohn so wenig stand und wieso Sie nicht erwähnt wurden.

Der Vater hat wiederholt ausgesagt, dass er mehrmals mit Ihnen gesprochen hat – und Sie ihn sozusagen nach Hause geschickt haben.«

Champion schaute ihn feindselig an, und seine Mundwinkel begannen seltsam zu zucken, er schien nachzudenken. Dann entspannten sich seine Gesichtszüge wieder.

»Jetzt erinnere ich mich. Der arme Dupont hat damals die Berichte geschrieben. Leider war er völlig überfordert damit. Aber ich wollte ihn nicht unter Druck setzen und hab bei dem, was er mir ablieferte, fünfe gerade sein lassen«, antwortete er gönnerhaft.

Oh, wie unfein, dachte Martin. Nein, richtiggehend widerlich war das. Der Kollege Dupont war lange Champions Assistent gewesen und vor zwei Jahren gestorben. Nachdem Champion ihn über Jahre drangsaliert hatte – das wusste Martin von Dupont selbst –, konnte Champion ihm jetzt unbekümmert seine eigenen Fehler in die Schuhe schieben. Martin beschloss, das Zimmer umgehend zu verlassen, ansonsten würde er vielleicht tatsächlich die Kontrolle verlieren und explodieren. Er schaute beherrscht auf seine Uhr und stand auf.

»So, Herr Kollege, ich muss jetzt los. Ich habe einen Termin.«

Als er sich zur Tür wandte, rief Champion ihm hinterher: »Mit wem denn?«

Martin ging nicht auf die indiskrete Frage ein. Er schloss die Tür von außen, und als er auf dem Flur stand, atmete er tief durch.

*

Michel hat also recht mit seinen Befürchtungen bezüglich Champion, musste Marie sich eingestehen, nachdem Martin ihr von dem Gespräch mit dem Kollegen erzählt hatte. Dieser

Widerling versuchte nun anscheinend mit aller Macht, ihr zu schaden. Sie hatte keine Angst vor ihm, aber um ihre Ruhe vor ihm zu haben, würde sie sich mit ihm auseinandersetzen müssen. Martin, der von seinem Aufenthalt im Nebenbüro so gebeutelt war, dass er immer noch nach Luft schnappte, sah das richtig: Sie sollte umgehend mit dem Staatsanwalt telefonieren, bevor der Präfekt, den Dubosc bestimmt mehrmals angerufen hatte, sich bei ihm meldete. Vorher wollte sie aber noch schnell wissen, was der Inspektor über Romain Dubosc in Erfahrung gebracht hatte, bevor dieser Idiot von Champion hereingeplatzt war. Sie hatte ihn am Morgen gebeten, über den Neffen des Bürgermeisters zu recherchieren.

»Er war ein erfolgreicher Geschäftsmann«, berichtete Martin. »Mit seinen neununddreißig Jahren hatte er in Paris bereits zwei profitable Start-ups gegründet, deren Geschäftsmodelle im Trend der Zeit lagen. Eines, das die Gastronomie mit Ökotextilien versorgte, und das andere eine Online-Fahrschule mit E-Learning-Angeboten. Beide hat er verkauft, um mit dem Erlös genügend Finanzkraft für das Projekt mit der Mühle zu generieren.«

»Hatte er vorher auch schon Partner?«

»Zwei. Sie waren eng befreundet und haben das Geschäftliche sauber abgewickelt. Sie waren nach wie vor miteinander in Kontakt und auch über seine neuen Pläne informiert. Beide waren schockiert, als sie von seinem Tod erfuhren.«

»Und haben Sie seine Ex-Freundin sprechen können?«

»Ja, Christine Lefebre. Sie ist am Boden zerstört. Wenn Sie mich fragen, hat sie ihn noch geliebt. Sie will übrigens auch nicht glauben, dass er an einem Herzinfarkt gestorben ist.«

»In Frankreich sterben meines Wissens täglich vierhundert Menschen an Herzversagen – und die wenigsten rechnen damit«, wandte sie ein. »Weiter. Wo hat Romain in Paris gewohnt?«

»Im Marais, an der Place des Vosges. Eine geräumige Eigentumswohnung mit vier Zimmern.«

»Edel! Und unbezahlbar. Wer wird das eigentlich erben?«

»Romain Dubosc hatte weder Kinder noch Geschwister. Vater unbekannt, und seine Mutter ist verstorben. Also ist wahrscheinlich sein Onkel, der Bürgermeister Ihres Dorfes, der Haupterbe. Allerdings erhält er nur vierzig Prozent von allem, den Rest kassiert der Staat. Es gibt ja keine Verwandtschaft in gerader Abstammungslinie.«

Ein solches Erbe bietet normalerweise einen guten Grund für einen Mord, überlegte Marie und verwarf den Gedanken schon im nächsten Moment. Zum einen stand fest, dass Romain eines natürlichen Todes gestorben war, und zum anderen war es sein Onkel, der untröstliche Bruno selbst, der auf der Mordtheorie beharrte.

Auf jeden Fall hatte sie nun ein etwas genaueres Bild von Romain Dubosc, der nach den Feiertagen in Saint-André beerdigt werden sollte. Marie war zunächst verwundert gewesen, als sie das von Léonie erfuhr – die es wiederum von Rose wusste. Aber in Anbetracht dessen, was Richard gerade berichtet hatte, war es durchaus plausibel, dass der einzige Verwandte das Grab in seiner Nähe haben wollte.

»Super Arbeit, Richard. Und nochmals vielen Dank, dass Sie das mit Champion übernommen haben. Sie sind ein wirklich guter Partner!«

»Es freut mich, dass Sie das so sehen«, antwortete der Inspektor und errötete.

»So, und jetzt rufe ich den Staatsanwalt an.«

Kapitel 17

Polizeipräsidium Périgueux, Karfreitag, 16. April

Am späten Nachmittag verabschiedete sich Marie von Richard und wünschte ihm schöne Ostertage. Sie fühlte sich ganz entspannt, denn das Gespräch mit dem Staatsanwalt war gut verlaufen. Er hatte ihr auf diplomatische Weise versichert, dass er Kommissar Maurice Champion einzuschätzen wusste – und dass ihm bereits ähnliche Klagen untergekommen waren, als Michel noch im Dienst war. Alles würde jetzt seinen bürokratischen Lauf nehmen, allerdings erst nach den Feiertagen.

Sie beschloss, nicht mehr an den Job zu denken, und machte sich auf den Weg zum Bahnhof, um Pauline abzuholen. Marie hatte sie nicht lange überreden müssen, dem Périgord einen weiteren Besuch abzustatten. Ihre Freundin hatte sie bereits letztes Jahr zu Allerheiligen ein paar Tage in Saint-André besucht. Pauline, die eine Stadtpflanze war, hatte anfangs ein bisschen rumgezickt: zu viel Natur anstelle von Glas- und Betonbotanik, zu viel Erde und zu viele Hundehaare im Haus, zu viel Schmutz an ihren teuren Schuhen, zu viel ungewohnter Krach wie das Krähen der Hähne und das Glockengeläut … Aber dann hatten sie beide viel Spaß gehabt und wie Teenies die Nächte durchgequatscht. Das hatte gutgetan. Pauline dachte blitzschnell, sie war neugierig, lustig und bisweilen ein liebenswerter Giftzahn.

Dieses Mal würde ihr Besuch etwas anders verlaufen, allein

schon deshalb, weil Marie ihr nun Michel vorstellen würde. Auch er verbrachte die Ostertage im Périgord und wollte am Sonntag zu ihnen kommen. Mal schauen, wie die Stimmung wird, dachte Marie. Es würde ihr erstes Wiedersehen mit Michel nach dem Streit sein, von dem sie Pauline noch nichts erzählt hatte. Sie hoffte von ganzem Herzen, dass Michel und sie wieder zueinanderfinden würden. Sie vermisste ihn sehr – und wollte diesen blöden Osterreise-Ausrutscher vergessen. Mal schauen, wie Pauline und Michel sich verstehen würden. Ihre Freundin hätte für sie bestimmt einen Mann vom Typ eines Romain Dubosc vor Augen gehabt. Sie stand auf wandelnde Kleiderbügel. Aber auch wenn Michel in Sachen Mode eher klassisches Understatement bevorzugte, ein unterhaltsamer Gesprächspartner war er allemal.

Marie war schon gespannt. Am Ostersonntag würden sie also alle bei Léonie zu Mittag essen, und da kam schon eine kuriose Mischung von Charakteren zusammen: Léonie, Georges, Pauline, Michel und sie selbst. Sie würden bestimmt gut miteinander harmonieren, zumal ein großartiges Essen auf sie wartete. Ihre Großtante hatte sich schon ein aufwendiges Menü ausgedacht und würde die nächsten zwei Tage nur in der Küche stehen. Pauline und sie würden ihr natürlich dabei helfen. Na ja, mal schauen, wofür ihre Freundin, die sich hauptsächlich von Fast Food ernährte und in ihrem Kühlschrank vor allem Kosmetika aufbewahrte, in der Küche zu gebrauchen war.

Paulines Aufenthalt würden sie heute mit einem kulinarischen Mädelsabend im Café de la Place einläuten. Ihre Freundin war im Herbst fasziniert gewesen von der Café-Besitzerin Danielle, die, wie Pauline es formulierte, »am Arsch der Heide lebt und sich trotzdem wie eine Diva stylt«. Marie erinnerte sich, wie die beiden über Vor- und Nachteile von Stiletto-Absätzen debattiert hatten. Sie selbst hatte nichts Substanzielles zu diesem Thema beitragen können; außerdem sprach Danielle damals schon nur das Nötigste mit ihr. Egal!

Und morgen würden Pauline und sie zum Markt von Montignac fahren. Immer vorausgesetzt, Marie würde es gelingen, ihre Freundin rechtzeitig aus dem Bett zu scheuchen. Denn an freien Tagen liebte Pauline ihre *grasse matinée* – ihren »fetten Vormittag«.

Aber der Kühlschrank war leer, und Léonie hatte Marie auch noch einen langen Einkaufszettel geschrieben. Zum Markt musste sie also auf jeden Fall, zur Not allein.

Marie betrat den kleinen Provinzbahnhof von Périgueux – ein einstöckiges Gebäude mit einer altrosa Fassade, das aus dem späten neunzehnten Jahrhundert stammte. Sie ging weiter zum Bahnsteig 1, wo der Zug mit ihrer Freundin ankommen sollte.

Und tatsächlich, nur wenige Minuten später traf er ein, und Marie entdeckte gleich Pauline, die in einer der weiter entfernten Türen stand. Nun war sie mit ihrem Outfit aber auch nicht zu übersehen. Sie trug eine rosa Daunenjacke mit rotem Fellkragen, Jeans, die wie angegossen saßen, und knallrote Stiefel mit gigantischen Absätzen. Eine riesige Handtasche mit Leopardenmuster rundete das Bild ab. Marie marschierte auf sie zu, während Pauline dabei war, einen voluminösen Koffer aus dem Waggon zu hieven.

»Oh, du hattest mir gar nicht gesagt, dass du drei Monate bleiben willst«, bemerkte Marie und kam ihr zu Hilfe.

Pauline hielt kurz in ihren Bewegungen inne und musterte ihre Freundin von oben bis unten.

»Es reicht ja, wenn eine von uns beiden wie eine Landpomeranze aussieht.« Pauline blickte auf Maries Schuhe. »Braune Stiefeletten. Was soll man dazu sagen?« Ihre Stimme klang übertrieben theatralisch.

Marie sah auf ihre Schuhe hinab. Wegen des stolzen Preises hatte sie zunächst gehadert, sie zu kaufen. Aber sie hatte sich sofort in diese Schuhe mit den eleganten Absätzen und dem besonderen Leder verliebt. Pauline hingegen sah vermutlich nur etwas Langweiliges, Braunes ohne Glitzer.

Als sie den Koffer abgesetzt hatten, umarmte Marie ihre Freundin.

»Du hast mir gefehlt, du kleine Giftzunge!«

Sie schauten sich an. Pauline fiel offenbar keine Stichelei ein, die als passende Entgegnung getaugt hätte – Marie nahm es als Zeichen unerwarteter Rührung.

Als sie vor Maries neuem Auto standen, fragte Pauline verwundert: »Was ist denn mit deiner Rostlaube?«

»Achsenbruch, nachdem ich an einem Morgen durch ein Schlagloch gefahren bin. Es gab einen furchtbaren Krach, und dann war alles vorbei. Mein geliebtes Auto war Schrott. Das hat mir fast das Herz gebrochen. Zum Glück ist mir das bei vierzig Stundenkilometern am Ausgang von Saint-André passiert. Der Wagen hat es also bis zuletzt gut mit mir gemeint.«

»So rührselig kenne ich dich gar nicht. Aber der R5 sah auf jeden Fall cooler aus als diese Beamtenkiste.«

Wo sie recht hat, hat sie recht, dachte Marie wehmütig.

Kapitel 18

Montignac, Samstag, 17. April

Es war Ostersamstag, und Sophie hatte Nathalie zum Markt in Montignac begleitet. Für ihre Schwester war es verständlicherweise schwer, sich in der Öffentlichkeit zu zeigen, aber ganz missen wollte sie die Arbeit auf dem Markt auch nicht, und noch durfte sie sich frei im Département bewegen. Deshalb bediente Sophie auf dem Stand die allzu neugierigen Bekannten, während Nathalie sich um die fremden Kunden kümmerte, die von dem Drama im Hause Barthes nichts wussten.

Es war neu, dass sie in dieser Form zusammenarbeiteten, und Sophie genoss es. Sie waren sehr früh aufgestanden, um noch schnell die ersten Erdbeeren zu ernten, den Lieferwagen zu beladen und den Stand herzurichten. Ab neun Uhr lugte die Sonne endlich hinter der Häuserfront hervor und wärmte sie, und auch die ersten Marktbesucher trudelten ein. Unter ihnen erblickte Sophie nach einiger Zeit auch Marie in Begleitung einer Frau auf mörderisch hohen Absätzen. Die beiden sahen völlig unterschiedlich aus: Marie, die Haare zusammengebunden und dezent gekleidet, und die andere Frau, die sie fast um einen Kopf überragte und mit ihren bunten Klamotten extravagant wirkte. Sie hatten aber offensichtlich einen engen Draht zueinander und lachten immer wieder. Schließlich näherten sie sich dem Stand.

Sophie bemerkte, dass Nathalie sich sogleich versteifte und

einen Meter zurücktrat, als sie die Kommissarin sah. Sie selbst war Marie eher dankbar dafür, dass sie endlich Klarheit über das Schicksal von Antoine geschaffen hatte. So traurig die Wahrheit auch war – ihre Familie würde daran wachsen, davon war sie überzeugt.

»*Salut*, ihr beiden«, grüßte Marie die Schwestern mit einem Lächeln. »Eure Ware sieht mal wieder sehr appetitlich aus! Oh, Erdbeeren!«

»Das ist die Sorte Gariguettes. Die duften nicht nur wunderbar, sie schmecken auch richtig schön süß«, antwortete Sophie freundlich.

»Dann nehmen wir die. Und meine Freundin Pauline aus Paris«, sie zeigte auf ihre exotisch gekleidete Begleiterin, »hat Lust auf Spargel. Ach, und da haben wir ihn. Super! Das ist der erste, oder?«

»Ja, gestern Abend gestochen«, verkündete Sophie stolz. Die Arbeit als Verkäuferin machte ihr mehr Spaß, als sie vermutet hätte.

Nachdem Marie Erdbeeren, Rucola, Spargel, junge Möhren, Knoblauchbündel, frische Kartoffeln und Karotten in ihren Weidenkorb gelegt und bezahlt hatte, erkundigte sie sich bei Nathalie, wie es Léon ginge. Sie fügte hinzu, sie habe von Olivier gehört, dass der Kleine krank sei.

»Wir bekommen die Untersuchungsergebnisse nach Ostern. Hoffen wir das Beste!«, antwortete Nathalie bedrückt.

»Das wünsche ich euch von Herzen«, sagte Marie, und man konnte ihr ansehen, dass sie es ernst meinte.

Sophie schaute zu ihrer Schwester. Diese hatte noch vor Kurzem verkündet, dass sie Marie Mercier hasse, aber die anteilnehmenden Worte der Kommissarin schienen sie tatsächlich zu berühren.

»*Merci*, Marie«, flüsterte Nathalie.

Sophie überlegte, wie sie das Gespräch mit Marie fortsetzen könnte. Sie mochte sie und wollte sie gern besser kennenlernen, zumal sie jetzt hier lebte. Doch auf die Schnelle wollte ihr kein passendes Thema zum Plaudern einfallen.

Da wandte sich Marie erneut an sie.

»Sag mal, Sophie, du machst doch Yoga. Könntest du mir einen guten Kurs empfehlen? Ich würde es gern mal ausprobieren.«

»Klar!«

»Kann ich dich demnächst mal anrufen?«

»Natürlich!«, antwortete Sophie begeistert.

Nachdem Marie ihre Telefonnummer eingespeichert hatte, verabschiedeten sich die beiden Freundinnen und zogen von dannen.

Sophie schaute ihnen hinterher. Eine richtige Freundin hätte sie auch gern – eine Vertraute, mit der sie lachen und quatschen konnte und die für sie da war, wenn sie mal moralischen Beistand brauchte. Irgendwie hatte sich das bisher nicht ergeben, sie hatte nie den Dunstkreis ihrer Familie verlassen. Wie ihre Schwestern, abgesehen von Cécile. Aber sie war weiterhin fest entschlossen, die Weichen für ihre Zukunft neu zu stellen. Ihre Yogaausbildung war die richtige Entscheidung gewesen, wie ihr immer wieder bewusst wurde. Sie merkte, wie sich dadurch ihr Wesen zu verändern begann, ihr einen anderen, offeneren Blick auf die Welt und ihre Mitmenschen eröffnete.

*

Nach dem Einkauf tranken Marie und Pauline noch einen Kaffee in einem Lokal am Ufer der Vézère. Da sie die Sonne genießen wollten, hatten sie auf einer schmalen Terrasse Platz genommen, die aus unterschiedlichen Arten von Holzbrettern zusammengezimmert worden war. Die junge Bedienung, die einen Nasenring trug, war fröhlich, der Kaffee exzellent und die Aussicht auf die herrschaftlichen Häuser am gegenüberliegenden Flussufer wunderbar. Und die Spiegelungen dieser Gebäude im Wasser sowie zwei weiße Reiher, die gravitätisch am Ufer entlangstolzierten, waren echte Hingucker.

»Ihr habt ja komische Schwäne hier«, wunderte sich Pauline. Sie hatte eine Retro-Sonnenbrille aufgesetzt, die Danielle vor Neid erblassen lassen würde.

»Nur dass es Silberreiher sind.« Marie zeigte auf die Vögel und grinste. »Siehst du die langen, dünnen Beine? Und den spitzen Schnabel?«

Paulines Sinn für Naturkunde hielt sich in Grenzen.

»Schon gut, du Klugscheißerin. Sag mal, und du willst wirklich Yoga machen?«, fragte sie in scherzhaftem Ton. »Das ist doch viel zu langsam für dich, da schlafen dir die Füße ein. Unter sportlichem Pilates läuft für dich doch gar nichts. Glaub mir: Zum Yoga gehst du ein Mal und nie wieder.«

Marie musste lachen, denn ihre Freundin hatte wohl recht.

»Sophie ist Yogafan. Deshalb war das der einfachste Weg, um mit ihr privat ins Gespräch zu kommen. Aber wer weiß, vielleicht wird mir Yoga ja auch guttun. Warum sollte ich nicht mal versuchen, gegen mein Naturell anzukämpfen?«

»Weil du nun mal Miss Speedy bist und bleibst. Aber was genau willst du durch diese Yogafinte in Erfahrung bringen?«

»Ich frage mich natürlich, ob Nathalie und Cécile die ganze Wahrheit erzählt haben – du weißt, es geht da um diesen Fall mit dem versteckten Toten. Und ganz ehrlich: Ich glaube es nicht.«

»Und da soll dir Miss Yoga helfen?«

»Die Bezeichnung finde ich zwar etwas despektierlich – aber ja …«

»Und die, die du auf das Kind angesprochen hast, ist eine von den beiden Amateurbestatterinnen?«

Interessante Formulierung! Marie dachte plötzlich, dass Pauline sich vermutlich gut mit Blanquer verstehen würde.

»Ja, Nathalie.«

»Du könntest recht haben mit deinem Vorbehalt. So wie die dich angeguckt hat, fürchtet sie sich vor dir. Gute Idee – das mit dem Yoga! Aber schön wach bleiben.«

*

Léonie freute sich riesig, endlich wieder einmal etwas Besonderes zu kochen. Sie hatte lange hin und her überlegt, denn Michel Leblanc gehörte zu den Gourmets mit einem gesunden Appetit. Das waren ihre Lieblingsgäste. Wie es sich mit Maries Freundin verhielt, wusste sie nicht. Der reinste Paradiesvogel! Und warum sie zerrissene Jeans trug, war ihr ein Rätsel. Léonie hatte Marie danach gefragt, und sie hatte ihr geantwortet, das sei jetzt Mode, man würde die Hosen schon zerrissen kaufen. Verrückte Welt! Aber wenn Pauline eine enge Freundin von Marie war, dann musste sie einfach in Ordnung sein. *Les amis de mes amis sont mes amis*, lautete Léonies Devise: Die Freunde meiner Freunde sind meine Freunde.

Endlich kam Georges und brachte ihr zwölf Eier von Odiles Laden. Ihre eigenen Hühner waren in einer Winternacht dem Fuchs zum Opfer gefallen. Irgendwie hatten sie wohl das Tor von dem Gehege nicht richtig geschlossen, oder der Fuchs war unter den Zaun des Geheges gekrochen. Keine Ahnung, ob sie sich wieder welche zulegen würden. Georges war ja nur noch mit seinen Schweinen beschäftigt.

»Was kochst du denn jetzt morgen?«, fragte er nun sehr interessiert. Dabei schob er das Kinn nach vorn. Das mochte sie.

»Es wird ein Fischessen.«

»Wie, kein Lamm? Es ist doch Ostern.«

»Ich weiß auch nicht … Auf meine alten Tage tun mir diese kleinen Viecher leid«, antwortete Léonie und wunderte sich über sich selbst. Sie hatte ein Leben lang einen Hof betrieben und sich nie mit solchen Rührseligkeiten beschäftigt, aber nun musste sie sich eingestehen, dass sich ihr Gefühlsleben irgendwie verändert hatte.

Georges schaute sie verwundert an – vielleicht sogar ein wenig besorgt.

»Ja, und jetzt?«

»Ecrevisses à la nage und Brochet aux cèpes.«

Georges' Gesichtszüge entspannten sich gleich wieder. Er liebte Flusskrebs im Sud – und gegen gefüllten Hecht mit Steinpilzen hatte er auch nichts einzuwenden.

»Ich könnte natürlich statt dem Hecht auch Trüffelrisotto machen«, schlug sie mit einem verschmitzten Lächeln vor.

»Du meinst, mit den Trüffeln, die Augustine diesen Winter bei ihrer ersten Ernte gefunden hat?«, fragte er voller Stolz und sah sie dann mit glänzenden Augen an, als sie nickte. »Ja, unbedingt. Das ist eine sehr gute Idee! Das muss ich ihr gleich erzählen. Na, die wird sich freuen!«

Er zog wieder los, um dem Hängebauchschwein die gute Botschaft zu überbringen, und Léonie hörte ihn draußen lauthals rufen: »Augustine! Augustine!«

Man konnte zu Georges' Begeisterung für diese Sau stehen, wie man wollte, aber eins musste man diesem Trüffelschwein lassen: Mit dem Tier hatte er diesen Winter den Trüffelertrag im Vergleich zu den Vorjahren um einiges erhöht. Georges war so stolz auf Augustine gewesen, dass er den alten Lieferwagen aus dem Schuppen geholt hatte und dann mit ihr zum Trüffelmarkt von Saint-Alvère gefahren war. Da heute niemand mehr mit einem Schwein zur Trüffelsuche ging, hatte Augustine auf dem Markt für Aufsehen gesorgt. Ein Journalist der hiesigen Tageszeitung *Sud-Ouest*, der an jenem Tag einen Bericht über den aktuellen Trüffelkurs schrieb, hatte Georges mit Augustine fotografiert. Den Artikel, der mit einem Foto von den beiden illustriert wurde, hatte Marie Georges zu Weihnachten schön eingerahmt, und seitdem hing er in seiner Wohnküche.

Kapitel 19

Saint-André, Ostersonntag, 18. April

Am Morgen des Ostersonntags hatten Marie und Pauline in Anbetracht des bevorstehenden Mittagessens bei Léonie nur eine Kleinigkeit gefrühstückt und waren anschließend mit César zu einem Waldspaziergang aufgebrochen. Nach einer kurzen Nacht brauchten sie dringend Bewegung und Sauerstoff – Marie wollte nicht riskieren, dass ihnen an Léonies Mittagstisch der Kopf in den Teller fiel.

Bis vier Uhr morgens hatten sie bei Marie in der Küche gesessen, und Pauline hatte von ihrem abwechslungsreichen Liebesleben erzählt. Für sie war Liebe eine rein sportliche Angelegenheit, und Männer wechselte sie wie Schuhe – nämlich ständig. Dafür bemühte sie diverse Datingportale. »Da ist öfter mal etwas Appetitliches im Angebot«, wusste sie mit einem breiten Grinsen zu berichten. Die große Liebe hielt Pauline für ein Märchen. »Woher willst du das so genau wissen?«, hatte Marie erwidert, die seit Michel wieder an eigenes Liebesglück glaubte, auch wenn es zurzeit etwas kompliziert war. »Wart's ab.«

Während sie nun mit ihrer Freundin durch den Wald spazierte, fiel ihr auf, dass Pauline ein wenig mürrisch wirkte.

»Ferien, in denen man immer im Morgengrauen aufstehen muss, sind ja eigentlich keine wirklichen Ferien«, moserte sie schließlich.

»Hör auf zu jammern.«

»Das ist kein Jammern, sondern eine Feststellung.«

Marie reagierte nicht darauf, sondern schaute sich aufmerksam um. Links und rechts des Weges entdeckte sie die noch aufgerollten frischen Spitzen von Farngewächsen, deren Wedel bald überall im Wald zu finden sein würden.

Pauline wandte sich ihr unvermittelt zu. »Was ganz anderes – gibt es nachher bei deinem Michel etwas zu beachten? Irgendein besonderes Fettnäpfchen, das ich vermeiden sollte?«

»Gern alle«, antwortete Marie lachend.

»Da verlangst du zu viel.«

»Dann lassen wir es entspannt auf uns zukommen.«

Marie hatte weder ihrer Freundin noch Léonie von ihrem Streit mit Michel erzählt. Léonie hätte sich unnötige Sorgen gemacht, und Pauline wäre gleich voreingenommen ihm gegenüber gewesen. Beides war nicht in Maries Sinn.

Sie wechselte das Thema.

»Ich hatte dir doch von diesem Mann erzählt, der plötzlich an Herzversagen gestorben ist, oder?«

»Hm.« Pauline blieb auf einmal stehen und schien den weiten Blick über das Vézère-Tal zu genießen, der sich ihnen von hier oben bot. Zwischen den sanften Hügeln war auch die Silhouette von Saint-André mit den beiden riesigen Zedern, dem Kirchturm und der Schlossruine zu erkennen. Außerdem herrschte Bilderbuchwetter. Das frische Grün der Blätter, die hellen Farbtöne der blühenden Sträucher standen im perfekten Kontrast zu dem intensiven Blau des Himmels. Der Wind wehte sanft, und ein Bussard auf Beutezug flog über ihre Köpfe hinweg. Auch Marie konnte sich an dieser Kulisse immer noch nicht sattsehen.

»Okay, ich geb's zu. Es ist schön hier. Sehr sogar! Danke, Marie, dass du mir all das zeigst«, offenbarte Pauline überraschend. Und genauso plötzlich wechselte sie das Thema. Wahrscheinlich war ihr Bedarf an sentimentalem Input fürs Erste gedeckt. »Also, was ist mit diesem Toten?«

Typisch Pauline …

»Er war kerngesund, und dann stirbt er eines Nachts einfach in seinem Bett. Der Pathologe schließt jede Fremdeinwirkung aus, und es gibt bislang auch keinerlei Spuren, die darauf hindeuten würden. Aber der Onkel des Toten, unser Bürgermeister, hat mir jetzt den Präfekten und einen unausstehlichen Kollegen auf den Hals gehetzt, weil er an Mord glaubt. Was würdest du in einer solchen Situation machen?«

»Ich denke, es kommt vor allem darauf an, wie du das Ganze einschätzt. Glaubst du denn, dass er einfach so im Schlaf gestorben ist?«

»Ich bin keine Medizinerin. Aber merkwürdig finde ich es schon – zumal der Tote der Geschäftspartner vom Ehemann einer der Frauen war, die ihren Bruder heimlich begraben haben.«

Marie sah, wie Pauline versuchte, das soeben Gehörte schnell einzusortieren.

»Meinst du etwa die vom Markt gestern?«

»Ja.«

Pauline nickte bedeutungsvoll. »Ich würde mich von diesen Typen sicherlich nicht unter Druck setzen lassen – aber trotzdem weiter nachforschen. Aber wie ich dich kenne, machst du das ja sowieso schon … Was sagt denn eigentlich dein Michel dazu?«

»Wir haben nicht darüber gesprochen«, sagte Marie möglichst beiläufig.

»Oh, Liebe ist was Schönes«, meinte Pauline, während sie für César ein Stöckchen warf. Nach anfänglichen Berührungsängsten freundeten die beiden sich allmählich an.

Nachdem die beiden Freundinnen von ihrem Spaziergang zurückgekehrt waren, hatte Marie ihr Heft geholt, auf dem in geschwungener Schrift *Cahier de recettes de Léonie* stand, und notierte nun darin das Rezept ihrer Großtante für den Feuilleté de Foie gras, den es als Vorspeise geben würde – begleitet von einem Glas Montbazillac. Eigentlich mochte Marie keinen lieblichen Weißwein, aber hier wurde er traditionell zu Gänsestopfleber serviert, und sie musste zugeben, dass es eine stimmige Kombination war. Léonies selbst gemachte Foie gras war die beste, die Marie je gegessen hatte, doch dann stutzte sie.

»Ich dachte, wir machen ein fleischloses Essen.«

»Foie gras ist nicht wirklich Fleisch«, stellte Léonie energisch klar.

Typisch Léonie, was nicht passt, wird passend gemacht, dachte Marie amüsiert. »Aber auch nicht wirklich Gemüse, oder?«, entgegnete sie.

Léonie ignorierte diese Bemerkung und zeigte ihr, wie sie die Gänsestopfleberstücke in den ebenfalls selbst gemachten Blätterteig einwickelte. Dann legte sie die Teile auf ein Backblech und bestrich sie mit Eigelb.

»Wie weit bringt uns das rein kalorientechnisch?«, wollte Pauline wissen, die bislang vor allem im Weg stand und noch keine Hand gerührt hatte.

»Sehr weit«, antwortete Marie, »rekordverdächtig weit!«

Während Pauline weiterhin zuschaute, kam sie aus dem Staunen nicht heraus.

»So viel Zeit und Energie, um ein Essen vorzubereiten? Da steht man sich ja die Beine in den Bauch.«

»Sie sind im Périgord, Mademoiselle. Das ist hier Ehrensache. Haben Sie schon mal eine Ile flottante au caramel zubereitet?«

Marie rümpfte ein wenig die Nase. Aber sie hatte längst aufgegeben, Léonie davon zu überzeugen, dass man eine erwachsene Frau heutzutage nicht mehr mit *Mademoiselle* ansprach. Doch Pauline schien es nicht zu stören.

»Natürlich nicht. Meine Kochkünste hören bei Spiegeleiern auf. Und die lasse ich meistens auch noch anbrennen.«

»So unbedarft kann man Sie doch nicht nach Hause zurückschicken«, sagte Léonie empört. »Ich zeig Ihnen jetzt, wie es geht.«

Und tatsächlich schaute Pauline ihr bei der Arbeit genau zu und half ihr dann sogar ein wenig bei der Bereitung der »Schwimmenden Karamellinsel«.

Marie beobachtete erfreut, wie die hutzelige Léonie und die hochgewachsene Pauline sich langsam näherkamen. Schon bald rührten sie in friedlicher Eintracht eine duftende Vanillesauce, die sie mit steif geschlagenem Eiweiß und mit Karamell verzierten, das in einer kleinen Kupferkasserolle zubereitet wurde.

Pauline hätte es niemals zugegeben, aber Marie sah, wie sie sich in den letzten zwei Tagen zunehmend entspannt hatte. Die Landluft und die Ruhe taten ihrer Freundin gut – und sie wiederum tat Marie gut, die für diese Freundschaft sehr dankbar war.

Endlich klopfte es an der Hoftür. Marie zuckte ein wenig zusammen. Das musste Michel sein.

Sie war gerade dabei, große weiße Stoffservietten auf dem festlich gedeckten Tisch zu verteilen, und bemerkte sogleich, wie Léonies und Paulines Blicke sich auf sie richteten. Sie tat jedoch so, als würde es ihr nicht auffallen, legte das letzte Mundtuch auf seinen Platz und glättete noch rasch mit der Hand eine kleine Falte in der blütenweißen Leinentischdecke. Alles sah perfekt aus, und der Strauß Feldblumen, den sie vorhin gepflückt hatten, verlieh dem Ganzen eine fröhliche Note – in Ermangelung von Osterdekoration, die hier nicht so verbreitet war wie in Deutschland.

Sie verließ Léonies Küche und ging mit langsamen Schritten zum Tor. Dabei hoffte sie, dass niemand merkte, wie nervös sie war. Pauline hatte sie vorhin geschminkt, mit großem Spaß auf beiden Seiten, doch nun kam sie sich plötzlich aufgebrezelt vor. Egal, jetzt war es ohnehin zu spät. Sie atmete noch einmal tief durch, bevor sie das große Holztor öffnete. Und im selben Moment schaute sie Michel ins Gesicht! Er lächelte sie entwaffnend an, so als ob nie etwas zwischen ihnen gewesen wäre. Woraufhin auch sie ihn anlächelte, und dann – ohne ein einziges Wort zu verlieren – fielen sie einander in die Arme und hielten sich fest. Sehr fest. Er vergrub sein Gesicht an ihrem Hals und hatte große Mühe, seine beiden Blumensträuße in der Hand zu behalten.

Irgendwann endete auch die längste Umarmung.

»Ich habe dich unglaublich vermisst«, gestand er. »Es tut mir so leid! Ich habe mich wie ein Idiot verhalten.«

»Ich war auch nicht gerade auf der Höhe«, gab sie zu.

»Ich war so enttäuscht und total eifersüchtig.«

»Das kriegen wir schon hin!«

Als sie das sagte, bemerkte sie Rose, die auf ihrem Beobachtungsposten an der Mauer stand und sie beide mit offenem Mund anschaute.

»Ah, Rose, schön, dich zu sehen. Frohe Ostern!«, rief Marie lachend.

Die alte Dame war so verdutzt, Marie in Michels Armen zu sehen, dass sie nur »*Joyeuses Pâques*« stammelte.

Von Léonie wusste Marie, dass Rose bei ihrem Bruder, der am Dorfausgang wohnte, zu Mittag essen würde. Sonst hätten sie sie eingeladen, denn ihre Nachbarin sollte natürlich nicht den Feiertag allein verbringen müssen. Pauline und Rose – das wäre noch was gewesen, dachte Marie. Ihre Freundin konnte vermutlich nicht mal eine Tulpe von einer Rose unterscheiden.

Marie winkte der Nachbarin noch zu, bevor sie sich wieder Michel zuwandte. Der drückte nun Marie einen Bund weiße Papageientulpen in die Hand. Sie war gerührt. Vor ein paar Wochen hatte sie einmal beiläufig erwähnt, dass sie weiße Blumen mochte und diese Tulpensorte besonders schön fand. Das hatte er sich gemerkt.

»*Merci!*« Sie gab ihm einen Kuss.

Er trat einen Schritt zurück und schaute sie an. »Du siehst hinreißend aus.«

Sie durchquerten händchenhaltend den Hof und gingen auf Léonies Haus zu. Dabei streichelte Michel zärtlich Maries Hand und sah sie liebevoll an. Sie fühlte sich schön – und war glücklich. Schade, dass sie die Nacht nicht mit ihm verbringen konnte. Aber das wollte sie Pauline nicht antun.

»Enfin!«, rief Léonie, als sie die Küche betraten. »Wie geht es Ihnen, Monsieur le Commissaire? Oder darf ich Michel sagen?«

»Das würde mich sehr freuen.« Er ging auf Léonie zu, gab ihr rechts und links ein Küsschen auf die Wange und überreichte ihr die Blumen. Für sie hatte er einen farbenfrohen Frühlingsstrauß mitgebracht.

Léonie bewunderte den Strauß mit großen Augen und strahlte dann Michel an. Marie kam in den Sinn, dass ihre Tante in ihrem Leben nicht oft Blumen geschenkt bekommen hatte.

»*Merci*, Michel. Ich bin übrigens Léonie«, antwortete sie mit einem schelmischen Augenzwinkern.

»Und das ist Pauline«, sagte Marie und führte Michel zu ihrer Freundin.

Er reichte ihr lächelnd die Hand.

»*Enchanté!* Sie sind also diejenige, die mir Marie vorenthält.«

»Freut mich ebenfalls, Sie kennenzulernen. Obwohl … Verdanke ich Ihnen nicht, dass Marie Paris verlassen hat?«

Marie und Léonie schauten sich irritiert an. Würde die Stimmung gleich kippen?

Dann trällerte ihre Großtante mit ungewohnt hoher Stimme: »Wo ist eigentlich Geo-or-ges?«

Marie hatte Michel nochmals bei der Hand gefasst und spazierte nun mit ihm zum Schweinestall, der sich am anderen Ende des Hofes befand.

»Ich muss dir unser neues Familienmitglied vorstellen.«

Doch der Stall war leer. Also schob sie Michel in Richtung Garten. Nach wenigen Schritten blieb er stehen und zog sie an sich.

»Du kannst mir zeigen, was du willst, aber ich muss dich erst küssen.«

Sie küssten sich leidenschaftlich, und für einen wunderbaren Moment kam es Marie so vor, als wären sie allein auf der Welt.

»Jetzt besser?«, fragte Marie.

»Viel besser!«

Sie gingen in den Garten. In dem Gehege, das Georges eigens für seine Schützlinge gebaut hatte, bot sich ihnen ein rührendes Bild. Der alte Mann saß auf einer Holzbank, und die beiden Schweine lagen eng aneinandergekuschelt zu seinen Füßen und grunzten zufrieden. Georges wirkte einfach nur glücklich.

Als Marie und Michel näher kamen, erhoben sich die Tiere. Der kleine Joseph fing an, im Kreis zu rennen, hüpfte zwischendurch übermütig herum und stupste dabei einige Male Augustine an. Offenbar forderte er sie zum Spielen auf. Die zentnerschwere Sau ließ es gelassen über sich ergehen. Dann kam Joseph, der neben Augustine wie ein Miniaturschwein mit einer dicken schwarzen Nase aussah, neugierig auf die Besucher zugelaufen. Marie widerstand der Versuchung, ihn in den Arm zu nehmen und zu knuddeln, denn sie wusste, dass Georges das nicht so gern sah. Da war er schon ein bisschen eigen.

»Léonie wartet. Wir essen gleich«, teilte sie ihm mit.

Georges bückte sich zu seinem neuen Schützling und hob lehrerhaft den Zeigefinger.

»Das musst du wissen, Kleiner. Lektion Nummer eins: Eine Mercier darf man nie warten lassen.«

Michel lachte. »Da sagen Sie was! *Bonjour*, Georges.«

Georges wurde erst jetzt auf Michel aufmerksam. »Ah! *Bonjour*, Monsieur le Commissaire. Stimmt's, oder hab ich recht?«

»Sie haben absolut recht.«

Nachdem er die Einfriedung verlassen und den Tieren versprochen hatte, bald wiederzukommen, überprüfte Georges noch zweimal, ob das Tor des Geheges richtig verschlossen war, und glättete schnell sein schütteres Haar mit der flachen Hand. Dann gingen alle drei zur Küche. Marie schritt zwischen den beiden großen Männern entlang und kam sich wunderbar eskortiert vor. Als sie sich dem Haus näherten, hörten sie Pauline und Léonie drinnen lachen. Die beiden, die aus so unterschiedlichen Welten kamen, hatten sich tatsächlich gefunden.

*

Léonie hatte die Tischordnung festgelegt. Sie thronte am Kopfende des schweren Eichentisches und hatte zu ihrer Linken und Rechten die beiden Männer platziert. Es gefiel ihr, ausnahmsweise mal im Mittelpunkt zu sein. Und außerdem konnte sie so dafür sorgen, dass Michel sich reichlich von allem nahm. Pauline saß neben Georges, der von seiner groß gewachsenen, lebenslustigen und bunt gekleideten Nachbarin etwas eingeschüchtert zu sein schien. Marie hatte wunschgemäß neben Michel Platz genommen. Ihre Hände und Schultern berührten sich ständig. So verliebt hatte Léonie ihre Großnichte noch nie erlebt, aber es stand ihr prächtig. Außerdem war sie heute besonders hübsch. Pauline hatte sie vorhin auf der Bank im Hof geschminkt, hatte ihr Haar kunstvoll hochgesteckt und sie zu filigranen Silberkreolen überredet. Es war schon ein ziemlich albernes Gekicher für zwei erwachsene Frauen gewesen, aber das Ergebnis konnte sich sehen lassen.

Auch Michel strahlte. Léonie kannte ihn zwar nicht gut, aber dass der große, schlaksige Mann ebenfalls über beide Ohren verliebt war, war nicht zu übersehen. Außerdem wusste er ihr Essen zu schätzen, was ihn auch für sie unwiderstehlich machte.

Nachdem sie den zweiten Gang ihres Menüs fast verputzt hatten, hob Michel sein Glas und sagte: »Léonie, es ist wunderbar, wieder in Ihrer Küche zu sitzen und Ihre Speisen genießen zu dürfen. Ich habe seit Ewigkeiten keine Flusskrebse gegessen, und Ihre sind noch besser als die meiner Großmutter – und das will was heißen!«

»Und ich esse zum ersten Mal welche. Die schmecken viel besser, als sie aussehen«, schloss sich Pauline ihm an.

Sie waren auch wirklich – wie Léonie in aller Bescheidenheit zugeben musste – vorzüglich gelungen, und der Sud, den sie mit selbst gemachtem Fischfond und den Krebsschalen zubereitet hatte, entsprach ihren strengen Vorstellungen. Lange hatte sie hin und her überlegt, ob sie einen Schuss Cognac hinzufügen sollte, es dann aber doch gelassen, um den Geschmack nicht zu verfälschen. Das war die richtige Entscheidung gewesen.

Léonie strahlte glücklich. Es schmeichelte ihr und erfüllte sie mit Glück, dass ihre Gäste sich anscheinend mit großem Genuss auf die üppige Mahlzeit stürzten.

Nach den Flusskrebsen wurde das Trüffelrisotto serviert, das sich als Highlight des österlichen Menüs erweisen sollte. Nicht nur, weil Léonie es mit ihrer wiederum selbst gemachten Hühnerbouillon auf den Punkt gekocht, die richtige Menge an Parmesan hinzugefügt und mit der reichhaltigen Trüffelbutter nicht gespart hatte, sondern auch, weil Georges nun zur Hochform auflief: Er ließ sich die Gelegenheit nicht entgehen, Augustines Talente als Trüffelschwein zu preisen.

»Ihr verdanken wir also diese göttliche Speise?«, hakte Pauline nach, die Georges die ganze Zeit wie einen Außerirdischen betrachtete.

Was für eine quirlige Person, dachte Léonie, so ganz anders als Marie, aber irgendwie erfrischend.

»*Exactement,* Mademoiselle!«, antwortete Georges. »Und das Trüffelsuchen wird sie auch Joseph beibringen. Da werden die sich nächsten Winter auf dem Markt von Saint-Alvère noch mehr wundern.« Ungewohnt temperamentvoll schlug er mit der flachen Hand auf den Tisch.

Dann stand er plötzlich auf und lief eilig aus dem Haus.

»Habe ich was Falsches gesagt?«, fragte Pauline besorgt.

»Nein, nein. Er ist gleich wieder da«, beruhigte Marie sie.

Léonie warf Marie einen Blick zu, den diese mit einem verschmitzten Lächeln erwiderte. Sie beide wussten genau, was Georges gerade vorhatte.

Und tatsächlich – kurz darauf kam er mit dem gerahmten Zeitungsartikel zurück, entfernte noch schnell den Staub mit dem Ärmel und reichte den Rahmen zuerst Pauline und dann Michel. Zur Belohnung erntete er ein vielfaches »Ah« und »Oh«.

Später übernahm Léonie wieder das Gespräch. So eine Zusammenkunft ging schnell vorbei, und sie wollte jede Minute mit ihren Gästen auskosten. Außerdem lag ihr noch ein Thema am Herzen.

»Wenn ich das richtig sehe, sind Georges und ich von Kriminalisten umgeben.«

»Ja, Sie stehen unter bestem Schutz«, antwortete Michel schmunzelnd.

»Hoffentlich, wenn man sich anschaut, was in jüngster Zeit so alles um uns herum passiert ist. Diese zwei sonderbaren Todesfälle, um die sich Marie kümmern muss … Was denken Sie darüber, Michel?« Als er nicht sofort antwortete, fügte sie hinzu: »Marie hat doch bestimmt schon mit Ihnen darüber gesprochen, oder?«

Michel schaute Marie verwundert an, und in dem Moment begriff Léonie, dass das anscheinend nicht der Fall war und dass Marie auch nicht geneigt schien, zu erklären, warum. Schade, genau darüber hätte sie gern noch geredet.

*

Marie räumte mit Michel und Pauline die Küche auf, obwohl Léonie heftig protestierte, und dann begannen sie mit dem Spülen.

»Du hast gekocht, wir räumen auf«, hatte Marie verkündet.

»Aber Sie doch nicht, Michel«, meinte ihre Großtante, die noch am Kopfende des Tisches saß.

»Léonie ist da noch vom alten Schlag«, erklärte Marie ihrem Freund. »Sie findet, dass es reicht, wenn Männer die Füße unter den Tisch stellen.« Sie gab ihm ein Geschirrtuch, damit er die gespülten Gläser abtrocknete. »Ich sehe das natürlich anders.«

»Das ist ganz in meinem Sinne«, antwortete er.

Wie sich herausstellte, war er eine weitaus bessere Hilfe als Pauline, die in der Küche ganz eindeutig zwei linke Hände hatte.

Georges bekam vom Aufräumen und Spülen nichts mit, er war in ein Nickerchen auf dem Stuhl versunken. Als er dann anfing zu schnarchen, wurde es Léonie zu viel der Entspannung. Sie weckte ihn, indem sie sachte auf seine Hand klopfte. Es schreckte auf, und es dauerte eine halbe Minute, bis er begriff, wo er war. Dann sprang er auf.

»Ich muss zu Augustine und Joseph. Ich hatte ihnen ein Osterleckerli versprochen. Die fragen sich bestimmt, wo ich bleibe!«

»Das meint er doch wohl nicht ernst, oder?«, fragte Pauline mit einem Lachen, nachdem Georges nach draußen gehastet war.

»Todernst«, erwiderte Marie. »Aber das Leben geht weiter. Wie wär's mit einem Spaziergang?«

»Gute Idee. Warum fahren wir nicht zu La Madeleine?«, schlug Michel vor.

»La Madeleine?«, fragte Pauline entgeistert.

Marie lachte, denn sie vermutete, dass ihre Freundin diesen Namen mit der berühmten Pariser Kirche in Verbindung brachte. »Da fährt keine Métro hin. Wir haben hier unsere eigene Madeleine.«

»Der Ort ist nur ungefähr fünfzehn Kilometer von hier entfernt, ein Klacks mit dem Auto«, erzählte Michel. »Für Besucher, die an Geschichte interessiert sind, gibt es dort einiges zu entdecken. Und der Ausblick über die Vézère-Schleife ist atemberaubend.«

Da hat er vollkommen recht, dachte Marie. Der auf dem Hang gelegene steinzeitliche Siedlungsplatz der Cro-Magnon-Menschen, dessen Entstehung siebzehntausend Jahre zurücklag, gehörte auch für Marie zu den bedeutendsten Sehenswürdigkeiten des Périgord.

»La Madeleine ist ein Ort mit prähistorischen Höhlen, einem Dorf aus dem Mittelalter und einer Burgruine«, erklärte sie ihrer Freundin.

»Bloß kein Museumsgedöns«, stöhnte Pauline. »Da hab ich jetzt keine Lust drauf.«

»Es wird dir gefallen. Versprochen! Das ist kein ödes Museum, sondern eine Zeitreise, und den Ausblick dort wirst selbst du genießen.«

Marie bemerkte, dass Léonie ein bisschen geknickt aussah; wenn es nach ihr gegangen wäre, hätten sie wahrscheinlich bis zum Abendessen weiter in ihrer Küche gesessen. Doch ein Mittagsschläfchen würde ihr sicherlich guttun. Sie machte einen müden Eindruck, auch wenn sie selbst das nie zugegeben hätte. Für sie war es eine Sache der Ehre, dass sie keine Nachmittagsruhe benötigte. »Ich schlafe nie!«, behauptete sie gern.

Marie ließ sich von Léonies Enttäuschung jedoch nicht die Stimmung verderben. Für sie war dieses Osterwochenende bis jetzt großartig verlaufen – so, wie sie es sich erhofft hatte. Es war ihr sogar gelungen, ein Gespräch über die beiden Todesfälle abzuwehren.

Darüber würde sie noch früh genug mit Michel reden. Auch über den missgünstigen Champion.

Der Ausflug erwies sich als voller Erfolg. Michel überraschte Marie, indem er gekonnt den Fremdenführer spielte. Er wusste vieles über die Vorzeit und den Cro-Magnon-Menschen zu erzählen und machte das mit so viel Witz und Leichtigkeit, dass Pauline, die gut ohne »Museumsgedöns« leben konnte, immer wieder nachfragte, um weitere Einzelheiten zu erfahren.

Nach einer Weile erwähnte er, dass man in unmittelbarer Nähe des Ortes zu Beginn des letzten Jahrhunderts das zehntausend Jahre alte Skelett eines Kindes gefunden hatte, das mit zahlreichen Ketten geschmückt war. Über die Bedeutung dieser Grabbeigaben konnte nur spekuliert werden. Marie musste sofort an Antoine Barthes denken, dem man Blumen als Schmuck in sein behelfsmäßiges Grab gelegt hatte. Aber nicht nur sie wurde daran erinnert.

»Leichen zu schmücken scheint ja eine Besonderheit dieser Gegend zu sein, die sich über die Zeit gehalten hat«, stellte Pauline trocken fest.

»Gibt es übrigens etwas Neues in dem Fall?«, wollte Michel sogleich wissen.

Bitte nicht jetzt, dachte Marie, es ist doch gerade so entspannt. Statt zu antworten, nahm sie Michels schönes Gesicht zwischen die Hände und gab ihm einen Kuss auf den Mund. »Lass uns den Tag genießen und nicht an den Job denken. Okay?«

»Wenn ich so nett gefragt werde, bin ich selbstverständlich einverstanden.« Michel umarmte sie und erwiderte den Kuss.

»Okay, das reicht. Verschiebt das doch bitte auf später.« Pauline betrachtete die beiden mit gespielter Entrüstung. »Können wir weitergehen?«

Auf schmalen Wegen schritten sie weiter durch das Areal von La Madeleine. Es war tatsächlich eine Zeitreise – von der Steinzeit über das Mittelalter bis in die Neuzeit – in dieser erhabenen Landschaft, durch die die Vézère seit Menschengedenken als stille Zeitzeugin dahinfloss. Pauline war begeistert und Marie glücklich, diesen Moment mit ihrer Freundin und Michel teilen zu können. Später machten sie sogar ein Selfie zur Erinnerung an diesen gelungenen Ausflug.

»Der Cro-Magnon-Mensch hatte wirklich Geschmack«, sagte Pauline, als sie den malerischen Ort verließen und durch einen kleinen Wald zum Auto zurückspazierten. »Wenn ich nicht in Paris leben würde, könnte es mir hier auch gefallen.«

Na ja … So schnell würde Pauline ihr geliebtes Paris gewiss nicht verlassen. Marie war sich nicht einmal sicher, ob sie es je tun würde. Schließlich war sie durch und durch eine Großstadtpflanze.

Wieder in Saint-André angekommen, verabschiedet sich Michel von allen und ging in Begleitung von Marie zu seinem Wagen. Sie umarmten sich noch einmal, schauten sich in die Augen und tauschten zärtliche Küsse.

»*À demain*«, flüsterte er ihr zum Abschied zu und stieg in sein Auto.

Diesmal schaute Marie ihm sehnsüchtig nach und winkte ihm hinterher. Dann kehrte sie zu Pauline zurück, die am nächsten Tag abreisen wollte und der sie versprochen hatte, dass sie den letzten Abend gemeinsam miteinander verbringen würden.

Später beschlossen Marie und ihre Freundin, noch einmal ins Café de la Place zu gehen. Es war noch erstaunlich mild, und man konnte draußen auf der Terrasse sitzen. Sie hatten Glück und ergatterten den letzten freien Tisch. Der Kellner Pierre hatte so viel zu tun, dass auch Danielle Bestellungen aufnahm und schließlich notgedrungen auch zu ihnen an den Tisch kam.

»Wow!«, entfuhr es Pauline, als sie die Wirtin sah. Diese hatte sich mit einem engen Leopardenrock und einer taillierten, tief ausgeschnittenen, schwarzen Spitzenbluse richtig in Schale geworfen. »So lasse ich mir einen Bleistiftrock gefallen.«

»Was für einen Rock?« Der Begriff »Bleistiftrock« sagte Marie so gar nichts.

»So heißen diese engen Röcke, die bis zum Knie gehen, du Landpomeranze. Das solltest du eigentlich wissen. Die können ganz schön bieder aussehen, aber so …«

Als sie vor ihrem Tisch stand, ignorierte Danielle wie üblich Marie und fragte Pauline dafür umso freundlicher, was sie trinken wolle.

Pauline bestellte ebenfalls freundlich, aber als Danielle wieder gehen wollte, hielt sie sie zurück.

»Danielle, warten Sie. Marie hat mir erzählt, warum Sie nicht mehr mit ihr sprechen. Sie müssen wissen – meine Freundin und ich sind Kolleginnen, und deshalb fühle ich mich auch getroffen, wenn sie von anderen unfreundlich behandelt wird.«

Danielle blieb verwundert stehen, erwiderte jedoch nichts darauf.

»Also, mal ehrlich, wenn Sie Marie vorwerfen, in einem Mordfall zu ermitteln, dann muss man Ihnen vorwerfen, Essen und Trinken zu servieren«, fuhr Pauline fort. »Das ist doch dämlich! Sie machen Ihren Job, und Marie macht ihren Job. Geiler Leopardenrock, übrigens.«

Danielle stolzierte kommentarlos Richtung Tresen und kehrte ein paar Minuten später mit zwei Weingläsern zurück, die sie mit einem fast überschwänglichen *»À la vôtre, les filles!«* auf den Tisch stellte.

Pauline grinste Marie zufrieden an. »›Prost, Mädels!‹ Siehst du? So einfach geht das!«

Zwei Stunden später verließen sie fröhlich und leicht angeheitert das Café. Danielle hatte sie weiterhin bedient und dabei sogar ein paar Worte mit Marie gewechselt. Beim Dorfplatz angekommen, hielt unerwartet ein Wagen neben ihnen an, und der Fahrer ließ das Seitenfenster herunter. Marie erkannte ihn sofort: Es war Bruno Dubosc.

»Wie ich sehe, hattest du ein vergnügliches Wochenende.« Seine Stimme klang vorwurfsvoll, und die Begrüßung hatte er sich gleich ganz gespart. »Hoffentlich kannst du dich ab morgen endlich um den Mord an meinem Neffen kümmern.« Ohne ihre Reaktion abzuwarten, fuhr er wieder los.

»Was ist das denn für ein aufgeblasener Gockel?«, fragte Pauline empört.

»Das ist der Bürgermeister, von dem ich dir erzählt habe.«

»Der dir den Präfekten und diesen ätzenden Kollegen auf den Hals gehetzt hat?«

»Genau der.«

So war Pauline – hörte nie zu, merkte sich aber alles.

Kapitel 20

Bahnhof Périgueux, Ostermontag, 19. April

Am späten Nachmittag fuhr Marie ihre Freundin zum Bahnhof von Périgueux. Zum Abschied in Saint-André hatte Pauline Léonie und Georges herzlich umarmt, ein Ritual, das sie sonst eher vermied. Der alte Mann, der diese Art Körperkontakt nicht gewohnt war, hatte sie verlegen angeschaut, ihr dann aber als Zeichen seiner Zuneigung unbeholfen die Schulter getätschelt.

Als Pauline jedoch im Begriff gewesen war, zusammen mit Marie zum Auto zu gehen, hatte er ihr vorwurfsvoll hinterhergerufen: »Sie haben sich gar nicht von Augustine und Joseph verabschiedet!«

»Wie konnte ich nur!«

Man mochte es kaum glauben, aber Pauline war daraufhin tatsächlich zum Stall geeilt und hatte sich dann vor die beiden Schweine gehockt und sie gestreichelt. Und danach hatte sie sich nicht einmal die Hände gewaschen. Wenn sie zwei Wochen am Stück hier verbringen würde, wäre sie vermutlich nicht wiederzuerkennen, dachte Marie stillvergnügt.

Auf der Fahrt von Saint-André nach Périgueux sprachen die beiden Freundinnen über das Wochenende und natürlich wieder über Michel. Er war gewiss nicht ihr Typ, wie Pauline resümierte, aber ein guter Typ. Das war für ihre Verhältnisse fast schon ein Ritterschlag. Außerdem hatte sie es spannend gefunden, mit ihm über seine Arbeit im Rauschgiftdezernat zu sprechen, denn sie selbst war gerade auf der Suche nach einer neuen beruflichen Herausforderung. Und es schien ihr gefallen zu haben, dass Michel ihr seine Telefonnummer gegeben hatte für den Fall, dass sie diesbezüglich noch Fragen an ihn hätte.

Marie freute sich, dass diese beiden ihr so sehr am Herzen liegenden Menschen sich gut verstanden. Und dass es ein Wiedersehen der beiden geben würde. Sie hatten sich gestern auch in diesem Sinne herzlich voneinander verabschiedet.

Als sie den kleinen Bahnhof betraten, wimmelte es dort von Menschen. Was eigentlich nicht verwunderlich war: Morgen stand nach einem langen Wochenende ein neuer Arbeitstag an, und im Norden Frankreichs gingen die Osterferien zu Ende.

»Dieser Kollege, der dir an den Karren fahren will, der hieß Champion?«, fragte Pauline unvermittelt, als sie in der geöffneten Waggontür ihres Zuges stand.

»Der heißt Maurice Champion«, antwortete Marie kein bisschen verwundert, dass Pauline mal wieder alles gespeichert hatte.

»Okay, ich schaue mal, was ich über ihn herausfinde. Und du erzählst mir dann ja bald von deinen Heldentaten beim Yoga.«

»Ich glaube, darum geht es beim Yoga gerade nicht.«

»Kommt auf die Motivation an.«

Pauline grinste sie an, dann schloss sich die Waggontür.

Marie schaute dem Zug nach, der ihre Freundin in gut vier Stunden zum Pariser Gare d'Austerlitz bringen würde – in eine andere Welt, die vor gar nicht langer Zeit auch die ihre gewesen war. Und für einen kurzen Moment vermisste sie die Großstadt. Dann dachte sie daran, dass sie gleich Michel wiedersehen würde, und die Wehmut verflog. Hier – und nicht in Paris – hatte sie ihn kennengelernt und ein neues Glück gefunden.

Marie schritt auf das in den Zwanzigerjahren erbaute Haus von Michel zu, das von einem kleinen Garten umgeben war und in einem ruhigen Viertel von Périgueux stand. Sie mochte es, denn es war hell, hatte klare Linien und noch originale Art-déco-Verzierungen an der Fassade und in den Fenstereinfassungen. Auch die Innenräume des Hauses gefielen ihr: Michel und seine verstorbene Frau hatten es liebevoll im Retro-Stil eingerichtet.

Nach einer leidenschaftlichen Begrüßung begaben sich die beiden ins Wohnzimmer. Am Ende der Feiertage waren sie nicht mehr in größter Schlemmerlaune, doch ein paar Kleinigkeiten hatte Michel schon vorbereitet und auf den mit Palisanderintarsien verzierten runden Couchtisch gestellt. Radieschen, Scheiben getrockneter Entenbrust, ein Stückchen sehr lange gereiften Comté – von Letzterem war Michel ein großer Fan. Den Abend verbrachten sie auf dem bequemen Sofa und aßen von den Häppchen. Die Stimmung war kuschelig und entspannt, dennoch gab es hier und da noch leichte Nachwehen von ihrem Streit.

Zunächst sprachen sie über Pauline – Michel fand sie »ein bisschen zu auffällig, aber schon auch unterhaltsam und interessant«. Irgendwann schlug er vor, zu Pfingsten ihre Florenz-Reise nachzuholen.

»Oh, das geht leider nicht. Da kommen mein Vater und meine beiden Cousins aus Deutschland nach Saint-André«, entgegnete Marie so behutsam wie möglich. Sie wollte keinen neuen Streit riskieren.

Michel bemühte sich, auf die erneute Absage gelassen zu reagieren, aber es gelang ihm nicht ganz.

»Du bist ja eine sehr gefragte Frau! Da muss man sich lange im Voraus anmelden, was?«

»Ich lebe nun mal weit entfernt von einem Teil meiner Familie und von meiner besten Freundin. Diese Menschen gehören einfach zu meinem Leben, und mir ist wichtig, hin und wieder

Zeit mit ihnen zu verbringen. Wenn du das als Abwertung deiner Person siehst, könnte es kompliziert werden mit uns.«

Marie sagte das freundlich, aber bestimmt. Sie würde da keine Zugeständnisse machen.

Er nickte bedächtig – ein Zeichen dafür, dass er ihre Position verstand – und schnitt sich ein Stück Käse ab. »Was hältst du dann von Ende Juni? Das sind die schönsten Tage im Jahr, das wäre also sogar noch besser.«

Das war doch mal elegant gelöst!, dachte Marie, und ihr fiel ein Stein vom Herzen. Schnell einigten sie sich auf eines der Wochenenden in der zweiten Junihälfte.

»So, und jetzt erzähl mir endlich mal von diesem mysteriösen Todesfall!«, forderte Michel sie auf und lehnte sich in aller Gelassenheit zurück, nun ganz aufmerksamer Zuhörer.

Also berichtete Marie ihm von Romain Dubosc, von der seltsamen Verbindung zu den Barthes, vom erzürnten Bürgermeister, vom Präfekten und von dem unsäglichen Kollegen Champion.

»Dieser zweite Tote war also der Mann, mit dem du im Café de la Place Händchen gehalten hast?«, hakte Michel nach.

»Wir haben nicht Händchen gehalten, sondern er hat gerade in dem Moment, als du reinkamst, nach meiner Hand gegriffen, warum auch immer.«

»Der wird schon seine Gründe gehabt haben«, insistierte Michel leicht pikiert.

Mit Eifersucht konnte Marie schlecht umgehen. Vor allem, wenn sie unberechtigt war. Sie schaute Michel in die Augen.

»Nein, hatte er nicht. Zumindest keine, die für mich erkennbar gewesen wären, und darum geht es ja wohl. Ich verspreche dir: An dem Tag, an dem du dir wegen einem anderen Mann Sorgen machen solltest, sage ich es dir selbst, und zwar geradeheraus. Du kannst dich da auf mich verlassen.«

»Okay, belassen wir es dabei. Aber etwas ganz anderes: Du solltest den Präfekten über Champions Verhalten informieren.«

»Einen Kollegen anzuschwärzen finde ich schwierig.«

»Na ja, entweder tust du es, und das aus berechtigtem Anlass – oder Champion tut es und erfindet dafür irgendeinen Grund. Überleg es dir.«

»Das Ganze ist ja abstrus. Als rein administrativer Beamter hat der Präfekt in dieser polizeilichen Angelegenheit doch sowieso nichts zu melden.«

»Das sehe ich ein bisschen anders. Natürlich kann er nur inoffiziell eingreifen, weil er es im Grunde nicht darf, aber ein bisschen solltest du das Spiel mitspielen.«

»Ich überleg es mir.«

Um das Thema zu beenden, kuschelte sie sich an ihn – und schon war es vergessen.

Kapitel 21

Polizeipräsidium Périgueux, Dienstag, 20. April

Es war noch früh, als Martin im Kommissariat ankam. Nach dem verlängerten Wochenende wollte er in Ruhe das Arbeitszimmer so vorbereiten, dass er sich dort wohlfühlte. Ab heute war Diät angesagt, und er hatte einen Obstkorb und eine große Schale Erdbeeren für den Hunger zwischendurch mitgebracht, denn allein schon der Gedanke an sein Vorhaben machte ihn hungrig. Er wollte sich auch die alten Akten von Fällen, in denen Maurice Champion ermittelt hatte, noch mal genau anschauen. Vielleicht würde er etwas finden, mit dem er den Kommissar in Schach halten konnte, falls der tatsächlich entschlossen war, seine Chefin in Bedrängnis zu bringen. Sie schien sich wegen dieses Idioten keine allzu großen Sorgen zu machen, aber Martin gefiel das alles gar nicht.

Gegen Viertel nach acht verließ der Inspektor das Büro, um in der Etagenküche Wasser für den Kaffee zu holen. Er wollte ihn frisch aufgebrüht haben, wenn die Kommissarin kam. Er wusste, dass sie es bestimmt nicht von ihm erwartete, aber er machte das gern. Gerade wollte er die Küche wieder verlassen, da sah er, wie sie den Korridor betrat und just im selben Moment Champion auftauchte und auf sie zumarschierte. Instinktiv trat Martin einen Schritt zurück, um nicht gesehen zu werden. Er bekam mit, wie Marie Champion höflich einen guten Morgen wünschte, ohne dass dieser den Gruß erwiderte.

»Übrigens, vielen Dank für Ihre Info an den Staatsanwalt«, hörte er sie sagen. »Sehr kollegial! Zumal der Vorwurf der Befangenheit ja mehr als berechtigt ist, wenn man bedenkt, dass ich die Familie aus dem Nachbardorf vor dem Fall seit Jahren nicht gesehen habe.«

Oh, sie kommt also gleich zur Sache, fuhr es Martin durch den Kopf.

»Ja, so ist das – irgendwann schlägt die Realität zu.« Champion schien die Ironie nicht bemerkt zu haben. »Wie auch immer Sie sich Ihren Posten erschlichen haben.«

Martin war schockiert. Der Kerl war mehr als dreist.

»Das Problem mit Leuten wie Ihnen ist, dass Sie die Schuld immer bei den anderen suchen. Versuchen Sie es doch fürs Erste mal bei sich selbst.« Marie blieb ruhig, als würde Champions Unverschämtheit sie nicht im Mindesten berühren. »Dann kommen Ihnen vielleicht ganz andere Einsichten – dass ich mir meinen Job nicht auf irgendeinem Liegemöbel verdienen musste, nur weil ich eine Frau bin, und dass Sie den ersehnten Posten zum zweiten Mal nicht bekommen haben, weil Sie schlichtweg schlampig arbeiten.«

Martin wagte einen Blick in den Flur und sah, wie seine Chefin mit dem Zeigefinger kleine Kreise auf Stirnhöhe malte – wohl um gestisch zu unterstreichen, dass ihr Gegenüber einfach mal sein Gehirn gebrauchen sollte.

Kommissar Champion trat nun auf sie zu, und Martin hatte plötzlich Angst um Marie. Der Kollege war groß und stark, seine Körperhaltung drohend. Martin stellte sich darauf ein, dass gleich auch sein Einsatz gefragt war.

»Sie haben mir nichts zu sagen!«, polterte Champion.

»Ich denke schon. Schauen Sie einfach mal auf das Organigramm.«

Der Kommissar warf ihr einen hasserfüllten Blick zu, dann

drehte er sich auf dem Absatz um, ging in sein Büro und ließ die Tür hinter sich zuknallen.

Marie grinste. Sie sah zufrieden aus.

Erleichtert verließ Martin die Küche. Vor vielen Jahren hatte er einmal eine Prügelei zwischen Kollegen erlebt, er fand das nur entwürdigend.

»*Bonjour*, Marie, hatten Sie schöne Feiertage?«

»*Bonjour*, Richard, herrliche Feiertage! Und sehr erholsam!« Sie sah in der Tat aus wie das blühende Leben. »Und jetzt freue ich mich, Sie zu sehen.«

Er fand nett, dass sie das sagte – und auch er freute sich, sie wiederzusehen.

*

Am frühen Nachmittag eilte Marie nach Saint-André zurück, um an der Beerdigung von Romain Dubosc teilzunehmen. Das Wetter entsprach dem traurigen Anlass: Es war grau, regnerisch und schlichtweg deprimierend. Zunächst fuhr Marie nach Hause, um Léonie abzuholen, die wie die meisten Dorfbewohner dem Bürgermeister in dieser schweren Stunde beistehen wollte. Wobei sicherlich nicht alle so anteilnehmend wie sie waren. Manche fühlten sich wahrscheinlich auch dazu verpflichtet, weil sie es sich mit Dubosc nicht verscherzen wollten. Er verfügte über ein großes Netz an Beziehungen, die er zu nutzen wusste – da konnte eine ersehnte Baugenehmigung schon mal recht schnell abgelehnt werden. Sogar Odile hatte ihren Tante-Emma-Laden geschlossen, um zur Beerdigung gehen zu können, wie Marie von ihrer Nachbarin Rose erfuhr, die sie an der Gartenmauer abgefangen hatte. Allerdings konnte Rose selbst nicht am Begräbnis teilnehmen und bedauerte dies außerordentlich.

»Stell dir vor …«, ließ sie Marie mit ungläubiger Miene wissen. »Da passiert mal etwas Spannendes in Saint-André, und ich kann nicht dabei sein!«

»Und warum nicht? Was ist passiert?«, fragte Marie mitfühlend.

»Mein Fernseher gibt plötzlich keinen Ton mehr von sich«, antwortete Rose, und eine tiefe Sorgenfalte bildete sich auf ihrer Stirn.

Marie biss sich fest auf das Innere der Wange, um sich das Lachen zu verkneifen. Das war für ihre Nachbarin natürlich der Super-GAU, Weltkrieg sozusagen – ohne ihre geliebten Serien würde Rose keinen Abend überstehen.

»Und jetzt?«, erkundigte sich Marie, der es tatsächlich gelang, ernst zu bleiben.

»Ich warte auf den Techniker. Er hat mir versprochen, am frühen Nachmittag vorbeizuschauen. Ich bete, dass er tatsächlich kommt. Du weißt ja, wie das mit Handwerkern heutzutage ist.«

»Ich drück dir die Daumen. Aber jetzt muss ich weiter, Léonie abholen.«

»Die hat's gut!«, rief Rose ihr in weinerlichem Ton hinterher.

Léonie war schon startklar. Ihre weiße Minipli war tadellos, und sie trug einen schlicht geschnittenen grauen Popeline-Mantel, den Marie noch nie an ihr gesehen hatte.

»*Très chic!*«, lobte Marie, was Léonie mit einer Lass-den-Blödsinn-Handbewegung quittierte.

Georges kam mit einer Kiste Äpfel um die Ecke. In seiner ausgebeulten Cordhose und mit der abgenutzten Kappe auf dem Kopf sah er nicht so aus, als wolle er sie zur Beerdigung begleiten.

»Was ist mir dir, Georges? Kommst du nicht mit?«

»Um Himmels willen! All die Leute auf einem Haufen …

nein, das ist nichts für mich. Ich bleibe bei Augustine und Joseph.«

Marie sah, wie Léonie den Kopf schüttelte, dann verließen sie den Hof.

Die Trauerfeier fand in der kleinen romanischen Kirche von Saint-André statt. Zahlreiche Menschen, die sich mit gedämpfter Stimme grüßten oder unterhielten, waren auf dem gepflasterten Kirchplatz versammelt. Marie waren etliche Gesichter vertraut, viele aber auch nicht. Léonie flüsterte ihr Verwandtschaftsgrade von Anwesenden ins Ohr oder auch nur die Namen von Personen, die sie nicht kannte. Darunter befanden sich auch einige Handwerker, die am Mühlenprojekt beteiligt waren.

»Ach, schau mal, da ist sogar Julien«, sagte Léonie und zeigte auf den kräftigen Dachdecker, der eines seiner üblichen karierten Hemden trug. Wie viele hier war er direkt von der Arbeit gekommen und hielt sich nicht an die Kleiderordnung für Beerdigungen.

Mit Julien verband Marie eine besondere Geschichte. Er war der erste Mann ihrer Mutter Loren gewesen. Loren hatte sich jedoch wegen Maries Vater von ihm getrennt, und dafür hatte Julien auch Marie lange gehasst. Trotzdem hatte er ihr letzten Herbst das Leben gerettet. Er war zur rechten Zeit am rechten Ort gewesen.

»Meinst du, Julien wurde auch für das Mühlenprojekt engagiert?«, fragte sie ihre Großtante.

»Bestimmt! Der ist doch der beste Dachdecker weit und breit.«

Marie und Léonie winkten Julien zu. Er lächelte unbeholfen und winkte zurück. Das wäre vor einem Jahr noch undenkbar gewesen.

Etwas abseits stand eine Gruppe Menschen im Alter zwischen dreißig und fünfzig Jahren. Vermutlich Romains Pariser Freunde, wie Marie aufgrund ihrer Kleidung und Körpersprache annahm. Unter ihnen fiel ihr eine apart wirkende Frau auf, die ganz in Schwarz gekleidet war und ihr Gesicht hinter einer Sonnenbrille versteckte, obwohl es inzwischen leicht zu nieseln angefangen hatte. Ein eleganter Mann um die fünfzig, der auch Léonie nichts sagte, stand etwas abseits, er schien hier niemanden zu kennen. Mit seinem breitkrempigen schwarzen Hut fiel er auf. Wer trug denn heute noch einen Hut?

Jetzt näherte sich der Bestattungswagen und hielt vor der Kirche an. Auf der Beifahrerseite stieg Bruno Dubosc aus. Er trug einen edlen schwarzen Anzug und ging gemessenen Schrittes auf den Pfarrer zu, einem Mann mit dunkler Hautfarbe, der vor dem schweren, verzierten Kirchentor auf ihn wartete. Aufgrund des anhaltenden Priestermangels stammte inzwischen ein Drittel der Priester in Frankreich aus Afrika. Der Priester, der in Saint-André und den umliegenden Dörfern tätig war, kam aus Ghana. Er hatte mit einigen Vorurteilen zu kämpfen gehabt, war mittlerweile aber sehr beliebt. Er betrat nun die Kirche, und die Trauergäste, allen voran der Bürgermeister, folgten ihm.

Beim Betreten des Gotteshauses fiel als Erstes das große Porträtfoto von Romain auf, das auf einer Staffelei vor dem Altar stand. Er sah darauf aus, als wollte er die ganze Welt anlachen.

»Das war aber ein schöner Mann«, flüsterte Léonie ihrer Großnichte ins Ohr, als sie auf einer der langen Kirchenbänke Platz nahmen.

Marie musste unwillkürlich an die Begegnung mit ihm im Café de la Place denken. Sie hatte ihn attraktiv gefunden. Und Michel wohl auch, sonst hätte er nicht so eifersüchtig reagiert.

Es war eine bewegende und würdevolle Trauerfeier. Nach

der Predigt des Pfarrers hielt Bruno Dubosc eine lange Rede und beschrieb Romain als lebensfrohen, kreativen und positiven Menschen, der viel zu früh aus dem Leben gerissen worden war. Er hatte merkbar Mühe, seine Emotionen unter Kontrolle zu halten. So hatte man den Bürgermeister von Saint-André noch nie erlebt. Später kam auch die Frau in Schwarz zum Rednerpult und dankte Romain für die gemeinsame Zeit mit ihm, die sie als »den größten Schatz meines Lebens« bezeichnete. Weiter kam sie nicht. Zwar konnte man ihre Augen hinter der Sonnenbrille nicht sehen, aber die Tränen liefen ihr über die Wangen.

Marie schaute sich in der Kirche um. Wo war eigentlich Olivier Gaillard? Auch der hatte doch gute Gründe, Romain zu vermissen. Und Angehörige der Familie Barthes konnte sie ebenfalls nicht entdecken.

Als die Trauergäste nach einer Stunde völlig durchgefroren die zugige, unbeheizte Kirche verließen, war aus dem Nieseln ein Platzregen geworden. Bruno Dubosc blieb dennoch vor der Kirche stehen und nahm unter einem Regenschirm die Kondolenzbekundungen entgegen. Marie reihte sich in die Schlange ein.

Während sie wartete, sah sie Olivier und Nathalie an dem Bürgermeister vorbeihuschen. Sie waren also doch in der Kirche gewesen. Vielleicht waren sie etwas später gekommen, weil sie nicht von Dubosc gesehen werden wollten. Was bedeutete, dass sie von seiner Behauptung erfahren hatten – und von dem, was er von ihnen hielt. Das Gerücht von dem mutmaßlichen Mord hatte Kreise gezogen.

»Ein paar Tage vor seinem Tod habe ich Romain getroffen, und er hat mir die Pläne für die Mühle gezeigt«, sagte Marie zu Bruno Dubosc, nachdem sie ihm kondoliert hatte. Seine Miene wirkte abweisend, aber Marie ließ sich nicht beirren. »Er hat sehr liebevoll von dir gesprochen. Und er hat mir gesagt, dass er sich bei dir sehr wohlgefühlt hat.«

Duboscs Gesichtszüge entspannten sich, wurden beinahe weich.

»Danke, Marie. Tut gut, das zu hören.« Er zögerte kurz und fügte dann hinzu: »Kommst du später auch mit ins Café de la Place? Dort findet noch ein Umtrunk statt.«

»Gern«, antwortete Marie überrascht. Mit dieser spontanen Einladung hatte sie nicht gerechnet.

Der Regen hatte aufgehört, als sich der Trauerzug langsam in Richtung Friedhof in Bewegung setzte. Marie war gerade auf der Suche nach Léonie, um sich mit ihr der Menschenmenge anzuschließen, als Olivier und Nathalie auf sie zukamen. Sie sahen beide blass aus, und Nathalie schaute nervös nach links und rechts.

»Wir haben gehört, dass der Bürgermeister erzählt, wir hätten Romain umgebracht«, sagte Olivier mit zittriger Stimme. »Wie kann er so was behaupten? Wieso sollte ich meinen Partner umbringen? Und außerdem – ist er nicht an einem Herzinfarkt gestorben? Warum …«

Marie unterbrach ihn. »Beruhige dich! Bruno hat in seiner Trauer überreagiert. Ich finde es gut, dass ihr gekommen seid, auch wenn es euch sicher nicht leichtgefallen ist.«

»Das bin ich Romain schuldig. Er wäre bestimmt auch zu meiner Beerdigung gekommen.«

»Nur bist du nicht tot«, warf Nathalie spitz ein. »Wenn es nach mir gegangen wäre, hätte ich mir diesen Spießrutenlauf erspart.«

»Das hätte man uns erst recht angekreidet«, wandte Olivier ein.

»Wie auch immer, das ist jetzt nicht der richtige Moment,

um darüber zu sprechen«, wiegelte Marie ab. »Wir holen das in den nächsten Tagen nach, ja?«

Da trat Léonie zu ihnen und begrüßte das Paar. Sie hatten sich schon lange nicht mehr gesehen.

»Kommt ihr mit zum Friedhof?«, fragte Léonie die Gaillards.

»Ganz bestimmt nicht!«, erwiderte Nathalie barsch.

Olivier zuckte hilflos mit den Schultern und wehrte sich auch nicht, als Nathalie ihn am Ärmel zog – weg von dem Trauerzug, weg von Marie und Léonie. Ohne einen Abschiedsgruß verschwanden die beiden.

»So kratzbürstig habe ich Nathalie noch nie erlebt«, wunderte sich Léonie. »Die ist sonst doch immer so freundlich. Ich glaube, mit der stimmt was nicht.«

Das war auch Maries Eindruck.

*

Nach der Beisetzung auf dem kleinen Friedhof von Saint-André äußerte Marie den Wunsch, dem Grab ihrer Großmutter noch einen Besuch abzustatten. Léonie hatte gewusst, dass ihre Großnichte das vorschlagen würde, da Madeleine, ihre Schwester, nur zwei Reihen weiter begraben lag.

Gemächlich ging Léonie mit Marie auf das Familiengrab der Merciers zu, und die beiden blieben eine Weile andächtig davor stehen. Außer ihrer Schwester ruhten auch ihre Eltern dort. Eines Tages werde auch ich da liegen, dachte Léonie. Und Georges. Das hatte sie ihm vorgeschlagen und nach seiner Zustimmung in ihrem Testament festgehalten. »Dann bleiben wir für immer zusammen!«, hatte er sichtlich gerührt gesagt. Ja, für immer! So sollte es sein.

»Ach, Mamie, du fehlst uns so.« Marie hatte sich vorsichtig auf den feuchten Grabstein gesetzt. »Keine Ahnung, ob du uns siehst, aber Léonie und ich passen gegenseitig aufeinander auf. Ich komme dich demnächst mal in Ruhe besuchen, dann erzähl ich dir mehr. Es hat sich wieder so viel getan, seitdem ich das letzte Mal hier war. Weißt du, dass Léonie jetzt jeden Mittag mit Georges isst? Und auch fast jeden Abend?«

Das ging Madeleine nichts an, fand Léonie, das war ausschließlich Georges' und ihre Angelegenheit.

»Du solltest deiner Großmutter lieber von deinem Michel berichten«, sagte sie deshalb zu ihrer Großnichte.

Der Regen setzte wieder ein.

»Okay, demnächst mehr.« Marie legte zum Abschied die flache Hand auf den Grabstein und stand auf.

Léonie hatte es bereits geahnt: Gleich bei ihrer Rückkehr wurden Marie und sie von Rose abgefangen. Doch diesmal stand ihre Nachbarin nicht wie gewöhnlich an der Gartenmauer, sondern unter ihrem Vordach, umgeben von zahlreichen Töpfen voller Blumen. Darunter waren Anemonen, Astern, Gerbera, Vergissmeinnicht, Nelken, und sie alle sahen wie gemalt aus. Sie hatte wirklich einen besonders grünen Daumen. Und wahrscheinlich hatte sie auch schon lange am Fenster Wache gehalten, um die Heimkehr der beiden nicht zu verpassen.

»Ich habe Kaffee gekocht. Wollt ihr reinkommen?«, fragte sie laut.

So entspannt, wie sie aussah, hatte der Fernsehtechniker längst ganze Arbeit geleistet.

»Zu einer Tasse Kaffee sage ich nicht Nein«, willigte Léonie ein.

»*Merci*, Rose, aber ich muss leider gleich weiter«, entgegnete Marie und flüsterte ihrer Großtante dann noch schnell zu: »So, und jetzt ab zum Rapport!«

Recht hat sie, dachte Léonie. Nun würde sie ihrer Nachbarin

Rede und Antwort stehen müssen – bis Rose das Gefühl hatte, selbst bei der Beerdigung gewesen zu sein. Schließlich musste sie für ihren nächsten Besuch im Tante-Emma-Laden gerüstet sein.

In Roses kleiner Küche war es angenehm warm, und das tat Léonies alten Knochen gut. Sie sagte auch nicht Nein, als ihre Nachbarin ihr zusammen mit der versprochenen Tasse Kaffee selbst gemachte Financiers anbot. Diese rechteckigen, butterigen Mandelküchlein gelangen ihr immer vorzüglich.

In jungen Jahren hatte Léonies Nachbarin eine Ausbildung bei einem renommierten Konditor in Sarlat gemacht. Und dort hätte sie auch liebend gern weitergearbeitet: backen und zwischendurch mit den Kundinnen ein Schwätzchen halten – das wäre der ideale Beruf für sie gewesen. Doch ihre Mutter war krank geworden und Rose daraufhin nach Saint-André zurückgekehrt, um sich um den Haushalt und ihren jüngeren Bruder Paul zu kümmern, der heute am anderen Ende des Dorfes lebte. Unwillkürlich kam Léonie in den Sinn, dass auch sie heutzutage ein ganz anderes, selbstbestimmtes Leben hätte führen können, wenn … Wie dem auch sei, Rose hatte sich ihre Liebe zum Backen bewahrt.

»Sag mal … und du backst wirklich nur für dich allein?«, fragte Léonie verwundert und deutete auf die mit Financiers überladene Platte.

»Wenn nicht für mich, für wen sonst?«, erwiderte Rose ausweichend.

»Weiß ich nicht. Aber selbst mit einem gesunden Appetit wie deinem kann man das alles nicht allein essen.« Léonie lächelte ihre Nachbarin verschwörerisch an. »Komm, sag schon! Ich darf auch mal neugierig sein.«

»Das erzählst du keinem, ja?«

Das aus Roses Mund zu hören, dem größten Plappermaul des Périgord, fand Léonie schon amüsant. Dennoch antwortete sie artig: »Ich schwöre es!« Und daran würde sie sich auch halten … Na ja, vielleicht nicht ganz – möglich, dass sie bei Georges oder Marie eine Ausnahme machte.

»Du kennst doch das schicke Hotelrestaurant, das vor drei Jahren in Montignac eröffnet hat. Der Koch dort ist mein Neffe, der jüngste Sohn von Paul. Kurz nach der Eröffnung hat der Konditor des Hauses das Handtuch geschmissen. Und da Not am Mann war, hat sich mein Neffe an mich gewandt.«

»Und seitdem backst du für die?«

»Ja, und weißt du was? Das, was ich da verdiene, spare ich für eine Weltreise! Ist das zu glauben? Ich, die ich Saint-André noch nie groß verlassen habe. Aber mir ist einfach klar geworden, dass ich nicht sterben möchte, ohne nicht wenigstens einmal noch etwas anderes von der Welt gesehen zu haben.«

Léonie war fassungslos. Für sie war Rose immer ein offenes Buch gewesen. Und jetzt zeigte sich, dass sie geheime Wünsche und Träume hatte.

»Wie, eine Weltreise?«

»Mit so einem Riesenschiff. Darüber hab ich eine tolle Werbung im Fernsehen gesehen. Von Marseille aus über die Weltmeere. Wenn ich genug gespart habe, bucht mein Neffe die Reise für mich … über dieses Internet.« Dann jedoch zeigte Rose mit einer Handbewegung an, dass dieses spannende Thema für heute beendet war. »Aber jetzt lass uns über ernsthafte Dinge reden. Wie war es vorhin? Wer war denn da?«

Bis ins kleinste Detail wollte sie nun alles über die Beerdigung wissen. Nach einer halben Stunde schwirrte Léonie regelrecht der Kopf. Ein echtes Verhör war nichts dagegen.

»Sag mal, und bei euch ist ja in letzter Zeit auch ganz schön was los, was?«, fragte Rose nun unvermittelt. »Und der Bürgermeister besucht euch neuerdings ziemlich oft. Einmal war der ja sogar nachts da.«

Der Themenwechsel hatte es in sich. Roses Wissensdurst war wirklich grenzenlos. Aber nun würde Léonie sie enttäuschen müssen. Sie war schlichtweg erschöpft.

»Ach so? Hab ich gar nicht mitbekommen. Da muss ich wohl vor dem Fernseher eingeschlafen sein.« Das Argument sollte Rose eigentlich einleuchten. Die schlief regelmäßig vor dem Fernseher ein.

»Das ist aber schade. Ich konnte nicht genau hören, was er gesagt hat, aber ich meine, es war von einem Mord die Rede.« Sie beugte sich über den Küchentisch, an dem sie saßen, und fragte mit Verschwörerstimme: »Ist sein Neffe etwa *ermordet* worden?«

»Soweit ich weiß, war es ein Herzinfarkt«, erwiderte Léonie. Sie wollte nicht, dass Rose irgendetwas herausposaunte, was Maries Arbeit noch weiter erschwerte.

Diese Theorie befriedigte die Nachbarin leider ganz und gar nicht.

»An dem Morgen, an dem wir erfahren haben, dass der Neffe tot ist, bin ich gleich zum Tante-Emma-Laden gegangen, um mich auf den neuesten Stand zu bringen. Odile hat mir erzählt, dass er am Tag davor bei ihr einkaufen war. Der ging da täglich hin. Sonst hat er wohl immer einen Scherz gemacht, aber da war er sehr ernst. Er hat sogar seine Einkäufe auf dem Tresen vergessen und ist nicht mehr zurückgekommen, um sie zu holen. Das ist doch seltsam, oder?«

Ja, das war es wirklich. Ob Marie davon gehört hatte? Léonie würde sie später darauf ansprechen. Vielleicht war Duboscs Neffe gesundheitlich angeschlagen gewesen.

*

Marie war die kurze Strecke von ihrem Zuhause zum Café de la Place zu Fuß gegangen. Als sie gegen vier Uhr ankam, war das Lokal schon ziemlich voll. Das Erste, was sie registrierte, war das dezente Outfit von Danielle. Sie trug ein einfaches schwarzes Kleid ohne Dekolleté und verhältnismäßig flache Schuhe. Nur ihr Haar erinnerte noch an die Sechzigerjahre – stark toupiert mit strenger Außenwelle. Sie nickte Marie einigermaßen wohlwollend zu. Paulines kleine Ansprache hatte also tatsächlich etwas bewirkt.

Danielles Mann Jacques hatte Häppchen vorbereitet, die er auf dem langen Tresen präsentiert hatte, den Romain Dubosc so bewundert hatte. Sie wurden in Windeseile verputzt. Der Kellner Pierre huschte diensteifrig durch das Lokal, das sich immer noch weiter füllte. Er trug ein schwarzes T-Shirt, und Marie überlegte gerade, ob er es aus Pietät angezogen hatte oder es reiner Zufall war, als ein kleiner, knubbeliger Mann sie ansprach.

»Da sind Sie ja, Madame la Commissaire! Ich bin Jean Mangin«, stellte sich der Mann vor, den Marie hinlänglich aus Presse und Fernsehen kannte und neuerlich als Anrufer zu morgendlicher Stunde. »Die Wirtin hat mir gezeigt, wo ich Sie finde.«

»Oh, Monsieur le Préfet. Schön, dass wir uns mal persönlich kennenlernen«, antwortete sie und reichte ihm die Hand.

Marie war überrascht, denn sie hatte nicht damit gerechnet, dem Präfekten hier zu begegnen. Demnach musste er einigermaßen gut bekannt sein mit Dubosc. Nach ein paar Höflichkeitsfloskeln folgte sie Michels Rat und kam auf ihren Kollegen Champion zu sprechen. Sie haderte ein wenig damit, da ihr ein Leichenschmaus nicht als der passende Anlass für ein solches Gesprächsthema erschien. Andererseits würde sich eine solche Gelegenheit wahrscheinlich so schnell nicht wieder bieten. Sachlich, aber bestimmt beschrieb sie Champions Fehlverhalten sowohl im Fall Antoine Barthes als auch ihr, seiner Vorgesetzten, gegenüber.

»Was Sie sagen, verwundert mich. Maurice Champion wirkt auf mich stets seriös und kompetent«, hielt der Politiker dagegen.

Offenbar gefiel ihm nicht, was ihm da gerade zu Ohren gekommen war – doch Marie war fest entschlossen, Champion nicht so ohne Weiteres davonkommen zu lassen.

»Na ja, Sie wissen doch: Oft trügt der äußere Schein. Schauen Sie mich an, ich bin weder groß gewachsen noch ein Muskelpaket, aber wehren kann ich mich durchaus«, erwiderte sie mit einem ironisch-charmanten Lächeln.

Ein Raunen ging plötzlich durch das Lokal. Der Präfekt und Marie drehten sich um und sahen Bruno Dubosc den Raum betreten. Er schaute sich suchend um, und als er Mangin und Marie erblickte, kam er sofort auf sie zu. Sein Gesicht war grau und eingefallen.

»Sie kennen sich also«, stellte er fest.

»Ja, wir haben uns gerade miteinander bekannt gemacht«, antwortete Mangin.

Der Bürgermeister wandte sich an Marie – wohlwissend, dass der Präfekt ihn auch hören konnte.

»In den Ostertagen habe ich in Romains Unterlagen verschiedene Laboranalysen gefunden. Er hat zwei Wochen vor seinem Tod einen kompletten Check-up machen lassen. Ich habe die Ergebnisse meinem Hausarzt gezeigt, und er meint, Romain und sein Herz seien in Topform gewesen. Vielleicht taugt euer Pathologe nichts. Warum habt ihr eigentlich kein Gegengutachten von einem anderen Pathologen machen lassen?«

Mangin nickte, als würde er das bitte schön auch wissen wollen.

»Weil der Staatsanwalt den Antrag wegen mangelnden Verdachts abgelehnt hat. Ich hatte ihn gestellt, um ganz sicherzugehen.« Wie gut, dass sie das einer spontanen Eingebung folgend noch vor Ostern gemacht hatte. Und wie gut, dass Blanquer nichts davon erfahren hatte. Die weitere Zusammenarbeit wäre schwierig geworden.

Der Bürgermeister und der Präfekt waren peinlich berührt, denn der Staatsanwalt, der in der französischen Administration dem Justizministerium unterstand, war der Einzige, der laut Gesetz in einen Kriminalfall eingreifen durfte.

Bruno Dubosc räusperte sich. »Ich muss mich jetzt um meine Gäste kümmern. Wir sehen uns!«, verkündete er und entfernte sich dann.

Der Präfekt, der scheinbar nicht wusste, wie er mit der Situation umgehen sollte, gab noch ein paar banale Lebensweisheiten zum Besten und verabschiedete sich – wegen dringender Termine könne er leider nicht länger bleiben.

Marie blickte sich im Lokal um und sah erneut die Frau, die wohl Romains Lebensgefährtin gewesen war. Spontan ging sie auf sie zu.

»Ihre Ansprache war sehr bewegend«, sagte sie zu der Frau, die inzwischen ihre Sonnenbrille abgenommen hatte. Sie hatte ein ebenmäßiges Gesicht mit einer markanten Nase. Ihr Haar war schwarz und ihr Make-up jetzt makellos. Marie fand sie attraktiv, und ihr fiel eine französische Redewendung ein, die sie zutreffend fand: *Elle a du chien* – was wörtlich übersetzt im Deutschen »Sie hat Hund« heißen würde, im übertragenen Sinne jedoch so viel wie »Sie hat das gewisse Etwas« bedeutete.

»Das ist freundlich von Ihnen, dass Sie das sagen, aber ich habe mich nicht im Griff gehabt. Ich arbeite in der Werbung, und einen solchen Auftritt wie vorhin in der Kirche könnte ich mir in meinem Job niemals erlauben.«

Marie nickte verständnisvoll und stellte sich vor.

»Ach, Sie sind das. Romain hat mir von Ihnen erzählt. Er fand Sie sehr sympathisch.«

»Oh, *merci.*«

»Trotz der Trennung standen wir uns immer noch nahe und haben regelmäßig miteinander telefoniert. Und eigentlich wollten wir es noch einmal miteinander versuchen, sobald er hier ein Haus gefunden hätte. Wir gehörten einfach zusammen.« Ihre tiefe Stimme wurde heiser. »Aber dann muss hier etwas passiert sein – ich weiß nur nicht, was. Jedenfalls wirkte Romain kurz vor seinem Tod wegen irgendetwas sehr aufgewühlt.«

»Er hat keine Andeutung gemacht?« Marie wurde hellhörig.

»Nein. Romain machte auf andere einen lockeren, freundlichen Eindruck und konnte super mit Menschen umgehen, aber bei Dingen, die ihm wirklich am Herzen lagen, war er verschlossen. Wenn man zu viel fragte, machte er gleich die Schotten dicht. Er hat mir nur gesagt, dass er ›etwas Unglaubliches‹ entdeckt habe. Ja, genau diesen Ausdruck hat er gebraucht: ›etwas Unglaubliches‹. Und ich werde wohl nie erfahren, was es war und ob sein Herz deswegen plötzlich stehen geblieben ist.«

»Wann hat er mit Ihnen darüber gesprochen, Madame …?«

»Oh, pardon, ich heiße Christine Lefebre«, antwortete die Frau. »Das war kurz vor seinem Tod. Ja genau, am Montag war das.«

»Hatte er Ihnen von dem Todesfall erzählt, in den die Frau seines Partners verwickelt war?«

»Sie meinen die Skelettgeschichte? Ja, verrückt. Romain hatte großes Mitgefühl für Olivier. Er mochte ihn gern und wusste, dass er sich Sorgen um seine Frau machte.« Sie schaute sich um. »Wo ist er eigentlich? Ich würde ihn gern kennenlernen.«

»Er war vorhin in der Kirche, ist aber nicht mit hierhergekommen«, erwiderte Marie.

»Schade.«

»Könnte das ›Unglaubliche‹, was Romain herausgefunden hatte, etwas mit diesem Skelettfund zu tun haben?«, fragte Marie.

»Keine Ahnung, glaube ich aber eher nicht. Zumindest hat er keine Andeutungen in diese Richtung gemacht.«

Marie zeigte auf Romains Freunde aus Paris.

»Gab es unter ihnen jemanden, dem er sich hätte anvertrauen können?«

Christine Lefebre schüttelte den Kopf. »Auf die Gefahr hin, dass Sie mich für eingebildet halten – ich glaube, dass er zu niemandem so viel Vertrauen hatte wie zu mir.« Ihre Augen füllten sich mit Tränen, und sie senkte den Kopf. »Und das beruhte auf Gegenseitigkeit. Er war offen und tolerant und ein wunderbarer Zuhörer.«

Marie gab ihr eine Visitenkarte und bat Christine Lefebre um ihre Telefonnummer, falls sich noch eine Frage ergeben sollte.

Die Frau betrachtete das kleine Stück Karton. »Sie als Kommissarin haben mir jetzt so viele Fragen gestellt … Ermitteln Sie in Romains Todesfall?«

»Eigentlich nein. Das ist etwas kompliziert, denn bis jetzt liegt uns kein Hinweis auf ein Fremdverschulden an seinem Tod vor. Was Sie mir gerade erzählt haben, gibt mir allerdings zu denken.«

Nach ihrem Gespräch mit Romains ehemaliger Lebensgefährtin hatte Marie hier genug erfahren und beschloss, noch kurz im Präsidium vorbeizuschauen.

Als sie das Lokal verlassen wollte, sah sie durch die geöffnete Eingangstür den vornehm wirkenden Mann mit dem altmodischen schwarzen Hut mit Dubosc auf der Terrasse stehen. Vorhin hatte er sich abseits von allen anderen gehalten, aber jetzt war er in ein intensives Gespräch mit dem Bürgermeister vertieft. Wer das wohl sein mochte? Ein Verwandter? Ein Freund von Romain? Oder ein Freund von Dubosc? Jedenfalls schien niemand sonst ihn zu kennen. Bruno wird doch wohl keinen Privatdetektiv beauftragt haben?, schoss es Marie durch den Kopf. Das würde mir gerade noch fehlen.

*

Martin blickte nachdenklich auf den leise dahinplätschernden Zimmerbrunnen. Es waren gute Nachrichten, die seine Chefin von der Beerdigung mitgebracht hatte. Nun ja … zumindest teilweise.

Gut war, dass sie bei dem Gespräch mit dem Präfekten deutliche Worte über Champion gefunden und dem Bürgermeister von Saint-André Paroli geboten hatte. Weniger gut war, dass Marie nach dem Gespräch mit dieser Christine Lefebre nun zunehmend davon auszugehen schien, dass angesichts des plötzlichen Todes von Romain Dubosc ein Fremdverschulden nicht mehr auszuschließen war. Die Situation blieb rätselhaft, denn ein offizieller Kriminalfall war es noch lange nicht.

Seine Chefin hatte ihn dennoch gebeten herauszufinden, was Romain Dubosc an den letzten drei Tagen vor seinem Tod gemacht hatte. Er sollte sich auch mit Olivier Gaillard in Verbindung setzen, mit dem der Verstorbene sicherlich einige Zeit verbracht hatte. Vielleicht wusste der, was Romain Dubosc derart beunruhigt hatte. Marie selbst wollte den Computer und das Handy des Toten überprüfen, falls der Bürgermeister bereit war, ihr beides auszuhändigen.

Martin war sehr zufrieden mit der Arbeitsaufteilung. Er mochte diese Art von Recherche, gleich würde er eine Excel-Tabelle dafür anlegen. Zuerst versuchte er, Olivier Gaillard telefonisch zu erreichen, um mit dessen Hilfe den Ablauf der drei letzten Lebenstage von Romain Dubosc zu rekonstruieren. Doch niemand reagierte auf das Klingeln, und keine Mailbox meldete sich, obschon er die Handynummer benutzte, die Marie ihm gegeben hatte. Er beschloss, am nächsten Tag gleich in der Früh nach Auberoches zu fahren.

Kapitel 22

Saint-André, Mittwoch, 21. April

Obwohl sie eigentlich gar keinen Hunger hatte, marschierte Marie am nächsten Morgen auf dem Rückweg von ihrem morgendlichen Spaziergang mit César zum Tante-Emma-Laden von Odile, um ein Croissant zu kaufen. In Wahrheit wollte sie dieser Geschichte nachgehen, die Léonie ihr gestern Abend erzählt hatte. Als sie den Laden betrat, sah sie, dass sie Glück hatte – sie war die einzige Kundin.

»Das war eine würdige Trauerfeier gestern«, sagte Marie beiläufig, nachdem sie bezahlt und ein kleines Stück von dem buttrigen Hörnchen abgebissen hatte.

»Ja. Ich kann immer noch nicht glauben, dass dieser nette Mann gestorben ist.« Dann fügte Odile etwas leiser hinzu, obwohl niemand außer ihnen im Geschäft war: »Also, wenn ich nicht verheiratet wäre, hätte mir der Neffe unseres Bürgermeisters sehr gut gefallen können.«

Marie sah sie verwundert an. Diese Art von Gesprächen hatten sie noch nie geführt. Odile war gut zehn Jahre älter als sie und stand als rechtschaffene verheiratete Frau eher für traditionelle Werte. Dennoch ließ Marie sich darauf ein.

»Stimmt, er sah gut aus. Charmant war er auch. Und immer gut gelaunt.«

»Na ja, nicht immer. Als ich ihn das letzte Mal gesehen habe, war er gar nicht gut drauf. Er hat sogar seine Einkäufe vergessen!«

»Was hat er denn eingekauft?«, fragte Marie. Vielleicht würde sie das auf eine Spur bringen.

Odile holte eine Tüte hinter der Theke hervor.

»Die habe ich für Bruno zur Seite gelegt. Schließlich hat sein Neffe die Ware bezahlt.«

Marie schaute sich den Inhalt an.

»Bonbons und Schokolade. Hätte ich jetzt nicht gedacht, dass er ein Freund von Süßigkeiten ist.«

»Ja, hat mich auch gewundert. Meistens hat er Obst und Gemüse gekauft.«

»Und ist dir sonst noch etwas aufgefallen?«

»Er war sehr still, obwohl er sonst immer einen lustigen Spruch oder ein Kompliment auf den Lippen hatte. Ich habe ihn gefragt, ob alles in Ordnung wäre, aber er meinte, er sei nur müde, der Tag sei schräg gewesen. Genau, er sagte ›schräg‹.«

Marie überlegte, wo die Verbindung zwischen »schräg« und dem »Unglaublichen« war, das Romains Ex-Freundin erwähnt hatte. Immerhin hatte er beide Wörter kurz vor seinem Tod benutzt und mit ihnen auf etwas Besonderes hingewiesen.

Nachdem sie sich verabschiedet hatte, teilte Marie ihr restliches Croissant mit César, der sein Glück kaum fassen konnte.

»Das hier ist eine Ausnahme. Damit wir uns klar verstehen!«, ermahnte sie den schwanzwedelnden Hund. »Wir teilen geschwisterlich die Kalorien.« Aber lecker war so ein Croissant schon.

Dann versuchte sie, Bruno Dubosc anzurufen, aber es meldet sich nur der Anrufbeantworter. Vielleicht hielt er sich ja trotzdem zu Hause auf. Er war von Beruf Mathematiklehrer, aber zurzeit waren Schulferien. Also machte Marie einen kleinen Umweg und ging mit César, der brav neben ihr hertrottete, am Haus des Bürgermeisters vorbei. Sie klingelte vergeblich, auch konnte sie Brunos Wagen nirgendwo entdecken, und die

Fensterläden waren geschlossen. Somit würden sie erst einmal ohne Romains Computer und Handy auskommen müssen.

*

Martin war an diesem Morgen direkt zu den Barthes nach Auberoches gefahren. Er schaute auf die Uhr: halb neun. Er war eben kein Schnellfahrer – eine Stunde hatte er für die Fahrt gebraucht, im Unterschied zu seiner Chefin, die diese Strecke in vierzig Minuten schaffte. Jetzt parkte er auf dem Hof der Barthes und hoffte sehr, die nette Yogafrau wiederzutreffen. Doch kaum war er ausgestiegen, kam Agnès Barthes auf ihn zu. Sie erinnerte ihn an einen strengen Feldwebel.

»Was wollen Sie denn schon wieder hier?«, blaffte sie ihn an.

Martin ließ sich nicht aus der Ruhe bringen und erklärte ihr, dass er auf der Suche nach ihrem Schwager sei, den er telefonisch nicht erreicht habe.

»Der geht nie ans Telefon. Den finden Sie auf dem Feld nebenan, im Container. Da geht's lang.« Die Frau wies mit der Hand in die entsprechende Richtung und verschwand dann grußlos im Haus.

So schnell war Martin noch nie aus einem Hof hinauskomplimentiert worden.

Auf dem Grundstück für die geplante Mühle hatte sich mittlerweile einiges getan. Es sah jetzt wie eine richtige Baustelle aus. Aber leider wie eine ruhende.

Martin sah Olivier Gaillard in dem Container stehen und etwas verloren aus dem Fenster starren. Er schien einen Moment zu brauchen, bis er den Inspektor wiedererkannte, der an der Türöffnung stehen geblieben war.

»Tut mir leid, ich hatte nicht mit Ihnen gerechnet«, entschuldigte Gaillard sich nach der kurzen Begrüßung und begann, leicht nervös auf und ab zu gehen. »Leider habe ich nur ein paar Minuten Zeit. Ich habe gleich einen wichtigen Termin in Périgueux.«

Doch diesmal war Martin entschlossen, sich nicht so schnell abfertigen zu lassen. Er ließ den Einwand außer Acht und fragte Gaillard, wie der Arbeitsalltag seines Geschäftspartners ausgesehen hatte.

»Romain war die meiste Zeit hier im Container. Er kam morgens früh und fuhr erst gegen sieben Uhr abends wieder nach Hause. Er war ein richtiges Arbeitstier.«

Das konnte sich der Inspektor aufgrund dessen, was Romain Dubosc in seinem kurzen Leben auf die Beine gestellt hatte, unschwer vorstellen.

»Und womit genau war er in den letzten Tagen vor seinem Ableben beschäftigt?«

»Da fragen Sie mich was. Viel Papierkram. Hat ständig am Computer gesessen und telefoniert.«

Martin schaute zu einer Holzplatte auf Böcken, die offenbar als Schreibtisch diente. Ein Computer war allerdings nicht zu sehen.

»Und wo ist der Computer?«

»Den hatte Romain immer bei sich. Er brachte ihn morgens mit, und abends hat er ihn wieder mit nach Hause genommen.«

»Gab es irgendwelche Meetings?«

»Es kamen regelmäßig Leute vorbei.«

Es war schon ein wenig mühsam, mit Gaillard zu sprechen. Als redselig konnte man ihn wirklich nicht bezeichnen. Außerdem lief er immer noch fahrig hin und her. Zum Glück war der Inspektor mit reichlich Geduld gesegnet.

»Wer genau? Ich würde gern wissen, wen er von Montagmorgen bis Mittwochabend gesehen hat.«

Gaillard gab sich sichtlich Mühe und zählte mithilfe seiner kräftigen Finger die Personen auf, die an jenen Tagen vor Ort gewesen waren.

»Der Architekt war da … Der Statiker … Zwei Installateure, die sich um den Auftrag beworben haben … Und der Dachdecker.«

Martin riss ein Blatt aus seinem Notizheft. Er legte es Gaillard hin und bat ihn, die Namen der Dienstleister und deren Telefonnummern aufzuschreiben. Das dauerte eine Weile.

Einen der Namen kannte Martin – für so etwas hatte er ein gutes Gedächtnis. Julien Robert. Das war doch der aufbrausende Dachdecker, der seiner Chefin das Leben gerettet hatte. Die Welt war klein.

»Sonst noch jemand?«

Plötzlich starrte Gaillard ihn misstrauisch an.

»Aber warum fragen Sie mich das alles? Hat Dubosc es geschafft, und Sie glauben jetzt, dass ich Romain umgebracht habe? Das fehlt mir gerade noch. Ich habe schon die Versicherung am Hals, die mir irgendwas unterstellen will, damit sie nicht zahlen muss.«

»Ich unterstelle Ihnen gar nichts, Monsieur Gaillard. Seien Sie unbesorgt. Aber erzählen Sie bitte weiter. Es ist wichtig, dass Sie sich möglichst genau erinnern.«

Gaillard schnaufte verärgert, gab sich aber offenbar weiterhin Mühe, alles wiederzugeben, was er sich ins Gedächtnis rufen konnte.

»Meine Frau ist auch an einem dieser Tage vorbeigekommen, mit ihrem Vater. Und mein Sohn war auch dabei. Der Junge wollte sich die Baustelle anschauen, das fand er natürlich spannend! Aber das ist ja wohl unwichtig. Ach ja, und der Schreiner, der sich um die gesamte Inneneinrichtung kümmert, der war auch kurz da.«

»Gab es Ärger mit irgendjemandem?«

»Ich glaube nicht. Romain hat ziemlich hart verhandelt, aber das sind die Jungs gewohnt.«

»Und was passierte während der Mittagspausen?«

»Sie wollen aber auch wirklich alles wissen. Da haben wir meistens zusammen im Café de la Place gegessen und uns ausgetauscht. Was jeder gerade macht und so.«

Martin musste an das vorzügliche Hachis-Parmentier denken, das er dort gegessen hatte, und sein leerer Magen knurrte sofort. Von dieser Diät hatte er jetzt schon genug … Vielleicht müsste er etwas anderes ausprobieren. Sport? Nein, dann doch lieber hungern. Obwohl … Stopp! Deine Gedanken schweifen ab, Richard, ermahnte er sich im Stillen und konzentrierte sich wieder auf die Befragung.

»Haben Sie am Montag, Dienstag und Mittwoch der vergangenen Woche auch zusammen gegessen?«

»Montag und Dienstag, ja. Aber letzten Mittwoch habe ich ihn allein mit dem Architekten gehen lassen. Was die Planung betrifft, da habe ich mich eher rausgehalten. Das hat mich nur gestresst.«

»Und ist Romain Dubosc zwischendurch mal weggefahren?«

Gaillard überlegte einen Moment.

»Ja. Am Dienstag hat er mich nach dem Essen auf der Baustelle abgesetzt, weil er irgendwas besorgen musste. Aber nach einer guten Stunde war er dann wieder zurück. Ich sag Ihnen, der hat ständig gearbeitet.«

»Eine letzte Frage noch. War Ihr Partner in diesen Tagen irgendwie verändert?«

»Mir ist nichts aufgefallen. Na ja, vielleicht war er ein bisschen stiller als sonst. Mehr kann ich Ihnen nicht sagen.« Gaillard schaute auf die Uhr. »Jetzt muss ich aber wirklich los.«

»Ich danke Ihnen für Ihre Zeit und Geduld, Monsieur Gaillard. Sie haben mir sehr geholfen.«

*

Nach einem arbeitsreichen Vormittag im Kommissariat erreichte Marie pünktlich um halb zwölf das Gebäude der Pathologie. Es war ein Seitentrakt des Krankenhauses und noch weniger einladend als der Rest des Komplexes. Wahrlich kein Ort für Lebende.

Sie drückte die Klingel neben der schweren Eisentür. Es dauerte ein paar Minuten, bis Blanquer im Pathologiekittel vor ihr stand. Der unangenehme Geruch von starken Desinfektionsmitteln stieg ihr in die Nase. Marie hatte noch nie verstanden, wie man bei diesem Gestank arbeiten konnte. Und mit Leichen noch dazu.

»*Bonjour,* Madame la Commissaire. Ich nehme an, Sie sind eher weniger erpicht auf eine Führung durch mein kleines Reich. Das zeige ich Ihnen, wenn es mal einen Mordfall mit einer handfesten Leiche gibt. Sollen wir um die Ecke einen Kaffee trinken gehen?«

So viel Taktgefühl hatte sie ihm gar nicht zugetraut.

»Das klingt gut.«

»Ich ziehe mich schnell um und bin gleich wieder bei Ihnen.«

Nach wenigen Minuten kam er zurück, und sie machten sich auf den Weg. Dabei kamen sie an der breiten Hauptfassade des Krankenhauses vorbei. Ein paar Patienten schlurften mit Bademantel und Pantoffeln bekleidet ziellos durch die Gegend. Eine kleine Gruppe Teenager hatte sich auf einer Bank um einen Gleichaltrigen versammelt, der ein Bein komplett eingegipst hatte. Unter großem Gelächter kritzelten sie mit Filzstiften darauf herum. Marie wunderte sich, dass sie nicht in der Schule waren. Dann fiel ihr ein, dass noch Osterferien waren.

Etwa auf Höhe des Haupteingangs angelangt, sah Marie, dass Nathalie, Olivier und Léon gerade das Krankenhaus verließen. Sie waren in die Richtung unterwegs, aus der Marie mit Blanquer gekommen war. Nathalie und Olivier wirkten entspannt, geradezu fröhlich. Marie wunderte sich, denn nach der gestrigen Begegnung hätte sie einen solchen Stimmungswechsel nicht erwartet.

Ausgerechnet in dem Moment entdeckte Blanquer einen Kollegen am Eingang, mit dem er kurz etwas Wichtiges besprechen musste. Er bat Marie um Entschuldigung, er würde sofort wieder bei ihr sein. Marie war das nur recht, denn sie war neugierig, was die Veränderung bei den Gaillards verursacht hatte. Mit raschen Schritten ging sie ihnen hinterher.

»*Salut*, ihr drei!«, rief Marie.

Die Gaillards drehten sich überrascht zu ihr um und blieben stehen.

»*Salut*, Marie«, antwortete Nathalie strahlend.

Marie fand, dass sie wie ausgewechselt aussah.

»Wir haben gerade erfahren, dass Léon keine Spenderniere braucht. Seine Krankheit kann medikamentös behandelt werden. Schon bald wird er wieder ganz gesund sein«, erklärte Olivier und warf seinem Sohn einen zärtlichen Blick zu.

»Das ist ja eine wunderbare Nachricht – besonders für dich«, sagte Marie zu Léon, der ebenfalls über das ganze Gesicht strahlte. »Und jetzt gibt es bestimmt ein Rieseneis, was?«

»Super Idee!« Der Junge schaute seine Eltern erwartungsvoll an.

»Was immer du willst, mein Großer«, antwortete sein Vater und drückte ihn liebevoll an sich.

Marie wandte sich an Nathalie. »Da werden Lucienne und Marcel aber auch sehr erleichtert sein.«

»Wir hatten ihnen gar nicht erzählt, dass Léon vielleicht eine neue Niere braucht«, offenbarte Nathalie. »Noch mehr Kummer würden sie nicht ertragen.«

Die Tochter hat also abermals den Eltern eine schlimme Nachricht vorenthalten, weil sie glaubt, die beiden würden sie nicht verkraften. Marie machte sich eine mentale Notiz.

Da gesellte Blanquer sich zu ihnen, und Marie stellte den Arzt und die Familie einander vor. Doch Olivier und Nathalie waren offenbar nicht so sehr an einem Gespräch mit einem Pathologen interessiert und verabschiedeten sich schnell.

»Dann können wir ja jetzt Kaffee trinken gehen«, meinte Blanquer. »Ich sage es Ihnen gleich – die Kneipe sieht nach nichts aus, aber der Kaffee ist vorzüglich.«

Marie nickte. Irgendwie hatte sie auch nicht damit gerechnet, dass er sie in ein schickes Lokal führen würde.

Sie gingen weiter, und nach ein paar Augenblicken fragte Blanquer plötzlich unvermittelt: »Wessen Kind ist dieser Junge eigentlich?«

Marie war überrascht.

»Wie? Er war in Begleitung seiner Eltern, das haben Sie doch selbst gesehen.«

»Seine Eltern? Das würde mich wundern.«

»Was meinen Sie damit?«

»Weil sie zumindest nicht beide die genetischen Eltern von dem Jungen sein können.«

»Wie bitte?« Marie blieb wie vom Donner gerührt stehen.

»Na ja – es sind die Augen.«

»Was ist mit den Augen?«

»Die Augenfarbe.«

Der Mann sprach seltsam kryptisch und kam anscheinend nicht auf die Idee, von sich aus etwas so zu erklären, dass man es auf Anhieb verstand.

»Und was ist mit der Augenfarbe?«

»Der Junge hat braune Augen.«

Noch immer hatte der Pathologe nicht deutlich gemacht, was genau er ihr zu verstehen geben wollte. Marie verlor allmählich die Geduld.

»Ja, sehr schöne Augen sogar. Mit beneidenswert langen Wimpern.«

Sie überlegte schnell, ob ihr sonst noch etwas an seinen Augen aufgefallen war. Nein, nichts.

»Und die Eltern? Haben Sie gesehen, was die Eltern für eine Augenfarbe haben?«

»Nathalie hat blaue Augen, das weiß ich. Ja, und Olivier … auch.«

»Genau. Und wenn eine blauäugige Frau und ein blauäugiger Mann ein Kind kriegen, hat es zwangsläufig blaue Augen.«

»Das höre ich zum ersten Mal!«

»Dann haben Sie jetzt etwas dazugelernt.«

»Sind Sie sich da wirklich sicher?«

»Stellen Sie eigentlich immer das Wissen anderer Menschen infrage? Damit machen Sie sich bestimmt nicht nur Freunde.«

»Das würde also heißen, dass Léon nur mit einem Elternteil verwandt ist. Oder mit keinem von beiden …«

»Korrekt«, stimmte ihr der Mediziner zu.

Kurz darauf standen sie vor einer Bar Tabac PMU, einer Art von Gaststätte, die in Frankreich immer seltener wurde: Hier konnten Kunden nicht nur einen Snack essen und etwas trinken, sondern auch Tabakwaren kaufen und sogar Pferdewetten abgeben. Über der Eingangstür hing die sogenannte *Carotte*, eine längliche rote Leuchtreklame, auf der mit weißen Buchstaben *Tabac* geschrieben stand. In Frankreich durften Rauchwaren nur in hierfür staatlich konzessionierten Geschäften über die Theke gehen.

Der Himmel war zwar bewölkt, aber die Luft mild, sodass Marie und Blanquer beschlossen, sich draußen an einen der Tische zu setzen, die wie die dazu passenden Stühle aus billigem weißem Kunststoff waren.

Marie blickte zum Eingang des Lokals und sah drinnen einen alten Tischkicker stehen. Zudem waren die lauten Geräusche eines Flipperautomaten zu hören. Hier war die Zeit stehen geblieben. Der Ort hatte etwas.

Als der Kellner vorbeikam, schaute Blanquer ihn an und sagte laut: »*Deux cafés.*«

Marie wunderte sich, dass der Pathologe etwas für sie bestellte, ohne sie zuvor nach ihrem Wunsch zu fragen. Ein sonderbarer Typ, so gar nicht Gentleman. Er schien hier Stammgast zu sein, duzte den Kellner und grüßte mehrere Kunden, die ein und aus gingen.

»Sind Sie eigentlich aus Périgueux?«, fragte sie neugierig.

»Nein. Hat Martin Ihnen das nicht erzählt? Ich wurde von Bordeaux hierher strafversetzt, weil ich immer sage, was ich denke – und das kann nicht jeder ertragen. Mit dieser Art Strafe kann ich aber gut leben. Ich bin gern hier.«

»Kann ich gut verstehen. Ich bin sogar freiwillig in diese Gegend gezogen.«

Marie dachte kurz an Maurice Champion. Wie schön wäre es, wenn man ihn strafversetzen würde. Am liebsten auf eine Insel – Hauptsache ganz weit weg. Aber Posten in den französischen Überseegebieten waren begehrt.

»Dann war es für Sie ja eine glückliche Fügung, dass Michel Leblanc nach Bordeaux befördert wurde. Ein guter Mann übrigens.«

Er schaute sie an, und sie nickte vage.

Ob ihre Beziehung mit Michel sich schon herumgesprochen hatte? Es konnte natürlich sein, dass sie am Wochenende zusammen auf dem Markt gesehen worden waren – Périgueux war ein überschaubares Städtchen, und viele Beamte der hiesigen Polizei wohnten hier im Ort. Ein Wunder, dass sie Richard und seiner Mutter bisher noch nie begegnet waren. Und wenn schon! Wo war das Problem?

»Ich habe nicht lange, aber gern mit ihm zusammengearbeitet. Seine ruhige Art gefällt mir«, führte Blanquer aus. »Ich finde es wichtig, zu wissen, mit wem man es zu tun hat. Deshalb wollte ich mich auch mit Ihnen außerhalb der Arbeit treffen.«

»Das war eine gute Idee«, stimmte sie ihm zu. »Ich muss mich ja hier auch einleben.«

Nachdem der Kellner ihre Getränke gebracht hatte, fragte der Mediziner sie plötzlich: »Wieso hat Sie das so schockiert, dass die Gaillards nicht beide die biologischen Eltern des Jungen sein können?«

»Es schockiert mich nicht. Ich frage mich nur, ob die Familie Barthes-Gaillard nicht noch mehr Geheimnisse in petto hat.«

Kapitel 23

Auberoches, Mittwoch, 21. April

Sophie hatte den ganzen Tag auf dem Feld gearbeitet, Unkraut gejätet und viele Reihen Möhren, Zwiebeln sowie Knoblauch gepflanzt. Jetzt tat ihr der Rücken weh, aber sie war dennoch zufrieden. Angesichts der guten Nachricht, dass Léon schon bald wieder gesund sein würde, war ihr ein Stein vom Herzen gefallen. Nathalie hatte es ihr erzählt, als sie um die Mittagszeit vorbeigekommen war – gut gelaunt, fast fröhlich, zum ersten Mal seit einer gefühlten Ewigkeit. Sophie mochte Léon gern. Er hatte eine natürliche Liebenswürdigkeit, und irgendwie schlug er damit in dieser Familie völlig aus der Art. Das musste er von Olivier geerbt haben.

Als Nächstes vollführte sie eine Reihe von Dehnübungen, um die bei der Feldarbeit entstandenen Muskelblockaden zu lockern. Danach ging sie auf die Scheune zu, um sich dort umzuziehen. Als sie das Tor erreichte, sah sie, dass es einen Spalt offen stand. Aus dem Inneren der Scheune waren Stimmen zu vernehmen. Sophie blieb stehen und lauschte. Es waren die Stimmen von Nathalie und Cécile.

Ihre jüngste Schwester war wieder mal für ein paar Tage aus Toulouse gekommen. Irgendwie lief es mit ihrem Freund nicht rund, hatte Nathalie ihr neulich auf dem Markt anvertraut. Anscheinend war Cécile schon lange mit diesem Mann zusammen, aber sie hatte ihn nie der Familie vorgestellt. Sie war sowieso eine Geheimniskrämerin, und außer Nathalie wusste niemand etwas über ihren Lebens- und Berufsalltag. Sophie wusste nicht einmal, wo ihre jüngste Schwester in Toulouse wohnte. Cécile hatte sie nie zu sich eingeladen.

»Ich war heute Nachmittag bei Petiot«, hörte Sophie Nathalie sagen.

Sophie dachte, dass sie den gutmütigen Hausarzt ihrer Familie demnächst auch mal wieder aufsuchen sollte, denn sie spürte regelmäßig Schmerzen an der Handwurzel. Durch die viele Arbeit auf dem Feld hatte sie sich vermutlich eine Sehnenentzündung zugezogen.

»Und? Hat er sich gefreut, weil Léon jetzt doch keine neue Niere braucht?«

»Ja, aber er wollte mich aus einem anderen Grund sehen. Er hatte ja auch die Blutergebnisse für die Nierenspende erhalten.«

»Die braucht Léon ja jetzt nicht mehr«, erwiderte Cécile.

»Jetzt warte doch.« Nathalie räusperte sich. »Also … Petiot hat mir geraten, die Ergebnisse niemandem zu zeigen.«

»Jetzt versteh ich gar nichts mehr. Sag bloß, Léon ist so schwer krank, dass eine Nierentransplantation keinen Sinn mehr macht, und niemand soll es wissen.«

Oh nein, bitte nicht! Sophie spürte, wie sich ihr die Kehle zusammenzog.

»Natürlich nicht! Was redest du da?« Nathalies Stimme klang genervt. Dann stöhnte sie hörbar. Offenbar lag ihr etwas auf der Seele, und es fiel ihr schwer, es auszusprechen. »Darum ging es nicht. Er hat mir geraten, die Ergebnisse zu verheimlichen, damit niemand erfährt …, dass Olivier nicht der leibliche Vater von Léon sein kann.«

Beinahe hätte Sophie aufgeschrien vor Entsetzen. Sie konnte kaum fassen, was sie da hörte.

»Ach du heilige Scheiße!«, fluchte Cécile. »Olivier ist nicht der echte Vater? Ja, und wer ist es dann?«

»Ist doch jetzt egal.«

»Wie? Das soll egal sein? Bist du total bescheuert? Los, sag, wer ist es!«

»Jetzt hör auf mit dieser Fragerei! Es ist so schon kompliziert genug.«

»Ach, ich weiß – Arthur Dalbavie war damals immer hinter dir her, und irgendwann konntest du der Versuchung nicht mehr widerstehen«, mutmaßte Cécile, die jetzt fast amüsiert klang. Zumindest hatte ihre Stimme diesen zynischen Unterton, den Sophie nur allzu gut von ihr kannte.

Sophie verspürte einen weiteren Stich, eine sinnlose Eifersucht bei dem Gedanken an eine kleine, verlorene Liebe. Alle hatten gewusst, dass Arthur in Nathalie verliebt war. Dass er sie auch gemocht hatte, das wusste damals keiner.

»Nein!« Nathalie schien nun kurz davor, richtig wütend zu werden. »Du kennst … den Typen nicht. Ich bin ihm kurz vor meiner Hochzeit … begegnet.« Ihre Stimme klang jetzt brüchig. »Aber ich habe immer gehofft, dass Olivier Léons Vater ist.«

»Und wie erkennt man das an den Blutergebnissen?«, wollte Cécile wissen.

»An den Blutgruppen. Olivier und ich haben die Blutgruppe 0, und Léon hat B. Also kann Olivier nicht der Vater sein. So einfach ist das.«

»Was es nicht alles gibt. Na immerhin! Dann hast du jetzt also die Gewissheit, dass der leibliche Vater nicht Olivier ist«, schlussfolgerte Cécile ungerührt.

»Deinen Pragmatismus möchte ich haben.« Nathalies Stimme klang verbittert.

Cécile ist wirklich schmerzfrei. Die kann nichts schockieren, dachte Sophie.

Sie selbst war im Moment fertig mit den Nerven. Nathalie hatte also über all die Jahre nicht sicher gewusst, ob Olivier Léons biologischer Vater war? Aber wer war es dann? Armer Olivier! Sollte er das jemals erfahren, würde für ihn eine Welt zusammenbrechen. Er himmelte seinen Sohn und seine Frau an.

Sophie wurden ihre beiden Schwestern immer unheimlicher, besonders Nathalie. Erst die Sache mit Antoine – und jetzt das. Was war nur aus ihrer »Vorzeige-Schwester« geworden, die immer alles richtig machte und noch dazu die perfekte Ehefrau und Mutter war? Agnès mochte speziell sein, aber im Vergleich zu den beiden hier erschien sie Sophie auf einmal angenehm bodenständig.

»Und wird Petiot das nicht ausplappern?«, fragte Cécile plötzlich nach.

»Nein, du weißt schon … ärztliche Schweigepflicht. Außerdem sieht er so was nicht zum ersten Mal.«

Das stimmte allerdings. Sophie musste an einen Schulkameraden denken, der dem damaligen Pfarrer wie aus dem Gesicht geschnitten war. Das konnte jeder sehen, dennoch war es für die anderen im Ort nie ein Thema gewesen. Über so etwas wurde, wenn überhaupt, nur hinter vorgehaltener Hand gesprochen.

»Na dann kann ja alles beim Alten bleiben«, sagte Cécile trocken.

Sophie hatte genug gehört und öffnete das Tor mit einem Poltern, um sich bemerkbar zu machen. Sie betrat die Scheune und sah ihre beiden Schwestern auf der Bank neben ihren Anziehsachen sitzen.

»Ah! *Salut!* Was macht ihr denn da?«, fragte sie möglichst beiläufig.

»Nichts, nur dumm quatschen. Aber ich muss jetzt los und Léon bei einem Freund abholen«, antwortete Nathalie, stand auf und ging hinaus.

Wieder wurde Sophie bewusst, dass sie ein Fremdkörper in dieser Familie war. Sie wechselte noch ein paar belanglose Worte mit Cécile, dann zog sie sich schnell um und machte sich auf den Heimweg. Sie war froh, dass sie nicht mehr auf dem Hof wohnte und in ihr kleines Refugium flüchten konnte. So viele Geheimnisse, so viel Doppelmoral. Sie musste sich jetzt erst einmal erholen von dem, was sie gerade gehört hatte. Und sie wollte herausfinden, wer der leibliche Vater ihres Neffen war. Das nahm sie sich fest vor. War es vielleicht doch Arthur, auch wenn Nathalie einen anderen vorgeschoben hatte? Sie dachte über Ähnlichkeiten nach. Immerhin, die Locken und die braunen Augen würden dafürsprechen.

*

Am späten Nachmittag rief endlich Bruno Dubosc bei Marie an. Zuvor hatte sie zweimal versucht, ihn telefonisch zu erreichen.

Er war in Paris und würde erst am Wochenende wieder nach Saint-André kommen, teilte er ihr als Erstes mit. Zu Maries Erstaunen war er freundlich, fast redselig.

»Ich bin gerade in Romains Wohnung und weiß gar nicht, was damit werden soll. Ich habe hier bei ihm eine riesige Sammlung Nussknacker gefunden. Die hat er wahrscheinlich für das zukünftige Walnussmuseum zusammengekauft. Antike Stücke in allen Formen aus Holz oder Gusseisen. Designerteile aller Couleur. Das sind wirklich unfassbar viele. Er musste immer alles zweihundertprozentig machen.« Dann unterbrach er sich in seinem Elan. »Aber warum hast du eigentlich versucht, mich zu erreichen?«

Marie erzählte ihm von dem Gespräch mit Christine Lefebre.

»Hat Romain dir auch etwas in dieser Art erzählt? Irgendetwas muss da gewesen sein in den letzten drei Tagen vor seinem Tod.«

»Nein! Da haben wir uns kaum gesehen. Ermittelst du jetzt endlich?«

Diese Frage hatte Marie befürchtet. Und bei einer Persönlichkeit wie dem Bürgermeister musste man vorsichtig sein. Wenn sie mit Ja antwortete, wäre er in der Lage, sofort weitere Schritte zu unternehmen und dabei gleich wieder über das Ziel hinauszuschießen.

Marie beschloss daher, ihm keine Antwort zu geben, sondern ihr Anliegen einfach weiter auszuführen. »Ich würde gern von den Kollegen mal einen Blick auf Romains Handy und Computer werfen lassen, um zu sehen, was genau er in den Tagen vor seinem Tod gemacht und wen er gesehen hat. Was sonst drin steht … wie er seine Geschäfte abgewickelt hat und so, interessiert mich nicht.«

»Okay, ich bitte meine Haushälterin, dir die Sachen heute Abend vorbeizubringen.«

»Danke. Und sag mal, was ganz anderes: Auf der Beerdigung war ein großer Mann, um die fünfzig, elegant gekleidet und mit einem schwarzen Hut. Er war später im Café de la Place, hat aber nicht groß mit jemandem gesprochen. Wer war das?«

Bruno Dubosc schwieg zunächst. Dann räusperte er sich und sagte schließlich: »Keine Ahnung. Da waren ja so viele Leute.«

»Aber ich habe dich auf der Terrasse mit ihm reden gesehen.«

»Ach … Ach, den meinst du … Ist bloß ein entfernter Verwandter.«

»Ist ja wahrscheinlich auch egal. Ich hab aus reiner Neugierde gefragt.«

Sie verabschiedeten sich. Langsam wurde Marie hellhörig. Wer mochte dieser mysteriöse Mann sein? Sie musste unbedingt herausfinden, weshalb er auf der Beerdigung aufgetaucht war.

*

Als sie ein paar Stunden später zu Hause ankam, wäre Marie am liebsten mit César losgezogen. Ein Spaziergang würde ihr guttun, um ihre Gedanken zu sortieren. Aber Blanquers Äußerung über Léon beschäftigte sie, und so ging sie hinüber zu Léonie, weil sie hoffte, von ihr mehr über die Gaillards zu erfahren.

Sie fand ihre Großtante am Küchentisch beim Zubereiten des Abendessens vor. Dafür putzte sie den Löwenzahn, den Georges am Nachmittag im Nachbarfeld gesammelt hatte. Die jungen Pflanzen schmeckten wunderbar als Salat, insbesondere, wenn man Knoblauchcroutons und kross gebratene Speckwürfel hinzugab und den Essig in der noch heißen Pfanne kurz aufwärmte. Klassisch wurde noch ein œuf mollet dazu serviert - ein »weichliches Ei«, eines, das länger als ein weiches und kürzer als ein hart gekochtes Ei gesiedet hatte. Marie setzte sich zu ihr und ging ihr gleich zur Hand.

Léonie hielt ihr eines der zarten Blätter hin.

»Siehst du, so jung muss der Löwenzahn sein, damit er als Salat schmeckt. Nicht größer. Wenn die Blätter größer sind, sollte man sie eher für eine Omelette verwenden.«

»Gut, ich werd's mir merken.«

Marie war gerade weniger an einem Gespräch zum Thema Kulinarik interessiert. Sie wollte ja über die Gaillards reden. Um Léonie nicht zu alarmieren, erzählte sie wie nebenbei, dass sie die Familie in Périgueux getroffen hatte.

»Die sehen nach einer netten Familie aus.«

»Das ist wohl wahr. Nathalie hat da mehr Glück als ihre Schwestern. Die Agnès ist schon ein ziemlich harter Brocken, da ergreift doch jeder Mann die Flucht, sobald die auftaucht. Was mit den beiden Jüngeren ist, weiß ich nicht, aber die sind, soweit ich es weiß, auch noch nicht unter der Haube. Unsere Familien sehen sich ja kaum noch.«

»Und Nathalie und Olivier, die haben aus Liebe geheiratet, ja?«

»Genau. Du findest das bestimmt altmodisch, oder?«

»Überhaupt nicht. Ich finde es wunderbar, wenn Menschen aus Liebe heiraten.«

»Sieh an. Und ich dachte, du wärst dagegen.«

Auf das Thema wollte Marie lieber nicht weiter eingehen, also ignorierte sie Léonies kleine Spitze und brachte das Gespräch wieder auf Nathalie.

»Und, hat Nathalie nie einen anderen Freund gehabt?«

»Hübsch wie sie ist, hatte sie viele Verehrer, aber es war immer klar, dass sie Olivier heiraten würde. Es war übrigens eine schöne Hochzeit. Und neun Monate später wurde der kleine Léon geboren. Olivier hat das halbe Dorf ins Café de la Place eingeladen, um die Geburt seines Sohnes zu feiern. So einen stolzen Vater habe ich noch selten erlebt.«

Léon war also nicht adoptiert worden. Und Nathalie war seine biologische Mutter. Das war geklärt. Auch, dass Olivier sich definitiv für den leiblichen Vater hielt, obgleich er es nicht war.

»Das ist ja mal eine schöne Geschichte«, sagte Marie und verspürte dabei ein leichtes Unbehagen.

»Ja, Liebesgeschichten sind etwas Wunderbares.« Léonie lächelte sie warmherzig an. »Apropos, was wird denn aus dir und Michel?«

Marie wunderte sich, dass Léonie das nicht schon früher gefragt hatte …

Ja, was würde aus Michel und ihr werden? Erst einmal würden sie weiter ihre Wochenendbeziehung genießen. Marie hatte das Gefühl, dass sie sich besser kennenlernten, vertrauter miteinander umgingen und ihr Verhältnis an Intensität gewann. Es fühlte sich gut an.

Ihr Vater hatte sie neulich am Telefon auch dazu befragt.

»Jetzt weich doch nicht dauernd aus, Marie. Oder ist es dir peinlich?«, hatte er sie zu provozieren versucht.

Nein, peinlich war es ihr keinesfalls. Ganz im Gegenteil. Eher sah sie ihre Beziehung wie ein kostbares Geschenk, das sie mit größter Behutsamkeit auspacken wollte. Außerdem hatte Michel lange Zeit eine andere Frau in seinem Herzen gehabt und mit ihr zusammengelebt – eine tief empfundene Liebe, die ihn weiterhin begleiten würde. Manchmal, wenn er sich unbeobachtet fühlte, führte er Selbstgespräche, und Marie ahnte, dass er dann mit seiner verstorbenen Frau sprach. Da musste man achtsam vorgehen. Bevor sie sich anderen mitteilte, wollte sie sichergehen, dass es sich für sie beide gut anfühlte.

Kapitel 24

Auberoches, Donnerstag, 22. April

Am frühen Abend traf Marie sich mit Sophie in der Salle des fêtes – dem Gemeindesaal von Auberoches –, wo der Yogaunterricht stattfand. Insgesamt waren acht Teilnehmerinnen anwesend. In Paris mit seinen stattlichen Mietpreisen wäre ein Kurs mit einer solch überschaubaren Teilnehmerzahl undenkbar, kam es Marie in den Sinn. Die Schnupperstunde gefiel ihr, auch wenn die Lehrerin mit dem starken englischen Akzent sie immer wieder ermahnte, sich für die einzelnen Übungen mehr Zeit zu nehmen und bewusster zu atmen.

»Und, wirst du weitermachen?«, fragte Sophie, als sie nach dem Kurs mit ihren Yogamatten unter dem Arm Richtung Auto gingen.

»Ich glaube, ja. Auf jeden Fall danke ich dir für den Tipp.«

»Freut mich, dass es dir gefällt. Zu Hause bei meiner Familie kann ich dafür leider niemanden begeistern.«

Sophie war in ihrer Offenheit wirklich sympathisch.

»Dass Agnès wenig Sinn für Yoga hat, kann ich mir vorstellen. Aber was ist mit Nathalie?«, erkundigte sich Marie.

Sophie winkte ab. »Die hat nie für irgendwas Zeit.«

»Aber Olivier hilft ihr doch, wo immer er kann, oder?«

»Klar.«

»Die beiden sind ja wohl schon ewig zusammen.«

»Eigentlich … ja.«

Oh, war das gerade ein Flackern in Sophies Blick? Das ist ja interessant, dachte Marie und beschloss, vorsichtig nachzubohren.

»Und uneigentlich?«

Ihre neue Yogapartnerin zögerte einen Moment. »Nathalie hatte früher … halt viele Verehrer«, druckste sie schließlich herum. Offensichtlich fühlte sie sich unwohl bei dem Thema.

Aber warum sollte ihre Schwester damals nicht mehrere Beziehungen gehabt haben? Wo war das Problem? Man lebte ja nicht im neunzehnten Jahrhundert.

»Wer denn zum Beispiel?«, fragte Marie wie nebenbei.

»Ach, viele. So aus der Umgebung eben.«

»So wie euer Nachbar? Arthur Dalbavie?«

Sophie zuckte zusammen und senkte den Kopf.

»Ja, der auch.«

Was bedeutete das? Hatte Sophie diesen Arthur auch gemocht und war unglücklich darüber gewesen, dass er sich nur für ihre Schwester interessierte? Oder wusste sie etwas, das sie nicht verraten durfte? Seitdem ihr der Pathologe Blanquer gesagt hatte, dass die beiden erwachsenen Gaillards nicht gemeinsam die leiblichen Eltern von Léon sein konnten, fragte Marie sich zunehmend, wer Nathalie wirklich war und ob sie ihr alles über Antoines Tod erzählt hatte. Sophie konnte ihr vielleicht helfen, es herauszufinden. Aber Marie spürte, dass sie behutsam vorgehen musste, damit ihre Yogagefährtin nicht zur verschlossenen Auster wurde.

»Dieser Arthur ist ja ganz sympathisch. Mein Kollege hat mit erzählt, dass er jetzt einen netten Weinladen hat. Warst du schon mal da?«

»Ich trinke keinen Alkohol. Wein und so was mochte ich noch nie. Und Arthur haben wir, seitdem Antoine …«, sie wusste anscheinend nicht, wie sie es angemessen ausdrücken sollte, »… verschwunden war, kaum noch gesehen.«

»Ich weiß, wovon du sprichst. Einige Freunde von damals habe ich auch aus den Augen verloren«, sagte Marie. »Aber manchmal entdeckt man durch bestimmte Lebensumstände die Vergangenheit neu. So wie wir uns jetzt wieder kennengelernt haben. Und noch dazu bin ich durch dich in den Genuss der ersten Yogastunde meines Lebens gekommen! Aber jetzt muss ich leider los. Wir sehen uns ja dann nächsten Donnerstagabend wieder – um sieben Uhr!«

Sophies Gesicht hellte sich auf. »Ach, du kommst wirklich wieder? Toll!«

Sie verabschiedeten sich, und Marie beschloss, am nächsten Morgen ein bisschen Wein für das Wochenende einzukaufen.

Kapitel 25

Périgueux, Freitag, 23. April

Um kurz vor elf stand Marie vor der Tür der Weinhandlung, über der man auf bordeauxrot getäfeltem Hintergrund den Schriftzug *Bacchus & Co* las. Als sie eintrat, unterhielt sich Arthur Dalbavie gerade angeregt mit einem Paar um die vierzig. Marie hörte und schaute interessiert zu, wie er seine Kunden beriet und mit ihnen umging. Vinotheken gab es viele in der Gegend, aber dieser winzige vollgestopfte Laden hatte etwas Besonderes. Das hing vielleicht auch mit der Begeisterung zusammen, mit der der Besitzer über die Weine sprach: Sie alle waren von ihm persönlich ausgesucht worden und stammten aus der hiesigen Region.

»Aber ein Pécharmant ist doch ein Bergerac, oder?«, wollte die Frau wissen, während ihr Mann ihrer Frage nickend zustimmte.

»Jein«, antwortete Dalbavie. »Er wird zwar nordöstlich von Bergerac angebaut und ist somit ein Bergerac-Wein, aber er hat ein eigenes, besonderes Anbaugebiet am Südhang und wächst auf Kiessandboden. Das macht ihn hochwertiger als viele andere Weine aus der Gegend«, erklärte er anhand einer Karte, die das Weinbaugebiet des Südosten Frankreichs zeigte.

Seine Geduld und seine Fachkenntnisse zahlten sich schließlich aus, denn das Paar kaufte gleich zwei Kisten Wein und verließ höchst zufrieden den Laden.

Nun wandte sich Dalbavie Marie zu. Anscheinend erkannte er sie erst jetzt wieder.

»Oh, Madame la Commissaire. Was kann ich für Sie tun?«, fragte er leicht verunsichert.

»Mir Wein verkaufen. Zum Beispiel einen guten Pécharmant.«

Nachdem sie das Geschäftliche erledigt hatten, fragte Marie ihn, ob er ab und zu noch nach Auberoches käme.

»Nicht so oft«, antwortete er. »Meine Mutter und meine Frau verstehen sich leider gar nicht. Das macht es nicht einfach.«

»Und haben Sie noch Freunde dort, die Sie hin und wieder sehen?«

»Nein. Mein bester Freund war Antoine.«

»Und mit seinen Schwestern haben Sie keinen Kontakt?«

»Schon lange nicht mehr. Ich habe sie bei Ihnen im Präsidium das erste Mal seit Jahren wiedergesehen.«

»Und früher? Da waren Sie doch auch mit den Schwestern näher befreundet, oder?«

»Wie viele Jungs im Dorf war ich damals in Nathalie verknallt.«

»Und – irgendeine Chance gehabt?«

Er lachte. »Olivier hat sie nie aus den Augen gelassen.«

Das halte ich inzwischen für ein Gerücht, dachte Marie.

»Na ja, Nathalie macht nicht den Eindruck, als könnte sie nicht selbst für sich entscheiden.«

Er schmunzelte. »Sie haben recht. Na ja, ist alles schon so lange her.«

»Und die anderen Barthes-Schwestern hatten weniger Erfolg bei den Männern?«

»Wahrscheinlich. Außerdem mochte Antoine nicht, wenn man seinen Schwestern zu nahe kam.«

»Warum denn nicht?«, fragte Marie verwundert. »Die waren doch immerhin alle ein gutes Stück älter als er.«

»Ja, aber irgendwie war er da komisch. Als wäre er ihr Hüter oder Sittenwächter. Da war mit ihm nicht zu spaßen.«

»Haben Sie in der Hinsicht schlechte Erfahrungen mit ihm gemacht?«

Dalbavie druckste herum. »Er hat mich mal erwischt, als ich mit Sophie rumgeknutscht habe. Wir haben es danach ganz gelassen – so aufgebracht war er.«

»Haben Sie nie versucht, mit ihm darüber zu reden?«

»Die Barthes haben es nicht so mit dem Reden. Wissen Sie doch. Und Antoine war da keine Ausnahme.«

»Dann frage ich einfach mal ganz direkt: Hatten Sie trotz Oliviers und Antoines Wachsamkeit eine Affäre mit Nathalie Barthes?«

Er zuckte mit den Schultern. »Nicht der Rede wert. Und deshalb möchte ich auch nicht mehr darüber sprechen.«

Das konnte alles und nichts bedeuten. Was da genau zwischen den beiden geschehen war, wollte er offenbar nicht preisgeben.

Die Ladentür ging auf, und ein neuer Kunde betrat das Geschäft. Marie bedankte sich bei Dalbavie und verließ daraufhin das Geschäft mit der Kiste Wein, die sie gerade erworben hatte. Sie hatte sich für ein Pécharmant-Sortiment entschieden und freute sich auf eine gemeinsame Weinprobe mit Michel.

Ein Vorteil des neuen Dienstwagens war, dass er im Gegensatz zu Mamies Auto über Bluetooth verfügte und Marie bequem im Auto telefonieren konnte. So zum Beispiel, als Pauline sie anrief, während Marie in einem kleinen Stau stand. Ein Lkw-Fahrer lud gerade seine Ware aus und blockierte dadurch die enge Straße, die zum Präsidium führte. In Paris hätte es da schon wüste Beschimpfungen gegeben, aber hier regte man sich kaum auf über so etwas.

»Also, dein Kommissar Champion hat keine Glanzkarriere

hingelegt. Immer nur schön Dienst nach Vorschrift. Aber das lässt sich natürlich nicht gegen ihn verwenden.«

»Schade! Aber danke, dass du recherchiert hast.«

»Interessant ist nur, dass ein Kollege versucht hat, Beschwerde gegen ihn einzulegen und die irgendwie versandet ist.«

»Was für ein Kollege?«, fragte Marie.

»Ein gewisser Jean Dupont.«

»Nie gehört.«

»Der ist auch seit zwei Jahren tot. Er war diesem Champion unterstellt. Und der muss ihn wie einen Leibeigenen behandelt haben. Als der Mann dann erfuhr, dass er unheilbar krank war, hat er sich endlich getraut, schriftlich Beschwerde einzureichen.«

»Und die hast du vorliegen?«

Marie traute ihrer Freundin das durchaus zu. Sie war ein Recherche-Ass.

»Die schicke ich dir vorsichtshalber von meinem privaten E-Mail-Account an deine persönliche Adresse.«

»Und darf ich dich fragen, wie du das herausgefunden hast?«, wollte Marie wissen, auch wenn sie die Antwort schon ahnte.

»*Bien sûr que non!*« Pauline verriet nie, über welche Wege sie an ihre Informationen gelangte. »Aber vielleicht kann dir die Beschwerde nützlich sein, wenn du sie zum richtigen Zeitpunkt einsetzt.«

»*Merci!* Du bist ein Schatz!«

»Meine Rede!«

*

Inspektor Martin kehrte zu seinem Schreibtisch zurück – und ein entscheidendes Detail fiel ihm gleich auf: Die Akte Barthes-Gaillard lag auf der linken Seite und ragte um mindestens einen Zentimeter über die Tischkante hinaus. Dabei platzierte Martin Akten von laufenden Fällen immer Kante auf Kante auf der rechten Seite des Tisches. Die Kommissarin hatte einen Auswärtstermin und war heute noch nicht im Präsidium aufgetaucht. Also musste jemand anderes sich an seinem Schreibtisch zu schaffen gemacht haben, während er im Archiv nach alten Akten gesucht hatte. Den Inspektor überkam ein ungutes Gefühl. Er setzte sich hin, nahm die Akte Barthes-Gaillard zur Hand und öffnete sie.

Sofort sah er, dass mehrere Blätter leicht geknickt waren, als hätte jemand sie hastig durchgeschaut. Und es fehlten zwei Seiten! Auch der Zettel, auf dem Olivier Gaillard im Baucontainer die Namen und Telefonnummern von Romain Duboscs Gesprächspartnern notiert hatte, war verschwunden. Martin musste nicht lange überlegen, wer der Täter gewesen sein mochte und was er damit bezweckte.

Er stand hastig auf, um im Nebenzimmer Champion zur Rede zu stellen, doch dann setzte er sich wieder. Nein, er würde nicht unüberlegt bei seinem Kollegen hineinplatzen. Die Freude würde er ihm nicht machen, darauf wartete der ja nur.

Stattdessen druckte er die Unterlagen, die im Computer gespeichert waren, noch einmal aus und legte eine neue, saubere Mappe an. Bei der Vorstellung, dass dieser unappetitliche Mann seine Sachen angefasst hatte, ekelte es ihn. Sorgfältig desinfizierte er seinen Schreibtisch und anschließend auch den seiner Chefin, denn dort hatte Champion bestimmt auch herumgeschnüffelt.

Dann atmete er tief aus, aß ein paar Erdbeeren und lauschte dem beruhigenden Geräusch des Zimmerbrunnens. Die reinste Wonne!

*

Dieser Mann machte sie noch verrückt mit seinen Viechern. Der kleine Joseph war ausgebüxt, und nun stand Georges heftig gestikulierend vor Léonie.

»Er hat ein kleines Loch unter dem Gitter des Geheges gegraben und ist da durch. Der gräbt ständig mit seinem Rüssel.«

»Ist halt ein Schwein«, sagte Léonie. »Und was ist mit Augustine?«

»Die passt da nicht durch. Sie hat nach mir gerufen, um mir Bescheid zu geben. Die Arme, bestimmt macht sie sich Sorgen um den Kleinen.«

Georges' Vermenschlichung seiner Hängebauchschweine trieb allmählich immer seltsamere Blüten. Aber Léonie ermahnte sich zur Ruhe.

»Denkst du denn, Joseph ist noch auf unserem Grundstück?«

»Nein! Ich habe schon alles abgesucht. Wahrscheinlich ist er durch den Holzzaun Richtung Felder.«

»Hoffentlich nicht durch Roses Garten. Stell dir vor, der verwüstet ihre Blumenbeete. Dann landet er gleich im Kochtopf. Geh schnell nachsehen.«

Georges geriet sofort in Panik, die Lage war äußerst ernst. Er stakste mit seinen langen, dürren Beinen auf das Grundstück der Nachbarin zu und rief: »Joseph! Joseph! Joseph!«, während Augustine quiekte.

Léonie hatte nicht länger Zeit, sich mit dem Problem zu befassen, denn das Taxi, das sie in Montignac bestellt hatte, würde gleich vor der Tür stehen. Sie war sich lange nicht sicher gewesen, ob sie es tun sollte. Aber jetzt, wo der Ostertrubel vorbei war, wollte sie Lucienne und Marcel Barthes einen Besuch abstatten. Eigentlich war es Maries Idee gewesen. Sie hatte sie daran erinnert, dass ihre Familien einmal gut befreundet gewesen waren. Warum also den Kontakt nicht wieder ein bisschen beleben?

»Ich will mich aber nicht aufdrängen«, hatte Léonie entgegnet.

»Das ist immer das Problem. Um nicht zu stören, geht man nicht auf die Menschen zu, auch wenn man weiß, dass sie Beistand gebrauchen können. Wenn du mich fragst, ist das falsch verstandene Rücksicht – oder, weniger nett formuliert, mangelnde Courage.«

Gern hatte Léonie sich das nicht sagen lassen. Aber letzten Endes musste sie zugeben, dass ihre Großnichte nicht ganz unrecht hatte. Und was die Barthes seit ein paar Wochen durchstehen mussten, war mehr als traurig. Zu Madeleines Lebzeiten wäre das viel einfacher gewesen: Sie wäre mit ihrer Schwester ins orangefarbene Auto gestiegen und losgefahren. Nun hatte sie ein Taxi bestellt, ohne weiter mit Marie darüber zu sprechen. Sie wollte sie da nicht mit hineinziehen. Die Tatsache, dass sie die ermittelnde Kommissarin war, machte die Sache ja gerade kompliziert.

Kaum hatte das Taxi im Hof der Barthes gehalten, öffnete sich die Tür des Wohnhauses. Léonie brauchte einen Moment, um die in einen Tarnoverall gekleidete Gestalt zu erkennen, die mit energischen Schritten auf sie zukam.

»Agnès?«

»Léonie?«

Was war nur aus dieser jungen, dynamischen Frau von damals geworden? Zartheit hatte sie noch nie ausgestrahlt, aber jetzt wirkte sie doch schon ziemlich kernig. Und dieses verschlossene Gesicht! Léonie fragte sich, ob es wirklich eine gute Idee gewesen war, hierherzukommen, und ob sie der Lage überhaupt gewachsen war. Vielleicht fehlte es ihr tatsächlich an Courage, wie Marie angedeutet hatte. Aber wo sie nun schon einmal hier war …

Sie erzählte Agnès, sie wolle deren Eltern besuchen, und erfuhr daraufhin, dass die beiden nicht mehr auf dem Hof, sondern in einem eigenen Häuschen mit Garten wohnten. Anschließend zeigte die älteste Barthes-Tochter dem Taxifahrer den Weg.

Weit entfernt vom Hof war das Haus nun nicht, wie Léonie feststellte; da hätte sie eigentlich auch zu Fuß gehen können. Sie notierte sich die Telefonnummer des Taxifahrers, der im Nachbardorf wohnte, und vereinbarte mit ihm, dass er sie auch wieder heimbringen würde, sobald sie ihn anrief. War doch ganz praktisch, so ein Taxi. Warum hatte sie nicht früher daran gedacht? Plötzlich kam sie sich frei und unabhängig vor. Und das war ganz in ihrem Sinne.

Nachdem sie ausgestiegen war, trat sie ans Gartentor und rief: »Lucienne? Marcel?«

Kurz darauf erschien Marcel. Léonie hatte nicht damit gerechnet, dass er so stark gealtert war. Der sieht ja fast so alt aus wie ich, dachte sie.

Er erkannte sie sofort und öffnete ihr.

»Léonie, wie hast du dich denn hierher verirrt?« Er bemühte sich erst gar nicht, freundlich zu klingen. Das hatte sich also nicht geändert.

»Ich wollte euch sagen, wie sehr …« Ach, wie sollte sie das am besten ausdrücken? »… ja … mir die Sache mit Antoine leidtut«, stammelte sie. »Und überhaupt«, fügte sie dann noch etwas hilflos hinzu.

»Ja, deine Großnichte hat ganze Arbeit geleistet.«

Léonie hatte mit Kommentaren dieser Art gerechnet und sich geschworen, sich davon nicht provozieren zu lassen.

»Sie hat nur ihren Job gemacht – und das eben gründlich«, hob sie hervor.

»Lucienne ist im Haus. Sie freut sich bestimmt, dich zu sehen«, ließ Marcel sie wissen, ohne auf ihre Worte einzugehen. Er zeigte auf das kleine, bescheidene Haus, das auch schon etwas älter sein musste. Allerdings hatte Léonie es früher, als Lucienne und Marcel noch auf dem Hof lebten, nie wahrgenommen. Dann erinnerte sie sich, dass die Barthes vor langer Zeit ein Häuschen für Luciennes Mutter hatten bauen lassen. Das musste dieses hier sein.

Léonie schaute sich um. »Toller Garten.«

»Ich gebe mir Mühe.«

Sie gingen zum Haus, vorbei an großen Pfingstrosenbüschen, die schon dicke Knospen hatten.

»Die Blüten werden zartrosa und sehr groß. Manche haben einen Durchmesser von zwanzig Zentimetern!«, verkündete Marcel stolz.

Plötzlich öffnete sich die Eingangstür des Wohnhauses, und Lucienne erschien auf der Schwelle. Sie wirkte erstaunt, sagte dann aber gleich: »Wie schön, dich zu sehen, Léonie!«

Die beiden Frauen umarmten sich und gingen hinein, während Marcel draußen blieb.

Schnell war eine Stunde verflogen. In dem schmucklosen Raum hatten die beiden Frauen gleich dort angeknüpft, wo sie vor zehn Jahren aufgehört hatten. Lucienne war schmal geworden und ihr Rücken ein wenig gekrümmt, aber ihre Augen wirkten lebhaft.

»Ich habe das Gefühl, endlich wieder am Leben zu sein, seitdem ich um Antoine trauern kann«, gestand sie. »Diese Ungewissheit war eine Qual. Jetzt versuche ich, mich damit zu trösten, dass mein Sohn nicht gelitten hat und seine Schwestern ihn liebevoll in Blumen gebettet haben. Hat Marie dir davon erzählt?«

»Ich meine, sie hat so etwas angedeutet.« Léonie wollte nicht den Eindruck erwecken, dass ihre Großnichte dienstliche Informationen ausplapperte. Das mit den Blumen hatte Marie tatsächlich erwähnt. Léonie fand diese Vorstellung allerdings eher gruselig als tröstlich.

»Auf jeden Fall werde ich bald wieder mit den Mädchen auf dem Hof arbeiten. Auch wenn Marcel dagegen ist. Er spricht ja auch kaum noch mit Nathalie und Cécile.«

»Kannst du ihnen vergeben?«, wagte Léonie zu fragen.

»Vergeben? Es sind meine Töchter, und das wird nie anders sein. Außerdem braucht Nathalie mich, das sehe ich. Sie war früher immer so fröhlich und voller Zuversicht. Weißt du noch? Sie war die Unkomplizierteste von den fünfen. Jetzt wirkt sie eher schwermütig auf mich.«

»Was meinst du damit?«

»Ich weiß nicht, irgendetwas scheint sie zu belasten. Und da geht es nicht nur um Antoine, da bin ich mir sicher. Ich habe das Gefühl, dass ich sie neu kennenlernen muss. Mein eigenes Kind. Stell dir das mal vor!«

Léonie dachte an Marie, die sie gestern zu Nathalies Ehe befragt hatte. Ihr war natürlich bewusst – auch wenn sie sich das nicht anmerken ließ –, dass Marie solche Fragen nicht einfach so stellte. Aber was genau sie herausfinden wollte, das war Léonie nicht klar. Etwas schien Marie an Nathalie zu irritieren, und deren Mutter erging es anscheinend ähnlich.

»Wissen ihre Schwestern nicht, was mit ihr los ist?«

»Ich glaube, die Einzige, der sie sich anvertraut, ist Cécile. Und das aus gutem Grund.« Nun klang etwas Bitterkeit durch. »Von ihr würden wir nie etwas erfahren. Sie war schon immer äußerst verschlossen.«

»Mhm, ich erinnere mich aber, dass sie damals ein ziemlich aufgewecktes Kind war«, wandte Léonie ein. »Einmal, da muss

Cécile so sieben gewesen sein, war ich mit ihr Pilze sammeln. Da hat sie an einem Stück geredet und gelacht.«

»Das stimmt«, gab Lucienne zu und überlegte. »Allerdings hat das mit Antoines Geburt aufgehört. Da war sie auf einmal nicht mehr das Nesthäkchen, und Marcel hat nur noch seinen Sohn gesehen. Und Sophie war schon immer in ihrem eigenen Universum und sehr still. Aber bei ihr tut sich gerade was. Sie wirkt lebhafter, und seit einer Weile besucht sie mich auch regelmäßig. Das freut mich sehr.«

»Und Agnès? Ich habe sie vorhin gesehen.« Léonie überlegte, was sie noch hinzufügen könnte, aber ihr fiel nichts ein, was eine Mutter gern hören würde.

»Sie kommt schon sehr nach Marcel! Genauso barsch und autoritär. Aber tief in ihrem Innern ist sie ein herzensguter Mensch. Ach, Léonie, ich fürchte, wir waren keine guten Eltern.«

»Jetzt sei nicht so streng mit dir. Außerdem habt ihr noch viel Zeit vor euch mit euren Töchtern. Da kann sich noch einiges ändern.«

»Das stimmt. So will ich das auch sehen.«

Das schien Léonie ein guter Abschluss für ihr Gespräch zu sein. »Ich denke, es ist Zeit für die Heimfahrt. Komm mich doch demnächst mal in Saint-André besuchen.«

»Das ist eine schöne Idee!« Lucienne lachte, und sofort wirkte sie deutlich jünger. »Allerdings kann es noch ein bisschen dauern. Ich bin seit zehn Jahren nicht mehr Auto gefahren. Das sollte ich erst wieder üben, sonst komme ich nur bis zum nächsten Graben.«

Die beiden Frauen standen auf und umarmten sich zum Abschied.

»Deine Marie ist übrigens eine tolle Frau!«, sagte Lucienne.

»Ich fürchte, Marcel sieht das anders.«

»Aber er hat unrecht.«

Léonie wählte die Nummer des Taxifahrers, erreichte ihn aber nicht.

»Ich rufe kurz Sophie an«, sagte Lucienne und ging zum Telefon. »Vielleicht kann sie dich nach Hause fahren.«

*

Sophie freute sich, dass ihre Mutter sie angerufen und um einen Gefallen gebeten hatte. So sollte es in einer normal funktionierenden Familie auch sein.

Jetzt saß sie am Steuer ihres kleinen Autos, neben sich Maries Großtante.

»Tut mir leid, dass wir dich gestört haben«, sagte Léonie. »Ich darf dich doch duzen, oder?«

»Natürlich, und ich fahre Sie gern nach Saint-André. Ist ja nicht weit.«

»Das ist lieb! Ich habe vorhin den Taxifahrer nicht erreicht. Wahrscheinlich habe ich seine Nummer falsch notiert. Aber so lernen wir beide uns wenigstens ein bisschen kennen. Als ich dich das letzte Mal gesehen habe, warst du noch ein Teenager.«

»Ich habe Marie in der letzten Zeit ein paar Mal wegen dem Drama mit Antoine getroffen. Und wir waren zusammen beim Yoga.«

»Das ist so eine Art Turnen, oder?«

»Wenn Sie so wollen, ja. Aber da geht es vor allem um Körperbeherrschung, Konzentration und Entspannung.«

Die alte Dame schaute sie verwundert an.

»Das ist aber viel auf einmal!« Sie lachte kurz. Dann wurde sie ernst und legte ihre faltige Hand auf Sophies Arm. »Ihr habt alle furchtbare Zeiten durchgemacht. Wir haben uns ja ganz aus den Augen verloren, und das tut mir leid. Aber wenn ich irgendwas tun kann, sag mir bitte Bescheid, ja?«

»*Merci!*«, antwortete Sophie gerührt.

Ähnlich wie Marie strahlte die zierliche weißhaarige Frau sowohl Herzenswärme als auch Entschiedenheit aus. Eine Kombination, die Sophie mochte.

Sie schwiegen eine Zeit lang. Als das Dorfschild von Saint-André in Sicht kam, fiel Sophie ein großer, hagerer Mann auf, der mit einem Ferkel auf dem Arm die Straße entlangging. Offenbar sprach er auch mit dem drolligen Schweinchen.

»Oh, schauen Sie mal, da links!«, sagte sie zu Léonie. »Die sind ja zum Piepen, die beiden. Ist hier irgendwo ein Zirkus?«

Léonie beugte sich zu ihr hinüber und schaute aus dem Seitenfenster.

»Da ist er ja! Ach so, das sind übrigens Georges und Joseph. Also, der Große ist Georges, und Joseph ist der Kleine. Wir wohnen zusammen.«

Kapitel 26

Polizeipräsidium Périgueux, Freitag, 23. April

Nachdem Richard ihr von Champions heimlicher Aktion in ihrem Büro erzählt hatte, sah Marie die Unterlagen durch.

»Das hat er bestimmt getan, weil Sie ihm gesagt haben, dass er schlampig arbeitet«, vermutete der Inspektor.

»Davon ist auszugehen. Aber dann ist er noch blöder, als ich dachte«, antwortete Marie.

»Neid kann sehr dumm machen«, merkte ihr Kollege an.

»Da sagen Sie was!«

Was Pauline ihr vorhin erzählt hatte, ermöglichte Marie zum Glück, das Geschehene zu relativieren. Es würde ein Nachspiel haben, und zwar eines, auf das Champion garantiert nicht gefasst war. Denn dieser Dupont hatte zusätzlich zu seiner Klage eine lange Liste von Dienstfehlern seines Chefs aufgelistet, die sich über die Jahre angesammelt hatten. Unterschlagene Dokumente, unbeantwortete Klagen, gefakte Dienstfahrten und Reisekosten, Einschüchterung von Verdächtigen … Damit hätte er eigentlich vom Dienst suspendiert oder zumindest in ein staubiges Archiv strafversetzt werden müssen – etwas, das sich ja auch heute noch nachholen ließ.

»Sagen Sie, Richard, ist Ihnen der Name Jean Dupont vertraut?«

»Natürlich. Er ist vor zwei Jahren gestorben, der Arme. Er hatte Leukämie. Ich habe mich immer gefragt, ob der Job ihn krank gemacht hat. Er hat unter Champion gearbeitet – was de facto bedeutete, dass der ihn jahrelang drangsaliert hat. Jean war sehr hilfsbereit, aber eher unsicher in seinem Auftreten. Also das gefundene Opfer für jemanden wie Champion.«

Marie holte ihr Smartphone aus der Tasche und zeigte Martin die E-Mail, die Pauline ihr geschickt hatte.

Er las sie in aller Ruhe und schaute Marie dann erstaunt an. »Wo haben Sie das denn her?«

»Das ist nicht wichtig. Hauptsache, wir haben es.«

Martin nickte. »Auch wieder wahr.«

Das Leben steckt doch voller Überraschungen, dachte Marie, die sich plötzlich daran erinnerte, wie skeptisch sie die bedächtige Arbeitsweise von Martin anfangs betrachtet hatte. Sie hatte liebend gern mit Pauline gearbeitet, ihr Temperament und Schwung waren eine Bereicherung gewesen. Doch inzwischen hatte sie auch Martins besonnene und unaufgeregte Art zu schätzen gelernt. Abgesehen von der Tatsache, dass beide auf ihre jeweilige Weise hervorragende Polizeiarbeit leisteten, zählte vor allem eines: Die beiden waren gute Typen – authentisch und menschlich.

Aber jetzt musste sie sich auf Champion konzentrieren. Wenn er Unterlagen entwendet hatte, konnte das bedeuten, dass er auf eigene Faust tätig wurde.

Marie verließ das Büro und klopfte an die Tür zum Nebenzimmer. Keine Reaktion. Sie öffnete die Tür. Champion war nicht da. Kein gutes Zeichen.

»Kommen Sie, Richard, wir fahren nach Auberoches«, kündigte sie ihrem Kollegen an, als sie in ihr Büro zurückkehrte. »Ich fürchte, Champion treibt dort gerade sein Unwesen.«

»Da steht sein Auto«, rief Martin, als sie ihr Ziel erreicht hatten, und zeigte auf einen protzigen SUV vor dem Container der geplanten Mühle. Er stand direkt hinter Oliviers Geländewagen.

»Der hat wirklich keine Zeit verloren.«

Marie parkte neben Champions Wagen, und sie stiegen rasch aus. Schon hörten sie laute Stimmen.

»Sie gehen in den Knast. Dafür werde ich sorgen«, ertönte Champions schroffe Stimme.

»Wofür denn? Ich habe nichts getan.«

Das kann doch nicht wahr sein, dachte Marie und eilte mit Martin zum Container. Jetzt war Besonnenheit gefragt. In Oliviers Gegenwart konnte sie Champion nicht komplett bloßstellen.

»Nicht so vorschnell, Herr Kollege.«

Der Kommissar, der gerade noch mit dem Rücken zu ihnen dagestanden hatte, fuhr abrupt herum. Sein Gesicht verzerrte sich zu einer wütenden Grimasse, als er sie und Martin vor sich sah.

»Was machen Sie denn hier?«

»Genau das wollte ich Sie fragen«, entgegnete Marie mit ruhiger Stimme.

»Einer muss sich schließlich darum kümmern!«

Olivier schaute verwirrt in die Runde. »Wollt ihr jetzt zu dritt auf mir herumhacken?«

»Nein, ganz bestimmt nicht«, antwortete Marie ruhig. »Bitte entschuldige, da liegt ein Irrtum vor. Würdest du uns einen Moment allein lassen?«

»Sehr gern«, erwiderte Olivier und verließ bereitwillig den Container.

Marie bat Martin mit leiser Stimme, Olivier zu folgen und ihn zu fragen, was Champion ihm gesagt hatte. Gegebenenfalls sollte er ihn beruhigen.

Dann wandte sie sich Champion zu und begegnete seinem erbosten Blick mit Beherrschtheit.

»So, Herr Kollege, lassen Sie uns versuchen, in Ruhe miteinander zu reden. Dass wir uns hier als Chaospolizisten präsentieren, ist ein absolutes Unding.«

»Wären Sie da nicht gerade reingeplatzt, hätte er gestanden«, fuhr er sie an.

»Was hätte er gestanden?«

»Dass er Romain Dubosc umgebracht hat.«

»Und warum soll er seinen Partner umgebracht haben?«

»Ja, um die Mühle für sich allein zu haben. Ist doch wohl klar!«

Marie schaute sich um. »Sehen Sie hier irgendwo eine Mühle?« Sie zeigte auf den Ausdruck eines am Computer erstellten Entwurfs, der an der Wand hing. »Ich sehe hier nur ein Stück Papier und draußen Betonestrich. Dafür soll Gaillard Dubosc umgebracht haben?«

»Seine Frau ist ja auch eine Mörderin.«

Marie ermahnte sich abermals zu Besonnenheit, denn am liebsten hätte sie ihm an den Kopf geworfen, wie unsagbar dämlich er war.

»Nein, es liegen keinerlei Beweise vor, dass sie jemanden umgebracht hat. Sie hat gestanden, dass sie einen Todesfall vertuscht hat, nicht aber einen Mord.«

Champion starrte sie nach wie vor zornig an. Marie wollte gar nicht wissen, was sich da gerade in seinem Hirn zusammenbraute.

»Es stimmt, dass es bei diesen zwei Todesfällen gewisse Auffälligkeiten gibt, aber wir können keine Zusammenhänge erzwingen«, erklärte sie ihm mit ruhiger Stimme. »Wir müssen uns an die Wahrheit herantasten. Allein deshalb, weil es keinen konkreten Hinweis darauf gibt, dass Romain Dubosc überhaupt ermordet wurde. Nach unserem bisherigen Kenntnisstand ist er im Schlaf gestorben. Was soll Ihnen Gaillard also gestehen?«

»Irgendwie hat er ihn umgebracht«, entgegnete Champion,

jetzt mehr störrisch als wütend. »Und das werde ich herausfinden.«

»Herr Kollege, noch einmal: Bis jetzt gibt es weder einen Mordfall, noch haben Sie mir ein Motiv genannt, das auch nur halbwegs plausibel klingt. Wenn Sie so weitermachen, geht der Schuss nach hinten los.«

»Das werden wir noch sehen. Aber wenn Sie mich nicht hier arbeiten lassen, kann ich auch gehen.« Damit verließ er grußlos den Container.

Da ist wohl Hopfen und Malz verloren, dachte Marie resigniert. Wenigstens war er im Moment nicht mehr ganz so aggressiv. Sie verließ nun ebenfalls den Container und sah, wie Champion beinahe zu seinem Wagen sprintete. Offenbar ging es ihm plötzlich nicht schnell genug.

Nachdem er mit quietschenden Reifen davongefahren war, stellte sie sich zu Martin und Olivier.

»Bitte entschuldige das Verhalten meines Kollegen, Olivier«, sagte sie.

»Der ist doch nicht ganz dicht, oder?« Er hatte sich etwas beruhigt, war aber immer noch verärgert.

Marie und Martin schauten sich vielsagend an und gaben darauf keine Antwort.

»Das ist doch nicht normal, einfach so bei friedlichen Bürgern hereinzuplatzen und einem dann einen Mord zu unterstellen«, fuhr Olivier empört fort.

Recht hatte er, und er könnte sich wegen dieses Auftritts sogar offiziell beschweren, aber dafür war er nicht der Typ.

»Das war wirklich nicht richtig«, stimmte Marie ihm zu. »Ich entschuldige mich für meinen Kollegen.« Leider konnte sie ihm nicht sagen, was sie eigentlich von Champion hielt.

*

Nach ihrer Rückkehr aus Auberoches hatten Martin und die Kommissarin den Arbeitstag im Büro verbracht und lange mit den Kollegen von der Technik gesprochen, die in Romain Duboscs Handy und Computer nach weiteren Hinweisen gesucht hatten. Leider vergeblich. Marie hatte am frühen Nachmittag das Büro verlassen müssen, um den Staatsanwalt zu treffen. Vom Kollegen Champion hatte man glücklicherweise nichts mehr gehört.

Kurz vor Feierabend überprüfte Martin gerade das Wasserreservoir des Zimmerbrunnens, als er ein Klopfen vernahm. Hoffentlich nicht Champion, dachte er kurz und rief dann: »Herein, bitte!«

Die Tür öffnete sich – und Michel Leblanc stand im Türrahmen. Das war mal eine Überraschung!

»Schön, Sie zu sehen, Martin«, sagte Leblanc und schloss die Bürotür hinter sich. »Ich habe Ihnen ein paar Chouquettes mitgebracht.«

Martin war gerührt, dass sein ehemaliger Chef sich daran erinnert hatte, wie gern er diese kleinen, knusprigen Windbeutel mit leicht karamellisiertem Hagelzucker obendrauf aß. Leider standen sie nicht auf seinem Diätplan. Doch höflich, wie er nun einmal war, nahm er das Geschenk entgegen.

»*Merci,* Chef, äh … Monsieur le Commissaire«, antwortete er verlegen, während der Geruch aus der Papiertüte ihm verführerisch in die Nase stieg. Wie sollte er dem widerstehen können? Er rief sich das Gesicht seiner Mutter vor Augen, die ihn bestimmt mahnend angeschaut hätte, wenn sie hier gewesen wäre. Sie machten diese Schlankheitskur gemeinsam, und er wusste, dass sie sich streng an die Vorgaben hielt. Er wollte sie nicht enttäuschen … aber auch nicht Leblanc vor den Kopf stoßen.

Zum Glück war sein ehemaliger Chef zunächst damit beschäftigt, sich im Büro umzuschauen, sodass er nicht bemerkte, wie er die Tüte mit den Windbeuteln in einer Schublade verschwinden ließ.

Leblanc, der gerade seinen ehemaligen Schreibtisch ins Visier genommen hatte, lachte plötzlich auf. »Sehr viel aufgeräumter als bei mir.«

Das konnte man so sagen. Martin musste ebenfalls lachen.

»Ja, die Kommissarin ist sehr ordentlich.«

Wieder ging die Bürotür auf, und Marie kam herein. Sie sah Leblanc an und er sie – und in dem Moment begriff Martin: Die beiden waren ein Paar! Er hatte es ja vage vermutet, auch wenn seine Chefin da immer äußerst diskret geblieben war. Ihr Blick war jetzt nicht nur erfreut, sondern auch von einer ungekannten Intensität und – Martin wusste nicht genau, wie er es benennen sollte – voller Liebe? Er freute sich wirklich darüber, dass die zwei jetzt zusammen waren, da er beide sehr schätzte. Aber gleichzeitig versetzte es ihm auch einen Stich. Irgendwie kam er sich ausgeschlossen vor, auch wenn er wusste, dass es albern war. Und vielleicht war er auch ein wenig gekränkt, weil Marie es ihm nicht erzählt hatte – als könne man ihm nicht vertrauen. Wie auch immer, er würde schon klarkommen mit der Situation. Jetzt galt es vor allem, sich nichts anmerken zu lassen.

Die beiden wirkten etwas verlegen. Offensichtlich wussten sie nicht, wie sie sich in seiner Gegenwart begrüßen sollten. Noch verlegener wollte Martin sie nicht machen. Er gab vor, etwas erledigen zu müssen, und verließ das Büro.

»Warum gehen wir drei nicht zusammen ein Glas trinken, um das Wochenende einzuläuten?«, schlug Leblanc vor, der dicht bei Marie stand, als Martin wenig später das Zimmer wieder betrat. »Ich lade Sie ein.«

»Super Idee!«, rief die Kommissarin. »Gegenüber von der Markthalle gibt es eine neue Bar. Ich habe da mal kurz durchs Fenster geschaut, die Einrichtung hat mir gefallen. Sollen wir da hingehen?«

Die Anwesenheit des Kommissars wirkte anscheinend Wunder. So beflügelt hatte Martin seine Chefin noch nie erlebt. Sie strahlte geradezu. Leblanc hatte ganz schön Glück!

»Außerdem gibt es etwas zu feiern«, fuhr sie fort. »Ich war vorhin beim Staatsanwalt, ganz sympathisch war der übrigens. Champions Antrag, mir den Fall zu entziehen, wurde abgelehnt. Zum einen, weil es keinen wirklichen Fall Romain Dubosc gibt, und zum anderen, weil der Befangenheitsvorwurf unhaltbar ist.«

»Großartig«, freute sich Leblanc. »Allerdings wird Champion es dabei nicht belassen. Das ist ein überaus hartnäckiger Wadenbeißer.«

»An mir wird er sich die Zähne ausbeißen.«

»Ich finde Sie ganz schön selbstsicher, Madame la Commissaire«, stellte Leblanc mit einem Augenzwinkern fest.

Martin sah, dass auch die Kommissarin leicht schmunzelte. Sie hatte Leblanc wohl noch nichts von ihrem Trumpf erzählt, Jean Duponts schriftliche Beschwerde gegen Champion. Warum wollte sie ihn darüber im Dunklen lassen?

Sie verließen das Büro, und diesmal schloss Martin die Tür vorsichtshalber ab. Die Putzkräfte hatten einen Generalschlüssel für jedes Büro, und auf einen weiteren ungebetenen Besuch von Champion konnte er gern verzichten.

»Wenn man vom Teufel spricht …«, sagte Marie trocken, als sie durch den Flur gingen, denn prompt kam ihnen der Kommissar entgegen.

Champion brauchte ein paar Sekunden, bis er Michel Leblanc wiedererkannte. Dann grinste er süffisant.

»Ah, Madame la Commissaire – mit ihrer persönlichen Garde.«

»Wie ich sehe, haben Sie sich kein Stück verändert, Kollege Champion«, meinte Michel Leblanc. »Immer kollegial und den Menschen zugewandt.«

»Na ja, wenigstens tue ich etwas für mein Geld. Verlassen Sie sich darauf, den Gaillard bringe ich noch zum Reden.«

»Dazu haben Sie keinerlei Befugnis«, entgegnete Marie ungerührt.

»Die nehme ich mir.«

»Na schön. Ich schlage vor, wir genießen jetzt erst einmal alle das Wochenende und klären das dann nächste Woche.« Marie wandte sich wieder ihren beiden Begleitern zu und schenkte Champion keine weitere Beachtung. »Also, Messieurs, ich wäre dann so weit.«

Martin sah Michel Leblancs erstaunten Blick. Kein Wunder, er konnte ja nicht wissen, warum sie auf den Angriff von Champion nicht weiter reagierte. Diesem wiederum sah man die Enttäuschung an, weil seine Attacke ins Leere gelaufen war.

*

Diese Bar ist wirklich ein Glücksgriff, dachte Marie. Sie saßen auf der gut besuchten Terrasse, und in der Luft lag ein Vorgeschmack von Sommer. Um sie herum waren fröhliche Menschen, die sich angeregt unterhielten, lachten und sich umarmten. Die Urlaubsstimmung der Touristen übertrug sich auf die Menschen, die ständig hier lebten. Die Sonne stand schon tief am Himmel, aber auf ihren Tisch schien sie noch warm und freundlich. Alles in allem ein perfekter Start ins Wochenende.

Martin hatte scheinbar Probleme bei der Wahl des Aperitifs

und beichtete schließlich, dass er auf Diät war. Marie musste ein Schmunzeln unterdrücken und sah aus dem Augenwinkel, dass es Michel ähnlich ging.

»Also, wenn ich auf Diät wäre und dennoch einen Aperitif nehmen wollte, würde ich mich für einen Weißwein entscheiden«, riet sie ihrem Kollegen, und der folgte ihrem Rat ganz ohne jedes Zögern.

Marie hatte kurz überlegt, ob sie ansprechen sollte, dass Michel und sie ein Paar waren. Aber feinfühlig, wie Martin war, hatte er das bestimmt längst begriffen.

Michel schien sich darüber keine Gedanken zu machen, und nachdem sie alle ihre Getränke erhalten und miteinander angestoßen hatten, fragte er sie: »Erklärst du mir jetzt, warum du eben so gelassen auf die Provokation von Champion reagiert hast? Das sieht dir gar nicht ähnlich. Für diese Zurückhaltung gibt es doch bestimmt einen Grund.«

Sie zeigte ihm das Dokument mit der Beschwerde gegen Champion, das sie auf ihrem Handy gespeichert hatte, und wie erwartet interessierte auch ihn die Herkunft der Information.

»Sagen wir es so: Sie kommt aus Paris.«

»Verstehe.« Michel lächelte anerkennend. »Guter Schachzug. So gesehen könntest du die zweite Runde ausgeben.«

Michel und sie blieben noch eine gute Stunde mit Inspektor Martin in der gemütlichen Bar sitzen. Dieser wurde nach dem ersten Glas wunderbar redselig und erzählte von seiner Mutter-Sohn-WG. Es war erstaunlich, was die beiden alles zusammen unternahmen. Offenbar waren sie ein gutes Gespann. Zudem schien ihr Verhältnis von wechselseitiger Toleranz geprägt zu sein. Manch einer hätte es vielleicht als merkwürdig empfunden, dass Mutter und Sohn auch als Erwachsene noch in solcher Verbundenheit miteinander lebten. Aber da war nichts an Martin, das auf ein verklemmtes Muttersöhnchen hindeutete – und Marie kam in den Sinn, dass sie ebenfalls in einer Art Mehrgenerationen-WG lebte. Und das, wie ihr einmal mehr bewusst wurde, trug erheblich zu ihrem persönlichen Glück bei.

Kapitel 27

Saint-André, Samstag, 24. April

Marie wurde nur langsam wach im warmen, kuscheligen Bett ihres Schlafzimmers. Ihr Kopf ruhte auf Michels Brust, und er hatte einen Arm um sie geschlungen. Dabei schlief er tief und fest. Marie wollte ihn nicht wecken, deshalb bewegte sie sich nicht. Sie spürte seinen regelmäßigen Herzschlag und ließ ihre Gedanken schweifen.

Gestern Abend hatten sie in ihrer Wohnküche bei Kerzenschein Gambas mit selbst gemachter Mayonnaise gegessen und dazu eine Flasche Pécharmant von Dalbavie geöffnet. Der Weinhändler wusste in der Tat, wovon er sprach: Es war ein runder, voller Wein. Michel hatte ihr dann von seiner anstrengenden Woche berichtet. Sein Team war einem großen Heroin-Schmugglerring aus Spanien auf die Spur gekommen, und am Freitagmorgen hatten sie die Täter im Hafen von Bordeaux endlich auf frischer Tat ertappt. Schüsse waren gefallen, und einer der Verbrecher war verletzt worden, zum Glück jedoch kein Kollege. Michel hatte den auf die Sekunde genau geplanten Einsatz ausgearbeitet und persönlich geleitet. Aus ihrer Zeit in Paris wusste Marie nur zu genau, wie aufwendig die Organisation solcher Einsätze und wie stressig ihre Durchführung waren. Dazu kam, dass Michel mit einem Kollegen geschlagen war, der gemeint hatte, während der Aktion einen Alleingang wagen zu müssen.

»Dieser Idiot hätte beinahe den ganzen Einsatz gefährdet. Und er hat sich dabei selbst in Lebensgefahr gebracht«, ereiferte er sich, während er gerade eine Gamba von ihrer Schale befreite.

Marie verstand natürlich, dass er das nicht ganz grundlos so ausführlich erzählt hatte. Vielmehr war es eine indirekte Warnung gewesen. Denn auch sie neigte bei der Arbeit zu Eigenmächtigkeiten, und er hoffte, dass sie diese Tendenz unter Kontrolle brachte. Sie hatte ihm mit Interesse zugehört, die Mahnung aber geflissentlich ignoriert.

Nun hob sie doch vorsichtig den Kopf und löste sich aus Michels Umarmung. Anscheinend war er noch so erschöpft von seiner Woche, dass er es nicht mitbekam. Auf einen Ellbogen gestützt betrachtete sie ihn zärtlich. Wie sehr sie sein kantiges Gesicht mit dem Grübchen am Kinn liebte! Sein rechter Arm lag nun auf der Bettdecke, und sie streichelte ihm nur ganz behutsam darüber, um Michel nicht zu wecken. Seine Haut war glatt und warm, und Marie hätte am liebsten den ganzen Morgen mit ihrem Liebsten im Bett verbracht.

Trotzdem stand sie auf, zog ein T-Shirt über und stieg die Treppe hinab, denn heute stand ein besonderes Event auf dem Plan. Nichts Großes, eher etwas Skurriles – ein Friseurtermin bei Martine, die in einem zu einem Salon umgebauten Kleinbus von Dorf zu Dorf tingelte. Und jeden zweiten Samstag hielt sie auch in Saint-André. Bei schönem Wetter fuhr die Friseurin eine Markise aus und stellte darunter einen kleinen Gartentisch mit Stühlen: ein improvisiertes Wartezimmer oder, genauer gesagt, ein »Klön-Areal«, wie Marie es amüsiert bei sich nannte. Martine war eigentlich immer ausgebucht, doch nun hatte Marie endlich einen Termin bekommen.

Nach dem Kaffee und der Dusche zog sie ein eng anliegendes gestreiftes T-Shirt, Jeans und weiße Sneaker an – eigentlich ihr

Outfit für die Morgenspaziergänge mit César. Allerdings hatte sie vor, ohne ihn zu dem Frisiersalon auf Rädern zu schlendern. Sie hinterließ eine Notiz für Michel auf dem gedeckten Frühstückstisch und verließ das Haus.

César wartete schon schwanzwedelnd vor der Eingangstür. Aber warum sollte sie ihn eigentlich nicht mitnehmen? Er könnte draußen vor dem Friseurbus auf sie warten, und wenn Martine mit allem fertig war, würden sie noch eine Runde drehen.

»Oh, heute als Matrose verkleidet«, rief Rose fröhlich, als Marie wenig später mit César an ihrem Haus vorbeilief.

»*Bonjour*, Rose, bin unterwegs zum Friseurbus. Ich will auch mal hören, was im Dorf und der Umgebung so passiert.« Ihre Worte klangen scherzhaft, aber in Wirklichkeit meinte sie es ernst. Auch deshalb hatte sie sich von der Friseurin einen Termin geben lassen. Vielleicht würde sie im »Klön-Areal« etwas in Erfahrung bringen, was ihr im Fall Romain Dubosc nützlich war.

Als sie weiterging, winkte Rose ihr mit sehnsüchtigem Blick hinterher. Und Marie musste an das denken, was Léonie ihr gestern unter dem Siegel der Verschwiegenheit verraten hatte: die erstaunlichen Reisepläne von Rose, die plötzlich unter Fernweh zu leiden schien.

»Cool! Und warum begleitest du sie nicht?«, hatte Marie gefragt. Sie selbst würden keine zehn Pferde auf so ein Riesenschiff kriegen, aber sie begriff, dass eine Kreuzfahrt für nicht reiseerfahrene Alleinstehende eine attraktive Möglichkeit war, die Welt zu erkunden.

»Was? Ich?«

»Ja, du meine allerliebste Großtante. Warum gönnst du dir nicht auch mal etwas? Du hast schließlich ein Leben lang nur geschuftet.«

Léonie schaute sie an, als hätte sie gerade etwas Unanständiges gesagt.

»Und was ist mit Georges?«

Georges auf einem Vergnügungsdampfer konnte Marie sich allerdings beim besten Willen nicht vorstellen.

»Georges könnte sich mit Augustine, Joseph und mir trösten. Außerdem stachelt Sehnsucht die Liebe an«, neckte sie Léonie.

Daraufhin hatte ihre Großtante nichts erwidert. Ein kategorisches Nein war das schon mal nicht. Marie würde an der Sache dranbleiben. Schließlich hatte Léonie bald Geburtstag, und vielleicht könnte sie etwas zu einer solchen Reise beitragen. Soweit Marie wusste, legten diese Schiffe auch in Bordeaux an.

Über die zahlreichen, mehr oder weniger fantasievollen Wortspiele, die als Namen für Friseursalons dienten, hatte Marie sich schon oft amüsiert. Mit *Crea'Tif – Tif* war ein umgangssprachliches Wort für »Haar« – reihte sich das mobile Unternehmen der jungen Friseurin Martine bestens in diese Tradition ein. Auf ihrem türkis lackierten Kleinbus prangte eine tänzerische Schar kleiner zartrosafarbener Scheren und Kämme. Rose musste sich in dem Bus wie zu Hause fühlen. Er war nicht zu übersehen, wie er da am Ufer der Vézère auf einer Gemeindewiese stand, die im Sommer als Parkplatz für Touristen diente.

Als Marie sich mit César dem Wagen näherte, drang Musik an ihr Ohr, und sie erkannte die schmeichelnde Stimme von Frauenschwarm Benjamin Biolay. Sein Lied *Les Cerfs-volants* dudelte aus einem Außenlautsprecher. Gut gelaunt summte sie mit.

Als Nächstes machte sie ein Foto von dem Bus und simste es Pauline, obwohl diese wahrscheinlich noch in den Federn lag.

Aber nein. Ihre Freundin antwortete sofort.

Gehst du da etwa hin? Das ist ein Scherz, oder?!

Das gefiel Marie, und sie schrieb:

Hab gleich einen Termin. Muss schließlich meinen Landpomeranzen-Style pflegen!

Als Reaktion darauf folgte eine Reihe von Emojis, die allesamt das eine ausdrückten: Entsetzen!

Vergnügt steckte Marie ihr Handy wieder weg. Wie immer war sie etwas zu früh dran. Aus dem Bus hörte sie Stimmen und das Geräusch eines Föhns, also setzte sie sich an den kleinen Außentisch. Außer ihr saß niemand draußen – so viel zum Thema »Klön-Areal«–, und sie genoss den Moment. Die leichte Musik, das Licht der Vormittagssonne, die von Wiesendüften geschwängerte Luft, die Tatsache, dass sie etwas Zeit für sich hatte. Sie musste an ihre erste Yogastunde mit Sophie denken. Das hatte ihr wirklich gefallen. Dieses Sich-Zeit-Nehmen, dieses Herunterfahren von Gedanken und körperlicher Anspannung – all das war völlig ungewohnt für sie. Aber warum sollte sie nicht weitermachen? Auch in dieser Hinsicht war sie wahrscheinlich anders als ihre Freundin Pauline. Neuerdings strebte sie weniger nach abenteuerlichen Herausforderungen, sondern eher nach einer bewussteren Wahrnehmung ihrer Umgebung. Vielleicht machten die friedvolle Natur und vor allem ihre Beziehung zu Michel etwas mit ihr. Endlich wieder richtig verliebt zu sein hatte ihr Leben verändert.

Schließlich entstieg eine Frau mit hochtoupiertem Haar dem Kleinbus. Sie sah aus, als hätte sie den Finger in die Steckdose gehalten. Marie bekam es kurz mit der Angst zu tun … Aber sie wollte sich ja nur die Spitzen schneiden lassen. Gern hätte sie den Kopf mit der gewagten Frisur fotografiert und Pauline das Bild geschickt, doch das wäre der Frau gegenüber respektlos gewesen.

»Bin gleich wieder da«, sagte sie zu César und stieg in den Bus ein.

Der Kleinbus war bestens ausgestattet, um auch ausgefallenere Wünsche von Kundinnen erfüllen zu können. Die Friseurin Martine war ungefähr Anfang dreißig, schlank und hatte mit ihrem pfiffigen Kurzhaarschnitt und den bunten, großen Ohrringen eine fröhliche Ausstrahlung. Sie hörte sich Maries Wunsch an.

»Nur die Spitzen schneiden? Mutig ist das ja nicht grad. Aber okay, Sie haben schönes Haar, da muss man nicht viel tun. Aber eine Pflegepackung könnten Ihre Locken vertragen, damit sie ein bisschen geschmeidiger werden. Ich habe da was Besonderes. Zu hundert Prozent naturbelassen.«

Kurz darauf saß Marie in einem bequemen Sessel und hatte den Kopf nach hinten in das Waschbecken gelegt. Martine massierte routiniert ihre Kopfhaut und redete dabei ununterbrochen. Marie dachte an einen Spruch, den ihr Vater, der eher schweigsam war, gern verwendete: »Hauptsache, die Luft scheppert.«

»Sie sind also die Kommissarin! Ich bin ja jeden zweiten Dienstag in Auberoches, da hört man in letzter Zeit viel von Ihnen.«

»Hoffentlich nur Gutes«, scherzte Marie.

Darauf sagte die redselige Martine nichts. Das war auch eine Antwort.

Welche der Barthes-Schwestern mochte sich bei ihr die Haare schneiden lassen? Agnès wohl kaum, und Cécile lebte in Toulouse. Sophie? Sie würde nicht schlecht über sie reden – das konnte Marie nicht glauben. Nathalie also? Möglich war es.

»Kannten Sie eigentlich den Neffen vom Bürgermeister?«, fragte die Friseurin zu Maries Überraschung.

»Flüchtig. Und Sie?«

»Der war mal zum Spitzenschneiden hier. Mir ist eh aufgefallen, dass Leute aus der Großstadt gern zu mir kommen. Die finden das Ambiente hier wohl originell. Und die fotografieren auch immer den Bus. Ich will nicht wissen, in wie vielen SMS und Internetplattformen der schon gepostet wurde.«

Marie fühlte sich ertappt und ging deshalb nicht auf das Thema ein. Viel lieber wollte sie über den Verstorbenen sprechen.

»Romain Dubosc war sehr sympathisch.«

»*Und* sehr attraktiv!«, hob Martine hervor.

»Ja, ich glaube, er hat großen Eindruck auf Frauen gemacht.«

»Also, nicht dass Sie meinen, ich würde mir darauf was einbilden … aber der hat mich schon ganz schön angebaggert. Allerdings habe ich einen Freund, mit dem ich auch vor Kurzem zusammengezogen bin, deshalb war ich nicht weiter interessiert.«

Marie erinnerte sich, wie er ihre Hand genommen hatte. Das war schon ziemlich forsch gewesen. Natürlich würde sie das hier nicht zum Besten geben.

»Und hat er das sportlich genommen, dass Sie nicht mitgespielt haben?«, fragte sie.

Martine nickte. »Ich war sowieso nicht die Einzige. Ich weiß von mehreren Kundinnen, dass er mit ihnen geflirtet hat. So ein gut aussehender Mann fällt ja auf.«

»Und, hat sich jemand auf einen Flirt eingelassen?«, erkundigte sich Marie. Falls ja, wäre das vielleicht eine Spur, der man mal nachgehen sollte.

»Also, genau weiß ich es von keiner – aber die eine oder andere hat sich da schon Hoffnungen auf ein bisschen Abwechslung gemacht, wenn Sie verstehen, was ich meine. Allerdings sind viele verheiratet oder in einer festen Beziehung. Eine Affäre würde hier in den Dörfern sofort die Runde machen. So was muss man sich schon gut überlegen.«

Als Fazit des Gesprächs mit der Friseurin ließ sich also festhalten, dass Romain Dubosc ein notorischer Aufreißer gewesen war. Und vielleicht hatte er mit seinem Balzverhalten das Herz einer Frau gebrochen oder deren Ehemann oder Freund eifersüchtig gemacht. Durchaus ein Mordmotiv – vorausgesetzt, dass jemand ihn tatsächlich getötet hatte.

Nach einer guten halben Stunde verließ Marie den Kleinbus. Sie war äußerst zufrieden – ihr Haar fühlte sich wunderbar weich und geschmeidig an. César hatte sie schon freudig erwartet und machte nun keinen Hehl daraus, dass es für ihn dringend an der Zeit war für einen ausgedehnten Spaziergang an der Vézère entlang.

*

Léonie schaute durch das Küchenfenster auf den Hof. Michel und Georges tranken gemeinsam einen Kaffee auf der Bank vor Maries Haus. Sie versuchte zu verstehen, worüber sie sprachen, aber leider wurden ihre Worte übertönt vom Grunzen und Quieken der Schweine, die Georges an der Leine hielt. Léonie goss sich rasch eine Bol ein und ging hinaus zu den Männern.

»Wenn man mich nicht einlädt, lade ich mich eben selbst ein. *Bonjour,* Michel. Wo haben Sie Marie gelassen?«

»*Bonjour,* Léonie. Als ich aufgewacht bin, war sie schon weg. Aber sie hat mir einen Zettel hinterlassen. Sie ist beim Friseur. Wie schön will sie denn noch werden?«, scherzte er. Er wirkte gelöst und schien sich hier auch ohne Marie pudelwohl zu fühlen.

»Ach so, bei Martine ist sie. Da könntest du auch mal wieder hin, Georges.«

»Nee, die quatscht mir zu viel«, nörgelte er. »Und wenn man da rauskommt, riecht man immer so komisch parfümiert. Kannst du das nicht machen?«

»Ich? Ich soll dir die Haare schneiden?« Das waren ja ganz neue Wünsche. »Das hab ich doch noch nie gemacht!«

»Wenn Sie wollen, Georges, kann ich das machen«, schlug Michel vor. »Meinem Sohn hab ich früher auch immer die Haare geschnitten.«

Léonie horchte auf. Stimmt, bei ihrer ersten Begegnung letzten Sommer hatte er seinen Sohn erwähnt. Aber Marie hatte noch nie was von ihm erzählt.

»Wie alt ist Ihr Sohn?«, wollte sie wissen.

»Alexandre ist einundzwanzig.«

»Wohnt er noch bei Ihnen?«

»Nein, er arbeitet als technischer Wachoffizier auf einem Schiff und ist den Großteil des Jahres auf hoher See. Aber ich hoffe, dass er diesen Sommer für ein paar Wochen nach Hause kommt. Ich würde ihm so gern Marie vorstellen.«

Georges räusperte sich und sagte an Michel gewandt: »Wollen wir dann?«

Léonie schaute die beiden fragend an.

»Georges hat mir gerade vorgeschlagen, mit den Schweinen im Trüffelhain spazieren zu gehen. Eine schöne Idee, finde ich. Würden Sie Marie sagen, wo sie uns findet?«

Die zwei großen, schlaksigen Männer waren mit je einem Tier an der Leine losgezogen – Georges mit Augustine und Michel mit Joseph. Was für ein Bild!

Es war schon erstaunlich, dass Monsieur le Commissaire aus Bordeaux das mitmachte, und anscheinend auch noch gern. Auch er sprach jetzt mit dem Ferkel, das immer wieder an seiner Jeans hochsprang. Kein Wunder, dass Sophie neulich gefragt hatte, ob hier irgendwo ein Zirkus sei, auch wenn es ihr nach Léonies Antwort furchtbar peinlich gewesen war. Eine wirklich nette junge Frau, diese Sophie, nur erstaunlich schüchtern für ihr Alter. Offenbar bewunderte sie Marie. Vielleicht würden die beiden noch Freundinnen – wäre doch schön. Wer weiß, vielleicht könnte sich die Beziehung zu den Barthes weiter fortsetzen. Die jungen Menschen würden das vielleicht besser machen als die vorigen Generationen, bei denen so vieles nicht gesagt oder getan werden durfte.

Während Léonie auf der Bank ihren Gedanken nachhing, kam César schwanzwedelnd auf sie zugelaufen.

»Jetzt tu nicht so, als wäre es Liebe«, sagte sie zu dem Hund. »Ich weiß, dass es Hunger ist.«

Im nächsten Moment erschien auch Marie. Die Frisur war noch die gleiche, Gott sei Dank! Léonie mochte Maries Locken, die ihr Gesicht so schön umrahmten. Der einzige Unterschied war, dass das Haar jetzt mehr glänzte und an den Spitzen gleichmäßiger wirkte.

Sie erzählte Marie von dem Ausflug der Männer.

»Ich fasse es nicht. Mit seinen Viechern kriegt Georges anscheinend jeden rum, sogar dich!«, bemerkte ihre Großnichte mit einem Lachen.

Léonie ließ Maries Bemerkung unkommentiert. Aber ja, sie hatte recht.

Sie blieben noch eine Weile auf der Bank sitzen. Léonie hatte ganz vergessen, Marie von ihrem Besuch bei Lucienne und Marcel und von der Heimfahrt mit Sophie zu erzählen. Das holte sie jetzt nach.

»Lucienne macht sich ziemliche Sorgen um Nathalie. Sie glaubt, dass irgendetwas mit ihr nicht stimmt.«

»Das glaube ich ehrlich gesagt auch«, meinte Marie und stand auf. »So, ich werde jetzt mal nach den beiden Männern sehen.«

Schade, dachte Léonie. Ihre Großnichte hatte ganz offensichtlich keine Lust, näher auf das Thema einzugehen.

*

Den Trüffelhain betrat Marie durch den Hintereingang des weitläufigen Anwesens von Madame Durand. Dort kümmerte sich Georges seit über zwanzig Jahren um die niedrig gehaltenen Bäume, bearbeitete den Boden und erntete im Winter – nun mit Augustines Hilfe – die kostbaren schwarzen Pilze. Marie war seit einer gefühlten Ewigkeit nicht mehr hier gewesen. Und doch war ihr der Ort so vertraut – schließlich kannte sie ihn, seit sie denken konnte. Als Kinder hatten Hélène, Philippe und sie hier oft miteinander gespielt, sich die Knie aufgeschlagen und die wunderbar sämige, heiße Schokolade genossen, die Madame Durand ihnen zubereitete.

Als Marie jetzt das Tor hinter sich schloss, wurde ihr schwer ums Herz. Letzten Winter hatte sie Madame Durand einmal im Altersheim besucht. Doch die Alzheimer-Erkrankung war mittlerweile so weit fortgeschritten, dass die alte Dame sie nicht mehr erkannt hatte.

Da bot sich Marie plötzlich ein Anblick, der alle traurigen Gedanken verscheuchte. Georges und Michel knieten unter einer Eiche, wohl um den Schweinen etwas zu zeigen, und streckten dabei ihre Allerwertesten nach oben. Dieses ungewöhnliche Stillleben musste sie gleich fotografisch festhalten.

Und sie hatte noch eine andere Eingebung – eine Versuchung, der sie nicht widerstehen konnte. Sie schlich sich leise heran und gab Michel einen Klaps auf den Po. Der sich noch gut sehen lassen konnte – so viel stand fest.

Kapitel 28

Saint-André, Montag, 26. April

Noch bevor der Wecker klingelte, wachte Marie auf. Leise schlich sie hinunter in die Küche, kochte Kaffee und bereitete das Frühstück zu. Sie hatte noch Brioche vom Wochenende. Auch getoastet schmeckte dieses Hefegebäck großartig, vor allem mit der köstlichen Himbeermarmelade von Rose. Anschließend stellte sie das Frühstück auf ein Tablett und trug es hinauf ins Schlafzimmer.

»Zimmerservice!«, rief sie, und nachdem sie das Tablett auf dem Nachttisch neben dem Bett abgesetzt hatte, schlüpfte sie wieder zu Michel unter die warme Decke.

»Und was ist mit dem Zimmermädchenoutfit?«, nuschelte er mit verschlafener Stimme. »Ich werde mich beschweren.«

Nur ungern standen sie schließlich auf. Michel verließ als Erster das Haus, um nach Bordeaux zu fahren. Obwohl es immer noch früh war, machte sich Marie kurze Zeit später auf den Weg nach Périgueux. Zur Abwechslung würde sie vor Richard Martin im Büro sein und den Kaffee kochen. Sah ganz so aus, als würde heute ihr Kaffeekochtag sein.

Als sie im Präsidium eintraf, konnte sie ihr Büro zunächst nicht betreten. Richard hatte es am Freitag wegen Champion vorsichtshalber abgeschlossen, und sie hatte den Schlüssel vergessen. Doch der Hausmeister, den sie bei dieser Gelegenheit kennenlernte, kam schnell herbei und schloss ihr die Tür auf. Die Zeit reichte noch, um vor Martins Ankunft den Kaffee zu bereiten. Nach und nach trafen die Kollegen ein, und auf einmal hörte sie durch die halb offene Bürotür Champions nasale Stimme.

»So, Martin, jetzt ist Schluss mit lustig. Und halten Sie mir Ihren Terrier vom Hals, damit ich arbeiten kann. Verstanden?«

Das laut gedröhnte »Guten Morgen« eines anderen Kollegen führte dazu, dass Marie die Erwiderung von Martin nicht verstehen konnte. Egal, sie hatte genug gehört und war auf Hundertachtzig.

Nachdem sie den hereinkommenden Martin rasch begrüßt hatte, verließ sie das Zimmer und betrat, diesmal ohne anzuklopfen, das Büro von Champion.

»Was wollen *Sie* denn hier?«, rief er ebenso grußlos wie verblüfft.

»*Bonjour*«, sagte sie und deutete auf den Gästestuhl ihm gegenüber. »Darf ich?«

Er schaute sie irritiert an.

Sie nahm Platz, ohne seine Antwort abzuwarten, und legte die Mappe, die sie mitgebracht hatte, auf ihren Schoß.

»Monsieur Champion, ich habe mehrmals versucht, ein kollegiales Verhältnis mit Ihnen aufzubauen, aber das gelingt mir nicht, weil es offensichtlich nicht in Ihrem Interesse ist. Ich wiederum habe kein Interesse, Ihr respektloses Verhalten Inspecteur Martin und mir gegenüber noch länger zu dulden.«

»Oh, da kriege ich es aber mit der Angst zu tun«, erwiderte er spöttisch. »Und was wollen Sie tun?«

»Dem ein Ende setzen.« Sie tätschelte demonstrativ die Mappe auf ihren Beinen. »Jean Dupont ist Ihnen ein Begriff?«

Er runzelte fragend die Stirn.

»Inspecteur Martin ließ mich wissen, dass dieser inzwischen

leider verstorbene Kollege – nun, wie soll ich es am besten ausdrücken – unter Ihrem strengen Regiment gelitten hat.«

»Das verbitte ich mir.«

»Glauben Sie mir, Sie sind hier nicht in der Position, sich irgendetwas zu verbitten.«

»Was sollen diese Unverschämtheiten?«

Er redete jetzt so laut, dass sein furchtbarer Mundgeruch ihr in die Nase drang und sie sich zurücklehnen musste. Dieser Mann war wirklich in jeder Hinsicht ein Ekelpaket.

»Der Kollege Dupont hat, wie Sie wissen, Beschwerde gegen Sie eingereicht. Ich habe sämtliche genannten Details nachverfolgt und überprüft … … sehr aufschlussreich.«

»WAS?«

»Über gewisse Beziehungen unter Lokalpolitikern ist es Ihnen wohl gelungen, dass die Unterlagen aus dem Verkehr gezogen wurden.« Sie hielt die Mappe hoch. »Überraschung! Ich habe sie wiedergefunden.«

»Was fantasieren Sie da zusammen? Das ist Rufmord! Dafür kann ich Sie verklagen.« Champions Stimme klang nicht mehr ganz so durchdringend.

Sie entnahm der Mappe ein Dokument und reichte es Champion. »Ich habe Ihnen eine Kopie mitgebracht, um Ihr Gedächtnis aufzufrischen.«

Champion überflog das Blatt und wurde bleich. Sie hatte richtig vermutet: Dieser Dummkopf hatte offenbar den Inhalt der Beschwerde vergessen oder verdrängt.

»Das … das lasse ich mir nicht gefallen«, stammelte er. »Das …«

»Jetzt hören Sie mir gut zu, Monsieur Champion: Duponts Letzter Wille war es, dass Sie keinem Kollegen mehr schaden können. Und ich finde, ein Letzter Wille ist zu respektieren. Das ist eine Sache der Menschlichkeit.«

»Verlassen Sie mein Büro!«, forderte er sie auf, aber sein Ton wirkte nun ziemlich kraftlos.

»Gleich, sehr gern. Aber vorher möchte ich noch etwas klarstellen: Wenn Sie mir jemals wieder in die Quere kommen und Unterlagen entwenden oder mir zu Ohren kommen sollte, dass Sie andere Kollegen drangsalieren, werde ich diese Beschwerde bis ganz nach oben publik machen. Und dazu noch einen Bericht mit allen Erfahrungen, die Martin und ich mit Ihnen gemacht haben.«

Nun guckte er sogar dümmlich. Immer noch hasserfüllt, ja, aber auch dümmlich. Keine vorteilhafte Kombination.

»Ich halte wirklich nichts von Drohgebärden und noch weniger von Denunziantentum. Das, was ich gerade tue, mache ich sehr ungern. Aber Sie lassen mir keine Wahl. Von jetzt an liegt alles in Ihrer Hand.«

Sie stand auf, nickte zum Abschied und verließ das trostlose Zimmer.

Nach dieser unerfreulichen, aber klärenden Begegnung verbrachte sie den Tag mit allerlei Papierkram und Anrufen.

Wie so oft telefonierte sie in der Mittagspause mit Michel. Er erzählte begeistert, dass er die Flugtickets für Florenz gebucht und ein romantisches Hotel oberhalb der Stadt reserviert hatte. Bis Ende Juni war es aber noch eine Weile hin, und da kam Marie spontan der Gedanke, am kommenden Wochenende eine Kanufahrt auf der Vézère zu unternehmen. Laut Vorhersage sollte es prächtiges Wetter geben.

»Wasser ist eher nicht so mein Element. Ich bin ganz oben auf einem Hügel aufgewachsen«, versuchte er, ihr Vorhaben abzuwehren.

Aber schließlich lenkte er ihr zuliebe ein, und danach eilten sie beide wieder an ihren Schreibtisch zurück.

Am späten Nachmittag besprach sich Marie mit Martin über den Fall Romain Dubosc. Die Auswertung von Romain Duboscs Telefongesprächen und Laptop war wenig ergiebig gewesen. Der Mann war ein echtes Arbeitstier gewesen, und alles, was sie fanden, stimmte mit dem überein, was Olivier Gaillard ausgesagt hatte. Außerdem hatte Martin mittlerweile sämtliche Handwerker angerufen, mit denen Romain sich getroffen hatte. Keinem war etwas Besonderes aufgefallen.

Gemäß seinem Kalender hatte Romain am Montagabend vor seinem Tod den Dachdecker Julien getroffen, was Marie schon seit ein paar Tagen wusste. Ihre Recherche zu Romains Tod war ein guter Anlass, Julien wiederzusehen. Am Wochenende hatte sie ihn angerufen, um ein Treffen mit ihm zu vereinbaren. Er hatte aber erst an diesem Montagabend Zeit. Also würden sie sich nachher auf ein Glas im Café de la Place einfinden. Und da sie ohnehin schon dort sein würde, hatte sie sich für danach auch gleich noch mit Sophie in dem Café verabredet. Über Léonie hatte sie von deren Begegnung erfahren und hoffte nun, vielleicht mit Sophies Hilfe weiterzukommen im Fall Antoine Barthes. Diese Sache mit Léons Vaterschaft beschäftigte Marie nach wie vor. Wer weiß, was Nathalie noch verheimlicht?, dachte sie.

Marie bemerkte die staunenden Blicke, weil sie mit Julien an einem Tisch saß – und sie konnte die Verwunderung der Leute gut verstehen. Das ganze Dorf wusste, wie sehr Julien nach der Schmach seiner missglückten Ehe mit Maries Mutter die Familie Mercier verteufelte. Und auch »die Deutschen« im Allgemeinen fanden wenig Gnade vor seinen Augen, da es ein Deutscher gewesen war, Maries Vater, der ihm seine Angetraute weggeschnappt hatte. Aber inzwischen war das Schnee von gestern für Julien und sie, auch wenn Marie den Eindruck hatte, dass sie sich in dieser neuen deutsch-französischen Annäherung noch ein bisschen wie auf rohen Eiern bewegten.

Als Danielle schließlich die Getränke an den Tisch brachte, hatte sie ihr zugeflüstert: »Du bist immer wieder für eine Überraschung gut.«

Ob das vorwurfsvoll oder anerkennend gemeint war, hatte Marie nicht heraushören können. Sie entschied, es als Kompliment zu nehmen.

»Und worüber habt ihr gesprochen, du und Romain Dubosc?«, begann Marie das Gespräch.

»Bin ich etwa verdächtig?«, fragte er aufbrausend. Dazu brauchte es nicht viel bei ihm.

»Absolut nicht, ich versuche nur zu rekonstruieren, wen Romain Dubosc die Tage vor seinem Tod getroffen hat und womit er beschäftigt war.«

Er warf ihr einen misstrauischen Blick zu, ehe er antwortete. »Er hat mich zum Essen eingeladen. Ich sollte für seine Mühle ein Lauze-Dach machen.«

Diese schweren Steindächer, die Jahrhunderte hielten, waren ein Wahrzeichen des Périgord. Nur noch wenige Handwerker beherrschten diese alte, aufwändige Traditionsarbeit. Julien war einer von ihnen.

»Das Problem war nicht der Preis – du kannst ungefähr mit tausend Euro pro Quadratmeter rechnen. Geld spielte für den anscheinend keine Rolle. Das Problem war die Zeit. Versuch mal, hier jemanden zu finden, der dir auf die Schnelle ein Lauze-Dach macht. Das kannst du vergessen. Also zumindest, wenn du einen vernünftigen Handwerker suchst. Und *Monsieur le Parisien* konnte natürlich nicht warten.«

Gegen Städter und besonders die aus Paris hatte Julien ebenfalls hartnäckige Vorurteile.

»Und, habt ihr euch einigen können?«

»Wir haben beide versucht, Kompromisse in der Zeitplanung zu machen, ich kann mich ja nicht zweiteilen. Der Kerl war ganz in Ordnung, auch wenn er der Neffe von unserem aufgeblasenen Bürgermeister war.«

»Und dann?«

»Dann haben wir gegessen und ausgetrunken, und jeder ist seiner Wege gegangen.«

»Und wie lange habt ihr dagesessen, Romain Dubosc und du?«

»Du bist sicher, dass das kein Verhör ist, ja?«

Sie hob die Hand. »Ich schwöre.«

»Vielleicht so bis zehn. Ich muss ja immer um sechs in der Früh raus, da ist abends nichts mit großem Gelage.«

»Hast du ihn danach noch mal gesehen?«

»Ja, am nächsten Tag, kurz nach meiner Mittagspause. Ich war da auf dem Weg zu einem Lieferanten. In der Nähe von der geplanten Mühle habe ich von Weitem Dubosc in seinem schnieken Auto fahren sehen.«

»In welche Richtung?«

»Was du alles für Fragen hast! Richtung Norden, den Berg rauf.«

Da wohnen die Gaillards, dachte Marie. Was konnte er da gemacht haben, wo Olivier, wie der behauptet hatte, doch auf der Baustelle war?

Julien schien nun genug von der Fragestunde zu haben und wechselte unvermittelt das Thema. »Wie geht es deinem Vater?«

»Gut! Er kommt mich demnächst wieder besuchen.«

»Dann grüß ihn von mir.«

Wenn man bedachte, dass er ihm vor noch gar nicht allzu langer Zeit die Pest an den Hals gewünscht hatte, war das ein beachtlicher Schritt.

»Gern. Sag mal, könntest du dir vorstellen, zum Essen zu

uns zu kommen, wenn er hier ist? Er will Sauerbraten mit Rotkohl für uns kochen. Das ist eine Spezialität aus seiner Heimat.«

Julien schaute sie verwundert an und atmete tief aus.

»Da fragst du mich was. Es ist sechsunddreißig Jahre her, dass ich einen Fuß auf den Hof der Merciers gesetzt habe, und ich hatte mir geschworen, es nie wieder zu tun.«

»Du brauchst mir ja nicht sofort eine Antwort zu geben. Überleg es dir in Ruhe.«

»Okay, ich denk mal drüber nach«, brummte er. Dann verabschiedete er sich etwas linkisch und verließ das Lokal.

Marie hatte noch eine halbe Stunde, bevor Sophie kam. Sie nutzte die Zeit, um Pauline eine SMS zu schreiben und ihr nochmals für ihre großartige Recherche zu danken. Champion würde sie jetzt vermutlich in Ruhe lassen.

*

Es war das erste Mal seit einer Ewigkeit, dass Sophie ausging. Ein wenig unsicher betrat sie das Café de la Place, schaute sich um und erblickte nach einem Moment Marie, die bereits an einem Tisch saß. Kaum hatte Sophie sich zu ihr gesetzt, kam die Wirtin zu ihnen.

»Hast du eigentlich vor, dein Büro hier einzurichten?«, fragte sie Marie mit einem leicht süffisanten Lächeln.

Keine Ahnung, was Danielle damit meinte, aber mit ihrem aufgebrezelten Äußeren war sie Sophie ohnehin etwas unheimlich.

Sie bestellte einen Aprikosensaft – für sie eine glückliche Erinnerung an seltene Sonntagsausflüge mit den Eltern während ihrer Kindheit. Jeder hatte sich ein Getränk aussuchen dürfen: Ihre Geschwister hatten alle eine Cola genommen, aber sie sich immer für diesen etwas dickflüssigen Saft entschieden, den man fast löffeln konnte.

»Aprikosensaft? Habe ich seit Jahrzehnten nicht mehr getrunken. Das ist eine gute Idee«, sagte Marie und wandte sich Danielle zu. »Ich nehme auch einen.«

Sophie lächelte erfreut. Marie hatte wahrscheinlich nur aus Höflichkeit das Gleiche bestellt wie sie, dennoch genoss Sophie das Gefühl, etwas angeregt zu haben. Das geschah so selten.

»Du willst also Yogalehrerin werden. Wie lange dauert die Ausbildung denn?«, erkundigte sich Marie.

»Noch eineinhalb Jahre.«

»Und wirst du davon leben können?«

»Bestimmt nicht. Das müsste ich dann parallel zur Arbeit auf dem Hof machen. Mein Traum ist, irgendwann eine Yogaschule in unserer Scheune zu eröffnen.« Das hatte sie noch niemandem erzählt, aber bei Marie hatte sie das sichere Gefühl, ihr vertrauen zu können.

»Oh, tolle Idee! Und was sagt Agnès dazu?«

Tja, damit hatte Marie auch gleich den wunden Punkt getroffen.

»Ich habe noch nicht mit ihr darüber gesprochen, aber sie wird bestimmt dagegen sein.«

»Der Hof gehört ihr nicht, oder?«

»Nein. Vielleicht werde ich eher mit meinen Eltern darüber reden, wenn es so weit ist«, antwortete sie, ohne wirklich zu glauben, dass sie damit mehr Erfolg haben würde. »Im Vallée de la Vézère gibt es die größten buddhistischen Zentren Frankreichs. Sogar der Dalai Lama war schon hier und hat ein Stück Land geweiht, aber für meine Familie bedeutet das nicht das Geringste.«

»Könnte Nathalie dich da nicht unterstützen?«

»Die hat genug am Hals.«

Bei dem Gedanken an ihre Schwester schnürte es Sophie augenblicklich die Kehle zu. Heute Morgen noch hatte sie Olivier und Léon auf dem Weg zur Schule gesehen. Die beiden hatten herzhaft miteinander gelacht. Sie waren so ein inniges Gespann. Und dann hatte Sophie immer wieder an das Gespräch ihrer Schwestern in der Scheune denken müssen.

»Du bist auch beunruhigt wegen Nathalie, oder?«, wollte Marie nun wissen.

Sophie schluckte. Sie konnte ihr doch nicht erzählen, dass ihre Schwester ihr inzwischen unheimlich war. Also murmelte sie nur ein Ja.

»Deine Mutter hat Léonie erzählt, sie glaubt, dass Nathalie etwas belastet und dass sie sich Sorgen macht, weil sie nicht weiß, was es ist.«

Sophie überlegte fieberhaft, was sie darauf erwidern sollte. Eigentlich hatte sie tatsächlich das Bedürfnis, darüber zu reden. Aber sie konnte doch nicht ihre Schwester verraten!

»Das ist wahrscheinlich einiges aus der Vergangenheit nicht aufgearbeitet«, antwortete sie sibyllinisch. »Wir sind wohl eine merkwürdige Familie.«

»Alle Familien sind irgendwie merkwürdig«, merkte Marie an und prostete ihr mit dem Aprikosensaft zu, der ihnen inzwischen gebracht worden war.

»Wahrscheinlich. Aber du musst schon zugeben, dass wir ein besonderes Päckchen zu tragen haben«, erwiderte Sophie mit einem Augenzwinkern und prostete zurück.

Marie nickte. »Aber mal was ganz anderes: Letzte Woche habe ich Arthur Dalbavie in seinem Weinladen besucht. Er hat mir erzählt, dass Antoine euch beide damals mal beim Knutschen erwischt hat und dann sauer geworden ist.«

Sophie merkte, wie sie feuerrot wurde – und das mit vierunddreißig Jahren und wegen einer Knutschgeschichte, die eine

Ewigkeit zurücklag. Sie hasste sich dafür. Wie konnte sie nur so verklemmt sein! Kein Wunder, dass ihr Liebesleben bisher die pure Trostlosigkeit gewesen war.

»Komm, wir sind hier nicht im Nonnenkloster.« Marie zeigte grinsend auf die Wirtin mit den seltsam hochtoupierten Haaren. »Auch wenn Danielle immer so streng guckt – das hat nichts weiter zu bedeuten. Es gehört einfach zu ihrem Styling.«

Maries Lächeln tat ihr gut, und Sophie musste lachen.

»Ja, wir haben mal geknutscht. Aber eigentlich war Arthur an Nathalie interessiert.«

»Das war sicher nicht einfach für dich. Aber hatte er bei Nathalie denn überhaupt eine Chance? Die war doch damals schon mit Olivier zusammen.«

»Ich bin mir nicht sicher, ob meine Schwester es mit der Treue so ernst genommen hat.« Kaum hatte sie es ausgesprochen, schämte sich Sophie. Es fühlte sich ein bisschen wie Verrat an. Besser, sie wechselte das Thema und erzählte Marie etwas Positives. »Aber zu Hause tut sich was. Unsere Mutter will bald wieder mit auf dem Hof arbeiten.«

»Das ist ja eine tolle Nachricht! Wie schön für euch.«

Es wirkte aufrichtig, so wie Marie das sagte, und Sophie freute sich über ihr Mitgefühl.

»Ja, und sie will auch wieder Auto fahren. Sie braucht noch ein bisschen Übung und hat mich gebeten, ihr Fahrunterricht zu geben. Morgen fangen wir an. Du kannst dir nicht vorstellen, wie sehr ich mich freue.« Sophie musste einfach erzählen, wie wunderbar es für sie war, dass ihre Mutter ausgerechnet sie darum gebeten hatte. Irgendwie schien sie langsam einen Platz in ihrer sonderbaren Familie zu finden.

Kapitel 29

Polizeipräsidium Périgueux, Dienstag, 27. April

Kaum hatte Inspektor Martin am frühen Nachmittag das Büro verlassen, um Unterlagen ins Archiv zurückzubringen, rief der Bürgermeister an. Er wollte schnellstmöglich Romains Laptop und Handy zurückhaben – »wenn ihr noch nicht mal in der Lage seid, auf den Dingern Spuren oder Beweise zu finden«. Marie unterdrückte ein Stöhnen. Das war wieder ganz und gar der alte Bruno Dubosc. Sie vereinbarten, dass sie ihm Romains Sachen am Abend um sechs Uhr in Saint-André vorbeibringen würde.

Um sicherzugehen, dass sie den in einer Tasche verstauten Laptop nachher nicht vergessen würde, wollte sie sie neben ihren Bürostuhl stellen. Sie war dabei, die Tasche noch richtig zu verschließen, da fiel ihr plötzlich ein kleines Seitenfach im Innern der Tasche auf. Wieso hatte sie es nicht schon früher gesehen? Sie hasste solche Unachtsamkeiten. Das war das Problem mit diesem Fall, der kein wirklicher Fall war – man wusste nicht richtig, wonach man suchen sollte, und dann unterliefen einem simple Fehler. Es war keinerlei Wölbung zu erkennen, das Seitenfach schien also leer zu sein. Wahrscheinlich hatte Richard es schon bemerkt und darin nachgesehen. Dennoch öffnete sie sicherheitshalber den kleinen Reißverschluss und fuhr mit der Hand in das flache Seitenfach. Ja, es ist leer, dachte sie zunächst, aber dann fühlte sie, dass da noch etwas Glattes war. Sie zog es heraus. Es war ein Foto. Sie drehte es um und entzifferte ein Datum auf der Rückseite.

»Das gibt's doch nicht!«

Sie hatten natürlich sämtliche Ordner mit den Foto-Files von Romains Computer und Handy durchforstet. Auf dem Handy hatten sie unzählige Bilder von der Baustelle sowie von Häusern aus der Gegend gefunden, die ihm anscheinend als mögliche Kaufobjekte ins Auge gefallen waren. Und auf dem Computer gab es unzählige Privatfotos – von seinem Leben in Paris, von der schönen Christine Lefebre, ein paar auch von seinem Onkel und von irgendwelchen Menschen, die Marie nicht kannte. Und dann waren da auch einige Aufnahmen von sehr privater Natur, die sie nur rasch überflogen hatten. Romain war wirklich kein Kind von Traurigkeit gewesen, und ein eindeutiges Beuteschema ließ sich bei seiner Wahl nicht erkennen. Außer dass die Damen alle gut proportioniert zu sein schienen. Es gab auch einen Unterordner, der mit *Avant* – »Früher« – betitelt war. Dort befanden sich Bilder aus Kindheitstagen: Romain als Baby auf einem Fell; Romain als Säugling in den Armen seiner Mutter, die eine hübsche Frau gewesen war; Romain als Kleinkind, das von einem ganz attraktiv aussehenden Bruno Dubosc bestaunt wurde …

Aber das Foto, das sie jetzt in der Hand hielt, war neu für sie: Es zeigte einen kleinen Jungen, der mitten auf dem Dorfplatz von Saint-André stolz neben einem nagelneuen Fahrrad stand. Sie schaute sich das Bild genauer an. »Ich werd verrückt!« Hastig griff sie nach der Tasche mit dem Laptop und rannte aus dem Büro zu ihrem Auto, um so schnell wie möglich nach Auberoches zu kommen.

Sie fuhr schneller als erlaubt und schlug wütend mit der Hand auf das Lenkrad. »Wieso hab ich dämliche Kuh das nicht gesehen? Wie blöd kann man nur sein?« Sie ärgerte sich maßlos über sich selbst.

Plötzlich sprang aus dem seitlichen Gebüsch ein Wildschwein auf die Straße, direkt vor ihr Auto.

Verfluchte Sch…! Marie trat mit aller Kraft auf die Bremse und schaffte es in allerletzter Sekunde, einen Zusammenstoß zu vermeiden. Ihr Wagen kam abrupt zum Stehen, während der Eber verdutzt das Weite suchte.

Abermals machte sie sich Vorwürfe. Sie wusste doch, wie vorsichtig man auf diesen kleinen Landstraßen sein musste. Wie oft wurden Unfälle gemeldet, weil Autofahrer zu schnell unterwegs waren und mit Rotwild, Füchsen oder streunenden Katzen kollidierten.

Okay, vielleicht sollte sie sich erst mal kurz von dem Schrecken erholen. Sie fuhr langsam wieder an und parkte dann auf dem nächsten Seitenstreifen. Dort stieg sie aus, streckte sich und atmete tief ein. Nach und nach beruhigte sie sich wieder und fühlte sich bereit für das Gespräch. Und weiter ging es nach Auberoches.

Vor dem Neubau der Gaillards parkte ein einziges Auto. Oliviers Geländewagen war es nicht. Genau darauf hatte sie gehofft. Wenn Marie Glück hatte, war der kleine Léon auch nicht da. Sie stieg aus ihrem Auto und ging über den Kiesweg zu dem Einfamilienhaus, das auf einer Anhöhe stand. Ihr Blick fiel auf die perfekt gefegte Terrasse, die sich anscheinend um das ganze Haus herum erstreckte. Direkt vor einer großen Flügeltür, von der Marie annahm, dass sie zum Wohnzimmer führte, stand ein blitzsauberer Tisch mit sechs Aluminiumstühlen. Sie schritt zu der neumodischen Haustür aus weißem Holz und blickdichtem Glas und klopfte an.

Ein paar Sekunden später öffnete Nathalie die Tür.

»Suchst du wieder Olivier? Er hat mir erzählt, dass ihr gestern zu dritt über ihn hergefallen seid«, sagte sie vorwurfsvoll statt einer Begrüßung.

Genau diese Art von Kommentaren hätte Marie sich gern erspart, aber das war jetzt nicht das Thema.

»Nein. Ich wollte zu dir. Darf ich reinkommen?«

Marie ließ sich von Nathalie durch das sauber riechende Haus bis zum Wintergarten führen. Dort nahmen sie an einem weißen runden Tisch Platz, auf dem ein künstlicher Blumenstrauß stand. Nirgendwo hing etwas an den Wänden, und mit den hellen Bodenfliesen sah hier alles aseptisch aus. Vielleicht will Nathalie sich mit ihrem blitzblanken Haus von dem rustikalen Bauernhof abheben, auf dem sie aufgewachsen ist, dachte Marie. Sie schaute durch die makellos sauberen Fenster, die einen schönen Blick auf den Ortskern von Auberoches freigaben, der unterhalb des Anwesens lag. Marie registrierte auch den gepflegten Garten mit dem großen Trampolin in der Mitte, das in dem Panorama wie ein Störfaktor wirkte. Sie waren allein im Haus, Léon war mit seinem Vater unterwegs, wie Nathalie erzählte. Das traf sich gut. Nach dem Austausch einiger Belanglosigkeiten kam Marie zur Sache.

»Hat dich eigentlich noch nie jemand darauf angesprochen, dass Olivier nicht der Vater von Léon sein kann?«

»Wie bitte?« Nathalies Empörung klang gespielt.

»Wegen eurer Augen.«

»Was ist mit unseren Augen?« Jetzt schaute sie wirklich perplex.

Marie gab wieder, was der Pathologe ihr vor ein paar Tagen erklärt hatte, und bemühte sich dabei, es möglichst verständlich darzulegen. Wie sie selbst reagierte nun auch Nathalie mit Ungläubigkeit, vermutlich aber aus anderen Gründen.

»Komm, jetzt lass uns nicht um den heißen Brei reden.«

Marie schaute Nathalie direkt an. »Wer ist Léons leiblicher Vater?«

»Olivier natürlich! Was erlaubst du dir?«

»Weißt du, mir geht es nicht um Anstand und Moral. Das interessiert mich nicht. Ich versuche nur, Ungereimtheiten in einem Todesfall aufzuklären. Ganz einfach, weil es mein Beruf ist.« Marie holte aus ihrer Handtasche das Foto heraus, das sie vorhin in Romains Laptoptasche gefunden hatte, und legte es auf den Tisch.

Nathalie schien das Foto zu kennen, denn sie betrachtete es nur flüchtig und schaute gleich wieder weg.

Marie nahm das Bild und hielt es hoch. »Jetzt komm schon, Nathalie, das sieht doch ein Blinder! Ich will es nur verstehen.«

»Gut, wenn du es unbedingt wissen willst. Alles hat damals bei diesem vermaledeiten Dorffest angefangen«, begann Nathalie resigniert. »Ich war unglaublich aufgekratzt. Zwei Wochen später sollte meine Hochzeit stattfinden – und zwar mit dem liebenswürdigsten Mann, den man sich nur vorstellen kann. Ich hatte mir vorher in Périgueux ein gelbes Kleid gekauft, weil Olivier so gern Gelb mag.«

»Aber Olivier konnte nicht zu dem Fest kommen.«

»Irgendetwas mit einem blöden Schaf. Um mich zu trösten, habe ich mit Cécile ein paar Gläser Rosé getrunken. Und an der Bar stand ein Typ, den ich nicht kannte und der super aussah. Der hat gleich mit mir geflirtet. Ich gebe zu, er gefiel mir. So was hatte ich schon lange nicht mehr erlebt – nicht, seitdem ich mit Olivier zusammen war. Cécile ist irgendwann woanders hingegangen, und ich habe dann zurückgeflirtet. Im Laufe des Abends wurde mir klar, dass dies meine letzte Chance war, vor meiner Hochzeit noch einmal aus der Reihe zu tanzen. Ich war ja sonst immer die Vorzeigetochter, die nie über die Stränge schlug.«

»So eine Art Torschlusspanik?«

»Wenn du so willst. Nach einer Weile bin ich dann noch mal zu Cécile gegangen, die mit einer Freundin zum Schießstand wollte. Ich hab ihr gesagt, dass ich nach Hause gehen würde, weil ich mich ohne Olivier langweilen würde.«

»Und der gut aussehende junge Mann ist dir diskret gefolgt?«

»Ja. Ich erspare dir die Details. Auf jeden Fall sind wir bei uns auf dem Kartoffelacker gelandet, und dann ging es gleich zur Sache. Die Anonymität hatte so ihren Reiz – wir kannten nicht mal unsere Vornamen. Plötzlich habe ich Geräusche gehört. Ich wurde panisch und habe den Mann weggestoßen. Der hat sich in Windeseile angezogen und ist weggerannt. Gerade rechtzeitig, um nicht mit Antoine zusammenzustoßen, der uns von Weitem gesehen hatte und nun auf dem Weg zu mir war.«

»Ich verstehe.«

»Nein, du verstehst nichts! Falls du glaubst, dass ich Antoine deswegen getötet habe, liegst du falsch. Er hat mich wild beschimpft und wollte mir eine knallen und mir ›Zucht und Ordnung‹ beibringen, wie er sagte. Solchen Scheiß hat mein Vater ihm ins Hirn gesetzt. Ich habe ihn weggestoßen. Und da ist er nach hinten gefallen. Er hat noch versucht, an der Mauer hinter ihm Halt zu finden, aber dafür war er zu besoffen. Und dann ist er mit dem Kopf auf diesen verfluchten Stein aufgeschlagen – so, wie ich es im Präsidium ausgesagt habe. Es war wirklich ein Unfall! Er war sofort tot, und ich dachte, ich verliere den Verstand. Ich hätte meinem kleinen Bruder doch nie absichtlich etwas angetan!«

»Und wie kam es zu dieser Fluchtinszenierung?«

»Ich bin wie eine Wahnsinnige Richtung Dorf gelaufen, um die Polizei zu holen. Und da kam mir Cécile entgegen. Ich habe ihr erzählt, dass Antoine tödlich gestürzt ist, und dann hat sie das Ruder übernommen.«

»Du hast ihr nicht von dem fremden Mann erzählt?«

Nathalie senkte den Blick.

»Nein. Ich hab mich zu sehr geschämt.«

»Und wie ging es weiter?«

»Sie hat auf mich eingeredet, dass es Antoine nicht wieder lebendig machen würde, wenn ich ins Gefängnis käme. Dass ich an die Eltern und an Olivier denken solle. Und dann haben wir das alles durchgezogen. Während im Dorf gefeiert wurde. Es ist der Albtraum meines Lebens, und die Erinnerung daran begleitet mich seitdem jeden einzelnen Tag.«

»Und der Mann? Deine Affäre?«

»Ich habe ihn nie wiedergesehen.«

»Was verstehst du unter ›nie‹?« Marie deutete auf das Foto.

»Bis Olivier mir vor nicht allzu langer Zeit seinen neuen Geschäftspartner vorgestellt hat. An dem Tag haben wir uns zum ersten Mal wiedergesehen und unsere Namen erfahren.«

»Dann war es also Romain Dubosc?«

Nathalie nickte.

»Und wie hat er sich verhalten?«

»Er hat, genau wie ich, bei dem Treffen so getan, als würden wir uns zum ersten Mal sehen. ›*Bonjour,* Monsieur‹, ›*Bonjour,* Madame.‹ Er wusste ja nichts von dem Drama um Antoine, das hatte er ja gar nicht mehr mitbekommen. Für ihn war das mit mir damals nicht mehr als ein flüchtiger One-Night-Stand an einem etwas seltsamen Ort.«

»Und danach?«

»Bin ich ihm aus dem Weg gegangen. Natürlich habe ich mir Gedanken wegen Léon gemacht. Es bestand eine Fünfzig-Prozent-Chance, dass Romain sein Vater ist, das war mir schon klar. Aber es war nicht wichtig. Er ist nie wieder aufgetaucht, und Olivier liebt seinen Sohn von ganzem Herzen. Er ist der beste Vater, den Léon sich wünschen kann, von Anfang an. Also habe ich die Affäre aus meinem Gedächtnis gestrichen, so gut es eben ging, und weitergelebt. Bis es zu diesem verdammten Bauprojekt kam. Bei dem Antoine gefunden wurde. Und Romain aufgetaucht ist. Seitdem ist mein Leben ein einziger Spießrutenlauf.«

»Und wann hat Romain herausgefunden, dass Léon sein Sohn ist? Denn davon gehe ich aus, dass er da von selbst draufgekommen ist.«

»Eines Nachmittags wollte Léon unbedingt seinen Vater auf der Baustelle besuchen. Ich habe mir eine Ausrede nach der anderen einfallen lassen, aber er ließ nicht locker, und mein Vater, der gerade bei uns war, hat ihn da unterstützt. Er ist dann sogar mitgekommen. Ich habe gehofft, dass Romain nicht da wäre und wir nur Olivier auf der Baustelle antreffen würden. Aber es war genau umgekehrt, und Romain hat uns überall herumgeführt. Und dabei hat er Léon die ganze Zeit angestarrt. Tatsächlich war da eine auffallende Ähnlichkeit zwischen den beiden, aber das wollte ich nicht wahrhaben.«

»Und ist das deinem Vater auch aufgefallen?«

»Ich glaube nicht. Er hatte ja nicht den geringsten Grund, das zu vermuten.«

»An welchem Tag war das genau?«

Nathalie überlegte.

»Das muss der Montag vor Ostern gewesen sein. Montags hole ich Léon immer zusammen mit meinem Vater von der Schule ab. Das hat sich so eingebürgert. Er macht das auch jetzt noch, wo er quasi nicht mehr mit mir spricht.«

»Und seit diesem Montag wusste Romain also, dass Léon sein Sohn ist?«

»Leider ja! Am nächsten Tag stand er plötzlich vor der Tür und hat mir dieses Kinderfoto von sich gezeigt.« Sie deutete auf die Aufnahme, die Marie auf den Tisch gelegt hatte. »Ich dachte erst, es sei ein Bild von Léon – er sieht ihm wirklich zum Verwechseln ähnlich.«

»Hat Romain denn irgendwelche Forderungen gestellt?«

»Nicht konkret. Aber er meinte, er würde nicht so tun können, als wüsste er nicht, dass Léon sein Sohn ist. Andererseits wollte er Olivier nicht verletzen, denn er mochte ihn wirklich.«

»Und hatte er einen Vorschlag?«

»Er wollte einen Vaterschaftstest.«

Marie stöhnte innerlich auf. Also war Romain bereit gewesen, alles auffliegen zu lassen. Das war hart. Warum hatte er das tun wollen? Wie kam es, dass er bei seinem Lebenswandel plötzlich Vater sein wollte? Weil Léon auf den ersten Blick sein Herz erobert hatte?

»Ich habe ihn angefleht, uns in Ruhe zu lassen, aber er sagte, jetzt, wo das Schicksal uns wieder zusammengebracht hätte, müssten wir uns dem stellen.«

»Hast du mit Olivier darüber gesprochen?«

Nathalies Augen füllten sich mit Tränen. »Nein. Das hab ich nicht übers Herz gebracht. Und dann hatte sich das Problem ja auch wie von selbst gelöst.«

Stimmt! Romains Tod war wirklich ›das Beste‹ gewesen, was der Familie Gaillard passieren konnte. Zumindest in privater Hinsicht. Geschäftlich war dieser Todesfall ein schwerer Verlust.

Marie dachte an Oliviers Trauer angesichts des Todes von Romain. Und wenn er doch umgebracht worden war? Aber Olivier als Täter, der sich anschließend derart verstellte? Dazu schien er ihr kaum in der Lage. Andererseits hatte Olivier ein starkes Motiv: Rache, weil er sich betrogen fühlte von seiner Frau und seinem Partner, der ihm nun auch noch den Sohn nehmen wollte. Da konnte der friedlichste Mensch durchdrehen. Hätte er sich dann aber nicht eher an seiner Frau rächen müssen? Schließlich war sie es, die sich damals, unmittelbar vor ihrer Hochzeit, auf die Affäre eingelassen hatte. Wahrscheinlich hatte Romain gar nicht gewusst, dass sie liiert war. Aber Liebe macht ja bekanntlich blind, und dass Olivier seine Frau liebte, stand außer Frage. Wer weiß, was sie ihrem Mann erzählt hatte? Vielleicht hatte sie ihm doch von Romains Besuch berichtet, auch wenn sie das Gegenteil behauptete.

Leider hätte Maurice Champion dann am Ende doch recht behalten … *Merde!*

»Weiß sonst noch jemand davon?«

Nathalie schüttelte den Kopf.

»Du hast nach Romains Besuch wirklich mit niemandem darüber gesprochen? Auch nicht mit Cécile?«

»Nein.«

»Mit deiner Mutter?«

»Bist du wahnsinnig? Die hat doch so schon genug Kummer!«

Marie fragte sich, ob Lucienne wirklich so schwach war, wie ihre Töchter glaubten.

»Mit deinem Vater?«

»Du weißt doch, er redet nicht mit mir«, antwortete sie beiläufig, aber in ihren Augen lag wieder diese seltsame Unruhe.

Marie bezweifelte, dass Nathalie ihr wirklich alles erzählt hatte. Aber auch wenn sie nach wie vor als Verdächtige betrachtet werden musste, konnte sie sie ja nicht mit aufs Revier nehmen, nur weil sie sich vor zehn Jahren von Romain Dubosc hatte schwängern lassen.

Kapitel 30

Polizeipräsidium Périgueux, Dienstag, 27. April

Martin war gerade am Telefon von Marie über die jüngsten Neuigkeiten im »Fall Romain Dubosc« informiert worden. Er freute sich, dass sie ihn nach dem Gespräch mit Nathalie Gaillard sogleich angerufen hatte.

»Sie haben also die ganze Zeit recht gehabt mit Ihrer Vermutung, dass diese Frau noch etwas verschweigt«, sagte er anerkennend.

»Ja, damit verdichten sich langsam die Ungereimtheiten um den Tod von Romain Dubosc. Ich werde jetzt noch mal Olivier Gaillard aufsuchen, um nachzuhaken, ob er wirklich nichts von Romains mutmaßlicher Vaterschaft wusste. Und je nach dem fahre ich dann noch zum Hof der Barthes und zu den Eltern, um mich auch dort noch mal umzuhören.«

Möglicherweise würden das unangenehme Gespräche werden. Vielleicht brauchte seine Chefin Unterstützung.

»Soll ich Sie begleiten?«, bot er ihr an.

»Nein danke, Richard, nicht nötig. Machen Sie sich keine Gedanken. Wird ohnehin nicht lange dauern.«

Nachdem sie das Gespräch beendet hatten, stocherte Martin lustlos in seinem Salat herum, obwohl er ziemlich hungrig war. Seine Diät war bislang wenig erfolgreich gewesen, und so hatte er den Salat heute Morgen nach einem neuen Rezept zubereitet, das »maximalen Genuss bei minimaler Kalorienzahl« verhieß – eine Formulierung aus einer Broschüre, die offenbar von Werbetextern verfasst worden war. Von wegen maximaler Genuss! Rohkost blieb Rohkost, er konnte dieses Gemüsezeug nicht mehr sehen. Etwas richtig Herzhaftes wäre jetzt genau das Richtige!

Er hatte jedoch nicht nur wegen seines Hungers ein mulmiges Gefühl im Magen, sondern auch wegen des Alleingangs seiner Chefin in Auberoches. Sie war bei ihren Nachforschungen zu den beiden Todesfällen ein gutes Stück vorangekommen und würde bei ihren weiteren Ermittlungen dort womöglich in ein Wespennest stechen – und damit riskieren, selbst gestochen zu werden. Und so entschied er, ebenfalls dorthin zu fahren, auch wenn Marie ihn nicht darum gebeten hatte. Energisch schloss er die Dose mit dem öden Salat und verließ das Büro.

Vor der Fahrt nach Auberoches wollte er sich allerdings noch eine, nein, besser zwei Quiches Lorraines in der Bäckerei um die Ecke holen. Sie waren selbst gemacht, und allein beim Gedanken an den butterigen Blätterteig und die köstliche Eier-Sahne-Speck-Füllung lief ihm schon das Wasser im Mund zusammen! Er würde die Quiche in aller Ruhe unterwegs essen und sich so für das stärken, was ihn in Auberoches erwarten mochte.

Doch als er vor der Bäckerei ankam, fand sein Schwelgen ein jähes Ende. Nein, er würde auch ohne Unmengen von Kalorien durchhalten! Er wollte nicht jedes Jahr weitere Kilo zunehmen. Außerdem würde er gern auch mal ein Date haben. Und er ahnte, dass ein paar Kilo weniger der Sache dienlich sein könnten.

Mit leerem Magen und dementsprechend angespannt lenkte er den Wagen möglichst schnell nach Auberoches.

*

Marie musste die Informationen, die sie von Nathalie erhalten hatte, erst einmal mental sortieren und fuhr deshalb im Schritttempo vom Haus der Gaillards zu dem Baucontainer, wo sie Olivier zu finden hoffte.

Zum Glück fuhr sie so langsam, denn in einer der Kurven wäre es beinahe zu einem Zusammenprall gekommen. Zum zweiten Mal heute, aber dieses Mal mit einem Fahrzeug. Ihre Verhaltensmuster aus Pariser Zeiten schlugen sofort durch, und sie ließ das Fenster auf ihrer Seite herunter, um die Fahrerin des Autos zu beschimpfen, das ihr auf ihrer Spur entgegengekommen war. Doch dann erkannte sie Lucienne am Steuer! Neben ihr entdeckte sie Sophie, die ihr ängstlich zuwinkte – offensichtlich waren die beiden bei einer der angekündigten Fahrstunden.

Nicht ganz ungefährlich auf einer so kurvenreichen Straße, dachte Marie und hielt in einer größeren, nur einige Meter entfernten Ausbuchtung der Straße. Lucienne rangierte mit dem Wagen unbeholfen hin und her, bis sie neben ihr zum Stehen kam. Sie stiegen alle aus ihren Fahrzeugen aus.

»*Désolée*, Marie.« Lucienne hatte einen roten Kopf und hektische Flecken am Hals. »Tut mir leid. Da habe ich mich wohl ein wenig überschätzt. Ich fahre heute zum ersten Mal seit zehn Jahren.«

»Ist ja alles gut gegangen«, sagte Marie beruhigend, denn sie mochte Lucienne. »Ich finde es super, dass du dich wieder ans Steuer setzt. Aber du solltest nicht unbedingt den Touristen aus England Konkurrenz machen. Es reicht ja, wenn die auf den Landstraßen links herumkutschieren«, fuhr sie mit einem Augenzwinkern fort.

Lucienne lächelte schwach. »Du hast recht. Ich bin halt noch so nervös. Hoffentlich legt sich das.«

»Das ist normal, Maman«, sagte Sophie und legte ihrer Mutter fürsorglich einen Arm um die Schulter.

»Warst du bei Nathalie?«, fragte sie Marie, und aus ihrer Stimme sprach Besorgtheit. »Da wollten wir eigentlich gerade hin.«

»Ja«, antwortete Marie und nickte bekümmert.

Sie merkte an der Art, wie Sophie sie anschaute, dass die junge Frau verstand: Bei Nathalie musste etwas vorgefallen sein. Lucienne hatte zum Glück nichts mitbekommen. Sie schien noch gedanklich auszuloten, wie es tatsächlich um ihre Fahrkünste bestellt war.

»Weißt du was, Maman? Nach dem Schrecken lassen wir das jetzt vielleicht mit dem Besuch«, wandte Sophie sich an ihre Mutter. »Ich setze mich ans Steuer, und wir fahren zum Supermarkt nach Montignac. Da wollten wir doch auch noch hin.«

Plötzlich kam ein weiteres Auto die Straße hochgefahren. Marie erkannte Oliviers Geländewagen, der sich rasch näherte und dann hinter ihnen anhielt. Auf dem Beifahrersitz saß Léon, der ihnen fröhlich winkte.

»Alles in Ordnung?«, fragte Olivier durch die geöffnete Fensterscheibe. Er schien verwundert, seine Schwiegermutter hier zu sehen.

»Ja, ich habe mich rausgetraut, und da kam uns Marie entgegen. Und jetzt schwatzen wir gerade noch ein bisschen«, antwortete Lucienne, die offenbar vermeiden wollte, dass der Beinahe-Unfall angesprochen wurde.

Léon sprang aus dem Auto und kam auf seine Großmutter und seine Tante zugesprungen.

»Guckt mal! Das hat Papa mir gerade gekauft!« Fröhlich hielt er eine bunte Plastikfigur hoch, die einen Comic-Helden darstellte, und Marie hatte jäh das Foto von dem kleinen Romain vor Augen. Die Ähnlichkeit war wirklich verblüffend.

Nachdem alle Léons neuen Schatz gebührend bewundert hatten, forderte Olivier seinen Sohn auf, wieder ins Auto zu steigen.

»Komm, Léon, wir müssen weiter! Du hast doch Maman versprochen, dass du mit ihr zusammen kochst. Und ich wollte noch mal zur Baustelle.«

»Oh ja! Nudeln!«, rief der Junge beglückt und stieg wieder ein.

Marie war nicht entgangen, dass es Olivier beunruhigte, sie wiederzusehen. Er hatte sie nicht einmal gegrüßt. Das konnte sie verstehen, dennoch würde sie ihm gleich noch einen Besuch auf der Baustelle abstatten. Sie musste herausfinden, ob Olivier wirklich so ahnungslos war, wie er vorgab.

Olivier traf kurz nach ihr auf der Baustelle ein. Er parkte neben ihrem Auto und stieg mit verärgerter Miene aus.

»Nimmt das hier denn nie ein Ende? In welcher Sprache muss ich reden, damit ihr endlich begreift, dass ich nichts mit Romains Tod zu tun habe?«

Der sonst so gutmütige Olivier hatte nun fast etwas Bedrohliches, wie er sich so vor ihr aufbaute, aber Marie ließ sich davon nicht beeindrucken. Der Mann hatte in der letzten Zeit eine Menge durchgemacht. Sie meinte auch weitere graue Strähnen in seinen dunklen Locken zu erkennen.

»Es tut mir leid, Olivier, aber da stehen immer noch Fragen im Raum.«

Doch Olivier ließ sich nicht vom Kurs abbringen.

»Okay, dein Kollege hat nicht alle Tassen im Schrank. Aber was willst du mir hier jetzt sagen? Warum sollte ich verdammt noch mal meinen Partner umbringen? Sein Tod bedeutet meinen finanziellen Ruin! Hast du dir die Baustelle mal genau angeguckt? Da passiert nichts mehr! Ende, aus!«

»Das Leben besteht ja nicht nur aus materiellen Dingen.«

Er schaute sie irritiert an. »Das musst du mir jetzt erklären.«

»Für mich ist wichtig zu verstehen, was für eine Beziehung

du zu Romain hattest. Was wusstest du von ihm? Über seine Vergangenheit? Er ist doch früher öfter zu seinem Onkel ins Périgord gekommen. Habt ihr euch nicht auch damals schon mal gesehen?«

»Nein! Warum willst du das wissen? Marcel hat mich das auch schon gefragt. Was soll das?«

Was hatte Marcel damit zu tun? Fast hätte Marie nachgehakt, ließ es aber sein, um nicht vom Thema abzukommen.

»Ich würde gern wissen, was genau du über Romain Dubosc wusstest. Zum Beispiel über sein Privatleben.«

»Über so was haben wir nie geredet. Wir hatten mit der Mühle genug zu besprechen.«

»Er hat nie nach deiner Familie gefragt? Nach Nathalie oder deinem Sohn?«

»Also wirklich. Wie kommst du denn jetzt auf Léon? Oder hast du dich mit Marcel abgesprochen? Der hat mir genau die gleichen Fragen gestellt.«

Jetzt wurde Marie wirklich stutzig. »Wann denn?«

»Keine Ahnung, irgendwann halt.«

»Versuch, dich zu erinnern, wann genau das war. Das könnte wichtig sein.«

»Was weiß ich! Romain hat da auf jeden Fall noch gelebt. Vielleicht am Tag vor seinem Tod? Am besten, du fragst Marcel«, entgegnete er genervt. »Der wird es wissen. Romain hatte mir erzählt, dass er ihn besuchen wollte, aus welchem Grund auch immer.«

Marie war fassungslos. Hatte Nathalie doch mit Marcel darüber gesprochen, dass Olivier nicht der leibliche Vater von Léon war? Das würde einiges ändern.

»Und warum erzählst du mir das erst jetzt?«, rief sie schließlich verärgert.

»Ich wusste nicht, dass ich der Polizei melden muss, wenn

ich mich mit meinem Schwiegervater unterhalte«, erwiderte er in verbittertem Tonfall.

Marie verabschiedete sich von ihm. Mehr würde sie von Olivier nicht erfahren. Entweder war er ein ausgezeichneter Lügner oder wirklich ahnungslos. Aber vielleicht konnte ihr Marcel jetzt weiterhelfen.

Das Licht am Ende des Tages war samtweich, und Marie genoss den sanften Duft des lauen Frühlingsabends. Sie betrat Marcels Garten, der nun mit jedem weiteren Tag mehr an ein kleines Paradies erinnerte. Sie entdeckte auch gleich Marcel, der mit einer Gartenharke in der Hand von einem der Blumenbeete aufblickte und ihr einen mürrischen Blick zuwarf.

»Du schon wieder«, brummte er zur Begrüßung.

»*Salut,* Marcel. Hättest du ein paar Minuten Zeit für mich?«

»Wenn's sein muss.« Er zeigte auf die Stühle unter der schattigen Pergola. Sie folgte ihm. Er stellte seine Harke ab, rieb sich die Hände, um sie von getrockneter Erde zu befreien, und setzte sich in den ersten Stuhl.

Marie nahm neben ihm Platz. »Ich war gerade bei Nathalie«, sagte sie, »und wir haben offen miteinander gesprochen.«

»Da sieht man doch gleich, dass du Madeleines Enkelin bist. Wenn ihr euch einmal festbeißt, lasst ihr nicht mehr los.«

Das konnte alles oder nichts bedeuten. Jetzt war Pokern angesagt.

»Das bringt mein Beruf so mit sich. Aber das andere stimmt wahrscheinlich auch. Von Haus aus neige ich durchaus zu Hartnäckigkeit.« Wenn Marcel weniger wusste, als Marie allmählich vermutete, konnte diese Unterhaltung nach hinten losgehen. Aber irgendwie musste sie ihn ja aus der Reserve locken. »Nathalie hat mir von Romain Dubosc erzählt.« Da er nicht reagierte, fügte sie hinzu: »Und von Léon auch.«

»So, so. Ein offenes Frauengespräch.«

Sein Gesicht hatte etwas von einer Maske, und Marie rätselte, was seine Bemerkung bedeuten mochte. Wusste er etwas oder nicht?

»Ich hätte Lust auf eine Tisane. Für dich auch eine?«, fragte er sie und stand auf.

Kräutertee war nun wirklich nicht ihr Ding. Was das anging, war sie wohl die Ausnahme – selbst Pauline schwor am Abend auf einen Tee, der grässlich nach Melisse und Apfel schmeckte. Um jedoch nicht unhöflich zu wirken, nahm Marie sein Angebot an.

Während Marcel ins Haus ging, stand Marie auf und schlenderte durch seinen Garten. Voller Bewunderung schaute sie sich die beeindruckende Pflanzenwelt an. Die Pfeifensträucher standen in voller Pracht – ein zart duftendes weißes Meer aus Tausenden von Blüten. Die Blumenbeete dazwischen leuchteten in herrlichen Farben, aber sie sah auch die Leerstellen und Jungpflanzen. Wie jeder gute Gärtner achtete Marcel darauf, dass sein Garten zu jeder Jahreszeit etwas zu bieten hatte.

Maries Blick verharrte auf einem Beet mit, wie sie fand, eher bescheiden aussehendem Grünzeug, als Marcel sich wieder zu ihr gesellte.

»Was wird das?«, fragte sie ihn und deutete auf das Beet.

»Fingerhut. Meine Lieblingsblume. Es gibt über zwanzig Sorten – in allen Farben und Größen. Manche werden zwei Meter hoch«, antwortete er begeistert.

Okay, das war dann auch genug der Pflanzenkunde. Schließlich war Marie aus einem anderen Grund hier.

»Nathalie hat mir, wie gesagt, von eurer Begegnung mit Romain Dubosc auf der Baustelle erzählt«, kehrte sie zum eigentlichen Thema zurück.

»Ja, an dem Tag war ich mit Léon dort. Er war wegen dieser Baustelle völlig aufgekratzt. Er fand es spannend, was sein Vater dort macht. Das ganze Dorf spricht seit Wochen davon, und er wollte wohl in der Schule ein bisschen damit angeben. Also haben wir nach der Schule einen Abstecher dorthin gemacht.«

»Und ist dir das mit Romain Dubosc sofort aufgefallen?« Mal schauen, ob das Pokern weiterhin funktionierte.

»Was soll mir aufgefallen sein? Außer dass er ein eitler Schnösel war.«

»Ich fand ihn charmant.«

»Ihr Frauen seid alle gleich.«

Na klar doch! Aber so ein Altherrenspruch passte ja zu Marcel. Er war nicht gerade ein Frauenfreund, sonst hätte er seinem Sohn nicht ausnahmslos den Vorrang gegeben.

»Wohl kaum. Aber Romain Dubosc hatte schon einen Schlag bei Frauen.« Während sie das sagte, fiel Maries Blick wieder auf das Beet mit dem Fingerhut. Etwas regte sich in ihrem Hirn.

»Ja, wenn man mit einem goldenen Löffel im Mund geboren wird, ist das keine große Kunst.«

»Das stimmt so nicht. Seine Mutter war alleinerziehende Büroangestellte. Er war ein Selfmademan.«

»Wenn du das sagst.«

Marie bemühte sich, aus Marcel schlau zu werden. Sie spürte, dass er angespannt war, aber gleichzeitig schien er auch eine seltsame Distanz zu den Dingen zu haben. Sie versuchte, ihn auf sein eigenes familiäres Terrain zu lotsen.

»Bei vier Mädchen hast du dir bestimmt immer Sorgen um ihre männlichen Bekanntschaften gemacht.«

»Das kannst du laut sagen. Da verstehe ich keinen Spaß.« Sein Gesichtsausdruck verhärtete sich.

Marie glaubte ihm das unbesehen. Nathalie hatte erwähnt, dass er sogar Antoine darauf getrimmt hatte einzuschreiten, wenn seine Schwestern gegen die Anstandsregeln verstießen. Sie schaute weiterhin auf das Beet mit dem Grünzeug.

»Der Tee müsste jetzt fertig sein. Ich gehe ihn gerade holen.«

Als Marcel im Haus verschwunden war, ging Marie nachdenklich zur Pergola zurück und setzte sich. Was hatte Rose gesagt, warum sie keine Fingerhüte im Garten hatte, obwohl sie so schön waren? Das Problem mit ihr war, dass sie immer so ausschweifend wurde, wenn sie über ihren Garten sprach. Da konnte es passieren, dass Marie zwischendurch geistig abschaltete, und irgendwann hatte sie dann den Anschluss verloren. Mist!

Es dauerte eine Weile, bis Marcel wieder zu ihr in den Garten kam. Er hielt zwei große Teebecher in den Händen und reichte ihr einen. »Tut mir leid, mir ist die Hand beim Honig ausgerutscht. Ich hoffe, der Tee ist dir nicht zu süß.« Er setzte sich. »Ich trinke ihn ja gern süß.«

Honig war eines der wenigen Lebensmittel, die Marie nicht mochte. Mit Honig und Süßkartoffeln konnte man sie bis ans Ende der Welt jagen. Sie roch an der Tasse. Um diesen Trank runterzubekommen, würde sie sich überwinden müssen. Mutig nippte sie an dem Tee. Ekelhaft!

»Schmeckt gut, ist aber noch zu heiß für mich«, log sie aus Höflichkeit. »Ich lasse ihn mal abkühlen.« Sie stellte die Tasse auf einem kleinen Tisch ab, auf dem auch ein Fernglas lag, und versuchte, das Gespräch wieder auf Dubosc zu bringen. »Und wie ging es weiter bei eurem Besuch auf der Baustelle?«

»Dieser Dubosc hat Léon angestarrt, als wäre er von einem anderen Stern. Ich dachte, gut, der hat keine Kinder, der weiß eben nicht, wie er sich verhalten soll. Aber dann habe ich die Panik in Nathalies Augen gesehen.«

»Das kann ich mir vorstellen nach dem, was sie mir erzählt hat.«

»Dann wird sie dir ja auch erzählt haben, warum. Irgendwann stand der Junge neben Oliviers Partner, und da ist mir aufgefallen, dass die beiden sich ziemlich ähnlich sahen. Aber bevor ich mir darüber weitere Gedanken machen konnte, kam Olivier dazu.«

Marie wunderte sich und war zugleich verärgert. Warum hatte Nathalie ihr das nicht erzählt? Um Olivier zu schützen? Um das Gespräch nicht zu unterbrechen, beließ sie es jedoch bei ihren Gedanken.

»Dem müsste die Ähnlichkeit doch schon viel früher aufgefallen sein.«

»Ach was! Der arme Kerl … Aber Nathalie wusste vor lauter Nervosität nicht, wohin mit sich. Und die ist ja sonst die bei Weitem Ausgeglichenste von den Mädchen. Wenn sie so reagiert, dann stimmt irgendwas nicht.«

»Ist Olivier denn nicht aufgefallen, wie nervös sie war?«

»Nein, der hat mit Léon herumgetobt. Hat ja selbst was von einem großen Jungen.«

»Und wie ging es weiter?«

»Am nächsten Tag habe ich angefangen, mich über Oliviers Partner zu informieren. Agnès hat mir erzählt, dass er der Neffe von diesem Wichtigtuer von Bürgermeister ist. Also habe ich mich weiter umgehört und erfahren, dass er schon früher öfter in der Gegend war und als Schürzenjäger galt.«

»Und dann hast du eins und eins zusammengezählt?«

»Wenn du es so ausdrücken willst. Ich wusste ja, dass alle Jungs hinter Nathalie her waren. Deshalb habe ich auch Antoine schon früh eingeschärft, auf seine Schwestern aufzupassen, besonders auf Nathalie.« Marcel zeigte auf Maries Becher. »Dein Tee wird kalt.«

Schon allein bei dem Honiggeruch wurde ihr übel. Um das Gespräch jedoch weiter in Gang zu halten, griff sie nach dem Teebecher und tat so, als würde sie einen Schluck trinken.

»Ich seh, er schmeckt dir. Das freut mich.« Marcel stand auf, nahm das Fernglas vom Tisch und betrachtete einige Raubvögel am Himmel.

Marie nutzte rasch die sich bietende Gelegenheit und schüttete unauffällig einen Großteil des furchtbaren Gebräus neben sich auf den Rasen.

»Mich fasziniert das Jagdverhalten von Bussarden. Aber ich kann mit diesem Ding hier auch beobachten, was auf der Baustelle oder bei Nathalie passiert. So bin ich immer informiert. Nicht schlecht, oder?«

»Darf ich?« Marie erhob sich ebenfalls, nahm ihm das Fernglas aus der Hand und richtete es auf die Baustelle. Ja, die konnte man von hier aus perfekt sehen – es war ein exzellenter Feldstecher. Sie drehte sich ein Stück und erkannte die Landstraße, die zu den Gaillards hinaufführte. Und sie sah die Stelle, an der sie vorhin beinahe mit Lucienne zusammengestoßen war. Sie verfolgte die Straße bis hin zum Haus der Gaillards. Dort entdeckte sie Léon, der fröhlich auf dem Trampolin herumhüpfte.

Sie gab Marcel den Feldstecher zurück. »Und, was hast du nach dem Treffen mit Romain Dubosc damit beobachtet?«

»Am nächsten Tag habe ich gesehen, wie der Kerl mit seinem Luxusschlitten zu Nathalies Haus gefahren ist. Olivier war auf der Baustelle – und da hab ich mir gesagt: So nicht, mein Freund. Als er wieder weg war, bin ich rübergegangen und habe Nathalie zur Rede gestellt.«

»Und sie hat es dir erzählt?«

»Ja, alles. Auch, was sich in der Nacht, als Antoine gestorben ist, wirklich zugetragen hat.«

Marie war überrascht. Warum hatte Nathalie ihr ebenfalls verschwiegen, dass sie mit ihrem Vater darüber gesprochen hatte? Sollte Marie in Bezug auf Marcel keinen Verdacht schöpfen? Oder wollte sie sich selbst schützen? Hatte sie womöglich noch etwas angestellt, womit sie bislang nicht herausgerückt war? Was für ein Spiel trieb sie?

Marcel sah, dass Maries Tasse fast leer war.

»Du hast ja schon ausgetrunken. Soll ich dir noch etwas Tee holen?«

Der bietet einem die Plörre ja an wie saures Bier, dachte Marie. Da fiel ihr Blick erneut auf das Blumenbeet. Und plötzlich erinnerte sie sich, was Rose ihr gesagt hatte: Fingerhut war hochgiftig, und sie wollte in ihrem Garten nichts haben, womit Menschen sich vergiften könnten. Das war es!

Marie spürte einen Adrenalinstoß. Jetzt musste sie vorsichtig und klug handeln. »Warum nicht?«, erwiderte sie und fragte scheinbar beiläufig: »Was ist denn das eigentlich?«

»Eine spezielle Kräutermischung. Sehr gesund.«

»Wenn das so ist, gern. Aber ich bin gleich noch mit einer Freundin verabredet. Ich rufe sie nur schnell an, damit sie weiß, dass ich mich etwas verspäte.«

»Lass dir ruhig Zeit.« Auf einmal wirkte er ungewohnt freundlich.

Marie entfernte sich dreißig Meter von Marcel, der wieder in sein Haus ging, und rief den Rechtsmediziner Fred Blanquer an. Zum Glück meldete der sich sofort.

»Ich muss jetzt schnell machen und kann Ihnen nichts erklären«, flüsterte sie ins Telefon. »Könnte Romain Dubosc mit einem Tee aus Fingerhut umgebracht worden sein? Ich brauche ganz schnell eine Antwort.«

Blanquer überlegte nicht lange.

»Theoretisch ja. Hundertzwanzig Gramm Blätter der Digitalis purpurea reichen aus, um fatale Herzrhythmusstörungen oder auch Herzversagen zu verursachen.«

»Hätten Sie das nicht im Blut nachweisen können?« Sie konnte sich den vorwurfsvollen Ton nicht verkneifen.

»So einfach lässt sich das nicht erkennen. Wenn mir gesagt worden wäre: ›Prüfen Sie, ob Spuren von Digitalis purpurea im Blut sind‹, hätte ich es gefunden. Aber es lässt sich nur nachweisen, wenn man gezielt danach sucht.«

»Ist das Ihr Ernst?«

»Sie haben schon eine seltsame Art zu fragen. Ja, das ist mein Ernst, und jeder Kollege wird Ihnen das bestätigen. Ich habe vorsichtshalber eine Blutprobe von Romain Dubosc dabehalten. Also könnte ich es jetzt sofort nachweisen.«

»Okay, dann tun Sie das. Wie lange brauchen Sie dafür?«

»Zwei Stunden. Und sparen Sie sich die Frage: Nein, es geht nicht schneller.«

Dann würde sie die Zeit irgendwie überbrücken müssen.

»Okay, danke.«

Marie kehrte zu ihrem Stuhl zurück, als Marcel mit einem neuen dampfenden Becher aus dem Haus trat.

Als sie das Getränk entgegennahm, schaute sie ihm geradewegs in die Augen und fragte: »Hast du Romain Dubosc den gleichen Tee angeboten?«

Er wich ihrem Blick aus. Anstatt zu antworten, presste er die Lippen zusammen.

»Nathalie hat dir erzählt, dass Romain Dubosc einen Vaterschaftstest machen lassen wollte, richtig?«

»Das fehlte noch. Wenn der positiv ausgefallen wäre, wovon ja auszugehen war, hätte man Nathalie zu allem anderen Übel auch noch als Dorfmatratze abgestempelt!«

Was für ein furchtbares Wort, dachte Marie.

»Hast du mit Romain darüber gesprochen?«

Sie merkte, dass Marcel zunehmend unruhig auf seinem Stuhl hin und her rutschte.

»Damit er mir Gott weiß was verspricht, was er niemals halten würde? Nein!« Marcels Stimme bebte.

»Und was hast du gemacht?«, hakte Marie nach.

»Wegen ihm habe ich schon meinen Sohn verloren. Ich konnte nicht mitansehen, dass er mir auch noch meinen Enkel wegnimmt«, schrie Marcel mit brüchiger Stimme. »Und ich wollte meine Familie vor einem weiteren Skandal schützen.«

Bei den letzten Worten stand er ruckartig auf und griff blitzschnell nach etwas neben seinem Stuhl.

»Halt! Lassen Sie sofort die Harke fallen, oder ich schieße!«

Die Stimme kam ihr bekannt vor. Das war doch … Martin!

Dann ging alles ganz schnell. Marcel stürzte sich mit einem Satz auf Marie, die durch das Übergewicht zusammen mit ihm vom Stuhl kippte. Beide rollten auf den Boden, und Marie begriff, dass Martin seine Drohung nicht wahrmachen konnte, da nicht auszuschließen war, dass bei einem Schuss auch sie von der Kugel getroffen wurde. Sie musste sich also selbst helfen. Doch dem ohnehin kompakten Marcel schien seine unbändige Wut zusätzliche Kräfte zu verleihen. »Ich lasse nicht zu, dass du meine Familie zerstörst!«, brüllte er und setzte zu einem finalen Schlag an, um sie niederzuringen. Marie konnte ausweichen, sodass ein kräftiger Hieb sie nur an der Schulter traf. Marcel war viel größer und stärker als sie, aber sie beherrschte mehrere Techniken der Verteidigung. Ironischerweise hatte sie diese erst neulich noch zu Übungszwecken mit Pauline praktiziert. Es gelang ihr schließlich, die Oberhand über den schnaufenden Mann zu gewinnen und ihn mit einer letzten Kraftanstrengung auf den Bauch zu drehen. So konnte Martin ihm endlich Handschellen anlegen, während Marie ihm heftig atmend zuschaute.

Als sie sich wieder aufrichtete, fiel das abendliche Sonnenlicht auf die großen Pfeffersträucher. Nach diesem trostlosen und völlig sinnlosen Kampf kamen sie ihr wie ein psychedelisches Kunstwerk vor.

Immer noch zu dritt standen sie unter der Pergola. Marcels Gesicht wirkte grau und zeigte kaum eine Regung mehr.

Marie hatte sich wieder gefangen, auch wenn ihr der Schrecken noch immer in den Gliedern saß. Sie wollte sich nicht vorstellen, was passiert wäre, wenn Richard nicht aufgetaucht wäre. Wie hatte sie nur so unvorsichtig sein können? Sie bemühte sich, Marcels Vernehmung in Gegenwart ihres Assistenten möglichst souverän zu Ende zu führen.

»Romain Dubosc hat dich also wenige Stunden vor seinem Tod hier besucht.«

»Ja, ich hatte ihn hergebeten«, antwortete Marcel schließlich. Seine Stimme klang heiser. Der Kampf hatte auch ihm ordentlich zugesetzt.

»Und was habt ihr gemacht?«

»Ich habe ihm meinen Garten gezeigt und ihm dann einen Kräutertee angeboten. Dieser Schönling war an allem schuld. Er ist es, der Antoine auf dem Gewissen hat.« Jetzt schaute er Marie an, die seinen Blick nicht wirklich deuten konnte. Es schien eine Mischung aus Hass, Verzweiflung und Erschöpfung darinzuliegen. »Ich hatte dir gesagt, dass ich denjenigen, der Antoine getötet hat, eigenhändig umbringen würde. Ich habe mein Wort gehalten.«

»Und du hast es so getan, dass man es nur schwer nachweisen kann.«

»Das ist der Vorteil, wenn man sich mit Pflanzen auskennt. Man weiß, welche heilsam und welche giftig sind.«

»Aber eins verstehe ich nicht«, warf Martin ein. »Das sind doch Sommerblumen. Die blühen nicht im April.«

»Richtig. Aber getrocknet haben sie fast die gleiche Wirkung. Ich habe vorsichtshalber die Menge verdoppelt, der Kerl sah ja kerngesund aus. Ich bewahre immer ausreichend viele getrocknete Blätter und Samen in einer Blechdose auf.«

»Aber wofür? Um einfach so Menschen umzubringen?«, fragte Marie ungläubig.

»Als Notausgang. Daran zu sterben ist ein gnädiger Tod. Lucienne und ich sind schon länger nicht mehr in guter gesundheitlicher Verfassung. Und ich wollte bis zum Schluss mein eigener Herr sein.«

»Du hast also Romain den gleichen tödlichen Tee angeboten, mit dem du auch versucht hast, mich zu vergiften, oder?«

Marie musste an Blanquer denken, der ihr gesagt hatte, Herzversagen könne auch sie morgen treffen. Wie recht er hatte.

Marcel nickte. Wirkte er jetzt auch beschämt, oder bildete sie sich das ein? Dass er versuchen würde, sie so kaltblütig umzubringen, hätte sie nie für möglich gehalten.

»Übrigens habe ich ihn nicht getrunken, ich hasse Honig. Ich hab ihn weggekippt.«

»Besser so. Aber deine Großmutter wird mich von dort, wo sie jetzt ist, trotzdem bis in alle Ewigkeit verdammen. Der Honig musste sein, damit man die Bitterkeit nicht schmeckt.« Er klang jetzt nur noch erschöpft und schien resigniert zu haben. »Ich habe mich wie bei dir auch bei Romain damit herausgeredet, dass mir beim Süßen die Hand ausgerutscht ist. Der hat aber brav getrunken und sich nicht getraut, eine weitere Tasse abzulehnen. Dann habe ich ihn schnell verabschiedet, damit er mir nicht schon hier zusammenbricht.«

Marie musste schlucken angesichts Marcels eiskaltem Kalkül. Auch Martin sah einigermaßen mitgenommen aus.

»Er war ein netter Mann. Vielleicht hätte er doch mit sich reden lassen«, wandte Marie ein.

»Vielleicht, aber das Risiko war mir zu groß. Ich hatte schon zu viel verloren.«

Marie ließ einmal mehr den Blick über den Garten schweifen, dem im Licht der Abenddämmerung nun etwas Märchenhaftes anhaftete. Sie dachte daran, dass Marcel als Mörder vermutlich den Rest seines Lebens hinter Gittern verbringen würde. Zugleich war er ein Ehemann und Vater, der glaubte, mit seiner Tat für seine Familie Verantwortung übernommen zu haben. Doch das Gegenteil war der Fall.

»Du hast einen Mann vorsätzlich umgebracht und versucht, mich zu töten. Jetzt hast du alles verloren. War es das wert?«

»Wen interessiert das noch? Ich hoffe, die Mädchen kümmern sich um Lucienne.« Er schaute in die Ferne. »Wer weiß, vielleicht kommt sie ohne mich sogar besser zurecht. Ich fürchte, ich war kein guter Ehemann – ganz sicher nicht in den letzten zehn Jahren. Mit Antoine ist auch ein Teil von mir gestorben.«

*

Martin war schon stolz auf sich – und natürlich glücklich, seine Chefin gerettet zu haben, auch wenn sie sich im Kampf allein gegen ihren Angreifer zur Wehr gesetzt hatte. Zumindest hatte er sie rechtzeitig gewarnt, sonst hätte dieser furchtbare Marcel Barthes sie mit der Gartenharke erschlagen, die er sich in seiner Wut geschnappt hatte. Bei dem Gedanken schüttelte es ihn immer noch.

»Ich fürchte, ich habe ein ungutes Talent, mich in brenzlige Situationen zu bringen«, sagte die Kommissarin kleinlaut zu ihm, nachdem die Kollegen eingetroffen waren. »*Merci*, Richard. *Merci beaucoup*.«

»War mir eine Freude und eine Ehre. Aber gerettet haben Sie sich schließlich selbst. Sie haben gekämpft wie eine Löwin. War sehr beeindruckend.«

»Ich weiß nicht so recht … Auf jeden Fall müssen wir uns jetzt um die Familienangehörigen kümmern.«

Auf dem Hof hatte sich ein großes Polizeiaufgebot eingefunden. Und seine Chefin hatte ihn gebeten, einen Krisenpsychologen zu bestellen, und zwar den besten, der aufzutreiben war. Madame Barthes und ihre drei im Ort lebenden Töchter – Cécile war inzwischen wieder in Toulouse – würden bestimmt Beistand benötigen.

Diese Agnès schien in der Tat völlig überfordert zu sein. Mit flackernden Augen lief sie anscheinend ziellos umher, hielt in einer Geste der Verzweiflung immer wieder die Hände an ihre Wangen. Martin sah den freundlichen Agent Visla, der wohl mit den Kollegen aus Montignac hergekommen war. Gerade ging er auf Agnès zu und sprach beruhigend auf sie ein.

Kurz nachdem der Vater abgeführt worden war, erschienen auch die Mutter und ihre Tochter Sophie auf dem Hof. Martin hatte die ganze Zeit schon nach der sympathischen Frau gesucht, zu deren Füßen er gestolpert war. Anscheinend waren Mutter und Tochter einkaufen gewesen und schauten nun fassungslos auf die vielen Einsatzwagen.

Martin wollte ihnen gerade entgegengehen, als er sah, dass auch die Kommissarin auf sie zukam, um die Situation zu erklären. Also hielt er sich zurück, während seine Chefin behutsam mit den beiden sprach. Anschließend beobachtete er, wie fürsorglich Sophie sich um ihre zutiefst erschütterte Mutter und sogar um ihre »Feldwebelschwester« kümmerte.

Schade, dachte Martin. Sophie hätte er gern unter anderen Umständen kennengelernt. Er erinnerte sich, wie sie ihn einmal angelächelt hatte und er von ihrem sanften Gesicht wie verzaubert gewesen war.

Martin hatte seiner Chefin angeboten, zur Familie Gaillard zu fahren und sie über die jüngsten Entwicklungen zu informieren. Eigentlich hatte sie das selbst erledigen wollen, aber dann konnte er sie davon überzeugen, dass er diese Aufgabe mit Taktgefühl wahrnehmen würde. Sie hatte dem schließlich zugestimmt, da sie noch zu Bruno Dubosc musste. Das Gespräch mit ihm würde bestimmt auch heikel werden.

Nachdem alle Einsatzwagen wieder abgefahren waren, verließ Martin als Letzter den Hof. Vorher allerdings raffte er all seinen Mut zusammen und klopfte an die Tür der Wohnküche. Er hatte Glück – Sophie öffnete ihm die Tür.

»Ich dachte, ich lasse Ihnen meine Telefonnummer da, falls Sie irgendwelche Fragen haben.« Im gleichen Moment fand er sich reichlich blöd, sie hatte ja die Nummer von Marie. Er hätte sich also besser eine andere Erklärung ausdenken sollen. Egal, jetzt war es passiert.

»*C'est gentil, merci!*«, sagte sie – und es sah nicht so aus, als fühle sie sich belästigt. Zum Abschied hatte sie ihm ihr zartes Lächeln geschenkt, das er so mochte.

Kapitel 31

Saint-André, Dienstag, 27. April

Nachdem sie den Hof der Barthes verlassen hatte, war Marie nach Hause gefahren. Sie hatte ihr Auto geparkt und Blanquers SMS gelesen, die die Vergiftung bestätigte. Nun war sie mit Romains Laptop in der Hand auf dem Weg zum Bürgermeister. Sie brauchte die Zeit, um sich auf die Begegnung mit ihm vorzubereiten.

Ohne Richard würde sie jetzt vermutlich nicht durch das Dorf spazieren. Er hatte sie nicht nur vor einem wahrscheinlich tödlichen Übergriff bewahrt, er war ihr auch danach, bei der Verhaftung und den Gesprächen mit der Familie, eine große Hilfe gewesen. Jetzt führte er auch noch das sicherlich komplizierte Gespräch mit den Gaillards, und sie wusste, dass sie sich auf ihn verlassen konnte – er würde mit seiner besonnenen Art den richtigen Ton treffen. Woher nahm er diese Ruhe? Hing es damit zusammen, dass er so gar nicht eitel war? Auf jeden Fall war er der lebende Beweis dafür, dass Besonnenheit und Effizienz sich nicht gegenseitig ausschlossen – an ihm sollte sie sich öfter ein Beispiel nehmen.

In der Ferne hörte sie das vertraute Rauschen der Pappeln am Ufer der Vézère und genoss seine beruhigende Wirkung.

»Marie! Hatten wir nicht achtzehn Uhr vereinbart? Was ist aus deiner deutschen Pünktlichkeit geworden?«, attackierte Bruno Dubosc sie, kaum dass er die Tür geöffnet hatte.

Statt zu antworten, überreichte sie ihm den Laptop und das Handy.

»Können wir uns setzen?«

Anscheinend verstand er, dass es wichtige Neuigkeiten gab, denn er führte sie widerstandslos in den Wohnraum, wo der schöne Weimaraner an ihr schnupperte und sie mit seinen hellen Augen anschaute. Ein wirklich edles Tier, deutlich vornehmer als ihr struppiger César, dachte Marie. Dennoch hätte sie ihn niemals gegen ihren ungestümen Hofhund tauschen wollen, der ihr längst ans Herz gewachsen war.

»Du siehst müde aus«, stellte Bruno fest.

Erneut holte sie das Kinderfoto von Romain aus ihrer Handtasche. Dubosc riss es ihr sofort aus der Hand.

»Woher hast du das?«, fragte er bestürzt. »Das habe ich doch erst vor Kurzem zufällig beim Aufräumen wiedergefunden. Und dann habe ich es gleich Romain gegeben. Es war sein zehnter Geburtstag.« Er zeigte auf das rote Fahrrad. »Das habe ich ihm geschenkt – sein erstes Fahrrad! Er war unglaublich stolz.« Seine Stimme verriet, wie sehr das Bild ihn aufwühlte.

Marie berichtete, was sie in Erfahrung gebracht und was sich insbesondere in den letzten Stunden zugetragen hatte. Erstaunlicherweise ließ der Bürgermeister sie reden, ohne sie zwischendurch zu unterbrechen. Erst als sie ihm erzählte, wer und was Romains Tod verursacht hatte, konnte er nicht länger an sich halten.

»Ich wusste es! Dieser Marcel ist ein Teufel!«

Ja, so war es generell, wenn ein Mensch einen anderen vorsätzlich tötete, das relativierte alles Menschliche. Aber war Marcel wirklich ein Teufel? Wohl kaum. Sicher war nur, dass er in seiner Verzweiflung irgendwann sich selbst und den Bezug zu anderen, sogar zu seiner eigenen Familie gänzlich verloren hatte.

Es war schon eine Menge auf einmal für Dubosc, und Marie vermutete, dass er eine Weile brauchen würde, bis er sämtliche Informationen verarbeitet hätte. Er erfuhr nicht nur, dass sein geliebter Neffe tatsächlich umgebracht worden war, sondern auch, dass Romain einen Sohn hatte. Und dass er im Grunde genommen deswegen hatte sterben müssen.

Marie fragte sich, ob sie ihm all das schonender hätte beibringen sollen. Aber wie hätten sich die Tatsachen beschönigen lassen?

»Und du bist sicher, dass dieser Léon sein Sohn ist?«, fragte er sie plötzlich ganz unvermittelt.

»Wenn du ihn siehst, wirst du es auch sein. Außerdem wird es eine DNA-Untersuchung geben – und als nahestehender Verwandter wirst auch du die Ergebnisse bekommen.«

Sie sah, dass es hinter der Stirn des Bürgermeisters gewaltig arbeitete. Marie nahm an, dass ihm gerade klar wurde, dass Romain durch dieses Kind irgendwie weiterlebte.

»Weißt du, ob Romain sich Kinder gewünscht hat?« Marie fragte sich weiterhin die ganze Zeit, warum ihm die Anerkennung der Vaterschaft so wichtig gewesen war. Sein bisheriger Lebenswandel schien doch ganz anders fokussiert gewesen zu sein mit seinen ambitionierten beruflichen Plänen und den wechselnden Affären.

»Kompliziertes Thema. Einerseits hat er sich sehnsüchtig Kinder gewünscht, aber andererseits wollte er unter keinen Umständen welche. Das war ja das ganze Drama mit Christine. Romain war in Wahrheit ein verschlossener Mensch, der meinte, immer alles allein regeln zu müssen. Ich weiß aber, dass er schon sehr darunter gelitten hat, ohne Vater aufgewachsen zu sein, da konnte auch ich ihm kein Ersatz sein. Nach der Trennung von Christine, die wahrscheinlich die ideale Frau für ihn gewesen wäre, hat er mir einmal anvertraut, dass er sich der Verantwortung nicht gewachsen fühle, ein Kind großzuziehen.«

»Kanntest du eigentlich Romains Vater?«

»Nein, nie gesehen. Irgendein Typ, der seine Mutter nach einem Fest geschwängert hat und danach verschwunden ist.«

Das Leben kann wirklich ein Arschloch sein, dachte Marie.

Dubosc fand andere Worte dafür. »Unfassbar, wie sich die Dinge im Leben wiederholen.«

Sie blieben eine Weile schweigend nebeneinander sitzen, während der Tag dem Abend wich und das Zwielicht dem Raum etwas Unwirkliches verlieh. *Entre chien et loup* – ein Licht, das so schwach war, dass man einen Hund nicht von einem Wolf unterscheiden konnte. Marie mochte dieses Bild.

Sie betrachtete den großen Wohnraum. Die in Pastellfarben gehaltenen Bilder an den Wänden hatten etwas Tröstliches.

»Woher hast du all diese Kunstwerke?«, fragte sie spontan und deutete auf eine der Wände. Doch sie bereute ihre Frage sogleich. »Tut mir leid, das ist wohl nicht der Moment.«

»Schon in Ordnung.« Er schwieg eine Weile und antwortete dann: »Die habe ich von dem Mann mit dem Hut, nach dem du zuletzt gefragt hast.«

»Ist er Künstler?« Marie war erstaunt. Sie hatte ihn beruflich ganz anders verortet.

»Nein, Galerist.«

»Und ich hatte schon befürchtet, er wäre ein Privatdetektiv, den du angeheuert hast, um mir das Leben schwer zu machen.«

Dubosc lachte bitter auf.

»Paul ist mein Freund.« Er schaute sie kurz verunsichert an, aber dann sprach er weiter. »Nun ja … mein Lebensgefährte. Er wohnt in Paris.«

Es berührte Marie, dass er ihr etwas so Persönliches anvertraute. Zugleich kam sie sich reichlich dumm vor. Für sie war der Bürgermeister mit Saint André verheiratet gewesen, und weitere Gedanken über sein Privatleben hatte sie sich nie gemacht.

»Ich möchte, dass das unter uns bleibt«, fuhr er fort. »Das geht niemanden was an.«

»Ja, natürlich. Ich frage mich nur, warum du es verheimlichst? Die Zeiten haben sich doch geändert.«

»Das ist Ansichtssache.«

»Berlin und Paris hatten lange Jahre Bürgermeister, die sich öffentlich zu ihrer Homosexualität bekannt haben. Warum nicht auch Saint-André?«

»Weil Saint-André weder Berlin noch Paris ist. Glaub es mir.«

Wahrscheinlich hatte er recht.

»Du kannst dich auf mich verlassen. Und es freut mich, dass es einen Partner in deinem Leben gibt, der dich in diesen schweren Stunden begleitet.«

»*Merci.*« Er schaute sie nun besorgt an. »Du siehst wirklich erschöpft aus, Marie. Soll ich dich nach Hause fahren?«

»Danke, das ist lieb. Aber frische Luft wird mir guttun. Ich mache mich jetzt auf den Weg.«

Sie streichelte den Hund zum Abschied und stand auf.

Dubosc begleitete sie zur Tür.

»Darf ich dich um etwas bitten?«, fragte er schließlich. »Würdest du mich in den nächsten Tagen mal zu den Gaillards begleiten? Ich möchte Romains Sohn kennenlernen.«

Das war von seiner Warte aus verständlich, aber für die Gaillards würde es eine weitere Prüfung sein. Sie gab mit einem Nicken zu verstehen, dass sie mitkommen würde.

»*Merci*, Marie!«

Als Marie das Haus des Bürgermeisters verließ, war es dunkel. Sie atmete tief ein, die Luft war frisch und feucht. Morgen früh würde es dichten Nebel geben. Plötzlich fühlte sie sich verwundbar wie schon lange nicht mehr. Wie schön wäre es gewesen, wenn Michel jetzt zu Hause auf sie warten und sie gleich in seine Arme schließen würde. Am liebsten hätte sie losgeheult.

*

Sophie hatte wie selbstverständlich die Situation in die Hand genommen und saß jetzt mit Agnès und ihrer Mutter am Esstisch in der Stube. Nach dem Gespräch mit einer Psychologin, die ihnen wieder ein wenig Mut gemacht hatte mit ihrer einfühlsamen und zugleich zupackenden Art, hatte sie ihre Mutter aus dem trostlosen Häuschen geholt, das sie ansonsten ab jetzt allein bewohnt hätte. Zum Glück hatte sie sich damit einverstanden erklärt, zu Agnès ins Haupthaus zu ziehen.

Nathalie war mit ihrem Mann und Léon zu Hause. Sie hatten bestimmt genug mit sich selbst zu tun. Sophie wusste, dass der nette Inspektor jetzt bei ihnen war, um zu berichten, was sich hier zugetragen hatte. Auch keine leichte Aufgabe, aber so, wie sie ihn einschätzte, würde er das bestimmt mit dem nötigen Feingefühl machen. Wie aufmerksam auch von ihm, dass er ihr seine Telefonnummer gegeben hatte. Ob sie sich trauen würde, ihn anzurufen? Vielleicht.

»Und Marcel hat den Mann wirklich vergiftet?«, fragte ihre Mutter nun zum dritten Mal. Sie konnte es einfach nicht glauben. Sophies Vater hatte sie vorhin anrufen dürfen, aber allzu lang hatten die beiden nicht miteinander gesprochen – da war nur noch Sprachlosigkeit.

»Ich hole dir eine Tablette«, meinte Agnès.

»Nein!«, entgegneten Sophie und ihre Mutter wie aus einem Mund.

»Dann nicht«, erwiderte Agnès trotzig, und es wurde wieder still am Tisch.

Zum ersten Mal in ihrem Leben hatte Sophie ihre Schwester Cécile angerufen. Es war so unwirklich gewesen, ihr zu erzählen, was ihr Vater getan hatte. Cécile hatte ihr kommentarlos zugehört und gesagt, dass sie am nächsten Morgen aus Toulouse kommen würde. War sie traurig? War sie wütend? Oder fand sie das alles nur lästig? Sophie hätte es nicht sagen können. Vielleicht war es auch all das zusammen.

»Was sind wir bloß für eine Familie!«, rief die Mutter plötzlich aus.

»Eine beschissene.« Agnès Stimme klang bitter.

Wir dürfen nicht verbittert werden, schoss es Sophie durch den Kopf.

»Trotzdem sind wir eine Familie. Eine schwierige Familie, aber wir werden es schaffen, wieder auf die Beine zu kommen. Das sind wir Antoine schuldig. Und vor allem Léon!«, sagte sie eindringlich.

Ihre Mutter schaute sie mit großen Augen an. Sophie spürte, dass ihre Worte etwas bei ihr auslösten. Dann stand sie auf und ging zum Kühlschrank.

»So, und jetzt lasst uns etwas kochen«, sagte sie. »Wir müssen wieder zu Kräften kommen.«

Agnès sah sie verwundert an. »Machst du jetzt einen auf Mutter Teresa?«

»Nein, ich versuche einfach nur weiterzuleben.«

Kapitel 32

Saint-André, Mittwoch, 28. April

Das Klingeln ihres Handys riss Marie aus dem Schlaf. Sie drehte sich in ihrem Bett um und schaute blinzelnd aufs Display. Es war Bruno Dubosc, der sie um kurz vor acht Uhr anrief.

Michel und sie hatten bis spät in die Nacht miteinander telefoniert, und er hatte ihr natürlich ordentlich die Leviten gelesen. Sie sei unverbesserlich und viel zu leichtsinnig, er würde nicht ständig um ihr Leben bangen wollen, das müsse sich ändern und so weiter und so fort. Zum Glück war ihm irgendwann aufgefallen, dass sie reichlich angeschlagen war, sich selbst Vorwürfe machte und keine weitere Standpauke brauchte. Dann hatte er ihr einfach zugehört, und das konnte er sehr gut. Es war äußerst befreiend gewesen zu erzählen, was sich tagsüber alles zugetragen hatte: Das Schicksal mehrerer Menschen hatte in jenen Stunden einen dramatischen Verlauf genommen und sich gravierend verändert. Und sie selbst war dem zweifachen Mordversuch des alten Marcel – erst mittels Gift, dann mit der Harke – nur knapp entgangen. Es hätte auch ganz anders enden können. Erst nach dem Gespräch war Marie bewusst geworden, wie sehr das Erlebte sie aufwühlte, und sie hatte lange gebraucht, bis sie endlich eingeschlafen war.

Kein Wunder, dass sie heute in der Früh den Wecker nicht gehört hatte. Das war ihr seit Jahren nicht mehr passiert. Das letzte Mal hatte sie verschlafen, weil sie nach einem gelösten Fall mit Pauline in einer Pariser Bar versackt war. Gestern war sie aber nicht betrunken gewesen, sondern von ihren Gefühlen überwältigt worden. Ihr fehlte hier der emotionale Schutz der Pariser Anonymität – daran würde sie wirklich noch arbeiten müssen. Das war eine viel größere Herausforderung, als sie vermutet hatte.

Aber zumindest konnte sie jetzt wieder halbwegs klar denken und reagierte deshalb auch sofort, als der Bürgermeister ihr erklärte, dass er heute am liebsten gleich nach dem Schulunterricht zu den Gaillards wollte.

»Langsam, Bruno! Ich muss erst die Eltern anrufen. Versetz dich bitte auch in deren Lage.«

»Ich bin doch kein Unmensch und will mich nicht aufspielen oder irgendwelche Forderungen stellen – es würde mir einfach nur sehr helfen, diesen Jungen zu sehen. Ihn einfach nur zu sehen. Ohne irgendwelche Erklärungen.«

So war dieser Mann: völlig unberechenbar. Er konnte polternd rücksichtslos und anmaßend sein, aber er hatte eben auch diese einfühlsame Seite mit der Bereitschaft, sich zurückzunehmen und auf sein Gegenüber einzugehen.

Was er jetzt von ihr erbat, hatte im Übrigen weniger mit ihrer offiziellen Funktion als Kommissarin zu tun. Bruno und sie lebten im selben Dorf, und heute brauchte er ihre Hilfe, einfach von Mensch zu Mensch. Sie wusste zwar, dass der alte Bruno Dubosc bald wieder die Oberhand übernehmen würde, aber geschenkt!

»Tut mir leid, César, was unseren Morgenspaziergang angeht, muss ich leider passen«, erklärte sie dem Hund, der schwanzwedelnd vor der Küchentür auf sie wartete. Und Rose würde bestimmt gleich versuchen, sie auszufragen. Die Verhaftung von Marcel Barthes hatte sich zweifellos in Windeseile bis nach Saint-André verbreitet. Kaum hatte sie das gedacht, klopfte es an ihrer Tür.

Es war Léonie, die sie besorgt anschaute. »Und du bist wirklich nicht verletzt?«

»Wirklich nicht!« Marie nahm sich noch die Zeit, um Léonie über das Geschehene zu informieren und sie zugleich zu beruhigen. Dann eilte sie zu ihrem Dienstwagen, um ins Büro zu fahren.

Natürlich begegnete sie unterwegs Rose, die in Habachtstellung an ihrem Mäuerchen stand. Bevor sie irgendetwas sagen konnte, rief Marie: »Tut mir leid, Rose, ich bin spät dran. Frag Léonie, ich habe ihr das Wichtigste erzählt.«

Und weg war sie. Sie würde vom Auto aus versuchen, Pauline zu erreichen. Mit ihr würde sie den Fall noch mal aus ganz anderer Perspektive erörtern können, und zudem interessierte sie ihre Einschätzung.

*

»Also war ich es, die Marie das Leben gerettet hat!«, fasste Rose mit stolzgeschwellter Brust zusammen, was Léonie ihr gerade erzählt hatte. »Zum Glück hatte ich sie vor dem Fingerhut gewarnt!«

Léonie ärgerte es zwar, dass ihre Nachbarin sich so in den Vordergrund drängte, aber ganz unrecht hatte sie wohl nicht mit ihrer Behauptung.

»Ja, und dafür werde ich dir immer dankbar sein!«

Rose strahlte, wie sie da in ihrer Küche stand, in der es herrlich nach Karamell und Rum duftete.

»Was hast du denn gerade gebacken?«, fragte Léonie. Sie fand, dass sie lange genug über die furchtbaren Ereignisse gesprochen hatten, außerdem hoffte sie auf eine Kostprobe. Je älter sie wurde, desto lieber mochte sie Süßes.

»Cannelés de Bordeaux.« Rose erhob sich, öffnete den Küchenschrank und holte eine längliche Platte mit den runden, etwa fünf Zentimeter hohen, karamellisierten Küchlein heraus.

Léonie nahm eines und kostete es gleich. Es war genauso, wie es sein sollte: außen kross und innen butterzart.

»Mit dem Rum hast du nicht gespart«, sagte Léonie anerkennend.

»Beim Backen sollte man generell nicht sparen«, stellte Rose klar.

Sie packte Léonie ein bisschen von dem Gebäck für zu Hause ein. Georges würde sich auch freuen.

Léonie stand auf, gleich musste sie das Mittagessen vorbereiten. Beim Hinausgehen fragte sie noch betont beiläufig: »Wann wolltest du eigentlich deine Schiffsreise machen?«

»Möglichst bald. In unserem Alter sollte man die Sachen nicht allzu lange vor sich herschieben.«

Recht hatte sie.

»Und wie lange hast du vor wegzubleiben?«

»Drei Wochen.«

Oh, dann doch!, überlegte Léonie.

»Warum fragst du?«, wollte Rose wissen.

»Nur so.« Sie brauchte ja nichts zu überstürzen – so schnell würde ihnen die Zeit auch nicht davonlaufen. Außerdem musste sie sich jetzt um das Käsesoufflé kümmern, das Georges sich gewünscht hatte. Aber davor wollte sie noch rasch in ihren Gemüsegarten gehen und einen Kopfsalat abschneiden, den sie dazu servieren würde.

Sie fand Georges auf der Bank bei den Schweinen. Ihr kam es so vor, als wäre Joseph schon ein ganzes Stück gewachsen. Das ging ja so schnell bei diesen Viechern. Er schnüffelte hyperaktiv das Gehege ab, während Augustine zu Füßen ihres Herrchens döste. Léonie öffnete das Gatter und setzte sich zu Georges. Die Sau mit den klugen schwarzen Augen schaute zu ihr auf und forderte mit ihrem Blick Streicheleinheiten von ihr ein.

»Stimmt das wirklich mit Marcel?«, fragte Georges nach einer Weile.

Während sie Augustine an der Stirn kraulte, berichtete Léonie, was sie von Marie erfahren hatte.

»Da denkst du, du kennst einen Menschen – und musst dann erfahren, dass er zu so was in der Lage ist. Und Marie wollte er auch umbringen? Na, der soll mir noch mal unter die Augen kommen!«

Léonie sah, dass Georges vor Wut bebte. Er würde es wohl nie aussprechen, aber er liebte Marie, als wäre sie seine Enkelin.

Das war also nicht der richtige Moment, um zu erzählen, dass sie mit dem Gedanken spielte, eine längere Reise zu unternehmen. Das würde sie demnächst in Ruhe machen. Und sollte sie sich wirklich dafür entscheiden, würde sie für Georges vorkochen. Ein paar Eintöpfe und Saucengerichte, Fleisch- und Gemüsesuppen, Gratins … Er brauchte dann nur noch alles aufzuwärmen oder in den Ofen zu stellen. Und wenn er etwas anbrennen ließ, gab es ja noch einiges an selbst gemachten Patés und Entenconfits im Vorratsraum. Ihm sollte es schließlich an nichts fehlen, falls sie sich auf hohe See begab. Falls! Denn das musste sie schon erst noch gründlich überlegen. Aber, ja: Marie hatte ihr mit ihrem Kommentar schon irgendwie einen Floh ins Ohr gesetzt. Sie schaute zu den munteren Schweinen. Nun, um die bräuchte sie sich schon mal keine Sorgen zu machen – Hauptsache, sie hatten ihren Georges.

*

Richard Martin hatte den Bericht endlich fertig geschrieben und legte ihn nun auf den Schreibtisch seiner Chefin, damit sie ihn nachher noch durchsehen konnte. Und nach der neuen Aussage von Nathalie Barthes würden sie die Akte Antoine Barthes noch überarbeiten müssen. Er machte sich eine Notiz, damit er es nicht vergaß.

Im nächsten Augenblick kam Marie herein, die sich heute um einiges verspätet hatte. Sie wirkte müde, was mehr als verständlich war, aber vielleicht rührte der Eindruck auch von dem mintgrünen Pulli her, der sie etwas blass machte.

»In diesem Fall hat sich vieles um Blumen gedreht – ein Toter, der in Blumen gebettet wurde, ein anderer, der mit Blumen umgebracht wurde«, sinnierte Martin, nachdem sie sich herzlich begrüßt hatten.

»Und das im Frühling. Das ist, wie wenn man an einem sonnigen Tag traurig ist. Irgendwann begreift man dann, dass etwas mit einem nicht stimmt, und das macht einen noch trauriger. Kennen Sie dieses Gefühl?«

Martin war von dieser persönlichen Überlegung überrascht, doch er hatte durchaus eine Erwiderung parat.

»Ja, das kenne ich sehr wohl! Das ist wie ein verregneter Monat Mai. Da kommt es mir so vor, als würde ich unwiderruflich um etwas Kostbares gebracht.«

Marie nickte, wohl um den etwas philosophischen Exkurs damit abzuschließen, und vertiefte sich augenblicklich in seinen Bericht. Als sie mit der Durchsicht fertig war, warf sie ihm einen anerkennenden Blick zu.

»Sehr guter Bericht, Richard. Komplett, klar, gut aufgebaut. *Vraiment très bien.*«

Zugegeben, das hörte Martin gern. Michel Leblanc hatte sich seine Berichte nie angeschaut. Er hatte immer zu ihm gesagt: »Das machen Sie bestimmt perfekt. Ich verlasse mich da ganz auf Sie.« Es war nicht so, dass er sich nicht dafür interessierte, aber »Papierkram«, wie er das nannte, war nicht sein Ding. Meistens hatte er sich während der Ermittlungen noch nicht mal Notizen gemacht – im Gegensatz zu Marie.

Im Übrigen hatte Kommissar Leblanc Martin vorhin angerufen. Er war immer noch aufgewühlt gewesen wegen der gestrigen Geschehnisse. »Sie glauben gar nicht, wie dankbar ich Ihnen bin, Martin«, hatte er gesagt. »Ich will mir gar nicht vorstellen, was alles hätte passieren können, wenn Sie Marie nicht gefolgt wären. Sie sind ein großartiger Kriminalpolizist, der genau einzuschätzen vermag, wann es brenzlig wird. Der weiß, wann man eigenverantwortlich die Initiative ergreifen muss.«

Plötzlich riss Marie ihn aus seinen Gedanken. »Dürfte ich Sie um einen Gefallen bitten?«

»Ja, natürlich.«

»Würden Sie zu Champion gehen und ihm mitteilen, dass der Fall gelöst ist? Ich kann den heute keine Sekunde ertragen. Aber informieren sollte man ihn schon. Wir müssen uns ja nicht auf sein Niveau begeben.«

»Okay, mache ich«, entgegnete er tapfer und erhob sich von seinem Bürostuhl.

»Einen Moment noch.«

Sie öffnete eine ihrer Schreibtischschubladen und entnahm ihr einen Umschlag. Martin erkannte ihn, darin befand sich die Beschwerde von Jean Dupont. Sie zog die Blätter heraus, zerriss sie und legte sie dann wieder in den Umschlag.

»Das können Sie ihm auch überreichen – mit einem Gruß von mir.«

»Sind Sie sicher?«

»Das ist lediglich ein symbolisches Friedensangebot. Mal sehen, was er daraus macht. Die Datei habe ich ja noch. Hoffen wir einfach, dass er klug genug ist, die Warnung ernst zu nehmen.«

Martin war sich da nicht so sicher, aber er schätzte die Geste seiner Chefin. Bevor er das Büro verließ, atmete er demonstrativ tief ein, als wolle er gleich untertauchen. Und sah, dass er seine Chefin damit zum Lachen gebracht hatte. Das stand ihr gut.

*

Seit einer Ewigkeit war die ganze Familie zum ersten Mal wieder um den großen Küchentisch versammelt. Bis auf den Vater natürlich und Léon, der zum Spielen bei einem Freund war.

Sophie ließ ihren Blick durch den Raum schweifen, in dem sich über Jahrzehnte ein Großteil des Familienlebens abgespielt hatte. An diesem Tisch war gegessen, gelacht und gestritten worden. Schulaufgaben oder Buchhaltung waren gemacht und an langen Winterabenden Nüsse geknackt worden, um sie ohne Schale auf dem Markt zu einem höheren Preis verkaufen zu können. Früher hatte meistens ein Blumenstrauß auf dem Tisch gestanden – was auch immer ihre Mutter je nach Monat farbenfroh blühend im Garten fand. Aber das war schon so lange her. Keine Ahnung, wo die Vase geblieben ist, dachte Sophie. Sie sah, dass die Wände dringend einen neuen Anstrich brauchten, sie waren an einigen Stellen verschmutzt. Ganz allgemein sah es hier nicht sonderlich gepflegt aus. Das konnte man Agnès aber nicht ankreiden. Sie arbeitete auch so schon pausenlos. Was sie leistete, war eigentlich zu viel für einen einzigen Menschen.

Olivier ergriff das Wort und hielt dabei Nathalies Hand. Man sah den beiden an, dass sie die Nacht nicht geschlafen hatten, aber sie zeigten eine aufrechte und im positiven Sinn stolze Haltung. Sophie war beeindruckt und gerührt, die zwei so souverän der Familie gegenübersitzen zu sehen.

»Zwischen uns beiden wird sich nichts ändern«, verkündete

Olivier. »Nathalie ist und bleibt meine Frau, die ich über alles liebe.« Dann machte er eine Pause. »Und wir werden uns weiterhin um unseren Sohn kümmern.« Er schaute jeden Einzelnen an. »Wer eine Frage stellen oder etwas sagen möchte, der möge das bitte jetzt tun. Danach möchte ich nie wieder über diese Angelegenheit sprechen. Wenn Léon erwachsen ist, wird er entscheiden, wie er mit alledem umgeht.«

Wer soll sich da schon melden?, dachte Sophie – und wieder einmal überraschte ihre Mutter sie.

»*Ich* habe eine Frage.« Die Stimme ihrer Mutter war leise, aber fest. »Wärt ihr damit einverstanden, wenn von nun an ich Léon montags von der Schule abhole? Ich will ab nächster Woche wieder mit der Arbeit hier auf dem Hof anfangen, aber dafür würde ich mir gern immer die nötige Zeit frei halten.«

Alle Anwesenden, Agnès an erster Stelle, schauten sie verwundert an.

»Ja, genau – Arbeit statt Tabletten erscheint mir eine gute Therapie«, ergänzte Lucienne.

Ihre Mutter war so eine starke Frau! Sophie musste gegen die Tränen ankämpfen. Sie schaute sich in der Runde um und sah, dass es ihren Schwestern ähnlich erging. Cécile standen zwar keine Tränen in den Augen, aber sie wirkte auch nicht mehr so, als würde sie das alles nichts angehen. Sophie lächelte sie an, und Cécile lächelte sogar zurück. Verhalten, aber Sophie glaubte schon so etwas wie Schwesterliebe in ihrem Ausdruck zu erkennen.

Der Hof der Barthes, der ursprünglich von Männern geführt werden sollte, würde nun eine Frauenwirtschaft sein. An ihren Vater wollte Sophie jetzt nicht denken. Das war zu schmerzhaft. Denn wenn sie ganz ehrlich war, war ihr Vater schon seit einer Ewigkeit nicht mehr wirklich bei ihnen gewesen. Er hatte völlig abgekapselt gelebt – nur noch in und für seine Trauer um seinen Sohn. Aber an Antoine dachte sie in letzter Zeit immer öfter, führte Zwiegespräche mit ihm und vertraute ihm immer mehr an. Er würde sich wundern, was in ihr und in den anderen noch alles steckte.

Kapitel 33

Saint-André, Samstag, 1. Mai

Marie und Michel standen startklar für die Kanutour am Ufer der Vézère. Das Wetter spielte mit – es war ein strahlend heller, sonniger Tag. Unweit von der Stelle, wo sie in ihr Boot einstiegen, tummelte sich eine Entenfamilie mit flaumigen Küken. Allein für solche Momente liebte Marie den Frühling.

Als sie lospaddelten, wunderte sich Marie, wie geübt Michel darin war, und sprach ihn darauf an.

»Im Gegensatz zu mir hat Alexandre schon immer das Wasser geliebt, und als Kind wollte er lieber Kanu fahren als wandern«, erklärte er ihr.

»Hast du auch bei ihm nachgegeben?«

»Ja, das bringt es mit sich, wenn man Menschen liebt.«

Auch ohne dieses Bekenntnis hätte Marie niemals bezweifelt, dass Michel ein guter Vater war.

Sie verließen bald die Ortschaft und waren allein mit sich und der Natur.

»Eigentlich könnten wir Pfingsten noch mal so eine Tour machen, mit meinem Vater und den Jungs. Du wirst sehen, Viktor und Moritz sind für jeden Blödsinn zu haben.«

»Ich kann's kaum erwarten … Aber damit ist das Thema Kanu dann durch für dieses Jahr. Okay?«

»Okay!«

Ihrem Vater hatte sie übrigens nichts von ihrer letzten Begegnung mit Marcel erzählt, obwohl er sie prompt am Tag danach angerufen hatte. War das väterlicher Instinkt gewesen? Sie hatte das Gespräch gleich auf Pfingsten gebracht. Ihr Vater freute sich auf seine Tochter, auf Léonie und Georges, auf Saint-André – und darauf, Michel besser kennenzulernen.

Sie paddelten entlang einer Burg, die auf einem gewaltigen Felsen thronte. Darunter kam man sich winzig klein vor. Diesen trutzigen Eindruck hatten die damaligen Schlossherren bestimmt beabsichtigt, als sie den Ort hier ausgewählt hatten.

Marie hatte diesen Ausflug vorgeschlagen, weil sie die Vézère für Michel und sich allein haben wollte – bevor die Touristen kamen –, um sich in aller Ruhe von der sanften Strömung des Flusses leiten und die friedvolle Natur an sich vorbeiziehen zu lassen. Vom Wasser aus wirkte die Landschaft geheimnisvoll und unberührt. Und das Paddeln lenkte von schlechten Gedanken ab.

Marie, die ein weißes Trägertop und eine khakifarbene Shorts trug, saß vorne im Kanu. Nach einer Weile legte sie ihr Paddel ins Boot und versuchte, bewusst ein- und auszuatmen, wie sie es vor ein paar Tagen bei ihrer zweiten Yogastunde gelernt hatte. Ihre nackten Füße hingen rechts und links von dem schmalen Kanu im Wasser, während Michel hinten in aller Ruhe und gleichmäßig wie ein Profi weiterpaddelte. Sie hatten den Fluss für sich allein. Es war perfekt. Genau so, wie sie es sich gewünscht hatte.

»Ganz schön romantisch, oder?«, meinte sie.

»Hhm … Mir war gar nicht bewusst, dass du einen so ausgeprägten Sinn für Romantik hast.«

»Wenn hier keine Romantik angesagt ist, wo bitte schön dann? Außerdem … hattest du mir nicht erzählt, dass du in Florenz ein romantisches Hotel gebucht hast? Also tu jetzt nicht so, Monsieur«, sagte Marie mit einem Lächeln auf den Lippen.

Nach einer guten Stunde entdeckten sie am Ufer eine sandige Stelle im Halbschatten und hielten dort an, um zu picknicken. Marie hatte allerlei Köstlichkeiten vorbereitet. Geräucherte Forelle aus dem Périgord, zart und saftig, Möhren und Radieschen, die Georges heute Morgen erst aus der Erde geholt hatte, ein knuspriges Baguette aus Odiles Épicerie, ein Glas selbst gemachte Entenpastete, die sie Léonie abgeluchst hatte. Und speziell für Michel hatte sie diverse Käsesorten ausgesucht, allen voran einen sechsunddreißig Monate lang gereiften Comté. Eine Flasche kühler Riesling aus der Pfalz, den sie noch aus Deutschland hatte, rundete die opulente Mahlzeit ab. Marie hatte sich vorgenommen, Michel davon zu überzeugen, dass deutsche Weißweine problemlos mit den französischen mithalten konnten – auch Weine mit Schraubverschluss, was hierzulande den schlechtesten Fuseln vorbehalten war. Und selbstverständlich gab es richtige Gläser, Geschirr und Besteck. Mit einer karierten Tischdecke sowie den dazu passenden Servietten hatte sie ihre Liebe zu einem klassischen romantischen Picknick möglicherweise ein wenig auf die Spitze getrieben.

Natürlich kamen sie dann doch noch auf die Geschehnisse der letzten Woche zu sprechen. Michel räumte schließlich ein, dass sie diesen vertrackten Fall geschickt gelöst hatte, dennoch konnte er es sich nicht verkneifen, ihr erneut ihren Alleingang vorzuwerfen.

»Ich tu's nie wieder«, versprach sie daraufhin mit vollem Mund.

»Versprich nie, was du nicht halten kannst«, ermahnte er sie mit einem besorgten Unterton. Und wahrscheinlich hatte er recht. Das konnte sie wirklich nicht versprechen.

Aber vor dieser wohltuenden Kulisse im Südwesten Frankreichs gelang es ihr ziemlich schnell, ihn wieder milde zu stimmen, und bei ihrer weiteren Unterhaltung waren sie bester Laune.

»Bruno Dubosc habe ich übrigens bei dieser Geschichte von einer ganz anderen Seite kennengelernt«, erzählte sie irgendwann. »Er kann nach wie vor unerträglich sein, aber inzwischen mag ich ihn. Irgendwie hat der Mann Format.«

»Und er will wirklich dafür sorgen, dass der Sohn seines Neffen dessen Erbe bekommt? Erwartet er keine Gegenleistung von den Gaillards?«

»Nein, er freut sich, dass es den Jungen gibt und es ihm gut geht. Er musste sich an mir festhalten, als er den Kleinen zum ersten Mal gesehen hat, so groß ist die Ähnlichkeit mit Romain als Kind. Bruno und die Gaillards haben sich dann noch eine Weile ganz in Ruhe unterhalten. Ach ja, und Bruno will Olivier tatkräftig bei dem Bau der Mühle unterstützen.«

»Ob das ein wirkliches Geschenk für diesen Olivier ist?«, fragte Michel.

Marie erinnerte sich, wie anstrengend er den Bürgermeister gefunden hatte, als die beiden sich im letzten Jahr kennengelernt hatten.

»Das kann man so oder so sehen. Aber was ist denn schon ein wirkliches Geschenk?«

Michel küsste sie auf den Hals.

»Du, Marie Mercier. Du bist ein wirkliches Geschenk.«